飛鴿交友須謹慎

2

目錄頁
CONTENT

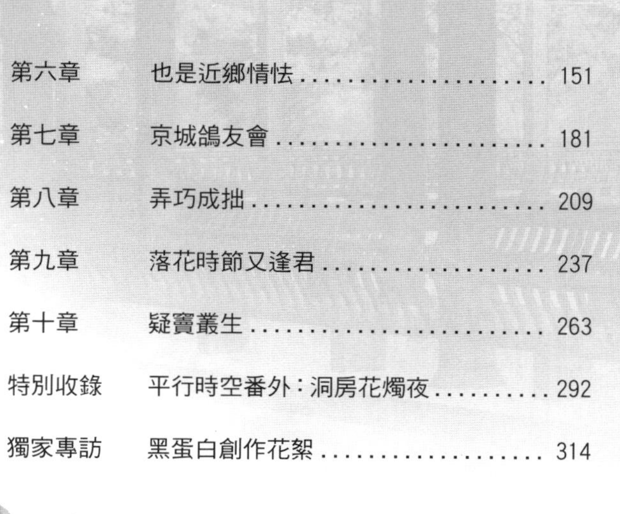
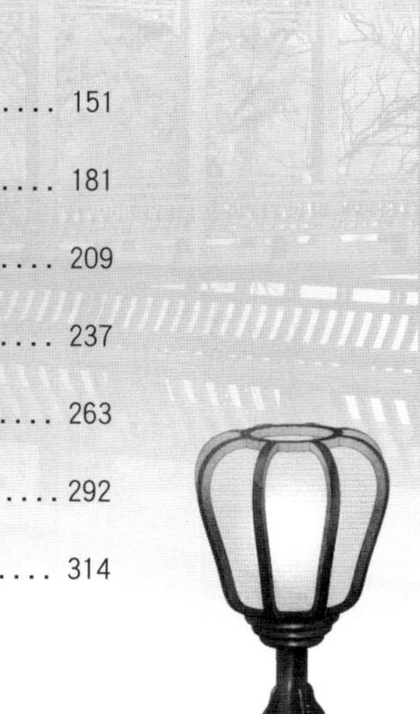

第一章／心動的滋味

染翠想著：
吳幸子這人溫和柔軟，卻不輕易付出真心，
但凡心守得越緊的人，
一但心動那是陷得又深又快。
當吳幸子察覺自己的心意，
真心實意地愛上關山盡時，
那薄情寡義的東西，還會繼續寵著他嗎？
唉，胃真疼……

樂家三小姐閨名樂明珠，長得明媚可人，宛如盛開的牡丹，明眸皓齒、膚若凝脂，一雙眉濃而彎，透著一股屬於邊城兒女的英氣。

她今年已然十八歲，照理說都該是幾個孩子的母親了。然而她從小被父親捧在掌心疼愛，又是家中最年幼的孩子，樂家也不差這一張嘴吃飯，父兄自然樂得讓她留在家裡疼寵，尋思要找個門當戶對，又會寵人且樂明珠又看得上眼的男子，再談婚論嫁即可。

魯先生自是上佳的人選。

雖說年紀大了點，但光風霽月、宛如謫仙的相貌與樂明珠極為匹配不說，性子溫文儒雅，對樂明珠既敬且愛，樂家老爺是非常滿意的。

最重要的是樂明珠喜歡魯先生。

樂明珠在明鏡寺頭一回見到魯先生時，就芳心暗許了。

馬面城有兩座大廟，分據城南、城北兩座山頭，也許是邊城征戰連年之故，馬面城百姓多半都有禮佛的習慣。

逢年過節更非得前往寺廟參拜不可。

樂明珠就是在一年前的上燈節參拜時，見著魯先生。

佛門聖地雖清幽，卻也應景地掛了幾盞素面寫著佛偈的燈籠，樸素的幾筆勾勒，活靈活現地表現出偈語中的人物形象。魯先生就站在其中一盞燈籠下仰頭凝望。

第一眼，樂明珠只覺得這男人單薄得緊，穿著白衣更顯得纖細如竹，人雖纖細，腰桿卻挺得很直，腦中不自覺就浮現「公子如玉」這四個字。細看後，她的眼就再也轉不開。

原來，真有人能這般出塵脫俗，在五彩絢爛的世間剔透如月光。魯先生是側著身的，她也只能瞧見半張臉，線條柔和彷彿是流水雕琢，眼耳鼻口都恰到好處，多一分太多、少一分太少，特

別是那雙黑水晶般的眸子，溫柔得能令人醉死其中。

樂明珠看得癡了，她顧不得丟臉，傻傻地站在迴廊邊，失禮地盯著男子移不開眼，熾熱的目光最終驚動到魯先生，他面帶疑惑地四處張望一圈，才拘謹地朝樂明珠睞去一眼。

一般女子此時應當產生被抓了現行的羞怯，樂明珠卻不是，她徑直走上前，身邊的兩個丫頭拉都拉不住，只能追著她來到魯先生面前。

「我是樂家三小姐，閨名明珠。」

身邊的大丫頭長依頓時臉色蒼白，瞪著眼都快昏過去了。她的小姐還是黃花大閨女啊！雖說馬面城男女設防不深，卻也沒有隨便告訴陌生男子閨名的道理！

「樂三小姐……」魯先生看來也頗是尷尬，他拱拱手，稍稍退後半步。

誰知，樂三小姐就跟著逼近半步，亮得宛如星空的美眸盯著他道：「敢問公子姓名？」

「呃……」魯先生再退半步，樂三小姐依然往前逼，他不得不側頭勉強避嫌，溫聲回道：「在下姓魯，樂三小姐有禮了。」

「魯公子。」樂三小姐點點頭，笑靨如花，「魯公子是否已有家室？」

「這……」魯先生迅速看了樂三小姐一眼，似乎受到頗大驚嚇，一時無言以對。

「魯公子仙人之姿，已成家立業也不奇怪。」樂三小姐顯然將他的愕然誤會為不好回答，自顧自道：「小女子已屆二九之年，雖年紀稍長，但對公子一見鍾情，只願能與您長相左右，便是做妾室也無妨。」

「小姐！」長依忍不住驚呼出聲，真想兩眼一翻直接昏倒，她都聽到了些什麼？怎麼原來小姐如此恨嫁嗎？

「呃……姑娘既然還待字閨中，這些話對陌生男子傾訴著實有害您的閨譽，還望樂三小姐自重。」魯先生總算是緩過神來，也弄明白眼前的美麗女子竟在對自己求愛。

他白皙面龐染上狼狽的粉紅，嚴肅地蹙起秀緻的眉，拱拱手便想甩袖離開。

誰知樂三小姐本就是個驕縱任性的主，加之馬面城的女子原本就率直瀟灑得有些放肆，她好不容易見到令她芳心驛動的人，哪裡能輕易將人放走？想也不想就伸手拉住魯先生的袖子，不想心急之下用力過猛，茲啦一聲，魯先生外袍的袖子竟被扯壞了。

這下兩人都尷尬不已地僵在原處，樂三小姐也總算驚覺自己過於孟浪，俏臉頓時羞得通紅，垂著小腦袋期期艾艾地道歉：「魯、魯公子，小女子失禮了。請魯公子別見怪，不如來小女子府上，讓小女子略表歉意好嗎？」

魯先生臉上泛著不悅的薄紅，他望著自己即使被扯壞依然緊攢在少女手中的袖口，好半天才低聲回道：「那魯某就叨擾了。」

樂明珠當即笑逐顏開，殷勤地將魯先生帶回自己家中，還賢慧地替人補好袖子，更透過父親得知魯先生竟是鎮南大將軍的老師，也是許多人私下議論著的、大將軍心尖上的人。

樂三小姐可半點沒把鎮南大將軍放眼裡，要是魯先生對大將軍有意，又怎會至今仍獨身呢？她壓根認為魯先生是被大將軍給囚禁了，才會多年來不染任何紅塵情債，這般脫塵出世。

而她，定是那個救魯先生於水火中的女子。

既已如此認定，樂三小姐自是積極地追求起魯先生。

在自家父兄的推波助瀾，以及魯先生的半推半就下，僅僅半年時間，樂三小姐與魯先生的關係進展飛快，剛入秋不久就互許終身。

誰知，這件事被關大將軍知道後，樂明珠便突然很難見到魯先生了，特別在魯先生意外墜馬後，她更是一面都見不著自己的未婚夫婿，眼看兩人開春就要大婚，她卻連照顧受傷的未婚夫都

辦不到，乾脆俐落地被拒於將軍府外，這口氣她如何嚥得下？

可偏偏父親要她忍耐，要知道樂家雖是馬面城的第一世家，在鎮南大將軍眼裡也不過是隻螻蟻罷了。

樂明珠氣嘔得要命，胸口疼、胃疼、全身都疼，吃不好也睡不著，人都憔悴了，看得樂老爺心頭大急，腆著老臉上將軍府求見大將軍，希望能讓自家閨女見見魯先生，以解相思之愁。

然而，連著上門三次都被棉裡包針地擋回來，樂老爺看著都老了幾歲。然而也不知是否大將軍終於憐憫他拳拳愛女之心，臨到過年終於讓他們見了魯先生，甚至允了樂三小姐接魯先生去樂府靜養。

可惜好日子沒能過上多久，剛過完年不久，滿副將就派人來接魯先生回去，理由也確實讓人難以反駁：都說婚嫁之前未婚夫妻見了面會招來不幸，更何況朝夕共處？大將軍也不希望魯先生與樂三小姐未來過得不好，大婚前還是別見面的好。寧可信其有，不可信其無是吧？

這話也在理，樂老爺心疼自己閨女，自然不願意犯這種忌諱，便讓人接了魯先生回去。

但樂三小姐不樂意，在她看來大將軍這是存心疏遠她與魯先生，肯定是沒安好心的！她心裡篤定關山盡心悅於魯先生，只是不好捅破紙窗戶，身為未婚妻她不能在這種時候捨下未婚夫讓他回虎口！

於是這樣日日夜夜睜眼就吵，鬧得樂老爺心煩，只得讓長子帶著樂明珠前來將軍府，魯先生要回來、不回來自然是關山盡說了算，但要是能說上幾句話安撫安撫閨女兒，那也足夠了。

要滿月說，樂明珠這算是打上門來討人了。

他這些日子煩得要命，公務之外還得幫著關山盡操辦魯先生的婚事，一樁樁、一件件他都得過目，先前關山盡對魯先生還上心時，這些雜事自有大將軍親自處理，這會兒有個吳師爺占據了大將軍的心眼，事情大半都得靠滿月撐起，他簡直想罵娘！

魯先生跟他什麼關係？壓根沒關係啊！要他說，這件婚事就讓樂家一手處理也就是了，他們這邊輔助即可，偏偏關山盡對魯先生感情依然挺深，事情大把大把地攬……奶奶的！攬了倒是自己做啊！

心裡把關山盡數落了一遍又一遍，滿月臉上卻絲毫沒顯山露水，掛著溫厚的笑容迎接樂家大公子及三小姐，招呼著兩人落坐。

「哼！將軍府的茶水，小女子喝不起！小女子就想問問滿副將，我的夫君何在？」樂明珠滿肚子氣，硬著脖子斜睨滿月，既不就座也沒好臉色，要不是兄長在一旁安撫，恐怕什麼難聽話都要噴出口了。

「在望舒小築。」滿月答得挺快。

樂明珠愣了愣，竟一時反應不過來。

「妳要見魯先生，我就派人替妳請他，樂三小姐可以不用這般咄咄逼人。」滿月懶得客套，這樂三小姐來將軍府鬧了許多次，他早沒耐性應付。

「你說什麼！」樂明珠被這麼亮晃晃地懟了下，俏臉氣得通紅，手往纖腰上一扠就想懟回去，卻被兄長給攔住，扯著她坐在椅子上，將茶水塞進她手中。

樂三小姐不滿地大叫：「大哥！」

「好了，滿副將已經是看在魯先生的面子上抽空見我們了，妳少說兩句！」樂大公子蹙著眉，對這個被寵壞的妹妹頭痛不已。

「可不是嘛，單靠樂三小姐，這張小臉蛋可真不夠瞧。」滿月依然笑得有些憨直，那張嘴卻彷彿淬了毒，說得樂大公子只能尷尬陪笑。

樂明珠可沒有哥哥的隱忍能力，她氣唬唬地跳起來，指著滿月就罵：「你什麼東西！我樂家在馬面城也是一方之霸，你鎮南大將軍府沒有樂家扶持，能站得穩腳步？兔死狗烹，怪不得你吃成這副德行！」

滿月手上端著茶杯，正在撇浮沫渣子，聞言噗一聲笑出來，饒有興致地盯著樂三小姐，「我可不知道鎮南將軍府需要靠樂家扶持啊！樂三小姐六年前也有荳蔻之年了吧？您可還記得浮陽之役啊？」

浮陽之役這四個字一出口，樂三小姐的臉色也變了，儘管仍硬著頸子驕矜得很，卻也沒了之前咄咄逼人的氣勢，反倒隱隱有些畏縮之色。

「看來您是記得的。」滿月啜了口茶，咂咂嘴：「樂三小姐，有些話不該說，就要懂得閉嘴。鎮南將軍府不是您樂家老宅，咱們這兒是不給人留臉面的，嗯？」

這段話說得輕巧，樂大公子臉上卻很是狼狽，責怪地瞪了妹妹一眼，起身對滿月拱手致歉。

至今馬面城眾人對浮陽一役仍記憶猶新，那是鎮南大將軍與南蠻最慘烈的一役，那次要是沒擋住南蠻，馬面城就要破了。要知道南蠻向來有屠城的風俗，原本馬面城不是最邊關的一座城，往南原本還有座百足城。

可三十多年前百足城被破，城中老少幾乎無人生還，整座城被放火燒了精光，熊熊烈焰直衝雲霄，整整燒了七天七夜才漸漸熄滅。

要不是關山盡率軍與南蠻鏖戰，馬面城早步上百足城後塵。

唉，妹妹今天這話一說，倒顯得樂家是頭白眼狼了。

「大公子不用如此多禮，滿某自不會同小姑娘多計較。」滿月擺擺手，笑著道：「我先前已派人去請魯先生，這會兒應該就要到了，兩位先稍待一會兒，喝些茶、吃些點心，別讓人說滿某不懂得待客之禮。」

「滿副將客氣了。」樂大公子用眼神示意妹妹別再惹事，見樂明珠不甚甘願地點點頭應下，這才略鬆口氣，端起茶啜了口。

事實是，他太早對自家妹妹放心了。

滿月並沒有敷衍他們，確實是早派人去請魯先生，這才稍停了片刻，魯先生就緩步走了進來。仍是一身白衣，神情卻有些憔悴，向他們拱手的時候很明顯地藏著右手，誰都無法對這舉動視而不見。

樂明珠自然率先發難，一個箭步上前將魯先生的右手從衣袖裡抽出來，她心裡本就對關山盡有不滿，更早認定他會在大婚前對魯先生下手，這才說什麼都要把人撈出去。

眼前是從手背直裹到手腕上方被乾淨棉布裹起來的手，看起來像是傷著了，魯先生的臉色也慘白不已，急忙拉下袖子遮起傷處，樂明珠心疼得要命，氣急敗壞地問：「這是怎麼啦？啊？傷得重不重啊？怎麼傷的啊？」

「沒什麼，妳別擔心。」魯先生扯出一抹憂鬱的淺笑，柔聲安撫道：「是我自己不小心燙傷了，不關海望的事，妳千萬別胡思亂想。」

嗯？滿月撩撩眼皮，在心底冷笑。

喔，這話說得誠懇，也確實是實情，可偏偏挑在這時候說，還真令人……玩味啊。

果不其然，樂明珠一聽就炸了，氣得眼中淚花亂轉，也不顧兄長跟未婚夫的勸阻，指著滿月怒吼：「叫關山盡出來見我！」

既然樂三小姐要見大將軍，滿月自然沒有攔著不讓的道理。

轉頭吩咐黑兒前去雙和院請人，並不忘交代他千萬別進院裡，在外頭喊喊即可。

黑兒雖不解其意，但他向來聽滿月的話，當真一步也沒踏入雙和院。

「樂三要見我？」關山盡從院子裡出來時，臉色陰鬱，似乎山雨欲來。

「是。」黑兒垂下頭，身為親兵他自然看得懂主子現在的表情代表什麼，心中直呼僥倖。打斷關山盡的「正事」不算個事，但若是不巧瞧見吳師爺哪怕一片衣物下的肌膚，他免不了要上演武場被痛揍一頓。

想起之前關山盡的手段，黑兒忍不住抖了抖。

「魯先生呢？」關山盡撢撢衣襬，看來並不打算去見那驕縱的小姑娘。

「在前廳。」

「哼。」這麼說來，樂三是見到魯先生手上的傷，要同他討說法了？關山盡心下厭煩，不由回頭看了雙和院一眼，隱約可見裡頭樹影扶疏，神色這才稍霽。

若不是看在樂家還有些利用的價值，他無意另外扶持新的世家取而代之，且看在魯先生與樂三婚事的份上，這才遲遲沒有動手……哼，既然有人忙不迭送死，何妨就順了他們心願。

「你留在此處守著吳幸子。」雖然不喜黑兒與吳幸子之間親近，但他更不願意吳幸子有一星半點的閃失。

樂家近日與京城勢力牽扯日深，他與滿月已經布下羅網，斷不能讓對方有任何可乘之機，打亂他的計畫。

「是。」黑兒領命，身形一閃便躲藏起來。

關山盡心裡不得勁，滿心的鬱悶都轉移到樂三小姐身上，更不待見這驕縱任性的小姑娘。

一進前廳，樂三小姐親親熱熱依偎著魯先生的身影落入眼底，關山盡冷哼，徑直在主位上落坐，端起僕役奉上的茶呷了一口。

這架子端得，樂三小姐氣得胸口疼，當即從椅子上跳起來指著闞山盡罵：「闞山盡！魯公子是你的老師，我就是你的師娘，聖賢書都讀狗肚子裡了？」

師娘？好個師娘！

闞山盡冷笑，手上的瓷杯霎時化作齏粉，滾燙的茶水灑了一地，在玉雕般白皙的手背上立刻燙出一抹淺紅。

魯先生輕抽口氣，焦急地上前握起他的手就要叫人，卻被闞山盡漫不經心地揮揮手阻止。

「老師不用掛心，這是小傷。」闞山盡畢竟不是個嬌生慣養的貴公子，手上的紅痕眨眼就淡去，什麼痕跡都沒留下。

魯先生依然滿臉擔憂，摸出帕子輕柔仔細地替他將茶水拭去。

一旁的樂三小姐臉色精彩萬分，惡狠狠地瞪著闞山盡，像是恨不得撲上前咬死他，但又知道自己壓根無能為力，氣得眼眶都紅了。

滿月看戲看得津津有味，一不留神噗哧笑出聲。

「你很清閒？」闞山盡睨他，神情不若過往會急著安撫魯先生，此時金刀大馬地端坐著，風采凜然貴氣天成，倒顯得魯先生的姿態過分親密低下了。

自然也察覺到自己作態尷尬，魯先生臉色一白，擰起秀眉將帕子塞進闞山盡手中，便起身打算退開。

「老師。」

「嗯？」

魯先生垂著眸不肯看他，柔和的側顏在窗外落入的日光中，細緻如玉，纖長的睫毛隨著呼吸輕輕顫抖，隱帶羞憤。

關山盡暗嘆一聲，他從未見過魯先生這般明顯表現出埋怨，心裡有些軟，態度也溫柔許多，「多謝老師關心。」

「這是理所應當。」魯先生迅速瞥了他眼，動作雖快，然而關山盡畢竟是習武之人，眼力絕非一般二般，敏銳地捕抓到他眸底的壓抑及黯然，不由得伸手握住他的手，牢牢攢在掌心裡。

樂三小姐眼看事態不對，哪裡還忍得住，幾大步上前就想拉開關山盡的手。可不等她出手，滿月已在關山盡的眼神示意下，讓兩個高大健美的丫鬟擋住樂三小姐，就差沒動手把人制伏。

「關山盡！你什麼意思！」樂明珠跳腳，眼前兩個丫鬟看來是練家子，死死地將她攔在原處，任憑如何衝撞，都沒能往前一步。

「樂崇樺，本將軍先前已然說得很清楚了，大婚之前未婚夫妻不宜見面。」關山盡壓根理都不理在小丑跳梁的樂三小姐，彎著一雙嫵媚的桃花眼，直瞅著坐立難安的樂家大公子。

「是是，大將軍的心意，咱們是明白的！都是我和父親寵壞了妹妹，還請大將軍看在魯先生的面子上，別同小三兒一番計較。」樂大公子連連拱手，俊臉赤紅一片，偏偏妹妹還在一旁不消停，他額上都是冷汗。

「樂三姑娘年少不懂事，本將軍能夠體諒。可是，再怎麼不懂事，也不該將魯先生的氣運當兒戲，這般師娘本將軍還真要不起。」

「海望。」魯先生皺眉輕斥，他似乎直到此時才察覺自己與關山盡姿態過分親暱，輕輕動了動手要掙脫，卻被握得更緊，只得開口勸解：「三姑娘為人直率，你堂堂鎮南大將軍，何必與她置氣？」

「直率？」關山盡不置可否地淺笑，凝視著魯先生好半晌，突然鬆開手，「好，我聽老師的，不與師娘置氣。」語罷，他對兩個丫鬟一擺手，丫鬟迅敏地退下，樂三小姐一箭步衝上前。

「小三兒！」樂大公子失態地驚叫，他簡直不敢相信自己看到了什麼。妹妹竟舉起手對著關山盡搧過去，這是要上天啊！

「哼！」關山盡頭一偏閃過這巴掌，樂三小姐卻因為用力過猛踉蹌了下險些跪倒，所幸魯先生伸手扶住她，才沒出更大的醜。

樂明珠俏臉紅得幾乎要滴血，眼眶也是紅的，破罐子破摔地吼叫：「關山盡，別以為你那齷齪的心思沒人知道！魯公子說過，他是不願意傷了你的心，才不得不陪在你身邊！一日為師終生為父，他如此心疼你，你卻……」

「不得不陪在我身邊？」關山盡打斷樂明珠的控訴，冷淡地看向魯先生，「嗯？」

魯先生不穩地退了兩步，臉色蒼白，腰桿卻挺得很直，宛如蒼松。

這堅強又脆弱的模樣，曾經是關山盡心底最鮮明的一抹色彩。魯先生剛來到護國公府時，他不過十歲，頑劣得無人能夠制服，剛氣走一位赫赫有名的大儒，眼前這儒雅羞澀的青年，都不夠他玩一回合。

誰知，與外表不同，魯先生有一股讀書人的傻氣，每每被關山盡羞辱玩弄，總是狼狽不已，也動了幾次真怒，卻不若其他夫子那樣落荒而逃或甩袖離去。

他極有耐性，想方設法地接近關山盡。

一回，關山盡在詩會上狠狠下了魯先生面子，詳細發生什麼他已經記不清了，只記得魯先生溫和的面龐慘白一片，瞪著雙眼看他，那眼神中有羞恥、受傷、狼狽及淡淡的一抹絕望。

關山盡卻沒放在眼裡，他從小就是個薄情寡義之人，旁人的痛苦悲傷都無法觸動他分毫，置身事外彷彿於這個世界沒有一絲半分的關係。沒有一個孩子需要學習如何親近自己的父母，關山

盡卻需要。

骨肉親情對他來說並非天生就有，他知道那是爹爹、那是娘親，僅止於字面上的明白。他很小就知道自己異於常人，可他聰明早慧，在旁人察覺不對勁之前，便已懂得如何隱藏本性，學著像個普通孩子。

於是他笑吟吟地看著魯先生僵硬地留在詩會中

他心中意外魯先生的韌性，又興奮難耐。他迫不及待想知道魯先生忍耐的底線在何處，要怎麼樣才能剝下這張堅強的面具。

他盯著那抹白衣身影，春日的暖陽下彷彿被光線織就的薄紗籠罩，隨著呼吸隱隱發出迸碎的聲音。

纖細的背脊挺得筆直，沒有任何事物能壓垮般，分明那般柔軟又剛毅得令人意外。

詩會結束後，魯先生比平時要沉默許多，但依然陪在他身邊，溫聲談論詩會上的見聞。關山盡側耳傾聽，耳中有些癢絲絲的。

他突然脫口問道：「夫子今日在詩會上過得可愉快？」

原本正侃侃而談的魯先生猛地噤聲，略帶狼狽地換個坐姿，端端正正地直面他，幾息後才回道：「春光極好，滿紙佳作，芝蘭生馨。」

關山盡噗哧一笑，「夫子，你是我平生僅見，最不要臉的。」

魯先生粉白的面龐更是半絲血氣也無，微蹙眉心盯著笑意盈然的關山盡。

「一日為師，終生為父。既然我成為你的夫子，便會伴在你身側，不要臉就不要臉吧。」語尾微帶顫抖。

關山盡明白，這是魯先生用盡所有的勇氣，拚著面子不要所說的話，狼狽、窘迫卻很誠懇。

關山盡自己沒心沒肺，卻總能很精確地捕抓他人的情緒，對方是否真心實意，或者心存利用，在他眼前都無所遁形。

無論魯先生是為何原因，咬著牙忍下他苛薄的言詞行事，都莫名讓他心頭一動。這樣的誠心是否能永遠不變？如此堅強能否被摧折？魯先生的身影就這樣從此深深鐫刻在他心上。

從那日起，他不再刻意羞辱魯先生，即便魯先生能教授他的東西並不多，才能上魯先生頂多算是泛泛，並不突出，十足中庸，大約才兩年不到，已經完全沒法再教導關山盡任何東西。而此時，關山盡也被他爹給扔進軍營。

臨行前，魯先生特意來見了他一面，給他一個扎實厚重的包裹，裡頭竟是幾本新出的文集，還有幾樣小吃食，都是在戰場上沒什麼用的東西，關山盡卻笑出來，被逗得很是開心。

這就是魯先生，古板得有些傻，對他的態度未曾變過。

不知不覺，這個人就被關山盡放進心底，在家人、髮小之外，有個特殊且無人能及的位置。他待魯先生宛如天人，重之愛之，不敢有絲毫褻瀆，即便心悅於他，關山盡也從未想過將人當成禁臠，魯先生要什麼他便給什麼，只求能博得美人一笑，但凡魯先生能順心如意，關山盡什麼悶虧都願意吃的。

「老師。」見魯先生不回話，關山盡也懶得過問原因，「既然老師心意如此，那學生也不好多留。」他擺擺手，對滿月道：「送客。」

「欸。」滿月笑盈盈地起身，客套地對樂大公子拱手，「大公子，您也聽見了，不是滿某不留客，樂家今日在將軍府也鬧騰得夠了，既然三姑娘要的是魯先生，那就帶著魯先生走吧！改日滿某會派人將魯先生的東西送過去，還望魯先生與三姑娘攜子之手與君偕老啊！」

「海望……」魯先生澀聲輕喚。

他似乎沒料到，這才眨眼工夫，滿月就能當著關山盡的面將自己逐出將軍府，而關山盡卻連眼皮都沒抬一下，置若罔聞。

「嗯？」

「為師並非……」魯先生神情哀戚，似乎想替自己辯駁什麼，樂三小姐卻先一步握住他的手。

「哼，既然大將軍承諾要放人了，可要遵守諾言啊！別又看魯公子心軟，便上樂家來討人！」

「滾。」關山盡懶懶地擺擺手，彷彿在驅趕什麼礙眼的髒東西。

「哼！」樂明珠氣得牙癢癢，卻也不敢多惹風波，扯著魯先生趾高氣昂地離開將軍府。

倒是樂大公子沒有妹妹的灑脫，他的本意也並非帶走魯先生，眼下事態的發展令人猝不及防，他幾次想開口求情，又不知說什麼才不至於捅了馬蜂窩，最終只能苦著臉，搓著雙手跟在後面悻悻離去。

總算清淨下來，滿月瞇著眼，呷口茶，調侃道：「海望哥哥，你怎麼捨得將魯先生推出去？可別說你信了樂三的話。」

事實上，滿月倒不相信魯先生是不得不留下，要他說，關山盡一見到魯先生就成睜眼瞎，腦子就是個擺設毫無用處，魯先生要什麼他就願意給什麼，把人寵得找不著北，連恃寵而驕這四個字都顯得蒼白無力。

雖然不喜魯先生吊著關山盡，可就滿月看來，魯先生對關山盡是有情意的。

關山盡聞言低低一笑，捏了滿月軟軟的下巴，「樂三的話我自然不信，就算魯先生真對她如此說過，也是為了哄人罷了。魯先生向來心軟，我是知道的。」

「那你又為何……」

「我對魯先生太過縱容了。」闕山盡垂著眼，姿態優雅地撇去茶水裡的浮沫，啜口茶，「他是我的老師，應當要懂得自己的身分是什麼，今日午時他為何要請吳幸子用飯？手上又是怎麼傷著的？」

「喔？」滿月嗤地一笑，闕山盡這一回心偏得可厲害了。

「如若魯先生背後不再有將軍府，你認為樂大德能忍得住？」闕山盡冷笑。

以往，是他願意為魯先生毫無原則底線，他愛重且縱容這個男人，但畢竟魯先生還是個普通人啊！這麼多年來，當年的那個傻直青年，最終還是變了。闕山盡心中有些苦澀。

魯先生不是個多麼有手段的人，許多事只要他細想，隨處可見破綻。他心裡明白魯先生對自己不是全然無意，只是這點情意如明珠蒙塵，徒留悵然。

「你還想將魯先生綁在身邊？」滿月厭煩地撇撇嘴。

「我需要他之後還在我身邊，當我心尖尖上的那個人。」闕山盡瞇眼輕笑，語帶纏綿卻令人通體生寒。

滿月不禁皺眉抖了抖，心裡明白闕山盡的打算了。

這會兒，他倒有些同情魯先生了。

闕山盡確實是個薄情寡義之人。

將軍府的天變了。

猝不及防，原本將軍心尖上的魯先生被樂三小姐帶走，第二日滿副將便帶人將望舒小築中魯

先生的物什都搬走，聽說一件不漏全送去樂府。

接著，望舒小築被封起，原本在裡頭當差的十有八九皆被發賣。大夥兒都清楚，被發賣的僕役都是犯了將軍府的規矩。

要知道，鎮南將軍府在關山盡跟滿月的管理下，規矩嚴格跟鐵桶一般，府內的消息照說不會也不能往外傳，更別提後宅陰私之事。

可偏偏這兩年外頭流言蜚語不少，也不知源頭何在，半個馬面城的百姓都知道大將軍心悅於魯先生。

魯先生年紀也不小了，卻沒能成親，便是大將軍從中作梗，把人當禁臠一般囚禁起來。儘管這茶餘飯後的談資多數人沒真的放進心裡，畢竟魯先生何許人也？不正是與樂家三小姐訂親之人嗎？要是大將軍真將人當禁臠，還有樂三小姐什麼事？

可流言傳久了，難免讓人加油添醋，再加上前兩年將軍府對此等流言全然放任，可就傳得更加繪聲繪影。

然而，將軍府裡的僕役是清楚的，這不是將軍不管，而是將軍寵著魯先生，所以對這件事視而不見，要他們說，這話還能是誰傳出去的？魯先生為人溫雅，又受將軍敬重疼愛，自然無需散布此等謠言。

可魯先生身邊的人就不同了。若說魯先生為人高潔、對人和善，他院子裡的僕役就是狐假虎威，鼻孔都生在額頭上了。也不知魯先生如何管束下人的，特別是那個華舒，眼高於頂甚至不屑與其他僕役交談，倒是對有點身分的管事畢恭畢敬，對外也頗為交遊廣闊。

這個華舒聽說在魯先生離府同一天，被灌了啞藥賣進倌館中，大夥兒心裡透亮，這些流言蜚語定是華舒的手筆。

先前有魯先生在，這會兒魯先生也不知怎麼就失寵了，自然無法再護著華舒。

不過任憑府外百姓如何偷偷議論魯先生離府之事，儘管府內僕役丫鬟們心裡也都有些猜測，可教訓猶在眼前，大夥兒也聰明地三緘其口，小心做人。

也因此，吳幸子對這件事竟絲毫不知，薄荷及桂花是知道的，但不敢同主子說。再說了，這些日子吳幸子似乎也有些心事，黃瓜才剛收，就悶頭開始種起苦瓜、茄子和韭菜了。雙和院一口氣闢了半個院子來種菜，甚至將剩下半個院子用竹籬又圈了一大片起來養了幾隻雞，三隻母雞、一隻公雞在裡頭咯咯咯走來走去。

不種菜養雞的時候，吳幸子就坐在院子裡發呆，薄荷及桂花幾次想逗他開心，可吳幸子笑是笑了，轉眼又眉頭微蹙著發愣。

兩個小姑娘急得不得了，卻又猜不透主子的心思。要說是思念將軍嘛，打從半個月前魯先生離府後，將軍幾乎都算住在雙和院了。

她們親眼看到幾次將軍摟著主子在院子裡說話，笑吟吟地聽主子叨唸苦瓜怎麼怎麼，茄子怎麼怎麼，母雞一天生一顆蛋，其中總有顆雙仁的。

倆丫頭年紀不大不小，卻很清楚將軍看著主子的眼神，溫柔纏綿，那雙美麗的桃花眼像盛了碎光，滿溢著歡愉。

將軍夜裡總是留宿雙和院，一日三餐都陪著吳幸子吃，偶爾還會親自下廚做幾道菜，要薄荷及桂花說，就算將軍最寵愛魯先生的時候，也沒能寵到這個地步，恨不得把人捧在掌心裡疼，又小心翼翼地生怕摔了，連她們在一旁看了都不免心動啊！

將軍府的天確實變了。

府內誰人不知，將軍心尖上的人，早已成為雙和院裡那個清城縣的師爺。

一早，吳幸子睡得迷迷糊糊，他腰還痠痛著呢！昨夜關山盡肏了他半宿，簡直當他是麵團似的，又將他折個對半，纏綿地哄著他舔舔自己的小鯤鵬，這還是人幹的事嗎？吳幸子羞得不行，可苦於這對半的姿勢根本逃不開，只能不甘不願地舔了下戳到眼前的小幸子。

這一舔可糟了，關山盡雙眼泛紅，碰碰碰地由上往下狠操不停，逼著他含住汁水淋漓的龜頭，幾乎要將他的肚子給肏穿了。

吳性子哭著求饒，關山盡卻置若罔聞，直將他操洩了，精水全噴進自己嘴裡，還半分不漏地都嚥進肚子，這才總算被翻個身，按在床上啪啪啪操得床都快散架，吳幸子也失神地吐著半截粉舌，流著口涎跟眼淚，前射後噴連尿都尿不出來，才被灌了滿肚子精，直接暈死過去。

見他軟在床上哼哼唧唧的小模樣，關山盡實在喜愛得緊，將人摟進懷裡吻了吻，湊在他耳邊輕聲道：「這幾日我不在府中，要是待得悶了，可以去街上逛逛。你那幾張鯤鵬圖都寄到了，不如去拿回來？」

要說圖是大半個月前就寄到了，鯤鵬社也派人來將軍府傳過話，可關山盡對那些鯤鵬如臨大敵，怎麼可能輕易讓吳幸子拿到手？自然把這件事往後壓。難得這幾天他必須外出，眼不見心不煩，正好讓吳幸子拿回那些鯤鵬圖。

「喔！寄到了嗎？」吳幸子眼神一亮，霎時腰不痠腿不軟，整個人神清氣爽。

見他這喜不自勝的模樣，關山盡心裡就止不住地鬱悶，低頭狠狠在他臉頰上咬出齒痕，痛得人低聲唉叫，可憐兮兮地摀著臉睨他。

「你就不問我去哪兒？」關山盡拉下吳幸子的手，滿意地看著自己留下的齒痕，雖沒見血卻頗深，沒個大半天工夫是退不掉的。

「你去哪兒啊？」吳幸子心想，就算他問了關山盡也不見得會回答啊！再說了，關山盡這麼大一個人，又是鎮南大將軍，總不會扔沒了吧？近日南蠻也很乖順，馬面城都不像邊城了。

那藏不住想法的表情，讓關山盡低低笑了，他拍拍吳幸子的肉臀，調笑道：「你要真想知道，也不是不能同你說，就是得付出點代價。」

「我……」沒想知道啊！所幸吳幸子還是看得懂眼色的，抿了下唇萬分糾結地問：「我要付出啥代價啊？」

關山盡朗聲大笑，用力親了口吳幸子，「啥也不用，我留黑兒下來，你外出一定得帶上他，明白嗎？」

鬆了一口氣，吳幸子連忙點頭應下。

「你再睡一會兒，我讓薄荷晚些熬點粥給你。馬面城的鯤鵬社問黑兒就行，你拿了圖就早些離開，可別藉機帶《鯤鵬誌》回來。」說著，關山盡又狠狠搓揉了他一番，不捨地將人放回床上掖好被角，這才轉身離去。

吳幸子看著關山盡的背影被房門擋住，便縮回被子底下，輕輕揉了揉胸口。

近日，他老覺得胸口悶，偷偷讓薄荷請大夫來瞧過，卻沒啥病痛，最後只說是心病，開了個安神養氣的方子讓他喝兩天。

時序已進入春天，偶爾他會在恍然間隱約嗅到桃花的香味，可薄荷及桂花明明白白說了，馬面城沒有桃花，將軍府裡也沒有桃花，她們長到這麼大，還沒見過桃花什麼模樣呢！

吳幸子心裡隱隱猜到是怎麼回事，他這若不是臆症，就是……他輕輕嘆了口氣，在床上翻了幾回，倦是很倦卻睡不著，身子懶得很，卻不想在床上待著。

索性翻身下床，套了粗布衫走出房門。

一頭又栽進了他的菜園子裡，除草翻土施肥抓蟲，南方蟲蚋多，馬面城所處之地又更多種類

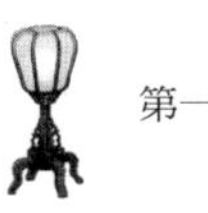

繁多的蟲子，才入春就一群一群出沒，他及兩個小丫頭每日都得花上不少時間抓蟲驅蟲。

等薄荷發現時，吳幸子已經處理完大半個菜園，正喝著茶水稍作歇息。

「主子，您醒了怎麼不叫薄荷一聲呢？」薄荷手上是一碗冒著熱氣的粥，遠遠就能聞到誘人的香氣，吳幸子揉揉肚子發現自己真餓了。

「沒什麼要緊事，就不打擾妳和桂花了。」吳幸子終歸是不習慣被人服侍的，他與倆丫頭的相處更像是親人，儘管這兩個被他視作小姪女的丫頭總叫他主子或吳先生。

「噯，我和妹妹就是服侍您的，哪有什麼打擾不打擾？您餓了吧！快吃點粥墊墊胃。」薄荷幾大步上前將粥碗遞給他，自己接手了菜園的工作。

不多久桂花也急匆匆跑過來，在見到吳幸子後拍拍胸口鬆了好大一口氣。

「主子，您醒了也不叫桂花一聲。」

「欸，下回會叫妳們的。」吳幸子苦笑，將粥吹涼了些，一口一口喝完。

這粥看似普通的白粥，實則是用大骨湯熬的，米粒幾乎都要化成糊，舌尖一壓就散開，在碗中卻依然粒粒分明的模樣。上頭撒著爆過香的蔥料，鹹香鹹香的沁人心脾，解了些許骨頭湯會有的油膩，滋味更顯醇厚豐富。

吳幸子三兩口把粥喝光，桂花便接過碗道：「我再替主子端一碗粥吧，這粥可是大將軍離開前熬的，吩咐我們姊妹看好火候，主子喝了喜歡嗎？」

「很好很好，多謝妳們。」一怪不得味道如此熟悉，吳幸子心裡甜滋滋的。

關山盡手藝極好，從不愛做外表花俏的東西，都是些簡單的吃食，卻樣樣都是美饌珍饈，讓人恨不得連舌頭都吞了。

桂花輕盈地轉身往廚房跑，薄荷辛勤地彎著身抓蟲除草，吳幸子看著眼前一切，不自覺又發起愣來，看著天邊一抹棉絮般的雲朵，直到桂花端著粥回來了才回神。

沉默地吃了三碗粥，吳幸子才想到他何必讓小姑娘辛苦來來回回跑，早應該自己去廚房裡盛粥也就是了。

待肚子被餵得七分飽後，黑兒也不知何時出現在身邊，靜靜地跟著他悠轉，甚至還替他打掃起雞舍。

待一切忙完，黑兒才開口問：「吳先生想去鯤鵬社坐坐嗎？」

「啊……當然好……」想到鯤鵬圖，吳幸子就眉開眼笑地打起精神，把縈繞在心頭的那些情愫全壓進心底。

倆丫頭也想上街玩玩，十三歲的小姑娘正值愛玩的時候，吳幸子也就不阻止她們，就是鯤鵬社不適合小姑娘進去，可黑兒說馬面城的鯤鵬社是用多寶閣當幌子，不少有趣的玩意兒能讓丫頭們開開眼界。

既然如此，主僕四人便浩浩蕩蕩去了鯤鵬社。

才走進鯤鵬社，熟悉的招呼聲便傳來：「這不是吳師爺嗎？」

「啊？」吳幸子循聲看去，萬分訝異地看著那臉熟的夥計，正笑盈盈地朝自己迎來。

「大掌櫃久候吳師爺多日，請隨小的來。」夥計說著朝黑兒瞥了眼，笑容淡了些許，「黑參將也來了，還望您千萬別又拆了小店。」

「將軍沒動手，黑兒不敢妄動。」黑兒半垂手語氣恭謹，令夥計噎了聲。

薄荷及桂花已經被櫃上的各式小玩意兒給迷住了，歪著小腦袋竊竊私語地看著其中幾顆剔透的琉璃珠子，小臉因興奮而紅撲撲的。

吳幸子確認倆丫頭能玩得開心，這才跟在夥計背後往內院走。

比起鵝城的鯤鵬社，馬面城的要大得多，卻也樸素得多，亭臺樓閣都流洩出一種古樸的氣息，沒那麼多拐拐繞繞，很快夥計就領著他們來到一座青竹涼亭前。亭中，是一身穿鵝黃宮裝的美人，單手執筆不知正在寫些什麼，修長纖細的手指宛如美玉，指中的筆桿是墨黑色的，黑白分明甚是惹眼。

一看是位姑娘，吳幸子老臉就紅了。站在亭外躊躇著不敢輕易入內，反倒是黑兒大方許多，對亭中人拱拱手。

「染翠大掌櫃，又見面了。」

染翠大掌櫃？吳幸子一愣，連忙定神看去，果然是那張熟悉的美麗面龐，只是多了些妝點，更顯得嫵媚動人，聽見黑兒的聲音後秀眉微蹙地抬起頭，很快便注意到吳幸子，頓時露出一抹親熱的微笑。

「吳師爺，許久未見。」染翠俏生生地起身對他福了福，接著笑得更熱絡，「您來得正是時候，要瞧瞧最新的《鯤鵬誌》嗎？」

「啊，也好也好！」吳幸子眉開眼笑地應下，一不留神就把關山盡的交代給忘在腦後。染翠揮手讓夥計去拿《鯤鵬誌》及寄來的鯤鵬圖，並招呼吳幸子坐下用點心。

直吃了半盤點心後，吳幸子才突然想起什麼，遲疑地盯著染翠片刻後問道：「大掌櫃怎麼也來馬面城了？」

「沒什麼，心血來潮想換個地方待待。」染翠掩嘴笑答，接著點點站在亭外的黑兒，「倒是師爺身後依然站著黑參將啊，不嫌心煩嗎？」

「大掌櫃哪裡話，是我給黑兒添麻煩了。」吳幸子略顯慌張地連連擺手。

他不明白為何關山盡非要讓黑兒跟著自己，都說黑兒是參將，肩上的事務定然不會少，卻老跟著他心裡肯定鬱悶吧！

「黑參將，您別像尊大神擋在那兒，難得的春日都被你擋沒了。」染翠怎麼看黑兒怎麼不得勁。別看這黑黝黝的漢子老實巴交的模樣，他還記得先前關山盡拆房子的時候，黑兒二話不說擼了袖子就上，關山盡是動口比動手多，黑兒則半句話不吭只顧著動手。

要說染翠對關山盡的厭惡是源於對會員的心疼，那他對黑兒就是打從心裡不待見。這渾蛋東西看起來像狗，咧嘴了才知道是頭狼。

「是黑兒失禮了。」黑兒依然垂著腦袋，移到了面光的位置，一副逆來順受的模樣。

染翠看得心裡冒火，卻又不能表現得太過明白。只得冷哼聲，恰巧夥計也回來了，索性把黑兒拋到腦後。

「吳師爺您點點，七封回信都在這兒了，您要查驗查驗嗎？」

「啊，這……」吳幸子被問得臉紅，他伸手摸了摸七封回信，帶了點渴望，但很快像被燙著似地縮回手，連連搖頭，「我、我回去再看就好，大掌櫃辦事我一向是放心的。」

他倒是想看，這可是他鯤鵬榜裡的十秀呢。但光天化日的，又有不食人間煙火似的染翠在眼前，他還真沒有臉攤開來看。

「吳師爺過獎。」染翠輕笑，心裡卻嘆氣。他千防萬防就沒防到關山盡這匹惡狼，哪有臉自持辦好了差事呢？

「喏，這是最新的《鯤鵬誌》，師爺過過眼。」他接著將昨日才出刊的《鯤鵬誌》往前推，厚厚一大本，吳幸子看得眼睛都凸了。

「這是……」以往他手邊拿到的都只有百頁左右，這本約莫有三、四百頁了吧！拿在手中沉甸甸的，封面一角用小篆寫了「大夏」兩字。

「噢，這本《鯤鵬誌》是特意選的，精選全大夏各地俊才，您之前所持僅只南疆一地。」染翠翻開裝訂精美的《鯤鵬誌》介紹：「您瞧，前五十頁為京城人士，地靈人傑、人才濟濟，像關大將軍那樣的兒郎，多得像鋪在地上的碎石子似的。」這是睜著眼說瞎話，可染翠才不管。

吳性子這一瞧，眼睛就很難離開了。

不得不說，染翠與吳幸子接觸得多了，也確實摸清楚這羞澀的師爺喜歡什麼。別的都不說，吳幸子最愛看美人，特別是溫雅俊秀、宛如流水般的翩翩佳公子，這本他特意精挑細選的《鯤鵬誌》，可都依著吳幸子的喜好選的。

果不其然，就見吳幸子老臉微紅，細細翻看起《鯤鵬誌》來。裡頭全是上上之選，德藝兼備之人，最妙的是竟然沒有一個位居上位，至多出於殷實之家。

「唉呀，這位公子年紀輕輕，竟然已經中舉了嗎？」

「欸，這位公子仙人之姿，又長於琴藝，若有幸真想聽他撫琴一曲。」

「噯，這位公子是個大夫呢！我近日胸口老是發悶，也不知他是否能看出一二來。」吳幸子兩眼發亮，彷彿盛著一片星河。

倒是染翠聽出了不對勁，他朝黑兒看去，氣悶地發現這渾蛋傢伙恍若石雕，垂著腦袋竟動都沒動，似乎對一切都置若罔聞。可染翠哪會不知道，這渾蛋耳朵靈得很，為人又忠心，他說了什麼肯定全會一五一十傳進關山盡耳中。

罷了，傳就傳了，他堂堂鯤鵬社的大掌櫃，難道還怕鎮南大將軍不成？他身後也是有老闆和老闆的愛侶啊！

想著，染翠替吳幸子倒了杯茶水，狀似不經意道：「師爺，您多用些小點。」

「啊，多謝多謝。」吳幸子果然從《鯤鵬誌》上分神，手在腿上抹了抹，才掂起一塊核桃酥放進嘴裡。

「剛聽師爺說起，近日有些胸悶，請大夫看過了嗎？」染翠啜口茶，隨意聊了起來。

「欸……啊……瞧是瞧過了……」提起這事兒，吳幸子不由得嘆口氣，掂起一塊杏仁酥一點點用牙齒蹭著吃，似乎難以下定決心是否要同染翠訴說。

「師爺要是不想談，咱們就別談。您看有哪位公子上您的心，不如飛鴿一封交交朋友？」染翠示意夥計奉上文房四寶，吳幸子卻先一步連連搖頭制止。

「不用麻煩、不用麻煩，唉，我答應過海望了，不能再飛鴿交友，他要是知道我又交友，便要燒了我所有的鯤鵬圖。」即便是過年時的事情，吳幸子光想起鯤鵬圖在關山盡手中粉碎，就嚇得心口疼。

「喔？」染翠撇嘴。

「不過，也難說他什麼時候就結束這露水姻緣，到時還是能交交友。」

染翠注意到這句話讓亭外的黑兒動了動，似乎很迅速地抬頭看了吳幸子一眼，可惜動作實在太過迅敏，染翠還沒能確認，他便回到原本的不動如山。

輕嘖一聲，染翠雖欣慰吳幸子沒真的沉溺於關山盡的疼寵中，可又覺得這件事處處都透著不對勁。

「師爺莫非從未想過，大將軍會與您白首共度？」他不由得好奇問道。

「白首共度？」吳幸子眨眨眼，接著噗哧一笑，「大掌櫃太看得起吳某了。唉，我心裡清楚，海望喜歡的，是像魯先生那樣的高潔之人，我長得醜年紀又大，啥都不會還吃得多，要說才學我連秀才都險些考不中，海望能看上我什麼？」

莫名地，他憶起某個幾乎被他遺忘得差不多的香囊，曾經被他貼身細細收藏。

某一天他醒了，將那個香囊拿出來掛在腰上，用了三四年便舊了，他乾脆扔掉換個新的，一點留戀也無。

那個香囊是什麼味道？他記不得了，然而那只香囊，卻莫名讓他聯想起靡麗的桃花。

他不由得搖搖頭，對染翠露出一抹苦笑，「大掌櫃，吳某沒什麼別的好處，就是懂得自知。」這句話說得苦澀，染翠竟一時也不知如何回應，只得陪笑一聲低頭喝茶。

然而吳幸子這人隨遇而安慣了，不過半晌也就恢復過來，有些事多想無用，何必苦惱？眼前的小日子過得挺好，也許喝幾帖安神養氣的藥便好了，無須自尋煩惱。

於是又喜孜孜地翻起了《鯤鵬誌》，不時讚嘆幾句，心滿意足得很。

這本《鯤鵬誌》一時半刻也看不完，吳幸子又想起關山盡的交代，不敢輕易將書帶回去，只好同染翠說好，先寄放在鯤鵬社中，這幾天他都會來坐坐。

染翠自然滿口答應，眼看即將到飯點，本想留吳幸子用飯，可吳幸子想到外頭倆小姑娘，還是決定先告辭。

待送走吳幸子主僕四人，染翠臉色便沉了下去。

要他說，這眼下可大事不妙。吳幸子恐怕自己沒察覺，但染翠見慣了風月情事，敏銳得很。無論吳幸子怎麼說服自己與關山盡僅止於露水姻緣，他的心卻已經守不住了。所謂胸悶，恐怕是壓抑著情意不敢表達所致吧！

過去染翠曾疑惑過，吳幸子這人溫和柔軟，講白點就是很好騙，照關山盡寵人的方法，心動那是遲早的，還會是那種愛之入骨的深情。

偏偏吳幸子卻出人意外，別看他見到美人就別不開眼，滿心眼裡都是《鯤鵬誌》，卻半點沒打算對任何人付出一絲情意。他的真心藏得極深，銅牆鐵壁一般，等閒不敢輕易付出。

於是他動用了老闆的人脈，查了一個來月，才勉勉強強查到顏文心這個人，至於兩人之間出過什麼事，就真的什麼也查不出來。可，染翠猜想，大抵是個負心兒郎與癡情人之間的那點事，否則吳幸子的這一番心結，便全然沒有來由。

定是傷得狠了，才只願意當隻井底之蛙吧！

這下染翠又胃疼起來了，但凡心守得越緊的人，一但心動，那是八匹馬都拉不回來，陷得又深又快。

這眼下，吳幸子肯定是守不了多久了，等他察覺自己的心意，真心實意地愛上關山盡時，那薄情寡義的東西，還會繼續寵著他嗎？

唉，胃真疼……

第二章 一曲訴衷腸

「樂三小姐說你將我視作魯先生的替身，這是真的嗎？」
「若我說是呢？」
「你是不是有什麼隱疾或暗傷？」
「喔，怎麼說？」
「畢竟我與魯先生沒一處相似，你怎麼會將我當成他的替身呢？莫不是……眼力有問題吧？」

話說，吳幸子帶著倆丫頭離開鯤鵬社後，便談論起要去哪兒用飯。

與鵝城、清城縣不同，馬面城坊市分離，夜裡還有宵禁，戌時即關閉坊門，至第二日卯時方啟。市分東西，飲食多半聚集在西市，薄荷及桂花熟門熟路地帶著主子來到各種食肆攤販聚集的地方，指著其中一家食肆問：「主子喜歡羊肉嗎？這舖子是咱姑母開的，爆炒羊肉乃馬面城一絕，若主子吃不了辣，也能請姑母調整口味。」

「那必須得試試。」吳幸子舔舔唇，他不挑嘴啥都吃，倆丫頭手藝也是頂好的，她們的姑母定然更有一手。

薄荷、桂花眉飛色舞地對吳幸子吱吱喳喳介紹姑母的店有哪些美食，說得吳幸子饞得不行，不由得直揉肚子。

卻不想，正要踏進食肆時，後頭有人喊了聲：「吳先生。」

吳幸子趕忙回頭循聲看去，竟是位明媚嬌豔的大姑娘，一雙杏眸燦亮恍若星辰，直勾勾地瞅著他不放，看得他老臉通紅，霎時手足無措起來。

黑兒就跟在身邊，自然也看到那位姑娘。面無表情的黝黑面孔微微一動，大步一跨擋在吳幸子跟前，攔住姑娘太過張揚的視線。

這姑娘，便是樂明珠了。

她一見到黑兒擋住自己的目光，俏臉頓時一沉，張口就要罵，卻險險忍住了，悻悻然開口：「黑參將，樂三有禮了。」

「樂三姑娘多禮了。」黑兒拱拱手，一步不離，擺明要對方知難而退。

可樂明珠是誰？她個性張揚嬌蠻，簡直像匹脫韁的野馬，是個任性妄為的主，怎麼可能知難而退？更何況，她今日終於碰上耳聞已久的吳先生，說什麼都得和人見上一面，敘上幾句話。

「請問是吳先生嗎？」就算黑兒攔著見不到人，聲音總能傳到吧？

「欸，正是在下。請問姑娘是……」吳幸子下意識就從黑兒身側探出腦袋，面對小姑娘總不好失禮。

「主子，這位便是魯先生的未婚妻，樂家三小姐。」薄荷在一旁壓低聲音偷偷介紹：「您要小心，樂三小姐為人霸道，千萬別心軟吃虧了。」

「是啊是啊，主子您心太軟，還是讓黑兒大人出面便好。」桂花在一旁贊同，她和姊姊都是聽過樂明珠大名的。樂三小姐可說是聲名在外，在馬面城這個女子為強、奔放率直的地方，樂明珠都算鶴立雞群，恐怕除了她父兄外，還沒有哪個男人能壓過她一頭。

當然啦，這不算鎮南將軍府的人。

要說小姑娘們還偷偷有些崇拜樂明珠的肆意自我，但欺到自家主子頭上那可不成。

「小女子樂明珠，見過吳先生了。」樂明珠沒聽到小姑娘低聲說了些什麼，但那遮遮掩掩的模樣，想來也不是什麼好評論，美眸不禁凌厲地瞇了起來，把倆小姑娘嚇得垂下腦袋。

「樂三小姐，久仰久仰……」話出口，才驚覺有些不對，吳幸子窘迫地笑了笑。

「吳先生這是打算用飯了？」樂明珠也不說太多虛的，她不是這種脾氣，再說有黑兒在，說不定會被怎麼攪擾，心裡不禁煩躁。

「是是，樂三小姐用過了嗎？」吳幸子才開口問，就被薄荷、桂花一左一右扯了下衣袖，他茫然地朝倆丫頭看了眼。

這對樂明珠可是大好機會，她綻放一抹明媚的笑靨，「還沒用呢。如此說來真巧，不如由小女子作東，請吳先生嚐嚐馬面城當地的特色菜？」

「不用了！咱先生吃不了辣，多謝樂三小姐邀約。」薄荷哪能讓主子開口，一如以往開口就阻攔。

「嘴碎的丫頭，吳先生既然是我的座上客，自然以他的口味為尊，還用不著妳這賊丫頭貧舌。」樂明珠瞪了薄荷一眼冷笑，接著轉向吳幸子，「吳先生怎麼說？人總是要吃飯的，樂三也算見過世面，吳先生可以安心。」

這倒是讓吳幸子很難拒絕，現在是飯點，他肚子也確實餓了，可……怎麼覺得這一幕似曾相識呢？心裡莫名激靈了下，他低頭看看倆丫頭癟著嘴，一臉擔憂的模樣，不由得笑了。

「多謝樂三小姐邀約，可在下已答應倆丫頭在這食肆用飯，爆炒羊肉聽說是馬面城一絕，吳某只能對不住三小姐了。」

「可不是嘛！姑母手藝可好了，一點也不比大將軍差呢！不只爆炒羊肉，紅燜羊肉、羊下水、燒羊頭都是極好吃的！」薄荷樂得很，連忙報出一串菜名，果然見吳幸子連連吞口水，饞蟲都快從嘴裡鑽出來了。

「是嘛！這也簡單，樂三就在這間食肆設宴款待先生，一箭雙鵰正好。」樂明珠說著就領著自己的丫鬟往食肆走，氣得薄荷、桂花直跺腳，卻無可奈何。

吳幸子倒無所謂，跟誰吃飯不是吃呢？

正想跟進去，黑兒卻一反常態拉住吳幸子。

他愣了下，看向這靜默得彷彿不存在的男人。

「吳師爺，樂三姑娘的話，您別太往心裡去，人總是揀對自己有利的話說。」

「啊……這是這是。」

這天外飛來一筆，聽得吳幸子雲裡霧裡，他是好奇樂三小姐怎麼會想請他吃飯，可總歸兩人之間毫無牽扯，應當不會有什麼大不了的事吧？

想著，他走進食肆中。

薄荷與欒明珠的大丫頭長依去見店主了，桂花則與熟識的店夥計打招呼，託他整理出個清幽點的位置。而欒三小姐則挺著腰桿，自帶貴氣高高在上地站在店內，大夥兒都不由偷眼看她，接著低聲竊竊私語。

黑兒一反過去跟在吳幸子身後的沉默隱蔽，這會兒直接擋在他身前，遮去所有人探索的目光。隱隱的，吳幸子似乎聽見有人低聲說了句：「莫非這就是那位吳先生？」

接著有人回了聲：「看來是啊，噯，竟是這等模樣。」

他有些茫然，來到馬面城後這還是頭一回上街呢，怎麼竟然有人在議論他了？他侷促不安地垂著腦袋，偷偷地往黑兒身後躲了躲。

欸，是不是有些大事不妙？

所幸，看在桂花的面子上，店夥計直接將人帶進後院，擺上桌子和幾把椅子，身邊竟還有個藤花架。

儘管尚未到藤花花期，只能見到葉子蔥蔥鬱鬱的一大片，然從桂花的介紹及那占地頗廣的支架可知，這棵藤花樹已是百年老樹。

「主人要是喜歡，等藤花開了，咱便來賞花吧，還能摘些藤花做糕點呢。」薄荷點了菜回來，親親熱熱拉著吳幸子，刻意無視坐在主位上的欒明珠。

照理說，黑兒是四品軍官，這群人中身分最高，主位當是黑兒坐才是。而黑兒現在奉吳幸子為主，那位子該坐誰，大夥兒心裡都當透亮才是。

欒明珠不可能不清楚，但她這般率性而為，擺明是要下吳幸子臉面，也沒把關山盡看眼裡，薄荷、桂花雖不好說什麼，心裡卻滿是不樂意。

長依倒是想勸勸自家小姐，今日這場宴席講白了是有求於人，至少該矮矮身姿吧？她的小姐平日裡也不是這般傻直愣的人啊！

「甚好甚好，噯，我還沒見過藤花花開呢，聽說頗是壯觀，必須得見見才是。」吳幸子讚歎不已地盯著藤花不放。

他爹留下的手札中出現過盛開的藤花，幾句隨筆讓他心生嚮往，不過清城縣內一棵藤花樹也沒有，鵝城中雖有但都在私人園林中，他無權無勢自也未曾有幸得見。時間久了，藤花在他心中印象也淡去，不想今日竟然見到百年老樹，再次燃起他的渴望。

「都什麼時候開花呢？」他忍不住又問。細看，葉片間已經能見到淺淺的嫩紫，到盛開大概也用不了太長時間。

「差不多再一兩個月就開滿了。」桂花屈指算了算回應，就見吳幸子瞇起眼笑得開心，薄荷、桂花更是下定主意，定要讓主子看看滿樹藤花的奇景。

見主僕三人和樂融融地對著藤花指指點點、歡聲笑語，被晾在一旁的樂明珠臉色陰鬱，但當著黑兒的面又不好發作，捏著杯子的手咔咔作響，幾乎要把茶杯給捏碎。

她可並非自願來見這老東西，是被父兄給逼來的。

看著那張畏畏縮縮的老臉皮，樂明珠就厭惡得很。如此粗鄙之人哪一點趕得上魯先生的仙人之姿？竟將這老東西當成魯先生的替身？關山盡都不嫌噁心嗎？

菜倒是上得很快，雖然能上桌吃飯的才三個人，但黑兒與吳幸子的食量都不小，於是薄荷貼心地叫了十人份的菜，多是爆炒的菜色，心肝肚肺腎一樣不落，前腿、後腿、上腦、頸子、蹄子，細嫩者有、濃厚者有、腴爽者有、彈牙者也有，不虧是專門賣羊的店鋪，林林總總十來樣菜還有一道全羊湯，竟口味分明絕無重樣，吃得人口齒留香，恨不得連舌頭也吞了。

當然這指的都是吳幸子，菜上來後他就像進了大城裡的鄉巴佬，目不暇給難以自持，抽動著鼻子狠狠吸了一口氣後，端起碗就埋頭猛吃。

他吃得其實挺秀氣，吳幸子做事都帶些拘謹，規規矩矩端著碗筷也不見動作特別快，可食物就是以肉眼可見的速度迅速減少。

逼得樂明珠也無空閒說話，咬牙切齒地吃飯。

原本以為是鴻門宴，至少對樂明珠來說這應當要是場鴻門宴，她掌控全局步步進逼吳幸子，好達到今日計畫好的目的。

可偏偏一切都與她預計的不同，吳幸子竟是真心誠意來吃飯的，他吃得太過認真，樂明珠找不到絲毫空隙搭話，忿忿不平地塞了兩碗飯，這才好不容易迎來吳師爺吃飽喝足的滿足笑臉。

一桌子菜除了骨頭，連蔥薑蒜都沒留下，湯汁甚至都舀去拌飯了。吳幸子捂著嘴輕輕打了個嗝，略有些尷尬地對樂三小姐道歉。

「無事，吳先生倒是很能吃。」樂明珠上下掃了這乾瘦的老東西一圈，都看不明白那些食物是吃到哪兒去了，不由得咋舌。

「多謝樂三小姐今日設宴款待，吳某惶恐，改日也讓在下作東道主宴請三小姐回禮。」薄荷適才偷偷在吳幸子耳邊報了這桌菜價，畢竟是市集裡的食肆，價格很是合算，吳幸子安心不少。否則，他還真沒有臉讓人請客，想想他吃了多少，樂三小姐才用了多少？

「吳先生無須客氣，樂三今日也並非專程請先生吃飯。」總算能談正事，樂明珠也鬆口氣，調整了下坐姿嚴肅起神情，「適才在外頭鋪子中，先生應當也聽見不少人議論您了。」

絲毫不拐彎抹角，便是吳幸子也愣住了。

「這些茶餘飯後的閒言碎語，與我樂家毫無關係，魯公子也不會做如此下作之事，我樂三此生行得正坐得端，俯仰無愧於天地，這點還望吳先生周知。」樂明珠也不須吳幸子回應，她今日的目的是替自己及魯先生抹去髒水，劈劈啪啪只顧著說自己想說的。

「呃……吳某並沒有……」吳幸子眨眨眼，樂三小姐話中的意思反過來指責他偏聽偏信，他忍不住想替自己解釋。

「你不用多說，樂三明白吳先生聽到這些汙言穢語心情自然不好，同大將軍抱怨幾句也是人之常情。樂三今日也並非指責吳先生心中不滿，只是不喜歡你挑撥離間罷了。」樂明珠哪裡耐煩聽他解釋，將長依招來。

長依連忙奉上一直抱在懷中的小包袱，樂三解開包袱，裡頭是個小巧精緻的紅漆盒，接著便將盒子推向吳幸子。

「這是樂三的一點心意，算是與吳先生交個朋友。」樂明珠微揚下顎，眉宇中帶點鄙夷與不耐煩，「吳先生，既然您現在正得大將軍的寵，那就安安心心當你的男寵即可。雖說，大將軍一開始將你當成魯公子的替身……」樂三突然嗤地一笑，笑聲當中的蔑視與作噁就連三歲小孩都聽得出來。

吳幸子臉色先是一紅，接著慘白。他勉強對樂三小姐苦笑，打算開口替自己辯解，卻再次被樂明珠抬手制止。

「姑且不論大將軍是眼瘸了還是心盲了，他將你當成魯公子的影子這是千真萬確，你大可以自個兒問問大將軍，他對你的喜愛，有多少是因為魯先生。所以，樂三在這兒給你提個醒，別以為大將軍現在疼你疼得緊，這都是沾了魯先生的光。」

「這，吳某……」

樂明珠皺眉，厭惡地瞪他，「吳先生，樂三沒這麼多閒工夫聽你解釋，你是什麼樣的人，樂

三見多了。爭寵的手段，來來去去那麼些個，你多說都是無用的。今日，你心裡不痛快便吹枕邊風，挑撥大將軍與魯先生的師徒情誼，這種手段樂三不客氣說一句，當真噁心人。」

「吳某並沒……」吳幸子百口莫辯，因為樂明珠壓根沒打算讓他說話，果斷地截了他話頭。

「你回去轉告大將軍，一日為師終身為父，魯公子畢竟是他的老師，既然心悅於魯公子，被拒絕了便要痛痛快快接受，這才是男子漢大丈夫應有的擔當。眼下這些小手段，樂三雖無法與大將軍的滔天權勢相抗衡，可鬧個魚死網破也非難事，馬面城的女人他惹不起。你也是，看清楚自己的身分地位，既然沾了魯公子的光，就別蹦躂，你以為弄臭魯先生的名聲，便能討得了好嗎？哼！窮地方的破師爺，就這般眼界。」語畢，樂三看來滿意了，便點點紅漆盒。

「你將東西收了吧，我言盡於此。還望吳先生放聰明些。」

也不管吳幸子到底要不要收禮，樂明珠便起身帶著丫鬟像風一般地走了。

吳幸子直愣在當場，半天緩不過神，他甚至都沒弄懂整件事的前因後果，最後一臉茫然地看向黑兒。

「黑兒奉將軍命，不得妄自議論。」黑兒一臉歉意地拱拱手，接著話鋒一轉：「不過，假若您與丫頭間閒聊，黑兒倒是什麼也沒聽見。」

薄荷、桂花何等機靈，心知這是黑兒大人開後門了，她們也確實心疼自己的主子，便壓低聲音告起狀來。

「那樂三小姐好不講道理，吳先生怎麼會說人壞話呢？」薄荷以此當開場，心中斟酌該怎麼避重就輕地解釋整件事。

「主子，您別聽樂三小姐胡說，大將軍對魯先生才不是那麼回事，只不過魯先生眼看要大婚了，大將軍自然不能像過去那般寵著魯先生，這也是樂三小姐喜聞樂見才是。」桂花說話直接多

了，語末啐了口。

吳幸子聽得雲裡霧裡，他早知道關山盡寵著自己一定有原因，只是過去未曾往魯先生的替身想，畢竟兩人的外表與氣度都如雲泥之差，誰能把他們倆聯想在一起？關山盡眼力是不是有些問題？要不要找大夫看看？該不會在戰場上留下了暗傷？

這一思索，吳幸子倒替關山盡擔憂起來。

「嗳，可不是嘛！以前覺得魯先生仙人一樣，這會兒才知道，什麼仙人之姿都是騙人呢。」薄荷撇撇嘴，她自然全心全意都為自己的主子。

「是啊，大將軍現在把魯先生當外人了，樂家原本希望靠魯先生靠上將軍府這座大山，誰知咱們將軍英明果斷，直接就斷了這種念想。也難怪樂家急了，要是沒有咱將軍這座大山，魯先生對樂家就毫無用處。」桂花冷哼，她年紀小但見識可不少，她都能看得透，樂家自然看得更透了。

雖說樂家是馬面城一等一的大商賈，但在關山盡的挾制下，有許多商品貨物不能大量往南蠻去。當然，南蠻進來的物品也全得經過將軍府把控，再由將軍府分配給各商家，每年得花錢買一次許可，各家分配到多少商品都在許可中註明，最多可得四成的分配。

南蠻雖然野蠻，卻也有不少大夏沒有的好東西，商人著重的就是低買高賣，流通商品。可關山盡身為邊城守將，他更看重的是如何將敵人掐死在襁褓之中，自然不能讓南蠻過得太好，卻又讓他們能獲取一定的安定與休養。既然無法覆滅南蠻，那就溫水煮青蛙，鬆弛有度地養廢自己的敵人。

此中道理薄荷、桂花雖然不能全懂，但她們相信大將軍一定有自己的道理。

是以，多半馬面城人民對將軍府定下如此規矩並無任何不滿，即使是被挾制，但馬面城能安穩，也有獲取一定的利益，足夠大家感恩戴德了，誰又會去質疑將軍府？

畢竟，六年前，馬面城還是個戰亂頻仍、有今日卻看不到明日的地方啊！

「可，魯先生畢竟是大將軍的老師……」

想起那光風霽月的白衣佳公子，吳幸子莫名有些同情。

「主子，你可別心軟。魯先生和大將軍之間的師徒情誼如何，同咱們沒有任何關係啊。」薄荷一看狀況不對，忙不迭勸道：「大將軍會疏遠魯先生，也是因為樂家想藉魯先生這層身分牟利，大將軍這也是不得不為之。」

「這麼說倒也是……」吳幸子低頭思索片刻，點頭贊同薄荷的說法。

確實，若有人藉由魯先生的身分挾制將軍府，讓關山盡難做人，這也不好。他的心裡自然是偏向關山盡更多些，那點同情便淡去不少。

「倒是樂三小姐送的不知是啥呢？」桂花看著桌上的紅漆盒，掩飾不住好奇。

「打開來瞧瞧？」吳幸子自然寵著倆小丫頭，拿起紅漆盒打開來，才看一眼就詫異地愣住。裡頭用上好的絲緞為襯裡，淺淺的鵝黃色，隱泛流光。當中擺的是五枚元寶，突兀得讓所有人都傻眼。

「這是賄賂您嗎？」薄荷半晌後開口。

「這、這……太貴重了。」吳幸子捂著心口，緩緩吐出一口氣。這還真的是一份送到點上的貴重禮物。

且不論樂三小姐送錢是羞辱還是財大氣粗，對吳幸子來說錢倒是比其他東西都實用得多。五個元寶呢，等他回清城縣，都可以做個小生意餬口，棺材也能用上好的柳州棺材，甚至都能請人在他死後替他掃墓了！

啊……樂三小姐真是剔透玲瓏心啊！

吳幸子糾結了好半晌，最終個性裡的古板老實依然占了上風，有些不捨地蓋上紅漆盒，遞給黑兒，「麻煩你替我還給樂三小姐，如此大禮吳某實在生受不起。」

「黑兒知道了。」接過紅漆盒揣進懷裡，黑兒心知吳幸子是真心誠意的，便也不多勸他收下，免得令他尷尬。「師爺還打算在市集裡逛逛嗎？」

「這倒不用，咱們回去吧。」吳幸子原本是想逛的，可憶起街上對自己的蜚短流長，也只能打消念頭。

「可是，到底這次的流言又是誰傳的呢？」臨走前，桂花皺著眉嘀咕。

黑兒看了她一眼，又往吳幸子看了眼，最後垂下頭沒多說話。

關山盡這回離開了有些時日，吳幸子也說不上怎麼回事，老覺得心裡空落落的，就算是種田養雞，也沒能讓他心情好轉。

眼看過去了七天，吳幸子連上鯤鵬社的興致都提不起來。他悶悶地用完早飯，如同往常那般整理好菜園子，清理雞舍，便盯著胖敦敦的母雞發楞，把母雞盯得啼叫不停，一溜煙地躲。

「主子。」一嗓他回神的，是薄荷甜脆的嗓音，小丫頭提著裙襬從外頭火急火燎地跑向他，雙眼閃耀著愉快的光彩。

吳性子不由得笑了，薄荷也好桂花也好，要是沒這倆小丫頭陪伴，那他的日子得多無趣哪！

「怎啦？」吳幸子揉了揉薄荷的小腦袋，小姑娘還喘著呢，就獻寶似忙不迭朝他伸手。粉白的小手上，抓著一枝桃花。

吳幸子的笑容僵硬了下，訝異地看向薄荷，「這是，桃花？馬面城不是沒有桃樹嗎？」

「原本是沒有的，可我問了姑母，才知道原來朱家在院子移植了幾株桃樹，今年都開了。」薄荷解釋道，朱家是馬面城本地的世家，和樂家商賈發家不同，是少數以文章立家的。前幾代也出過幾位京官，現在的當家原本也在京城當官，後來告老還鄉。也因如此，才有如此風雅的閒情種桃花。

這些桃花是從臨縣移植過來的，也真多虧朱家人種活了桃樹，前兩年連個花苞都沒結，今年卻開得滿樹繽紛。

「主子您前些日子不是總嗅到桃花香嗎？應當就是朱家傳來的，朱宅與將軍府才隔了一戶人家。」薄荷小心翼翼地將桃枝遞給吳幸子，誠心道：「主子，薄荷知道您一定是想家了，所以替您討來一枝桃花，以後咱們也在將軍府裡種桃花吧！」

她與妹妹怎麼可能看不出這些日子主子的不對勁？以前主子澹泊悠然，將軍來或不來都沒放在心上，把自己的日子過得有滋有味的。可自從樂家小姐那頓飯後，主子就變了，眉宇間隱隱有些愁緒，時不時就揉揉胸口，看人的眼神都直勾勾的，似乎神遊物外般。

這讓倆小姑娘不知道在心裡罵過樂三小姐多少回，心裡那個急啊！後來才在黑兒的提示下得知，原來朱家種了桃花。桂花想起先前吳幸子問過幾次將軍府有沒有桃花，猜測主子應該是喜歡這種花的，也許見到了心情會好些？

倆姊妹這才大著膽子上朱家要來一枝桃花。所幸朱家書香門第，對小姑娘和善溫柔，一句刁難都沒有，二話不說就折了桃枝給她們。

吳性子恍然了片刻，他心裡千頭萬緒，盯著桃花半天沒有出聲。要不是眼尾一瞥看到薄荷紅撲撲的小臉蛋，這才勉強穩住心緒，對小姑娘笑道：「多謝啊，這枝桃花長得真好。」

「是啊，我和妹妹還是頭一回看到桃花呢，紅豔豔的跟梅花有些像，細看又不同了。」薄荷欣喜地看著主子的笑臉，心裡總算鬆了一大口氣。

「桂花呢？」吳幸子攢著桃枝，一陣陣桃花香氣讓他胸口悶得慌，但又不願意讓丫頭看出端倪，只得顧左右而言他。

「妹妹去大廚討些麵糖，朱大小姐教我們一種桃花的點心，想做給主子您嚐嚐。」

「是嘛，妳們倆丫頭鬼靈精怪的。」

吳幸子笑吟吟地又揉了薄荷小腦袋一把，接著交代：「我有些乏了，想回房歇息一會兒。午膳不用招呼我吃，等我醒了再說，妳和桂花先填飽肚子，知道嗎？」

「欸，知道了。」薄荷連連點頭，本想攙吳幸子回房，卻被打發去幫妹妹做糕點。想來主子應當是嘴饞了，薄荷自然乖乖領命而去。

見她走遠，吳幸子臉上的笑容霎時沒去，神色甚至顯得有些蒼白。

他垂頭看了眼桃花，彷彿拿著火焰似的，一時竟手足無措。還是黑兒不知打那兒冒出來，溫言從他手中接過桃花，這才解了他的燃眉之急。

然而吳幸子沒有餘裕多感謝黑兒，他轉身幾乎是逃回房間，關上門窗後倒在床上，被褥間還殘留著關山盡的氣味，只是淡了許多，再過幾日說不定就消失了。

他狠狠吸了口氣，這才感到平靜許多，可即使如此，他也無法不回憶起那個名字……

「載宗兄……」曾以為自己已然忘記那段過往，誰知道再次念出這個名字，他依然痛徹心腑，胸口一抽一抽地疼得他視線模糊。

那個站在桃花林中的頎長身影，衣袂飄飄宛如桃花花仙。那時候他才十八歲，竟看傻了眼。從此之後，顏文心、顏載宗……載宗兄，這個人深深烙印進了心裡。

他喜歡的一直是文雅俊秀的男子，但顏文心其實並不是這樣的男子。當時二十鋃鐺歲的顏文心，有一張稍嫌陰柔，被嘲諷為薄情寡義的容顏。唇太薄、眸子細而長，不笑時顯得苛薄，笑起來卻春暖花開。

吳幸子就是喜歡上他的笑顏，彷彿萬物都染上的暖意。

爹娘才去了兩年，他還不習慣孤獨，卻又因為古板害臊的天性，遲遲沒有找到能共度餘生的良伴。顏文心彷彿替他的世界添上色彩，終於在凜冬中吹入春風。

儘管大夏不禁南風，然而男子相戀畢竟是少見的，況且顏文心一心為官，操守自然異常要緊。原本吳幸子打算暗自喜歡著便好，就算不能成為相守一輩子的人，只要能與顏文心在一起看書閒聊，也就夠了。

先捅破紗窗紙的人，是顏文心。

吳幸子以為自己早遺忘了一切，現如今才知道，有些事當真一輩子也忘不了，只是被他層層鎖在心底，眼不見心不煩罷了。

那一天下著雨，他去到鵝城的時候已是午後，辦完事天色已晚，鵝城衙門有空房能讓他暫住，既然如此吳幸子也沒客氣便住下了。可解決了住的問題，還有肚子得填飽呢！他思索片刻，臉頰微微泛紅，揣著小錢囊就跑去找顏文心。

為了備考，顏文心過得頗是窮困，然而人雖窮，志氣卻不窮，寧可餓得三餐喝米湯，也絕不開口跟人借哪怕一文錢。平日裡也都會寫些字畫上街賣，賺取微薄的生活費，大半存下來留著進京趕考用。

吳幸子自然心疼他，卻又不願意傷了他的面子，所以總是用各種藉口帶些吃的用的給他。比如今天，他上街買了一隻燒鵝，又買了幾張燒餅、兩大碗麵、兩大碗粥，這才興沖沖找去顏文心的住所。

夕陽已完全落下，透過窗子往內看，裡頭黑洞洞的，只有一道細得彷彿絲線的火光，妖嬈地扭著身子。

吳幸子敲敲門後便直接推門走入，出聲喚道：「載宗兄，你在嗎？」

「幸子嗎？怎麼來了？」顏文心的聲音並不遠，搗鼓了一下燭光亮了許多，總算能照清楚那張下巴尖細的臉龐。

「找你陪我吃飯啊。」吳幸子笑著舉起手上的食物，那隻燒鵝顯眼得不得了。

聞言，顏文心輕聲笑了笑，招呼道：「過來吧，你老是變著法子餵我吃飯，有你這樣的朋友，顏載宗無以回報。」

「噯，說這什麼呢。」被說破，吳幸子羞紅了臉有些尷尬，心口卻莫名甜絲絲的。

兩人佈好碗筷，面對面用起飯來。

顏文心身邊沒有多餘的雜物，屬於吳幸子的碗筷還是他先前自己帶來沒拿走留著的。

照吳幸子平時的飯量，一隻燒鵝只有骨頭會剩下，但在顏文心面前，他客氣地只吃了小半隻，其餘都留給對方。麵也好粥也好，他是打定主意要讓顏文心吃到明日午餐的。

「幸子啊，你飯量也不大，怎麼每回都買這麼好些東西呢？」載宗看著已經吃飽停筷的吳幸子，眉目含笑。

吳幸子垂下腦袋搔搔臉頰，不好回說這其實是照著他原本會有的飯量買的，吃完半點不成問題。只是他將大部分都留給顏文心罷了。

果然，剩下的飯菜顏文心都細細收拾好，笑著說可以飽到明晚。

既然吃飽喝足，吳幸子便打算告辭，卻不想顏文心突然握住他的手。

身為讀書人，顏文心的手細緻光滑，只有幾個筆繭，比吳幸子的手要嫩得多。然而，這雙手卻很寬大厚實，骨肉勻稱、十指修長，非常好看。

更不提，掌心的溫度彷彿帶著火，熱意從肌膚往裡鑽，順著經脈攀爬全身。

吳幸子輕顫了下，迅速瞥了眼顏文心，便紅著臉別開頭。

「載宗兄有事？」

「是啊。」顏文心語中帶笑，另一隻手也握上來，一點點將兩人間的距離縮短，「外頭似乎下雨了，你急著走嗎？」

側耳細聽，確實能聽見淅淅瀝瀝的雨聲，可雨勢應當不大，走回衙門說不定都不會全濕。

「載宗兄的意思是？」吳幸子無可抑制湧起一股期待，但很快又掐滅那抹想法。他們往來數個月了，一直以好兄弟相稱，顏文心還曾說過要出將入相、迎娶美嬌娘，光耀顏家門楣。

「幸子。」顏文心緊緊收了收掌心，彷彿攢緊了吳幸子的心弦。

一時無語，倒是外頭的雨聲變大了，滴滴答答敲在石板路上，屋子裡也潮濕起來。

可他們依然誰也沒動，誰也沒先說話，耳中只有彼此的呼吸聲。

也不知過了多久，顏文心突然輕嘆一聲，吳幸子的心猛地提到嗓子口。

「幸子。」顏文心又喚了聲。

「欸。」吳幸子乾澀地應了。

「我心悅於你。」

回憶中的吳幸子，與陷入回憶中的吳幸子，同時抽了一口氣。只是過去的他是欣喜，現在的他是痛苦。

這句話迴盪在耳中，彷彿錐子不停朝最痛的地方戳，戳得吳幸子淚眼模糊卻只能咬牙苦捱。

他這輩子，就喜歡過這麼一個人，他知道自己笨拙，知道自己長得難看，也知道自己當真不聰明。可他是誠心誠意的，為了顏文心喜、為了顏文心憂、為了顏文心的前程他能付出一切。

「你為什麼不對我說呢？」時隔多年，吳幸子頭一次對顏文心問出了心裡的疑惑。為什麼不說？

他明白人心會變，那些付出他不求回報。他只是想要一句話，一句道別，也就夠了。

別說午飯了，吳幸子連晚飯都沒吃，薄荷、桂花擔心地在房外張望，但大將軍交代過，除非他或吳幸子叫人，否則不許任何人擅入。

直到月升星稀，屋子裡都沒點起燈來，最後連黑兒都來到門外，臉色嚴肅地似乎正思索是否要破門而入。

眼看即將戌時，屋內仍然半分動靜也無，薄荷、桂花端著飯菜和桃花糕，在門外喚了吳幸子幾聲，都急得打算踹門了。

「怎麼回事？」就在三人滿心焦躁的時候，悅耳的男子聲音從後頭傳來。

「大將軍！」薄荷回頭一看開心得幾乎跳起來，就見關山盡一身風塵僕僕，正皺眉撢著身上的塵土。

她忙不迭捧著飯菜跑上前道：「吳先生從午時就躲在屋子裡，午飯沒用、晚飯也沒用，我同妹妹、黑兒大人叫了好幾聲，吳先生都沒回應。」

「都沒吃飯？」關山盡臉色更顯難看，他背上背了一個長包袱，大小看來有些分量，很珍惜似地沒解下。

他看了一眼薄荷手上已經涼掉的飯菜，擺了擺手，「端走吧，去大廚要些雞蛋、肉菜回來，晚些我再替他做，你們都先散了吧。」

「要不，先讓吳先生吃點桃花糕墊墊胃？」桂花抬起手上的點心盒子。

「桃花？」關山盡眉峰一皺，朝黑兒瞪了眼。

「回大將軍，朱宅後院種了三株桃花，今年都開了。吳先生前些日子嗅到桃花香所以問了幾次，丫頭們才去討了桃枝來。」黑兒垂首回道，語氣態度都沒有絲毫不對勁。

關山盡看他這模樣，卻冷冷地哼笑聲。

「你現在倒懂得虛應我了？也罷。」他從黑兒身邊走過，用手指彈了彈房門，「吳幸子。」

屋內依然毫無回應，關山盡便直接推門走入，不待眾人看清屋內景象，反手將房門關上。

裡頭，自然是一片漆黑。

外間裡間都沒點燈，關山盡也索性不點，聽著熟悉的呼吸聲往裡間走。

月光從窗外灑入，屋內彷彿罩上一層如水般的紗籠，隨著細弱綿長的呼吸聲碎了一地。

床幔是放下的，隱隱綽綽中可以看見裡頭鼓著一個圓球。關山盡不由得露出微笑，他也不急著叫醒吳幸子，身上都是數日奔波的塵土，總得先整理乾淨了才方便摟著人好生搓揉一番。

從呼吸聲聽來，吳幸子就是睡熟了，並沒有什麼大礙，關山盡自然放下心。

解下背上的長包袱擺上桌，接著回到外間喚來薄荷、桂花送熱水進來讓他梳洗，待一切整理好，關山盡全身清爽地換上家常服飾，戌時都快過了，他這才掀開床幔，在床沿落坐，隔著被子揉了揉裡頭的老鵪鶉。

「吳幸子。」他輕柔地喚了一聲又一聲，十來聲後被子中才傳出模糊的回應。

「你餓了嗎？」

「呃……」吳幸子帶著睡意咕噥著，他睡過去前似乎哭過，雙眼都腫了，這會兒有些睜不開，拱啊拱地才從被子裡拱出一張紅撲撲的臉，歪著腦袋用腫得有核桃大的眼瞅著關山盡。

「嗯？怎麼回事？」關山盡一看到那雙眼，就心疼。

「怎麼回事？」吳幸子還沒完全醒過來，他睡了很長時間，整個人還是懵的，不自覺蹭著被子重複關山盡的問題。

「眼睛都哭腫了。」關山盡皺眉嘆口氣，小心翼翼地把人從被子裡撈出來，牢牢實實地摟在懷裡，「誰惹你不開心了，嗯？」

他心裡自然有猜測，這些日子他人雖在外，吳幸子身邊的大小事卻沒一件落下，也就今天的桃花有能耐在他眼皮子底下作怪，不知滿月又瞞著他交代黑兒什麼？

吳幸子迷迷糊糊地用臉頰磨了磨關山盡的胸口，接著深深吸了一口氣，憋了一會兒才戀戀不捨地緩緩吐出來。

這依戀的模樣讓關山盡心頭軟得一塌糊塗，但凡吳幸子醒著，就不可能在他面前展現這般模樣，總是小心翼翼隔著拘謹的距離，彷彿擔心自己往前踏得深了，會摔進萬丈深淵似的。

久了關山盡自然看得出來他的心思，可卻又拿吳幸子毫無辦法，這老傢伙性子軟卻強得像頭牛，到頭來反是自己氣悶得要死。

「我弄粥給你喝？再替你揉揉眼睛？」

「嗯，我想喝兔肉糜熬的粥。」吳幸子咕噥著，這是他頭一回吃到關山盡做的食物，驚為天人，一輩子沒喝過那麼好喝的粥。後來儘管關山盡熬了十數種不同的粥品，更加細緻美味，卻總是比不上第一碗粥。

「下回吧，眼下沒有兔子肉，趕明兒我去獵幾隻回來給你吃，嗯？」憐惜地在吳幸子紅腫的眼皮上親了親，關山盡又摟著人晃了晃確定人真的醒了，才鬆開手。「我有禮物送給你，趁我熬粥的時候，你先把玩把玩？」

「欸……」吳幸子這才猛然察覺自己賴在關山盡懷中的傻樣，老臉通紅地退開，垂著腦袋細聲回道：「你、你回來就好了，送什麼禮物呢？」

適才他是不是蹭在關山盡懷裡聞他的氣味？噯，吳幸子！你這沒用的東西。

不過關山盡還真是好聞啊！不虧是蘭陵鯤鵬，就是成精了也沒一丁點不好，他也好些日子沒同鯤鵬問安了，有些想念啊。

「又胡思亂想些什麼？」關山盡瞅著吳幸子藏不住表情的臉，那雙澄澈的眸子淨往他褲襠看，實在令他哭笑不得。不管睡前吳幸子為什麼而哭，這會兒都在鯤鵬面前恍如雪遇春陽，消融殆盡。

「沒沒沒，我就是……餓了。」吳幸子依然控制不了眼神直往蘭陵鯤鵬瞟，要不是肚子咕嚕嚕叫得震天響，他實在很想厚著臉皮求見鯤鵬一面。

「有你可玩的，急什麼？」關山盡擰了把他肉呼呼的鼻尖，把人帶下床，指著桌上的長包袱道：「喏，這小玩意兒你自行玩玩吧，我先替你熬粥，別餓過頭胃疼。」

「多謝多謝。」吳幸子小心地解開包袱，看清裡頭的東西後訝異地瞠目結舌，「這、這這……這是琴嗎？」

包袱裡是一把乍看古樸，細看卻處處透著精緻的琴。

吳幸子霎時手足無措，他將手背在腰後，指尖微微擺動著想觸碰，卻不敢輕易動手。他看不懂這把琴好不好，但關山盡送出手的東西能差嗎？

關山盡替他將琴擺好，推著他在琴前方落坐，拉出他的手一點點拂過琴弦。

琴音並不成調，依然錚鏦悅耳，定是一把名琴。

吳幸子又想縮回手，這回關山盡也沒攔著，寵溺地捏捏他的手掌，便轉身去廚房替他做吃的。而被留在屋內的吳幸子盯著琴半晌，臉皮猛一下紅得發燙。

「參差荇菜，左右采之。窈窕淑女，琴瑟友之……」察覺自己嘴裡念的什麼，吳幸子幾乎坐不住。都已年屆不惑，既不窈窕也非淑女，瞧他腦子裡都想了什麼！哪來這麼大臉！

連忙低聲在心裡告誡自己，可吳幸子又按捺不住心中那破殼而出的羞澀喜悅，他生平沒收過什麼好東西，也就過去一個香囊和這把琴。先不管香囊從何而來，都與這把琴無法相提並論。

既然關山盡送了他琴，是不是代表了什麼？

「不不不，吳幸子，你這憨人！關山盡年少有為，他心尖上的人可是魯先生啊……」

可不是嘛！吳幸子總算平靜下來，按著胸口連連點頭。

樂三小姐說過，關山盡對自己好，那是因為魯先生的關係，太過愛重所以不敢求之，這才選了自己當替身。

「噯，我總歸也不懂彈琴……」認為自己找到了解套，吳幸子臉上的紅暈也慢慢消淡，心裡依然快活，卻沒了之前的羞澀歡愉。至少，關山盡還是對他很好的。

既然沒了不切實際的遐想，吳幸子的態度也坦然多了。他看看琴，心頭還是癢癢的，儘管自己不通音律，卻很喜歡琴音。以前他爹琴藝也是一絕，聽說鄰近數個城鎮都沒人比得上他爹。小時候爹想教他彈琴，可惜才學了一個月爹就不得不放棄。

吳幸子雖然不至於五音不全，但他就是能將每個音都落在拍子後頭，讓他快點便會早拍子一步，總之不是快了就是慢了，一首曲子徹底毀去。

偏偏吳幸子自個兒還聽不出來，彈得開心不已，可苦了他爹，耳鳴了大半個月，這才不得不放棄。

後來他爹的那把琴自然也在洪水中不知漂流至何方，他便再沒有機會摸琴了。

噯，琴音可真好聽哪！

吳幸子將手在褲子上抹了幾把，這才動手撥弄琴弦。

吳幸子會的只有一首曲子，他端正了姿勢，調了調琴音，閉上眼回想了一會兒當年爹是如何教他的。

「有道是『昔伏羲氏作琴，所以禦邪僻、防心淫，以修身理性，反其天真也。』故琴可通天地萬物，養性修身。你性子軟而淡泊，遇事退縮絕不出頭一爭長短，長遠來說可平淡順遂一生，短的來說卻容易被欺瞞利用，不可不慎。」學琴頭一天，爹是這麼對他說的，那是個三月春陽的好日子，娘在一旁剝豆莢，帶著笑看他們父子倆。

「孩兒明白了。」他那時候還沒到十歲，垂著腦袋乖乖聽訓，卻聽不大明白爹的意思。

顯然也看出他的懵懂，他爹嘆口氣，語重心長道：「還望琴音能修你心性，不可一味退讓，懂得審時度勢。」

「孩兒明白。」自然還是不明白的。

他爹揉了把兒子的小腦袋，接著講解起琴之九德，什麼「奇、古、透、靜、潤、圓、清、勻、芳」云云。

從琴制、琴音乃至琴道暢談了許久，聽得未滿十歲的吳幸子幾乎打起盹來，他娘在一旁注意到了，偷偷拿顆豆仁扔兒子，省得小心肝兒一會兒被他爹給訓斥。

待終於說滿意了，他爹才將兒子抱到腿上，手把手地指點如何彈琴。

那段時光彷彿歷歷在目，吳幸子嘴角含笑，輕輕勾弄琴弦，奏了一曲〈仙翁操〉。反反覆覆彈了幾回，指頭也靈活許多，他滿足地吁口氣，珍惜不已地撫著琴身，一點點細看各個部件，沉醉得連肚子餓都忘記了。還是關山盡熬好粥回來，濃郁的香氣才喚起吳幸子的注意，揉了揉空虛的肚子，饞得直吞口水。

「先吃飽吧。」關山盡將粥碗遞過去，那可是一海碗的瘦肉蛋黃粥，金黃的米粒猶如絨毯一般，碎肉混在米粒之間，金褐色澤如同繁星，切碎的蔥花碧綠盈盈，好看得讓人捨不得吃。

吳幸子連忙起身接過碗，不顧禮節舀了一勺就往嘴裡送，即便舌尖被燙得發麻，也停不下嘴。將人帶到外間的桌邊坐下，關山盡又回小廚房替自己舀了一碗粥，也是大海碗裝的，照他平時的食量肯定吃不完，擺明是要勻給吳幸子。

果然，他回到屋內，吳幸子已經將大半碗粥吞下肚，他索性將兩人的碗交換，省得舀來舀去的麻煩。

吳幸子實在餓得狠了，他食量大，平日根本耐不住餓，要不是想起顏文心哭了一場，哪裡會連著兩餐沒吃呢？都多少年前的事了，就算他心裡不解當年顏文心為何連句道別也不說，甚至用個走商販賣的便宜香囊欺瞞他，可總歸此生不會再相見，多想無益。

一碗半海碗的粥顯然是不夠的，關山盡原本也沒吃宵夜的習慣，就是陪著吳幸子怕他尷尬罷了，於是將只動過兩三口的粥又盡數交給老傢伙，接著進廚房端了幾張烙好的雞蛋餅回來。

秋風掃落葉一般，雞蛋餅眨眼工夫便消失無蹤，關山盡心裡滿足，從行囊裡翻出些糕點讓吳幸子換換口味。

不知道如何才能將這老傢伙養胖些，看他吃得開心，身子卻總這般纖瘦，關山盡就恨不得多餵他一些食物，務求把人養得嫩些、豐腴些。

終於吃飽喝足，都已上子時，吳幸子挺著肚子滿足地讓關山盡替他揉揉消食，氣氛溫馨美好，吳幸子忍不住就開口問道：「你為什麼送我琴啊？」

「不喜歡嗎？」關山盡挑眉笑問。

「喜歡。」吳幸子連忙挺直身軀，端端正正地道謝：「你對我太好了，多謝你。可是，你怎麼知道我喜歡琴？」

關山盡哼笑兩聲，莫名提起那幾張鯤鵬圖：「你去過鯤鵬社了，圖都拿回來了吧？」

「欸，是啊是啊，嗳，真多虧了你，我都收好了。」提起那七張鯤鵬圖，吳幸子雙眼就發光，更誠懇地對關山盡拱手，「此等恩情，無以回報。」顯然他都忘了，這壓根是關山盡欠他的，誰讓蘭陵鯤鵬精喝醋而手足相殘呢。

關山盡自然不會提醒他，一副松風水月的模樣輕輕頷首，不客氣地生受了謝意。

「那麼，染翠又給你看了什麼？」緊接著的問題，讓吳幸子猛地縮起肩膀，露出些許慌張，臉上浮現討好的笑。

「哪有什麼，就、就鯤鵬圖。」他再愣直也知曉自己不能說出那本精裝的《鯤鵬誌》啊！先不論關山盡會不會對自己發脾氣，他更擔心染翠又要被牽連了。

「喔？」關山盡敲了敲桌子，他的手指勻稱修長，卻十足有力，看似輕輕的幾下，桌子卻像要散架了。

吳幸子咽了聲，躊躇了半晌才硬著頭皮回答：「我、我還看了新出刊的《鯤鵬誌》，可我全然沒有其他心思，就是好奇看看罷了！」說著連點了幾下頭，深怕關山盡不信。

當然不信啊！要是信了，今天會有這把琴？

關山盡冷笑，敲在桌上的指頭直接穿過扎實厚重的黃楊木桌，吳幸子抖了下，吶吶開口：

「噯，可惜了這張桌子……」

這句感嘆直接讓關山盡笑出來，也擺不出凶狠的模樣了。

他拍拍手上的木屑，寵溺地看著老鵪鶉。

「你不是想聽《鯤鵬誌》上的公子彈琴嗎？眼光倒好，青竹胡同白公子，其父為大夏首屈一指的琴人，就算皇上也難以請他彈奏一曲，白公子頗得為父真傳，琴藝隱隱有後來居上的苗頭。」

「啊……」吳幸子眨眨眼，張著嘴吶吶不能成言。

他是從《鯤鵬誌》上看到一位長於琴藝的公子沒錯，也同染翠說了想聽公子彈琴一曲，怎麼關山盡竟知道了？「那位公子，原來姓白嗎？」這他倒是不記得了。

「哼，連人家姓什麼都不記得，卻還忘不了對方長於琴藝，倒是很上心啊。」關山盡語氣酸溜溜的：「我適才聽你彈了幾次〈仙翁操〉，還會其他的嗎？」

「倒是不會了，我爹當年就教了我這曲入門的曲子開手，可我對音律悟性極低，後來就不了了之。」吳幸子紅著臉揉揉鼻子，不好說他爹耳鳴了十多天，接下來兩個月彈琴都走調，可都是拜他之賜啊。

「你想聽白紹常彈什麼曲子？」關山盡拉著人回到琴前問

「呃……〈平沙落雁〉？」總歸是隻大鳥便是了。

關山盡睨他一眼，端麗唇角似笑非笑，徑直在琴前落坐，撥了幾個音，「你愛聽，我彈給你聽便是了。」

錚鏦幾聲，琴音從觀山盡指尖流瀉而出，在如水月色中悠揚地蕩漾開來。

吳幸子雖不擅音律，可懂得欣賞。畢竟聽了他爹幾年琴，尋常琴音滿足不了他被練得極敏銳的耳朵。

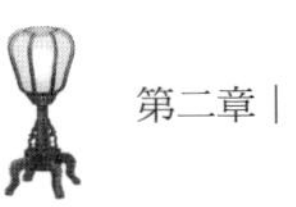

關山盡的琴藝極好，幾乎能趕上吳幸子的爹，恐怕大夏第一琴人也不見得能勝過關山盡多少。就是他的琴聲裡染著殺伐氣息，平沙落雁照理說「取秋高氣爽、風靜沙平、雲程萬里、天際飛鳴，借鴻鵠之遠志，寫逸士之心胸」才是，從大將軍手中奏來，倒像蒼茫荒漠間終於能喘口氣的將士。

曲子還沒結束，關山盡卻停手了。

吳幸子不解地瞅著他，卻見他自嘲似地笑了聲，對吳幸子招招手。

「怎麼啦？」吳幸子靠上前，被輕輕一帶跌進男人熾熱厚實的懷抱中，不禁害臊起來。

「沒什麼……〈平沙落雁〉我彈不來，不想汙了你的耳朵。」關山盡將人摟在懷裡親了親，抓起他的手擺在琴弦上，「我教你彈吧。」

「嗳，還是別了吧，連我爹都教不了我呢。」吳幸子想縮手，卻被牢牢握住。關山盡的手溫很高，像個小火爐似的，初春的夜晚還有些涼意，被這樣握著倒是挺舒服，吳幸子雖羞怯，倒也沒繼續掙扎，乖巧地任由關山盡揉自己掌心。

「我不是你爹，我就樂意教你。」關山盡哪會不清楚吳幸子的琴藝有多差，適才他聽到的那幾回〈仙翁操〉堪稱一絕，拍子永遠對不到點上，時快時慢。又因手指無力，琴音也顯得綿軟，技法自然是極差的，卻別有一種專屬於吳幸子的清淡平和。

關山盡從小就喜歡乾淨純粹的事物，興許是他自個兒內心雜念太多，又太容易看透人心的險惡汙穢，這世上就沒有乾淨的東西。他總愛將乾淨的東西留在身邊觀察，寵著愛著養著，可無論是貓狗還是人，最後總會恃寵而驕，連自己是什麼都忘了。

這麼多年來，只有魯先生在他身邊被愛寵得最久。

可最終，魯先生還是變了，比任何曾經在他身邊的東西都變得更徹底。他這些日子都不禁疑惑，為何竟沒有看出魯先生明珠蒙塵？

吳幸子的琴音很剔透乾淨，琴音如人，什麼樣的人便會彈出什麼樣的聲調，所以他不愛自己彈奏的琴音，殺伐之氣太重，彷彿千軍萬馬踢躂而過，足以止小兒夜啼。

白紹常曾經聽了他的琴音，嚇得掩面離座，從此不敢再與他交際，一時被京城貴胄引為笑談。都說關山盡氣蓋山河、武功蓋世，果然修羅轉世，一小段琴曲就把白紹常給嚇得魂不守舍，發了幾天高燒。

哼！矯情。

「可是夜深了，還是別了吧……」吳幸子依然推拒，「要是魯先生誤會可怎麼辦？」也不知怎麼，這句話就脫口而出。

一時無語，連空氣都彷彿冷凝了。

吳幸子顫抖了下，無措地垂下腦袋，在心裡罵自己沒腦子。他明明並不介意關山盡和魯先生之間的私情，怎麼就這麼酸溜溜的？

「魯先生誤會？」關山盡挑眉，接著低聲輕笑，「魯先生都要大婚的人了，誤會什麼？嗯？」

躊躇片刻，吳幸子這才察覺自己竟真有點在意那天樂三小姐說的話，他嘆口氣端正了下姿勢，小心翼翼道：「欸，我……我想問問你……」

問什麼？有什麼好問的？吳幸子話到嘴邊又退縮了。他原本就沒認為自己與關山盡能比露水姻緣更長久，就是澇災也有水退的一天，總不能傻傻地讓自己溺死在裡頭吧？

當年他對顏文心就是錯付了真心，又何必傻楞楞地一錯再錯呢？他按了按胸口，沒注意到自己竟已將真心與關山盡拉在一塊兒了。

「嗯？問吧。」等了一會兒沒下文，關山盡摟著人搖了搖催促。

「也……沒啥……」吳幸子垂著腦袋，不自覺拉著關山盡的手把玩修長十指，他自認這件事早已板上釘釘，何須自尋煩惱？問了又如何？關山盡自然不會說真話啊！

心情有些煩悶，他從關山盡懷裡掙扎著想起身，卻被摟得更緊，寬厚的大掌拍撫著他的背心，一點一點將他那些不知從何而來的陌生心情給拍散了。

「噯。」他吁口氣，懶懶地軟在關山盡懷裡，心防全消，「樂三小姐請我吃了一頓飯，可好吃了。你喜歡羊肉嗎？」

「喜歡。怎麼，你想請我吃全羊宴？」關山盡也不急著追問，順著他的話調笑道。

「欸，我倒是想呢，那食肆是薄荷、桂花的姑母開的，手藝可好了，用料也細緻，你在外奔波這麼多日子，是該吃頓好的才是。」吳幸子在心裡數著他荷包裡的餘款，住在將軍府這些日子，他可不是毫無收入，每個月都有固定的月錢，他拿得很心虛，恰好這回可用來請關山盡吃飯。

「比我的手藝要好？」關山盡哼了哼，他就是不喜歡吳幸子看重自己以外的任何人。

「那不一樣，你的手藝最是好了。」這倒是實話。

滿意地笑笑，關山盡又問：「那不如我買羊肉回來給你做個全羊宴？」

「別別別，說好了我作東呢。」吳幸子趕忙搖頭，可又忍不住嚥了口唾沫。關山盡的手藝那般好，全羊宴定然美味，他還真想吃。

「好吧，你開心便好。」關山盡抓起他的手啃了兩下，接著問：「那麼，樂三請你吃飯時，說了什麼？」

沒料到關山盡如此單刀直入，吳幸子瑟縮了下，對他露出個討好的笑容，「也、也沒啥，就……嗯……海望，你要不要請大夫來瞧瞧眼睛？」

「我的眼睛怎麼了？」那認真的模樣不像顧左右而言他，關山盡皺眉不解。

「樂三小姐說你、你……」吳幸子支支吾吾了一會兒，才喘口大氣下定決心開口：「你將我視作魯先生的替身，這是真的嗎？」

「若我說是呢？」這件事上關山盡倒沒想要隱瞞，樂三對吳幸子說的那些話，黑兒一字不漏都回報給他了，就等吳幸子問起。

心口猛地抽了下，吳幸子卻沒當一回事，反倒側過身捧起關山盡的臉認真地瞅著道：「你是不是有什麼隱疾或暗傷？」

「喔，怎麼說？」關山盡知道吳幸子這老傢伙不按牌理出牌，可依然有些鬱悶焦躁。照理說此時就算不黯然神傷，也好歹發一頓脾氣吧！可偏偏吳幸子就是不這麼幹，也不知他腦子究竟怎麼長的！

「我說了你別生氣啊，這是大事總得讓大夫瞧瞧才好，你年紀輕輕千萬別留什麼暗痾陳疾。」

「暗痾？」

「欸，是啊。畢竟我與魯先生沒一處相似，你怎麼會將我當他的替身呢？莫不是……」眼力有問題吧？

語雖未盡，關山盡還有聽不出來的道理嗎？

他當即氣笑，胸口一痛險些吐血。他要是有什麼暗傷，都是這老傢伙氣出來的！

「你就想同我問這件事？」他咬牙切齒地問。

「噯，這可不是小事……」吳幸子咕噥。

接著他便被關山盡扛起來，在尖叫聲中扔進床裡。

第三章　這也是一種成全

「這些天，你心裡想念我嗎？」

關山盡自顧自道：「這些日子，我心裡總掛記著你。」

吳幸子都不禁心口一動，又酸又甜的滋味泛開來。

要說吳幸子這無欲無求的人生中最渴望什麼，

大概就是被人放在心上想念了吧。

心中百轉千折，他仍伸手摟住了關山盡，

臉頰在他胸口擦了擦，

輕聲道：「噯，我老想念你了……」

儘管關山盡用了巧勁，吳幸子還是摔得有些頭暈，倒在柔軟的被褥間喘了幾聲才撐起上身，一頭霧水地看著站在床邊獰笑的美人，畏縮地聳起肩。

「你、你……莫不是生氣了吧？」

「喔？看得出來？」關山盡慢條斯理地解開腰帶，褪下外袍，穿著中衣拎著腰帶，將吳幸子堵在床內一角。

「怎麼生氣了呢？」吳幸子直嚥唾沫，惶惶不安地眨著眼看他，回想適才自己說的話，就是不懂哪兒惹怒了關山盡。

但不得不說，美人慍怒依然不可方物。關山盡的眸子是極為多情的桃花眼，水潤中帶些慵懶，眼下因為怒火亮得宛如洗過了似的，幾乎能從中看到自己的倒影。

吳幸子有些癡迷，心裡暗暗決定這麼漂亮的眸子要是真瞎了多可惜，必須得好好請大夫看過才是。

察覺老傢伙又神遊物外了，關山盡氣也不是笑也不是，胸口鬱悶得發疼，湊過去狠咬一口。

「噯……」那口白森森的利牙直接啃在吳幸子的臉頰上，把老鵪鶉咬得縮起肩，無措茫然地捂著齒印。

怎麼老咬他呢？這張老臉皮又不好吃。

「吳幸子。」關山盡雙手抖了下，腰帶發出繃緊的啪一聲，吳幸子莫名也跟著顫抖了一下，往角落又縮了縮。

「你適才認為我眼瞎了不是？」

「啊？」吳幸子眨眨眼，接著猛搖頭，「不不不，我知道你沒瞎，我只是擔心……你有什麼隱疾。」說著他嘆了口氣，苦口婆心勸道：「海望，你長年征戰，有什麼暗痾陳疾也不丟人，我

與魯先生這麼大的差別你都能……唉，我是真替你擔憂。」

這一席真心誠意的關懷，聽得關山盡既熨帖又煩悶，彷彿喝了一杯清涼的泉水後被硬塞了一塊烙鐵，冰火二重、一言難盡。

「你就不問我為何把你當替身？」伸手攬上吳幸子纖細的背脊，幾日沒親近了，他著實想念得慌，過去就連魯先生都未能讓他如此掛念。

臂彎裡的身軀纖細柔軟，恰恰好能嵌進他懷中，嚴絲合縫難分你我。他不禁又緊了緊手臂，寬厚溫暖的掌心貼在吳幸子的背心上，立即感受到懷中的人顫抖了下後，便放鬆了身子，軟軟地賴著他。

「呵呵……」吳幸子當然不會傻到回答這個問題，這些日子下來，面對關山盡他還是有眼色的。總不能說，他早就有答案了。

他與魯先生天上地下，問一百個人一百人都認為他們絕不相像，除了關山盡眼花看走眼之外，還能有別的解釋？

吳幸子不是個會自尋煩惱的人，他很認本分的。

「哼。」那裡聽不出吳幸子的敷衍，關山盡忍不住掐了他細腰一把，將人掐得倒抽口氣，這才滿意了點，垂首吻了吻他先前咬出的齒痕。

兩人靜靜摟在一起片刻，關山盡嗅著吳幸子身上清淡的氣味，心裡就覺得無比舒坦。

「吳幸子。」

「欸。」

「唉，吳幸子。」

「欸。」

「這些天，你心裡想念我嗎？」想念嗎？吳幸子微帶不安地動了動身子，被猛地摟得更緊，大腿內側都能感受到男人胯下的火熱，他老臉一紅，糾結著按兵不動或著乾脆順從心願呢？想不想念關山盡他不敢深想，可鯤鵬絕對是想念的。

關山盡卻沒等他回答，自顧自道：「這些日子，我心裡總掛記著你。」貼在耳際的輕語中是不容忽視的款款深情，饒是吳幸子都不禁心口一動，又酸又甜的滋味泛開來。

很久，沒有人這般直白地掛念他了，當然柳大娘一家總是關心他、愛護他，可畢竟不是一家人，多多少少有些隔閡。

要說吳幸子這無欲無求的人生中最渴望什麼，大概就是被人放在心上想念了吧。

畢竟，浮世三千，他卻總在三千之後。

明知道關山盡心裡還有個魯先生，明知道自己只是占了一個替身的位置被寵愛，明知道總有一天他仍得孑然一身返回清城縣，當那天到來，他是否連自戕的勇氣都已不復存？

心中百轉千折，他仍伸手摟住了關山盡，臉頰在他胸口擦了擦，輕聲道：「嗳，我老想念你了……」

年輕男人壯碩的身軀在他手臂間微微繃緊，彷彿沒料到會聽到這個答案，緊接著一個濃烈的吻印上他的唇，強悍直接還帶些瘋狂粗暴，咬著他的唇、勾纏他的舌，掃過他口中所有敏感脆弱的地方，幾乎要將他吞下似的。

「唔……」吳幸子被吻得喘不過氣，整個人癱軟在厚實的胸膛中，關山盡卻依然不滿足，嘖嘖有聲地吮著他的舌根，摟著他的手臂越收越緊，很不滿意兩人之間的距離。

含不住的唾沫從唇角滑下，吳幸子眼前發白，氣息裡充塞的都是關山盡的氣味，他千辛萬苦喘上一口氣，就又被吻得無法呼吸，整個人都被吻懵了，連身上的衣服啥時候被剝乾淨的都不知道，微涼的肌膚被男人滾燙的體溫熨得泛紅，隱隱浮現小疙瘩。

關山盡喘著粗氣，勉強將唇挪開些許，順著頸側往下啄。

「海、海望……」吳幸子順著關山盡的吻被壓倒在床褥上，他莫名有些羞怯，不禁伸手推了推身上的男子，自然是毫無用處，先不論他是否推得開關山盡，吳幸子也並非真的拒絕。

「不喜歡？」關山盡停下動作，噙著一抹笑問他。

「喜、喜歡……」

吳幸子向來直白，羞答答地別開頭，耳尖都是紅的，將自己脆弱的頸子整個暴露在關山盡眼前，纖細柔和的線條怎麼看怎麼順眼，上頭點點星星的痕跡都是才剛啃出來的。

關山盡整個心都是軟的，燒起來的邪火再也按捺不住，在吳幸子驚惶的尖叫中把人翻了身，擺成臀部高高翹起的姿勢，白細的腰凹成一道迷人的弧線。

吳性子想回頭看他，這姿勢還是太羞恥了，誰知眼前突然一黑，一塊布料般的東西捂上他的眼，纏繞兩圈後在腦後打上結牢牢固定住，一時竟扯不下來。

「別怕，就是玩玩，嗯？」黑暗中，關山盡噴在耳邊的氣息異常滾燙。

這也太能玩了。

吳幸子哼哼地想掙扎，目不能視物，肌膚顯得異常敏感，關山盡的散髮在背上輕拂而過，麻癢得像有小蟲往裡鑽，手腳都軟成麵條。

見他不配合，關山盡乾脆拍了拍他肉臀，打得吳幸子扭腰擺臀，浪得都出汁，臀辦間的菊穴羞澀地收縮著，竟然已經濕了。

「騷寶貝。」關山盡愛慘了吳幸子這床下矜持、床上騷浪的個性，一方面又對這老鵪鶉心心念念其他鯤鵬感到窩火，這騷模樣還能讓其他人見到？自然不行！這輩子就算綁，也要將老東西綁在自己身邊。

狠狠又抽了兩下圓翹臀肉，打得白肉一陣亂顫，看得人眼花心熱，胯間鯤鵬沖天而起，前端都沁出清液。

吳幸子整個人羞得不行，他啥都看不到，越發敏感地察覺關山盡的氣息如何在身上遊走，竟慢慢地貼近他的後穴，灼熱的呼吸直接噴在穴口，燙得老東西顫慄不已，縮著腰想閃躲，卻被一把扣住。

「我還沒嘗過你這處的味道。」

哪處？吳幸子腦門嗡的一聲，期期艾艾地問：「你、你想嘗、嘗啥味道……」不會是他想的那般吧？那地方也太髒了！

「你這處的騷水氣味甜腥，就不知道嘗起來是否也甜了。」關山盡其實舔過吳幸子的騷水，只不過都是抹在指頭上舔，味道不能算好，可他就是喜歡。

越是相處，吳幸子全身上下就沒一點他不喜歡，即便總能氣得他鬱結於胸，恨不得吐血，即便如此關山盡依然愛得很。

這粉粉的菊穴每每都被他玩得糜爛豔紅，可休養七天後又恢復了緊緻羞澀的模樣，關山盡舔了舔唇，難以自持地扳開被抽出兩枚手印的臀肉，將唇貼了上去。

「啊！」吳幸子驚叫一聲，不敢相信自己感受到了什麼。

那靈活的東西，莫不是……莫不是……關山盡莫非在吃他的後穴？

確實是，關山盡用舌尖舔過那朵嫩菊，仔仔細細，一片肉瓣都沒放過，逐一舔舐而過，直把

肉瓣舔得門戶洞開。

騷水的味道在舌尖上泛開，甜腥中帶點微苦，彷彿在他心上點上一把火，恨不得將人用舌頭操洩出來。既然這麼想，關山盡也不客氣地做了。

他強悍地將舌尖頂入菊穴中，老東西一邊唉叫，腸肉也緊緊縮起來，將他的舌頭夾得一時動彈不得，要說抗拒，在他動的時候又討好地吸吮擠壓，淫水越流越歡，順著舌淌進口中，簡直像藏了個泉眼似的。

「海望……海望……」吳幸子軟綿綿地喚他，翹起的大屁股顫抖著，蒙著眼的臉龐努力轉向他，眼睛的部位隱隱可見濕痕，也不知是爽的還是嚇的。

關山盡用手擼了兩把吳幸子的小鯤鵬，把人搓揉得細聲呻吟，身子都軟成泥，腸肉自然也鬆開來，方便他的舌頭繼續肆虐。

他舔得很用心，模擬肉棒抽插的動作，在穴肉上來回舔舐，偶爾抵在那塊敏感的地方擠壓兩下，吳幸子哀叫的聲音都抖了起來，淫水更是一股一股往外噴，在他離開時牽起銀絲。

吳幸子被舔得渾身顫抖，險些被舔泄了身，然而關山盡卻在最後一刻退開，將他留在臨門一腳的地方，體內彷彿有千萬蟲蟻囓咬般，幾乎連毛髮都敏感得碰不得。

汁水順著白細的大腿往下滑，將被褥沾得透濕，呼吸中都是甜腥的騷味。

關山盡湊上前吻他，趁著唇舌交纏時，哺渡了些許淫汁過去，混合著唾液，大半從唇角滑落，卻也有小半被強逼著吞入肚子裡。

吳幸子說不上是什麼滋味，那可是從自己菊穴裡直接舔來的東西呢！欸，也不、不嫌髒嗎？

他老臉紅得幾乎滴血，不安地扭扭腰，空虛的後穴收縮不止，穴肉更是搔癢難忍，恨不得有什麼粗壯的東西進去解解癢。

「海、海望……」他的舌頭被吮得又痛又麻，輕聲呼喚彷彿蜜糖似的黏糊在嘴中。

「嗯？」關山盡不甘情願地移開吻，從裸肩一路啃到後腰，吳幸子控制不住地呻吟。

「進來、進來……」

他哆嗦著朝後摸索，想碰碰關山盡的大鯤鵬，可眼下的姿勢讓他難以動彈，幾次無功而返，更加急躁難耐。

那滾燙的大肉棒壞心地或從他大腿內側、或從臀縫間摩擦而過，蜻蜓點水般，來不及摸過去又離開了，急得吳幸子粗喘，眼淚都快流出來。偏偏他又啥都看不見，每次想扯掉蒙在眼上的布條，關山盡便出手阻攔，極有耐性一回又一回，空著的大掌與吻兵分二路，在他身上四處作怪，又是撫弄又是親吻啃咬，吳幸子竟這樣被硬生生玩泄了出來。

就見他一身白肉都染上嫣紅，攤在床褥中，臉頰擠壓在褥子上，半張著嘴，縛著雙眼的布都濕透了，渾身軟肉無法克制地抽搐，彷彿被玩壞了似的，淒豔得緊。

關山盡寵溺地瞅著床上的老傢伙，可惜被奪去視線的吳幸子沒能看到他目中情意。

「來，將你的穴掰開些。」關山盡將人扶起來，半靠在床頭，牽引他的手握住自己的臀肉。

「唔……」吳幸子羞得不行，但依然乖巧地任憑關山盡施為，怯生生地將自己的肉臀掰開，將裡頭開開合合的菊穴更多地展現出來。

比起一開始的粉嫩，被玩弄了好一會兒的菊穴豔紅靡爛，潤澤水嫩的模樣看得人心頭火熱。

關山盡將吳幸子兩條白細的腿掛在手臂上，滾燙的大肉棒從穴口蹭了下，老鵪鶉猛地顫抖起來，彷彿被燙著了。

男人低笑，猛地將大屌肏了進去，半點停頓都沒有，直接戳上直腸口，把吳幸子幹得痙攣，仰著頸子抖了好一會兒，才發出接近崩潰的呻吟，動手要推他。

被撐到極限的腸肉緊緊裹著粗大的肉莖，討好地吸吮著，吳幸子張著嘴吐出一截舌頭，喘著氣似乎在哭，呻吟聲又騷又浪，偏偏仍帶點羞澀，關山盡被勾得目露凶光，扣著他的腰大開大合幹起來。

兒臂般粗細的肉棒一開始還露了些部分在外頭，幾次後全根肏進了緊緻水潤的菊穴中，大龜頭不停頂撞直腸口，把那處頂得又痛又麻，說不清是爽還是痛苦。

時隔多日，先前肏熟的地方又害臊了起來，緊緊地縮著。可在關山盡狂風暴雨的操幹下，也堅持不了太久，沒幾下就被頂鬆了不少，下一秒便被幹穿了，老鵪鶉的肚皮上隱約浮現男人肉莖的形狀，隨著抽插鼓起凹下。

吳幸子被幹得魂飛魄散，關山盡動作比之先前略顯粗暴，肏得他搖搖晃晃，肉囊啪啪打在會陰處，翹臀更是翻起肉浪，汁水從穴口的縫隙噗噗往外噴，不一會兒都被操成白沫，順著臀肉往下滑。

「別、別……太深了……太深了……」吳幸子哭得打嗝，也不知道是不是被蒙了眼的關係，他異常敏銳地感受到男人巨大滾燙的肉莖上每一道血管、青筋的脈動，如何撐開自己，如何肏進他肚子裡，彷彿連魂魄都要被肏穿。

「乖了……」關山盡喘著氣低頭吻住他，一邊抓過他的手按在被肏鼓的肚皮上。

上下兩個口都被男人掌控，舌尖被誘舔，又咬又吮得發疼，吻得他幾乎窒息卻掙脫不了。

下邊男人的力道越來越狠，巴不得連肉囊都肏進去似的，一次次頂開他的直腸口，把那處肏弄得紅腫。

每一寸腸肉都被殘忍地輾壓而過，靠近穴口的那處突起更在三淺一深中被幹得腫起來，輕易都能磨得吳幸子扭著腰尖叫，渾身都在抽搐，小肉莖短短片刻間就射了兩三次，男人似乎還嫌不夠用手搓揉幾把，似乎要將裡頭殘精都擠出來。

哪裡還有呢！吳幸子又哭又叫，高潮一波接著一波，早就超過他所能承受，繃著腰在床上不停痙攣，眼看就要厥過去。

關山盡也爽得粗喘不止，碰碰啪啪越幹越重，直把老傢伙幹得暈厥數次又被他操醒，最後抖著小肉莖尿了一床，才低吼著將精水射進吳幸子肚子裡，燙得人又痙攣起來，耷拉著腦袋半吐著舌尖，再次暈過去。

男人摟著依然抽搐著的吳幸子親了親，起身將兩人清理一番。

數日風塵僕僕，關山盡其實也累得狠了，即便如此依然細緻地清理好吳幸子的身子，換上新的被褥才摟著人睡下。

第二日吳幸子醒來時，身邊已然無人相伴，他呆愣片刻，怯怯地伸手摸了摸蠶絲被，觸手微涼，足見關山盡已經離開好一陣子。

他無法控制地嘆口氣，翻身將自己又裹進被子裡，像顆蟲繭似的。

昨夜雖然終於能與鯤鵬好好相處，但吳幸子也發覺有些大事不妙了。這些日子他心裡總是鬱悶，時不時嗅到桃花香，本以為是鄰人順風飄來的花香讓他回憶起顏文心，可昨夜之後吳幸子就是再駑鈍，也明白壓根不是這麼回事。

他心裡確實還記著顏文心，可讓他回想起整件事的不是桃花香，而是關山盡。

他也許……對這個他高攀不起的男人，有了不該有的心思。

心口猛地一痛，吳幸子連忙伸手按住，卻無法控制腦子依然繞著關山盡想個不停。一舉一動、一顰一笑，何時都記在心裡了？

分明關山盡離開前他還能對兩人的關係淡然處之，他很清楚關山盡對他從頭到尾都是玩玩，兩人終歸要回到各自的歸處，魯先生那樣的人才配得上關山盡，而他……吳幸子苦笑，他不過是個窮地方的小師爺，不，他現在甚至都不是師爺了。

莫名一股徹骨的寒意翻湧上來，他擁著被子微微顫抖，暗暗笑自己傻。

吳幸子知道自己不是個聰明人，卻沒想到自己能癡傻至此。十幾歲的時候還能說天真，而今都已年屆不惑，再犯傻那是藥石罔效，徒惹笑柄而已。

他怎麼會，就喜歡上了？

突然，房門被彈了彈，吳幸子縮在被子裡哆嗦了下，深喘幾口氣才磨磨蹭蹭地鑽出一張臉，恰好對上關山盡噙著笑的絕色容顏。

春日從窗外灑落，彷彿在美人身上覆蓋了一層金線織就的紗衣，那彎彎的眉、彎彎的眼，都讓吳幸子看痴了。

「嗯？還沒睡醒？」關山盡手上端著早飯，一一擺布在桌上，轉身打算將人抱起，吳幸子卻避開來，揉著鼻子乾笑道：「醒了、醒了。」確定被子裡自己不是裸的，才慢吞吞磨蹭著下床，連鞋也沒穿，赤著腳走到桌邊看著早點吞口水。

關山盡微微蹙眉，盯著自己空著的手片刻，才走到吳幸子身邊推他坐下，笑道：「喏，嚐嚐我做的三鮮餃子。」

「這怎麼好意思。」吳幸子口上推拒，手上卻已經拿起筷子準備大快朵頤，他現在心頭正惶然，急需大吃一頓穩下心緒。

替他弄好調料，關山盡轉身又端了燒餅、豆漿進來，陪著吳幸子用早飯。

三鮮餃子裡豬肉餡糜爛潤口，蝦仁爽脆彈牙，搭配上韭菜的沙沙脆感，融合一氣和諧至極，湯汁鮮美異常，搭配白醋的酸味，餡料本身的鹹鮮更加鮮明。

知道吳幸子能吃，關山盡一口氣包了快一百個餃子，怕不夠幸子吃飽，才又另外準備了燒餅。

面對食物，吳幸子向來是埋頭苦吃，一口一顆餃子，塞得臉頰鼓囊囊得像隻小老鼠，關山盡不禁笑了。

「別吃太急，小心噎著了。」

「欸。」吳幸子抬頭對他一笑，低頭繼續狼吞虎嚥。

不過兩刻鐘時間，吳幸子將滿桌食物掃蕩一空，滿足地打了聲飽嗝，又連忙捂住嘴，尷尬地偷瞧關山盡。

「喜歡嗎？」關山盡並不在意，拉過吳幸子的手用帕子擦了擦，正想替他擦嘴時，卻又被避開了。

「我自己來就好啦，又不是三歲小娃娃。」吳幸子臉色微紅地拿過帕子替自己抹嘴，將用過的帕子折了又折，似乎想擋住弄髒的地方，最後垮下肩將帕子收起，「我洗乾淨了再還你。」

怎麼回事？關山盡眉心一擰，哪能察覺不到異樣？

吳幸子的態度與過去不自覺的親暱或置身事外的淡然都不同，尷尷尬尬地拉出兩人間的距離，除了用飯中的那一眼一笑，打從他下床開始就沒正眼瞧過自己。

「吳幸子。」他喚了聲。

「欸。」吳幸子歪著腦袋，視線落在他胸前，不肯往上移。

關山盡想問，卻發現自己問不出口。

他能問什麼？吳幸子心裡原本就不算有他，眼下突然與他生分起來，似乎也不算情理之外……心裡焦躁不已，本以為昨日兩人已漸入佳境，為何今日卻……

「海望。」吳幸子卻率先開口。

「嗯？」關山盡心中帶些期待地凝視吳幸子，卻發現老傢伙依然沒正眼看他，他彷彿吞了滾燙的大石塊，燒灼得他渾身難受。

「你要是依然心悅於魯先生，是不是該接他回來？」吳幸子這句話，究竟是何心情，恐怕連自己都摸不清。

關山盡銀牙狠咬，雙拳捏得咔咔響，青筋都爆上頸子了。

「沒有這個打算。」他不清楚為何才一晚，吳幸子的態度竟然完全改變，可他知道自己得忍住，切不可被憤怒左右了言行。

「噢。」吳幸子點點頭，隱隱地嘆了一口氣。

關山盡這幾天像吞了火藥似的，一點就能炸。儘管他不會妄加遷怒他人，可他身邊親近的幾個人，卻沒有一個能好過。

眼看再半個月魯先生就要大婚了，關山盡也不知吃錯什麼藥，上樂家見了魯先生一面後，表明依然由將軍府來操持婚事，便將魯先生又接了回來。

望舒小築再次熱鬧起來，似乎一切都回到原本的狀況。關山盡心心念念的仍然是魯先生，而雙和院裡的吳先生則再次被拋到腦後。

果然吧，假貨永遠比不得真貨，偷了幾天寵愛，到頭來依然得還回去。

要說整件事，樂三心裡是最不樂意的，可她也明白，儘管自己心悅魯先生，可對父兄來說，魯先生要是沒了將軍府撐腰，就只是顆魚目，稱不上珍珠。

為了讓魯先生心情舒暢些，樂三只得自行吞下鬱悶，苦澀地送走未婚夫婿，一天天掐指期待迎娶之日。

吳幸子從倆丫頭嘴裡得知魯先生回將軍府的事，也只是淡然地笑笑。

實則他心裡苦澀，但又能怎麼著？讓關山盡接回魯先生是他開的口，不管這句話說的是真心還是試探，關山盡都給了回應。

魯先生回來，哪裡還有他這個替身什麼事？

也確實，這回關山盡將所有的心神都從他身上抽走，不再日日前來探望，雖不禁止他繼續開小灶，可分配的菜肉米麵都少了許多，要他去大廚房領吃食。

這原本也應當，整個將軍府的飲食都由大廚那兒節制的，便是魯先生也從未開過小灶。

黑兒也不再出現，吳幸子倒是看過幾次他跟在滿月身後匆匆策馬在大道上呼嘯而過的身影。

至於吳幸子怎麼會看到，這也簡單。關山盡不再管著他，他愛幹啥幹啥，所以這些日子他總是上鯤鵬社找染翠喝茶，畢竟馬面城中他最熟悉的也就只有染翠了。

這日，吳幸子又上鯤鵬社找染翠。

染翠一身儒雅長衫，在青竹搭建的涼亭中席地而坐，正撥著琴弦。

這亭子樸素卻精緻，恍如幻夢。

一旁的矮几上用香爐點著香，味淡而雋永，吳幸子不知道這是什麼味道，卻很喜歡，與染翠的琴音特別匹配。

他不敢驚擾染翠，躡手躡腳在稍遠的蒲團上落坐，直到餘音消散才從迷醉中醒來，輕輕吐了口氣，對染翠露出微笑。

「大掌櫃驚才絕豔，連琴都彈得這般好。」

「吳師爺過獎了。」染翠拱拱手，將琴稍微推開，擺手讓夥計上茶與點心。

「不不不，吳某真心誠意，大掌櫃太謙虛了。」吳幸子看著琴，眼中的喜愛與渴望，誰都忽視不了。

染翠也不點破，他早已經將吳幸子的祖宗十八代都調查得一清二楚，對於吳幸子的爹算是頗有認識，自然知道吳幸子為何愛琴，可有些事心裡知道即可，大可不必宣之於口。

他笑笑接受了讚美，與吳幸子不著邊際地閒聊了幾句。

「唉。」一然，今日的吳幸子顯得有些魂不守舍，說沒幾句話就輕聲嘆息。

幾次後染翠忍不住問：「吳師爺，您有心事？」

他心裡有些猜測，卻不希望猜中。

「啊……對不住，吳某似乎失禮了。」吳幸子也察覺自己今日魂神不守，面色尷尬地捂住嘴，低頭對染翠道歉。

「這倒不會，染翠就是擔心師爺您心情鬱悶，咱也算是朋友了，有什麼話都可以對染翠訴說，無須介懷。」染翠替吳幸子斟滿茶，臉上溫柔的笑很是親切，讓人什麼心防都撤下了。

吳幸子勉強掙扎片刻，最終重重嘆口氣，難得蹙著眉，瞅向染翠，說道：「再三天，魯先生就要大婚了。」

「可不是嘛，在馬面城這也算是一件大事，聽說樂家老爺決定在衙門前的大廣場宴客三天三夜，大將軍也准了，暫停宵禁三天，魯先生面子倒是挺大。」染翠捂嘴輕笑，一雙美眸瞬也不瞬地盯著吳幸子。

就見吳幸子神態窘迫地勾了勾唇角，似乎說點啥，話到嘴邊又嚥下，拿起點心就往嘴裡塞，也不管會不會噎著。

這下可不好辦。染翠在心裡嘆息。

早在魯先生被風光接回將軍府第二天，吳幸子上門來看《鯤鵬誌》時，染翠就看出吳幸子已經察覺自己的心意了，而且恐怕陷得很深，眉宇間都染上淺淺愁緒，也就吳幸子仍自以為掩飾得很好。

可染翠雖然閱人無數，卻也猜不到這耿直老實的師爺，心裡真正的想法究竟為何。要說喜歡上了關山盡，又為何要刻意疏遠呢？若是顧忌身分地位，染翠倒想勸吳幸子寬心，關山盡這人太驕傲，他喜不喜歡一個人，與身分地位無關，隨心而已。

但染翠又想，要是說太白，萬一吳幸子真念頭一轉，那可就便宜了關山盡。無論如何染翠都不樂見關山盡討到任何好處。

對吳幸子來說，這是長痛與短痛的選擇，選了關山盡那就是長痛了，誰知道哪天那大將軍心思又轉向誰身上？眼下疏遠了雖然也痛，可痛過一陣子也就沒事了。

因此，染翠這些日子沒少陪吳幸子看《鯤鵬誌》，兩人甚至還寄了幾封交友信，回收了八九張鯤鵬圖，環肥燕瘦各有千秋，吳幸子很是開懷了幾天。

只是，看來這終究不是治本的辦法。

染翠啜著茶瞧著吳幸子把點心全吃光，又喝了半壺茶，才捂著嘴打個嗝，略帶歉意地對他拱拱手。

「師爺還用點心嗎？」染翠知道吳幸子靠吃穩定心情，鯤鵬社不差這些點心，招手讓夥計又

上了幾樣，這回可是剛炸好的芝麻球，焦香誘人，風吹過時似乎都能聽見酥脆的糯米皮發出輕響。吳幸子本來想說話的，不慎又被這芝麻小妖精給勾了魂，顧不得燙嘴抓起一顆往嘴裡塞，美味得讓人幾乎痛哭流涕啊。

吃著吃著，第三輪點心後，吳幸子人也舒坦許多，唇邊的笑容是真心實意的，染翠才放下心。

「吳某太失禮了，顧著吃都沒能理會大掌櫃。」吳幸子擦乾淨雙手和嘴角，又回到拘謹羞澀的模樣。

「哪裡，看吳師爺用點心的滿足模樣，廚子也會很得意的。」染翠掩嘴一笑，接著問：「師爺打算送禮嗎？」

「送禮？」吳幸子愣了愣，才反應過來染翠在問什麼，心口又莫名堵得慌，但還是回道：「是，好歹在將軍府待了這麼長日子，與魯先生也見過幾面，似乎應當送禮祝賀祝賀。」

畢竟同在一個屋簷下，若啥表示都沒有就太過失禮了。

「師爺設想得倒是周到。」染翠用手指在矮几上敲了敲，沉吟片刻：「不過，染翠認為，您什麼都別送比較好。」

「咦？為什麼？」在清城縣就算是交情普通的人家，知道誰家娶媳婦、嫁女兒也都會薄禮一份的，畢竟地方小，大夥兒抬頭不見低頭見，總會留個三分面，也當沾沾喜氣。

馬面城沒有這種習慣嗎？

染翠一眼看透吳幸子心裡的疑惑，不由得呵呵低笑，「不，您送禮是應當的，畢竟是喜事，沾沾喜氣也好。可魯先生怕是並不樂意收到您的禮吧。」

「怎麼說？」吳幸子面露茫然，他與魯先生之間並沒有發生什麼齟齬啊，魯先生甚至還請他吃過飯呢。

既然都問到點上了，染翠一斟酌，索性直白地說了：「吳師爺，就您看，魯先生與關大將軍之間，是單相思呢或是兩情相悅呢？」

這一問，吳幸子臉色微白，垂下眼回答：「兩情相悅吧。」

「要我說，單相思也好兩情相悅也罷，魯先生定然心悅大將軍。」這句話說得巧妙，就不知吳幸子是否能聽得出來了。染翠笑吟吟地接著說：「魯先生既然心悅大將軍，您這會兒與大將軍之間也有些情愫在，這禮一送倒像是在示威，他心裡難堪我倒不在意，可您要是因此而被小人惦記上，我卻不樂意。」

「啊？」吳幸子抬起臉傻楞楞地眨眼，顯然想不到這其中竟還有這麼多彎彎繞繞，腦子都要燒疼了，「可……我不是這個意思啊，海望心裡記掛的，不正是魯先生嗎？我、我對誰示威呢？」就算他想，也沒那個底氣啊！染翠這一提點，吳幸子很快也想明白了，只是他心裡難免鬱鬱。

「再說了，這場婚事能否順利，還難說呢。」染翠伸手將燃盡的香爐打開，撥弄了下裡頭的灰燼，唇角隱隱帶上嘲諷。

鯤鵬社的前身本是做消息買賣的，現在也沒落下本業，這眼下馬面城底下的暗潮洶湧他看得清清楚楚，直接與京城那兒的勢力牽扯上了，魯先生離開又被接回將軍府這場大戲，唱得鑼鼓喧天，要說關山盡沒打算惹事，染翠願意吞下庫房裡歷年留下的《鯤鵬誌》！

也難怪關山盡疏遠了吳幸子，雖不知這是否為了不將吳幸子牽扯進去，不過倒是個機會，他可以趁機攛掇吳幸子離開馬面城，回歸清城縣過平靜的生活。

「這婚事有什麼隱憂嗎？」吳幸子一聽，心頭不禁焦急。雖說是他主動疏遠了關山盡，可心裡依然放不下的，擔心他會有什麼意外。

「大將軍就是那個隱憂吧。」染翠狀似不經意地回道，幽幽嘆口氣，「您想，大將軍是那種

願意與人分享心愛之人的秉性嗎？他可是連您手邊鯤鵬圖的醋都喝啊。」

這麼一提醒，吳幸子深以為然地點點頭。

可不是嘛！面對他這個替身，關山盡都不待見那些死物了，魯先生可是關山盡心尖上的人，焉有與他人分享的道理？再說了，這場婚事魯先生是入贅樂家，關山盡真能願意？

不由得又揉了揉胸口，那兒最近總是隱隱地疼，特別是想到關山盡時，更是疼得厲害。

「唉，也該回清城縣了才是……」既然他們兩情相悅，自己又何必待在此處礙眼呢？吳幸子看了看天空，雖說是同一片天，可看起來就是與家鄉的不同哪！

染翠可沒聽漏吳幸子的喃喃低語，他端起茶擋住唇邊淺笑，心中算盤撥得啪啪響，面上倒是半點不顯，反而溫柔勸解道：「您要是想家了，不妨同大將軍提提？待三日後魯先生大婚，大將軍應當也能空下手，願意帶你回清城縣一趟才是。」

「是嗎？」吳幸子面帶遲疑，他現在不願意多與關山盡相處，就怕自己越陷越深。可不自覺又想起初十離開家鄉時，兩人說好清明還要回家掃墓呢。

愁腸百轉，吳幸子想到父親和關山盡都說過自己是個生性淡泊、無欲無求、不爭不搶、隨遇而安之人，真是太過譽了。他為人是比較隨大流，只想平平淡淡過日子，也只是因為明白自己沒什麼條件好與人爭搶罷了。

論才學，考中秀才時都十六歲了，當初他爹十二歲成為秀才，就算放在整個大夏朝也算得上驚才風逸，雖說後來也不知為何沒繼續往高裡考，當了教書先生也仍作育英才無數。

論容貌，還有什麼好說？也就長得啥都沒缺，完完整整。

論家世，鄉里間可都說他是天煞孤星，命硬得剋死爹媽，身邊誰也留不住……可不是嘛！當年顏文心要是沒赴京趕考，而是選擇與他攜手共度，現在是否還活著，那也難說。

這一樁樁、一件件，他有什麼底氣與人爭搶？能爭的時候，他自然會爭啊！想想他那塊墓地，可不就是爭來的嗎？

回憶起那塊墓地，吳幸子心情又好了不少，再想想收藏起來的鯤鵬圖，近日多了七八張，他沒敢帶回去，都請染翠替他收著，裡頭有一張鯤中潘安，筆直、粗壯，也不知是不是染翠刻意交代，還是上了色的，白中帶粉宛若玉髓，欸，可真好看哪！就差關山盡一些了。

吳幸子從來不自憐自哀太久，日子總是在過，無法挽回的事情多想無用，還不如將自己的小日子過得好些。

至少，關山盡不算辜負他，還將他帶出枯井看了一眼大千世界，該滿足了。

瞧吳幸子從鬱悶憂愁，漸漸舒展眉心，染翠也不免暗暗驚奇。這樣的秉性也算前所未見，彷彿任何烏雲都無法久留，雜草般的頑強，人看起來羞澀拘謹，背脊卻挺得比誰都直，壓都壓不彎似的。

「大掌櫃，多謝您的點心。吳某今日也叨擾許久，就不再繼續打擾您了。」吳幸子說著，起身對染翠拱拱手，又往那架琴瞄了眼。

「您要是不嫌棄，下回染翠還替您撫琴幾曲？」染翠也起身回禮。

一番客套後，吳幸子告辭離開，卻在他轉身走下竹亭前，染翠喊住他：「吳師爺，要是您想回清城縣，大將軍又無法相陪，染翠願意陪您一程，恰好四天後染翠必須回鵝城一趟，您要是想不如……」話語未盡，吳幸子眼眸卻亮了，連連點頭道謝。

「若大掌櫃不嫌棄，吳某就與您結個伴兒，沿途也好照應。」

「那好，您先問問大將軍意思，染翠隨時恭候您大駕。」他倒要看，倘若吳幸子要走，關山盡會怎麼選。

直將吳幸子送出了鯤鵬社，又敘了幾句話，目送那抹纖瘦卻挺直的背影遠去，才轉回身。一抹鐵塔似的高壯身影落入眼中，染翠勾唇笑了，「這不是黑參將嘛，來鯤鵬社拆房子？」

「不……」在染翠身後的，正是黑兒。刀削斧鑿般的剛毅面孔上，帶著淡淡的怒氣，眉心緊鎖，虎眸瞪著笑意盈然的染翠，垂放在身側的手微微捏起拳。

「喔？那敢問黑參將來小店，有何指教？」染翠倚門而立，他今日的打扮像個高門大族裡的貴公子，溫潤如玉、水般柔和，卻又巧笑倩兮、美目盼兮，清俊中帶了些勾人的氣息，斜睨黑兒。

「你為何攛掇吳先生離開？」黑兒上前半步，他看著眼前幾乎可用活色生香形容，卻又令人不敢褻玩的大美人，喉頭乾澀。即便如此，他忠於關山盡，身上的任務半分也不敢懈怠。

「哼，我就猜了，關山盡哪可能放吳師爺在馬面城亂跑呢，你這條狗倒很是忠心，不叫兩聲來聽聽？」

「這是大將軍與吳先生之間的私事，你不該攪和。」黑兒雖不比滿月腦子好，也知道染翠是刻意為之，存心攪風攪雨的。也不知道染翠怎麼就這麼不待見關山盡呢？

「我約同鄉回鄉探親算攪和？」染翠諷笑，逕自從黑兒身邊走過，連一個眼神都欠奉。

黑兒躊躇了幾息，依然決定跟上去。那從鵝城一起來的夥計瞅著兩人，略略思索後決定裝作沒看到。大掌櫃從沒吃過虧，就算黑參將拆房子槓槓的，要在大掌櫃面前討得好，恐怕也不容易。

染翠知道黑兒跟在身後，似乎也並不在意，一路把人帶到適才與吳幸子聊天的竹亭，琴已經被貼身的丫鬟收拾好，布上新的蒲團與茶點，一人一邊咫尺天涯的距離，染翠非常滿意。

「坐吧。」染翠率先在臨湖的那側坐下，與面對吳幸子時的端莊儒雅不同，面對黑兒他顯得瀟灑不羈許多，曲起了一條腿靠在胸前，眼尾眉梢染上淡淡邪肆。

「多謝。」黑兒也不推辭。

「說吧，你這些日子都偷偷跟在吳師爺身邊？」染翠懶洋洋地半倚欄杆，一塊塊撥碎手上的點心餵魚，沒多與黑兒客套。

「奉將軍命。」黑兒也不否認，他由明轉暗偶爾還要陪滿月刻意出現在人前辦事，好營造出吳幸子失寵的表象，意欲為何他是不問的，染翠就算想從他嘴裡打聽消息，也沒什麼話好套。

「這盤棋，下得倒挺大的。」染翠哼的冷笑一聲，瞟他眼，「你就不心疼吳師爺嗎？這將軍府，陪在吳師爺身邊最久的，可就是你了，當初護送師爺來到馬面城這一路，你一次也沒想過，要放他走嗎？」

想過。

黑兒低垂腦袋，冷肅地彷彿一顆石頭，連呼吸聲都淺得聽不見。

他自然是想過的，畢竟那時候大將軍眼裡、心裡只有魯先生，對吳幸子可謂極不上心，他身為親信之一，自然知道關山盡與那些露水情人之間是怎麼回事，喜愛時能把人疼上天，不愛了抽身就能遺忘，在他看來吳幸子也不會例外。

不曾想，吳幸子卻出人意料地，成了關山盡放在心裡的人。既然如此，吳幸子就是他的主子，自然不能讓主子被人巧語蒙蔽了去。

「怎麼？不敢回答？」染翠拍去手上的餅屑，掂起一塊松子糖放嘴裡，眸中的嘲諷厭煩絲毫沒有掩飾的意思。

這狼一樣的男人總令他膽顫，也是唯一讓他直覺想閃躲的人，要不是為了給關山盡添堵，他一千一萬個不願意與黑兒獨處。

黑兒自然感受到染翠的厭惡與抗拒，眼底盈滿無奈。

「那都是幾個月前的事情了。」黑兒嘆氣，迅速瞥了染翠一眼，「大掌櫃心裡透徹，也應當

明白，大將軍對吳先生真情實意，眼前一切都是不得不為，不願意見吳先生少根頭髮、蹭塊皮。」

「唷，說得可真好聽，染翠都替大將軍心疼了。」染翠裝模作樣地抬袖抹眼角，言詞中的嘲諷比刀劍都銳利。

「您……又為何要對黑兒說這些？」黑兒想，莫非是要勸他別將這件事回報給大將軍？

很快的，黑兒就發現自己實在太天真了。這些個腦子動得飛快的聰明人，就沒一個能令人省心，每句話、每個行為都有其深意，人活得這樣不累嗎？

就聽染翠低笑幾聲，接著神情一肅，「黑參將，吳師爺也算是您的主子吧？」

「這是自然。」黑兒也挺起胸，神色肅穆地回應。

「那好，假如您的主子遇見了不公不義之事，您會怎麼做？」

「自然是替主子排憂解難。」

「具體點兒說，怎麼做？」

黑兒盯著染翠片刻，染翠大方地任黑兒探索，悠然自得地喝茶吃點心，染翠看來特別愛吃松子糖，抓了一把在手心裡，一小塊一小塊扔嘴裡，用白細如玉的牙，咔嘣咔嘣地咬碎，有些頑皮點的碎屑落在唇上，便用粉嫩的小舌尖舔去，也不知有心或無意，那些個舔唇的動作，總帶點誘人的色氣。

這模樣，與先前所見都不同。

黑兒過去都是陪在吳幸子身邊才見得著染翠的，都是端著大掌櫃的派頭，不可方物又矜持端麗。哪有現在這樣活色生香的模樣，一舉手一抬足都風情無限，直勾人心底某些難以宣之於口的慾念。

黑兒的呼吸微微亂了些許，但很快就穩定下來，面不改色地盯著那雙氤氳的眸子，「請大掌櫃明示，您這麼問話，黑兒恕難回答。」

「哼，黑參將也不若表現出來的愚鈍。」染翠瞅著他笑彎眼，粉舌一點點舔過嫣紅唇瓣，幾乎是邀吻的舉動。

黑兒眼神一幽，又垂下腦袋閃躲，擺在膝上的手已經緊緊捏起。

「倘若，您的主子被人給利用了，而這利用他的人並非你可以抗衡之人，你待如何？」這話就問得很白了。

「大將軍並沒有利用吳先生。」黑兒不假細想便反駁。

「是否利用了，你心裡沒點數？他先是寵著吳師爺，這會兒又刻意疏遠他，偏偏仍讓你暗中保護，這當中沒有點利用的意思？」

「沒有。照大掌櫃所說，大將軍利用的也是魯先生。」黑兒可沒被繞進去，心裡卻不知怎麼依然惶惶不安，彷彿他仍一腳踩進了陷阱中。

聽罷，染翠撫掌大笑，「沒錯，照眼前的形勢，大將軍確實要利用魯先生，這半點不假，我也樂見其成。」

「既然如此，您又為何……」黑兒疑惑地睨他，眼前的美人大笑時別有種張揚肆意的美麗，端得是豔光照人、奪人心魂，黑兒都有些迷醉了。

「可要如何讓魯先生認定大將軍依然心悅於他，嗯？」染翠猛地斂起笑顏，一動一靜間變換自如，霎時就把黑兒給問傻了。

「你是說……」

「關山盡自己恐怕也沒意識到吧。他利用吳師爺，來讓魯澤之安心，讓他誤以為關山盡終究撇下了替身，回到自己身邊，在我眼裡這行為可稱不上高尚啊。」

黑兒發現，自己竟無言以對。

細想下來，大將軍確實利用了吳幸子，無論是初會或現在，但……畢竟是不同的。

「大掌櫃，您這是強詞奪理。」

「我就是，你又奈我何？」染翠又咬碎了一顆松子糖。

面對此人，黑兒當真無計可施，他嘆口氣，試探道：「大掌櫃有何計較，不妨直說？黑兒一介武人，比不上大掌櫃才思敏捷。」

「你的嘴倒也伶俐。」染翠挑眉，這回的笑親切許多，黑兒卻不敢有分毫鬆懈。

「我要的也不多，兩條路。其一，您睜一隻眼閉一隻眼，讓我帶吳師爺回清城縣安靜幾日。就看大將軍是否有心找來。」染翠伸出手，先豎起一根指頭，接著是第二根，「其二，師爺是您的主子，遇上此等不公不義之事，你難道不該帶他遁走他鄉嗎？魯先生大婚後，大將軍要回京城了吧？那麼，吳先生先一步去京城遊玩數日散散心，又有何妨？」

「你是要我背叛大將軍？」黑兒眉心緊擰，忍耐著才沒甩袖離去。

「黑參將言重了。何不看作撮合呢？大將軍與吳先生之間沒點波折，恐怕也走不長遠。再說了，無論哪條路，大將軍有心都必然找得著人，何來背叛？」

就是再多生七八張嘴，黑兒也說不過染翠。

他沉吟片刻，細細思索關山盡與吳幸子之間的種種，又想起滿月的交代，最後嘆口氣，「好吧，假如大掌櫃能許諾，不刻意挑撥大將軍與吳先生之間的情誼，黑兒倒不是不能出力。」

「這有何難，咱們擊掌為誓！染翠絕對不會刻意挑撥關山盡與吳師爺的情誼。」

說著，染翠朝黑兒伸手，寬大的衣袖滑落至肘彎，露出一截膚若凝脂、秀骨膩理的小臂，黑兒不由得深吸口氣，靠著內力強制壓抑，才沒露出醜態。

他也伸出手，與染翠在半空中擊掌三次，算是許下承諾。卻沒注意到，染翠話裡，將「刻意」兩字給咬重了。

這頭染翠與黑兒私下結盟，打算將吳幸子趁早帶離馬面城。

那頭，吳幸子才剛回雙和院，連臉都來不及擦一下，薄荷及桂花就迎來了不速之客，來不及擋住便被他瞧得正著。

吳幸子不知道這位看來溫柔清秀的大丫頭是什麼來頭，倆小姑娘卻很清楚，她可是原本關山盡身邊的大丫頭，前些日子魯先生回到將軍府，便被派去服侍魯先生了。

「含笑姊姊。」既然主子已經瞧見她，倆丫頭只得笑著把人迎進來。

「薄荷妹妹、桂花妹妹，吳先生在嗎？」含笑能在關山盡身邊當差數年，備受寵信，自是很懂得做人的。

正所謂伸手不打笑臉人，再說含笑與倆丫頭交情也還過得去，她倆對看一眼，桂花轉頭跑到吳幸子身邊，將他拉進屋子裡。

而薄荷則留在原地，巧笑回道：「姊姊也瞧見了，主子是在的。不過剛從外頭回來，不好直接見客，請姊姊稍等。」

「哪裡話，是含笑驚擾了吳先生。」

並不焦急，含笑人如其名總帶著淺笑，靜靜地站在院中候著，反倒讓薄荷有些不好意思。

可含笑現在是魯先生身邊的人，薄荷及桂花哪裡能不多留點心眼呢？也不知道大將軍怎麼想

的，魯先生都要大婚了，還特別將人接回來，連主子都拋在一旁不理不睬，前些日子那日夜相依、款款情深的模樣，跟一場夢似的。

吳幸子畢竟早就見到含笑，他匆匆抹了抹臉、擦了擦手，就怕讓人久等，匆匆忙忙走出屋子，桂花都來不及拉住他。

「主子，這位是含笑姊姊，在魯先生身邊服侍。」薄荷連忙上前攙住主子，將魯先生三個字咬重了些。

「魯、魯先生嗎？」吳幸子眨眨眼，一時不知該如何反應。先前在鯤鵬社才提到魯先生呢，回頭人家便找上來了，這又是要請他吃飯不成？真是太客氣了。

「吳先生見諒，含笑來的不是時候，驚擾您了。」說著彎身福了福，「魯先生想請您一敘，不知吳先生賞臉否？」

比之先前華舒請人時藏不住的輕蔑，含笑著實令人如沐春風，吳幸子反倒有些不好意思。

「您太客氣了，既然是魯先生的邀請，吳某自然樂意赴約。」腦中突然又想起送禮一事，雖然染翠說別送，吳幸子也明白這當中的眉角，可上回魯先生請他吃飯，這回又空手赴約實在說不過去，一點小禮物應該無可厚非吧？

既有打算，吳幸子便吩咐薄荷將今日剛收成的茄子、黃瓜等蔬菜用籃子裝好，打算送給魯先生嚐嚐鮮。

還別說，這些黃瓜新鮮甜脆，茄子也是皮薄肉厚不老，生吃也可、炒了吃更顯美味，將軍府廚子的手藝都好，這禮物送了也不怕浪費，人總是要吃飯的不是嗎？

原本還想送罐醃菜的，可想起魯先生茹素多年，蔥薑蒜地胡椒等等都不入口，又連忙從籃子裡挑出來，免得辦壞了事。

含笑見主僕三人忙碌也不催促，安安靜靜地站在一旁垂著眼等待。

當吳幸子終於挑好一籃子菜，滿意地提著籃子起身時，含笑才靠上前將籃子接過去，柔聲道：「辛苦吳先生了，請吳先生隨小婢來。」

「嗳……這籃子我自個兒提就是了……」吳幸子伸手想拿回籃子，他哪兒好意思讓姑娘提東西領路，自己無事一身輕呢？

可含笑動作輕巧迅速，溫溫柔柔地推回他的手，與眼神示意薄荷、桂花侍候好人，才轉身領路。吳幸子沒辦法，一路上盯著菜籃子不時揉揉袖口，總不能硬搶吧？

吳幸子是去過望舒小築的，這回再次造訪，那片梅林已經謝了，綠葉隨風沙沙作響，別有一番清幽寧靜的悠然氣息。

含笑領著主僕三人往後頭的院子走，春日正好，清風送爽，眼前出現一道輕淺流水，臨水有個竹亭，一抹白衣身影端坐亭中，如松如竹恍若謫仙，風吹過時掀動衣袂，更顯不染塵俗。

「魯先生，含笑帶吳先生來了。」含笑將三人領到亭前，俯首斂眉對亭中人彎身。

「吳先生，久違了。」亭中當然是喜穿白衣的魯先生，他放下手中看了一半的書，起身迎接吳幸子。

「魯先生您客氣了。」吳幸子趕忙拱手稱謝，客套了幾句才走入亭中，在魯先生對面落坐。

「這是吳先生送您的禮物。」含笑將手上的菜籃子抬了抬，魯先生淡掃一眼，唇帶淺笑，「吳先生太多禮了，澤之受之有愧。」

「哪裡話、哪裡話，這都是小東西，我自己種的味道可好了。魯先生茹素不是？這些菜恰好讓您嚐嚐。」吳幸子怕他推拒，連忙交代自己的丫頭：「薄荷、桂花，妳們替含笑姑娘將菜送去大廚吧，晚上正好炒來吃。」

「是。」薄荷將菜籃子接過來，讓妹妹留在主子身邊，自己則一溜煙往大廚跑去。

「多謝吳先生了。」魯先生這才重新落坐，替兩人斟了茶。

茶是好茶，可吳幸子卻有些坐立難安，畢竟茶都喝了兩杯，魯先生卻一句話沒同他說，這究竟是何章程？著實令人惶然。

大概是察覺到他的窘迫，魯先生這才放下杯子，對吳幸子露出一抹淺笑，吳幸子很自然地便回了一個笑容。

「吳先生之後有何打算？」這句話問得沒頭沒腦的，吳幸子愣了愣，啥也回答不出來。

見他呆愣的模樣，魯先生垂眼似乎嘆息了聲：「在下問的，是您之後要留在將軍府，還是想回家鄉？」

這話問得太直白，吳幸子猛地一個哆嗦，臉色蒼白了幾分。他是打算回家的，畢竟眼下關山盡和魯先生又走在了一塊兒，且照染翠所說，與樂三小姐的婚事仍有變數，也許關山盡想開了，把人從婚禮上搶走都難說，也真沒他什麼事了。

他現在沒走，也只是捨不得關山盡，心中隱隱期待能再見他一面，好歹道個別不是嗎？再說，關山盡也許對他……說不準也還有些餘情吧……

「海望應當同你坦承了，你對他，不過是我的一抹影子。」要說先前魯先生說話拐彎抹角不肯明講，這回就是赤裸裸的只差沒直接請他滾了。

吳幸子啞然地看著他，眼前這人當真是魯先生嗎？

以前的魯先生溫柔爾雅，說話也是委婉柔和，今日是受了什麼刺激不成？

「魯先生，您……」吳幸子剛想表示關心，魯先生卻截斷他的話。

「以前，是我想差了才讓海望與我之間未能坦率心意，徒生枝節。」

「這是、這是。」這當中的種種吳幸子原本就清楚，在他看來關山盡與魯先生那是兩情相悅，可不知為啥彼此之間卻矜持了許久，這才錯失坦率心意的時機，想到此處，他不由得揉了揉泛疼的胸口。

「原來你知道。」魯先生蹙眉冷笑了，「看來，吳先生倒是個明白人。」

「啊？」吳幸子眨眨眼，愣了半晌才苦笑，「吳某沒什麼長處，就是有自知之明。」

他回應得誠心誠意，魯先生白皙的面龐卻猛地染上紅暈，似乎是氣出來的，這可讓吳幸子有些茫然了，他說了什麼嗎？

就見魯先生張嘴彷彿要說什麼，最後卻咬咬唇，端起茶啜了口，才又開口：「這回我看清自己的心意了。」

「恭喜恭喜。」吳幸子也不知道自己能說啥，可不回話似乎又太失禮，只得乾乾地這般回答。

魯先生輕鎖眉心，美人就算慍怒都別有一番風情，就是魯先生的這股火氣來得莫名，讓吳幸子心中忐忑。

「海望與我相交多年，對我溫柔體貼，關懷備至。然而，以前，我總擔心他年少輕狂，定不下心來，所以只得對他的心意視而不見。」

「太可惜了……」吳幸子揉揉鼻尖，心下更加茫然。

這些話，不是應當對關山盡說嗎？為何特意邀他過來如此這般一番呢？

「不過這回，我也算明白了，不該再繼續辜負海望的一片赤誠，讓他一次次尋找我的影子，將情愛投注在虛妄之上，太傷他的心了。」這一番話，換做任何人大概都能從中聽出嘲諷，可惜吳幸子不是其中之一。

他深以為然地點頭贊同，「魯先生有此覺悟，也是您與海望的福氣。」

簡直像一拳打在棉花上，魯先生皺著眉，準備好的一肚子話竟一時說不出口，眼前這人著實令人厭惡！

魯先生如何不知道，闞山盡現在對吳幸子的疏遠，可不全然是喜愛自己的緣故，他又如何感覺不出，儘管再次回到望舒小築，回到那個被闞山盡捧在掌心的日子，可這些疼愛跟過去硬是少了一絲親暱。

這讓魯先生如何不急？

再說了，闞山盡面上是疏遠了吳幸子，可卻沒將人送走，依然好吃好住地養著，這可不是闞山盡慣常的秉性啊！魯先生也算是將他的性情摸得頗為透徹，要是真厭倦了吳幸子，在自己回來那天，吳幸子就會被送出馬面城了。

他知道有什麼地方不對勁，可卻不願意相信自己敗在一個醜惡粗野的下里巴人手中！闞山盡定然是喜歡他的，只是對吳幸子有些餘情未了，既然如此他何妨替闞山盡下決定呢？這個愛了他許多年的學生，定不會怪罪的。

他們之間錯過太多，不需要再有任何人旁生枝節。

「海望對不住你，我也對不住你。再繼續將你留在馬面城，也不是個道理。」魯先生正了正臉色，突然握住吳幸子的手，「吳先生，請你別怪罪海望，是我害得他行差踏錯，牽連了你。」

「魯先生言重了、言重了……」吳幸子窘迫不已，想抽回手卻被緊緊抓住，魯先生竟也用上不小的力氣，在他手上捏出淺色指痕。

桂花在一旁看見了，上前想護住自己的主子，卻被含笑給拉住，對她搖搖頭。她心裡急，又掙不脫含笑的手，瞪著一雙大眼都快哭了。

「唉，吳先生，我替海望向您致歉，太委屈您了。可是……」魯先生眼睫半垂，眉帶輕愁，令人打心裡為他心疼。吳幸子也不例外，他無措地任魯先生拉著自己的手，心頭彷彿壓著一塊烙鐵，炙得他心肝脾肺都疼。

「魯先生放心，我從沒……怪過海望……」這是實話，關山盡沒對不起他什麼，怪就怪他自己動了心，徒增唏噓。「我原本就打算走了。」

聞言，桂花瞠大眼險些叫出來，連忙死死地用手摀住嘴，可眼眶卻紅了。

「是嗎？」魯先生唇角輕勾，笑中帶著憐憫。

「是啊……」吳幸子嘆口氣，勉強自己扯出一抹笑，「請魯先生別擔心，吳某不會讓您與海望為難。」

沒想到他會如此灑脫，魯先生反倒有些不信了。

「你……真願意離開？」

「當然，我與海望之間本就是露水姻緣。」儘管後來成了滂災。既已下定決心，吳幸子笑容就更加真誠了，「也難為您與海望之間錯失這麼好些年，望您兩位能白首共度。」

「承蒙吉言。」本想給吳幸子下馬威，卻沒料到事情會如此進展，魯先生反倒無措了。他猜不透吳幸子這是真心還是誠意，世上又如何會有人能率直至此呢？

「不過，三天後魯先生要大婚了，您與樂三小姐也說好了嗎？」吳幸子是真心疑惑，畢竟關山盡還在忙碌婚禮的事情，該不會魯先生又膽怯了沒把話說清楚吧？吳幸子不免替他擔心。

這記回馬槍直接戳進了魯先生心窩，他臉色一白，無言以對。

第四章　天涯何處無鯤鵬

滿月道：「大將軍確實雄才大略，但那僅限於官場和戰場，他這人腦門壓根沒開過縫，缺了點常人該有的七情六慾，我只是鑿開他腦門罷了。」

「弒主嗎？」黑兒輕抽氣。

滿月狠瞪他一眼，「會不會說話！這叫幫他開竅！他沒發覺自己喜歡吳幸子了，你樂意看他拖死吳師爺嗎？」

望舒小築靜默了一段時間。

吳幸子擔憂地看著魯先生蒼白的臉龐，思量著是否要請大夫來瞧瞧。

他心裡也明白，魯先生大抵是沒打算好如何退婚，畢竟樂三小姐一片赤誠真心，儘管才見過一次面也能感受到小姑娘對魯先生的愛意絕非懵懂而就。

吳幸子輕嘆一聲，對魯先生感到些許歉意的同時，也為關山盡心疼。

恐怕這兩人還有好長一段路得走。

「這是我與海望的事，不勞吳先生掛念。」半晌後，魯先生才冷淡地開口，瞪著吳幸子的眸子染上怒火。

「是吳某冒昧了，望魯先生見諒。」吳幸子老老實實地起身拱手道歉，反省自己是否嘴太快，這件事原本也輪不到他操心。

「澤之有些倦了，便不多招待吳先生。希望今日吳先生給在下的承諾，不會轉眼即過。」魯先生也不起身，半垂著眸語氣懨懨，似乎真累了，「含笑，送吳先生回去。」

「是，吳先生請。」

「叨擾魯先生了。」吳幸子瞅著魯先生又嘆了口氣，這才走出竹亭跟在含笑身後離去。

回雙和院的路上，恰好遇見從大廚飛奔回來的薄荷，桂花看到姊姊，扁著嘴伸手拉了湊上前嘀咕，薄荷分神聽妹妹抱怨，一會兒蹙眉、一會兒嘆氣，最後難以置信地看向主子，動了動嘴想說話，可眼尾瞟到含笑窈窕的背影，又忍住了。

回到雙和院後，含笑卻沒告退，福了福便定定地看著吳幸子，把人看得侷促不已，才緩緩開口：「適才，吳先生所說的話，是真心的嗎？」

「啊？哪一句？」吳幸子一臉茫然，不解含笑為何這般問。

「您打算離開馬面城，這是真的嗎？」含笑索性問得更直接了，薄荷、桂花聞言也連忙盯著主子，屏氣凝神地等待答案。

「這……」吳幸子揉揉肉敦敦的鼻尖，略略遲疑了幾息，才苦笑回答：「我也沒什麼好留下來的啊。」

關山盡與魯先生終於坦承心意了，便不再需要他這抹影子了不是嗎？

含笑聞言點點頭，「吳先生心思剔透玲瓏，與滿副將說的一模一樣。」接著，她往前走了兩步，稍稍壓低了聲音道：「吳先生打算回清城縣嗎？」

「這……」吳幸子自然是打算回去的，可含笑猛然一問，他倒是遲疑了。雖不認為關山盡會千里迢迢尋去，但萬一……他倏地察覺到自己內心隱隱然的期盼，臉色不禁蒼白幾分。

「含笑有幸在大將軍身邊伺候數年，便大著膽子勸吳先生幾句了。」說著又靠近數步，薄荷、桂花怕主子吃虧，也湊上前來，吳幸子只得退開半步避嫌，含笑朝倆丫頭瞥了眼，眸中帶笑。接著恭恭敬敬地道：「大將軍眼中容不得塵沙，吳先生這一走，恐怕會惹怒大將軍。」

「這……」吳幸子躊躇了，「要不，我同他說一聲？他應當也能理解才是。」不知怎的就想起當初回家過年的事，那時他開口說要走，關山盡還氣吐血了呢，可眼下有魯先生相伴，今非昔比才是。

只不過，關山盡半個月前就不見他了，這「說一聲」也著實有些難辦。

含笑凝視著吳幸子片刻，似笑非笑地點點頭，說道：「這倒是個好辦法，不若含笑替您請大將軍來？」

「可以嗎？那可太謝謝了。」吳幸子兩眼一亮，笑了起來，「含笑姑娘，多虧有您啊。」

「哪裡話，這是含笑應當做的。」既然把該做的事都辦完了，含笑心裡也鬆了口氣，給吳幸子一個隱晦而同情的眼神，福了福便退下。

身為關山盡身邊備受信任的大丫頭，她自然不是魯先生能指使得了，也沒真將魯先生當自己的主子。可，滿月就不一樣了，將軍府或乾脆說整個馬面城，大將軍之下就是滿副將，這個看來圓潤憨厚的滿月，其出謀劃策的能力，若是認了第二沒人敢說自己第一，含笑也好黑兒也罷，他們這些親近的人總是聽滿月的話。

儘管不明白滿月又在下什麼棋，但他交代下來的事，含笑不敢掉以輕心。

送走含笑後，薄荷、桂花扁著嘴靠上來問起吳幸子的打算，確知他真想離開了，倆小姑娘垮下肩，眼看都要哭出來了，卻勉強忍住。

吳幸子心疼哪！這倆丫頭他是當姪女兒疼的，乍然說要分離他心中也很是感傷，可馬面城畢竟不是他久待之地，人終歸是要回家鄉的。

這一天，主僕三人都顯得心思鬱鬱，吳幸子午飯都少用了兩碗，菜倒是都吃光了，懶洋洋地靠在黃瓜架邊的椅子上打盹，趁機釐清自己的心情。

薄荷、桂花也拉了小凳子在離他不遠的地方坐下，做些針線活兒陪著主子。

春日暖卻不熾人，風中帶些草木香氣，吹得人渾身舒暢，吳幸子不知不覺竟真的睡著了。

察覺他入睡了，薄荷輕手輕腳拿出一件披風替他蓋上，可下一瞬披風卻被一隻優雅漂亮的大手給抽走，薄荷嚇了一跳險些尖叫，連忙摀住嘴，睜著一雙大眼睛順著手往上看，關山盡那張無瑕的面龐落入眼底。

「大將軍！」

桂花也注意到了，連忙扔下手中的針線跑過來，與姊姊兩人一起向關山盡問安。

「起吧。」關山盡隨意擺擺手，將披風扔回薄荷手上，「他睡了多久？」問話的時候，關山

盡只顧盯著吳幸子看，彷彿渴了許久的人，終於找到水源。

「回大將軍，吳先生剛睡去。」

「嗯。」關山盡輕頷首，彎身小心翼翼地將吳幸子摟入懷中，動作輕巧平穩，吳幸子只微微吟哦了聲，腦袋一歪倒在關山盡肩頭，蹭了蹭臉頰後帶著笑又睡熟了。

看著他依賴的舉動，關山盡心頭發軟，恨不得把人揉進懷裡永不分離，可又擔心自己動作大了驚醒懷中人的好夢，不免有些笨拙，挪了幾次才讓兩人一塊兒安置在椅子上。

「披風。」他壓低聲音朝薄荷伸手，小姑娘呆愣了一會兒，被他瞟了眼才連忙交出手上的披風。

「妳們都退下吧。」

「……是。」薄荷、桂花心裡不甚樂意，可關山盡的眼神太怵人，只得不甘情願地離開。

兩個小丫頭跑遠後關山盡輕聲一笑，細細將吳幸子用披風裹好，免得他著涼。馬面城雖暖和，但初春的風還帶些絲絲冷意，稍有不慎便可能風寒，他哪裡捨得。

吳幸子睡得倒好，溫熱的呼吸噴在他頸窩上，一股子搔癢直癢到心裡。他忍了忍，才沒壓了人一口吞掉，只是難耐地用手一下下拍撫吳幸子的後腰。

這相互依偎的姿勢是看不到老傢伙的臉的，關山盡心下不滿，把人摟緊了些，乾脆也閉上眼假寐。

也不知睡了多久，吳幸子醒來的時候，日頭已然西斜，呼息中充滿白檀與橙花的味道，他依戀地吁口氣，心想自己還真是做了好夢，竟連關山盡身上的味道都夢到了。

「醒了？」熟悉的聲音從頭頂傳來，正蹭著臉頰的吳幸子倏地一僵，接著猛然抬起頭，牙險些撞上關山盡的下顎。

「你……你……」他被摟得太緊，即便抬起頭也只看得到關山盡秀美的下顎及頸子，關山盡這才鬆開了些，讓兩人能對視，唇邊帶著促狹的淺笑。

「嚇著了？」

「呃……」吳幸子愣愣地點頭，他突然想起含笑離開前說會請關山盡來，沒想到這麼快人就來了。他不是正在忙著魯先生大婚之事嗎？剩不到三日了哪！

「魯先生都同你說了？」他下意識問道。

也只有這個可能性了，否則關山盡哪抽得出空呢？

「說什麼？」關山盡唇邊的笑淡去，眉宇間有種漫不經心的冷漠。

「就是……」正想回答，所幸吳幸子及時摀住自己的嘴，才沒將魯先生的心意暴露出來。即便大夥兒都知道魯先生對關山盡有情，但顯然當中還卡著大婚這件事，不該由他來透露給關山盡。

「嗯？」關山盡拉下他的手，看著那半張的嘴，忍不住低下頭親了親，拉著他的舌尖嬉鬧一番。直把人吻得險些喘不過氣，他才意猶未盡地移開唇，用指頭輕柔地撫過被吻腫的唇瓣。

吳幸子被吻得紅霞滿面，又羞又迷惘，照說關山盡終於得到魯先生的人了，應當不會再沉迷在自己身上，怎麼還這般熱情呢？

「怎麼又傻了？」

關山盡從不知道自己光瞧著一個人，就能這般滿足，恨不得永遠相依偎，魯先生也未曾讓他有如此感受。吳幸子究竟那兒特別呢？關山盡也鬧不明白，只知道自己不想離開這隻老鵪鶉。

這半個月，他忍得辛苦，為了讓魯先生安心、為了讓樂家安心，也為了讓樂家背後那些人盯緊魯先生，他只得疏遠吳幸子，連偷看一眼都不行，深怕事態出現變化。

可，適才含笑帶話說吳幸子想見他，關山盡就再也忍不住了，所幸這半個月的成效不錯，勉強能讓他偷著半天，陪陪這老傢伙。

睨他一眼，吳幸子躊躇地開口：「魯先生……三日後真要大婚了？」

「是。」從吳幸子嘴裡聽到另一個男人的名字，關山盡不由得蹙眉，「怎麼問起這件事？」含笑回報他，魯先生今日請吳幸子喝茶，說了些不好聽的話，關山盡不免心疼，莫非吳幸子想同自己訴苦？這念頭一閃過，關山盡心底莫名愉悅，眉心也鬆開了，摟著吳幸子晃了晃。

「我是想……」打算離開的話到了嘴邊，又吞下肚去。吳幸子垂著腦袋，不自覺揉起披風的帶子，關山盡看見了，握起他惶然的手把玩。

兩人的手指一會兒交纏，一會兒磨蹭，最後交握在一塊兒。關山盡的掌心彷彿有團火，燙得吳幸子掌心搔癢，一路竄上臉頰，泛起紅暈，連耳尖都紅了。可他依然乖巧地讓關山盡握著，就是沒臉抬頭看一看那張閉月羞花的容顏。

「想什麼？」

「噯，我想著，該不該送禮？」話出口，吳幸子都覺得自己敷衍，這件事早定下來了，再說了，這眼下提婚禮，總覺得像在削關山盡面子。

「送禮？」關山盡揚眉，點點他鼻頭，「送什麼禮？你同魯先生交情好嗎？」

怎麼可能好。含笑報回來的幾句話，讓關山盡聽了都心生不悅，要不是那些話出自魯先生的口，他定然出手整治那人一番。

「呃……三面之緣……」吳幸子嘆口氣，微微垂下肩，整個人在關山盡懷裡縮成小小一團。

「不用送了，將軍府給你的例錢好好留下，無須浪費在旁人身上。」想到吳幸子那可憐巴巴的九兩多棺材本，關山盡就心疼。「你不是還想請我吃全羊宴嗎？」

「噯，你不說我險些都忘了。」吳幸子在心裡算了算錢囊裡的餘款，幾天前才又拿到這個月的分例呢，合計合計竟有快一百二十兩，將軍府真是太大方了，這些錢他不能帶走，倒是應該請關山盡一頓。

「等魯先生大婚後，你請我吃飯吧。」關山盡只是隨口一說，吳幸子臉色卻變了。

「大婚後嗎？」這麼說，是沒機會了吧，畢竟，那時候他都跟染翠上路回清城縣了。

「臉色這麼難看，怎麼了？」這點變化哪裡瞞得過關山盡的眼，他心下一凜，捏了捏吳幸子的臉頰，「魯先生對你說了什麼？」

「嘸啊嘸啊……」一緊張，吳幸子便說起了鄉音，關山盡雖聽不懂，也明白他在否認，顯然是有什麼的。

「吳幸子，魯先生對你說的話都別往心裡去，也無須較真。」關山盡抬起他的腦袋，認真地瞅著他，「等魯先生大婚，咱們就去京城吧。」

「京城？」這十萬八千里遠的，「清明掃墓怎麼辦？」

關山盡挑眉一笑，「就知道擔這些無用的心，好吧！清明前定將京城的事給結束了，陪你回去掃墓便是。」

一時不察，吳幸子便點了頭，也錯失了向關山盡道別的機會。

畢竟關山盡是鎮南大將軍，不日得回京述職，連同魯先生大婚全擠在三天後，當真忙得腳不點地，連晚飯也沒一塊兒吃，關山盡抱著他親了又親，還是離開了。

吳幸子愣愣地送他，捂著自己被吻得又麻又腫的唇，舌頭都被吸疼了，這會兒還有些不靈活。

清城縣到底回不回？這……

夕陽下，一個高大的黑色剪影，也不知打那兒冒出來的，倏地出現在他眼前，把吳幸子嚇得連退三大步，捂著胸差點沒叫出來。

定睛一看，才發現來者竟是黑兒。

「黑兒？」

「吳師爺。」黑兒拱拱手，黝黑剛毅的面孔上有一抹決然。

「你怎麼來了？喝杯茶嗎？」眼前的人與往常有些不同，吳幸子心跳莫名亂了幾分。

「師爺想回清城縣嗎？」黑兒上前兩步，語氣微帶急躁。

他沉默了片刻，輕聲回道：「想……」

不管關山盡有何計較，儘管剛剛動搖了，吳幸子畢竟還是那個吳幸子，那隻井底的小青蛙。

「那麼，黑兒帶你走吧。」黑兒單膝跪下，右手捂在心口上，「您是黑兒的主子，黑兒定會保你平安。」

黑兒這一番剖白，讓吳幸子傻住。

這是……逃命還是私奔？腦子裡轉過這兩個詞，他不由得退了兩步，惶惶不安地往關山盡離去的方向張望。

他不過想回家而已，也都說好同染翠一塊兒走了，怎麼從黑兒嘴裡說來，顯得甚是危險？

「我、我與染翠說好，一塊兒結伴回去……」黑兒畢竟是關山盡身邊的人，繼續待在他身邊於情於理也不大合適吧。

「主子去哪兒，黑兒便跟到哪兒，定會保您平安。」黑兒依然單膝跪地，用黑烏烏的腦門對著他。

「這……」吳幸子手足無措，他想將黑兒拉起，誰知卻紋風不動，自己反險些摔倒，還是黑兒扶了他一把。

「我只是回家罷了。」

「吳先生，黑兒斗膽問一句，若是有機會，您願與大將軍白首共度嗎？」黑兒抬起臉，黝黑的面孔幾乎融入黯淡的天色中，燈籠尚未點上，他炯亮的眸燦若星辰。

「這……」吳幸子答不上來。若有可能，他應當是期盼能與關山盡結契，可他這把年紀，早就不會有不切實際的盼望了，黑兒這樣問，他也只能苦笑不答。

卻不知，他的神情透露了太多，黑兒定定地凝視他半晌，「吳先生，大將軍要是發現您離開馬面城了，轉頭便會尋去清城縣，您恐怕難以抵抗雷霆之怒。」

雷霆之怒？吳幸子抖了抖，他沒見過關山盡生氣，卻不知為何有些心虛。

「這……可他……」吳幸子嘆口氣，「他與魯先生終成眷屬，又何須一抹影子礙眼呢？」

黑兒聰明地沒有回答這個問題，逕自問道：「不如黑兒帶您去京城遊玩一番？一當散心，二給大將軍的怒氣平息的時間，兩三個月後也許這事就揭過了？」

京城啊？不對啊！關山盡不是要回京城述職？萬一遇上了……豈不是自個兒往槍口上撞嗎？

黑兒自然懂得他的擔心，寬慰道：「都說大隱隱於市，大將軍料不到咱就在他眼皮子底下藏著的。」

這麼說也是個道理啊……吳幸子不由地點點頭。

他這輩子還沒去過京城呢，聽說京城地上鋪的都是雪花石板，繁華熱鬧，什麼好吃的、好玩的都有，天下才俊也齊聚京城。比如那位擅長彈琴的公子，說不準他能有機會一聽那位公子彈琴？大家交個朋友啊！

就不知公子的鯤鵬是否也玉樹臨風、風采迷人呢？

黑兒雖不知道他心裡所想，卻也知道吳幸子同意了，這才站起身撢了撢膝上塵土，對吳幸子抱拳道：「吳先生，此次京城之行，黑兒定會護您周全。為了避免大將軍起疑追趕，咱們就在魯先生大婚當日離開吧。」

「還是你想得周到。」吳幸子連連點頭，心思飛遠了些。天下之大，何處無鯤鵬？一兩年後，難保不會又遇上個能與他情牽三世的鯤……男子，就算沒有，他那籐箱也能收穫頗豐啊！

這一想，還真有些小雀躍啊！

「那麼，黑兒先告退了。三日後，黑兒來帶您離去，吳先生有什麼需要帶走的物什，這幾日都悄悄收拾了吧。」語落，黑兒的身影一閃，鬼魅般消失無蹤。

吳幸子在原處愣了片刻，按了按心口，轉回臥房中將放著鯤鵬圖的籐箱又挖出來，並將鯤鵬圖一張張拿起來賞玩，連晚飯都沒吃。

離開雙和院後，黑兒幾個縱落來到滿月的住所，他還沒敲門呢，裡頭就傳出滿月的聲音：「黑兒進來。」

「滿副將。」黑兒推門走入，他倆相識多年，除了嘴上平時也沒太多繁文縟節的講究，隨意點點頭當招呼過了，便在一旁的椅子上坐下，替自己倒杯茶潤喉。

「吳先生願意走了？」滿月放下手中的筆笑問。

「是，如你所說，吳先生沒有多問就同意了。」黑兒卻嘆口氣，神色鬱鬱。

瞧了他的模樣，滿月嗤笑聲，「你心裡是不是覺得，我是幫著魯澤之欺負吳先生呢？」

「這……」不是嗎？

「我問你啊，你什麼時候開始覺得魯澤之對大將軍沒安好心啊？」滿月繼續埋頭案上卷宗，他得跟著關山盡回京述職，這幾日忙得連囫圇覺都沒得睡，現在與黑兒談這席話的時間，還是硬擠出來的。

「什麼時候……」黑兒蹙眉，沉吟片刻：「魯先生來馬面城的第三年吧，竟才兩年前的事嗎？」他自己掐指一算，都有些驚訝。

「在那之前，你不也認為魯先生高潔淡然，配咱們大將軍也合適嗎？雖然不知為何他兩人總以師生相稱，你心裡難道不認為，是咱大將軍愛而重之，不敢輕易褻瀆的緣故？」滿月睨他眼，唇邊的笑頗為嘲諷。

「是，那時候，將軍府裡的人都這麼覺得。大將軍只有在見到魯先生時，才真正開心愜意，你那時候不也挺喜歡魯先生嗎？」

回想起來，兩年前將軍府中眾人對魯先生是當作未來主母的，畢竟魯先生樣貌出塵、氣息寧靜，與大將軍在一塊兒時，簡直像幅畫似的。

「我就沒喜歡過魯澤之。」滿月哼了聲，下筆的力道重了些，筆桿喀一聲斷成兩截，他厭煩地撇撇唇換了枝筆。

「可你一直向著他啊。就連這兩年，你的種種作為也總是幫他。」黑兒總算把心裡的疑問說出口。滿月不喜歡魯先生這事兒，其實大夥兒是知道的，面對他們滿月從沒掩飾過厭惡。

然而，但凡魯先生需要什麼、出了什麼意外，滿月也總是要他們半點不能耽擱，即刻便得處理好。這讓他們看得雲裡霧裡，完全摸不著頭腦。就連這次，魯先生回將軍府後，滿月也交代含笑盡量挑撥吳幸子，斷了他留下來的任何念頭，必須得將人趕走。這若不是為了魯先生籌謀，還能為哪樁？給他添堵嗎？

滿月聞言笑了笑，又問：「你們又為啥看透了魯先生啊？」

要說看透，不如說是弄明白魯先生總是吊著關山盡，雖不解其意，可人的胳膊總是朝內彎的，誰也看不慣魯先生此等作為。

要說起究竟是如何看透的……黑兒悚然一驚，訝然地看向滿月。

是了，以前滿月同魯先生沒有任何交集，不冷不熱、若即若離，冷眼旁觀一切，那時候他們都不明白，這麼好的魯先生，為何滿月總不親近？可後來，滿月變了態度，他嘴裡說著厭惡魯先生，卻將魯先生的事看得極重，甚至都還幫著撮合關山盡和魯先生，這樣來來去去，不用多久大夥兒就弄懂了，魯先生對關山盡是有情不假，可態度卻不怎麼得勁。要說關山盡因愛而生怖，不願意褻瀆一二，還不如說是魯先生擺出的姿態，讓關山盡無法靠近。

因此之故，大夥兒才慢慢改變態度。

「是你……原來如此……」黑兒連連點頭，倒也不意外，就是沒想到滿月能做得如此不著痕跡，「所以那時候，魯先生墜馬摔斷了腿，你才讓我不得按下消息，越快讓大將軍知道越好？」

「你們要是把消息按下了，知道會如何嗎？」

如何？黑兒盯著滿月憨直的笑容，不敢輕易回答。

「喏，我給你解釋解釋。魯先生不管為何事墜馬，不管是存心或無意，他終歸是墜馬了，大將軍能不心疼嗎？摔斷了一條腿也不是件小事。」滿月朝他勾勾手指，黑兒會意立即遞上一杯茶讓他潤喉，咂吧幾口茶他接著說：「這時候要是你們把事情按住，晚幾天才告訴大將軍，他回來是不是更心疼魯先生了？還得罰你們。」

「你說得是……」黑兒茅塞頓開般連連點頭，可下一瞬又蹙起眉，「那你這回又為何要如此拐彎抹角地攛掇吳先生離開呢？」

「其一，是為了京城的事。這你們先別問，魯先生大婚後自會與你們說清楚。其二嘛……」滿月抖了抖圓潤的下巴，懨懨道：「還不是為了咱大將軍呢。染翠提沒提過，大將軍這會兒還沒真把吳先生放心上？」

還真提過，黑兒只得頷首。

這些聰明人腦袋究竟怎麼長的，一個兩個心思七彎八拐，簡簡單單一件事情，也能攪弄出這麼好些風雨。

「我與大將軍一塊兒長大，他這人什麼樣，我算是清楚得很。他這輩子，對這些情情愛愛就沒上過心。他是會寵人，可他寵人是有目的的。瞧他寵魯先生，為的是啥？倘若，他真想對魯先生出手，你認為魯先生抗拒得了？他這是在玩啊！」滿月說著嘆口氣，「我這麼同你說吧，等吳幸子真心陷了進來，心裡眼裡只有大將軍的時候，他很快就覺得沒意思了。」

「若這樣，這次不如將兩人徹底分開了？」黑兒腦中閃過吳幸子眉宇間的輕愁，怎麼好傷了這老實師爺的心呢？

「那是不可能的。」滿月擺擺手，「關山盡已經喜歡上他了。你敢在他手中搶人哪？你有幾條命？啊？」

「可是……」

「你以為我樂意做這些事嗎？我幹麼讓自己累得像條狗似的？」滿月揉揉眉心，他躲著關山盡做這些事，那也是拿自己的脖子來抗沉鳶劍了。

「那是為何？」

「我這麼說吧，大將軍確實雄才大略、文武雙全，但那僅限於官場和戰場，他這人腦門壓根沒開過縫，出生就閉死的，缺了點常人該有的七情六慾，我只是鑿開他腦門罷了。」

「弒主嗎？」黑兒輕抽氣。

滿月猛咋舌，狠瞪他一眼，「會不會說話！這叫幫他開竅！不經一番寒徹骨，他能懂梅花為何撲鼻香嗎？他喜歡吳幸子，卻不懂得自己喜歡了，你樂意拖死吳師爺嗎？」

「是嘛……」黑兒嘆口氣，回想起染翠對自己說的那番話。

這一切，都是為了撮合兩人嗎？

想到染翠的那抹盈盈笑意，讓黑兒猛地打了個寒顫。

望舒小築是關山盡當年特意為魯先生修築的。

一磚一瓦、一房一舍，還有那一大片的梅林，點點滴滴都是關山盡對魯先生的喜愛疼寵，魯先生需要的他都能事先安排好，既體貼入微又細膩。

而小築的命名，更直接表明關山盡的心意。

望舒，本就是明月的別稱，在他心裡，魯先生就是一抹月色，高潔完美、無瑕如玉，若無愛慕之意，又何來如此的另眼相看？

關山盡站在望舒小築前，盯著他親手提的字，蒼勁的小篆，鐵鉤銀畫讓銀月多了一抹殺伐血性，彷彿像他終於褻瀆了這片皎潔月色，在心中竊喜。回想當初滿心的濃情密意，他不禁自嘲地笑了笑。

即將亥時的夜，星光在薄紗般的雲霧遮掩下，顯得稀疏黯淡，這是個無月之夜，望舒小築中點上的燈火也不多，只有一條流光般的小徑，往梅林深處蜿蜒而去。

夜風微涼，在梅林中沙沙作響，也翻動了關山盡一襲墨黑的衣袍下襬。

他來，是為了赴魯先生的約。

今日過午不久，含笑帶著魯先生的口信求見關山盡，說魯先生掛念大將軍，希望邀大將軍夜裡一敘。

關山盡當即應下，這些日子他刻意晾著魯先生，也真虧魯先生按捺得住，竟能忍到大婚前夜才對他服軟，關山盡又怎麼會讓魯先生失望呢？他可是非常好奇，魯先生想對自己說什麼。

由白色鵝卵石鋪就的小徑盡頭，是一座茅亭。那亭子是魯先生最喜歡待的地方之一，看著樸實然而處處巧思，融在梅林之中，古樸中隱含幽趣。也是望舒小築中，唯一不經由關山盡的手，由魯先生獨力修築而成的地方。

特意約在此處會面，其中涵意讓關山盡無法不低笑出聲。

即便到了這時候，魯先生依然努力在他面前維持不染纖塵的模樣，倨傲地挺著頸子跟背脊，彷彿並沒有偷眼打量他，更沒有心煩意亂、惶惶不安。

這真是有趣得緊啊！

關山盡用足了一刻鐘，才施然行至茅亭。

亭子中燈火搖曳，彷彿籠罩於朦朧金色薄霧中，一抹白衣纖影彷如空谷幽蘭，不染塵俗，周遭的氣息是靜謐的，讓人連呼吸都不敢用力，生怕會將眼前如夢似幻的景象吹散了。

茅庭中擺著蒲團與一張竹編的矮几，魯先生盤坐的身姿挺拔如竹，又嬝若柳枝，正仰著頭眺望夜空裡的星子。他露出的肌膚宛如和闐美玉，冰涼又細膩，幾乎能泛出柔光。

秀美端麗的容顏猶如被流水琢磨過，很容易便深深烙印進心底，永難忘懷。

關山盡不遠不近地凝視他片刻，才開口喚了聲老師。

聞聲，魯先生彷彿受到驚嚇，肩膀微微瑟縮了下，沉默了幾息才緩緩將視線調向關山盡，唇上浮出一抹隱藏憂傷的淺笑。

「海望。」

「老師身邊怎麼沒人服侍？」

關山盡走進茅亭中，與魯先生隔著矮几，撩起袍角在蒲團上落坐。

梅林中除了他二人，沒有第三個人，除了風聲，也無更多蟲鳴，彷彿另成一個世界，遺世而獨立。

「我讓他們都退下了。」魯先生垂下眼回道。

「是嗎？」關山盡也不急，偏頭看向亭外的夜空。

一時竟默然無語，魯先生等了又等，也等不來關山盡主動開口，他咬咬牙，壓下心裡的慌亂，卻不想捏緊的手根本沒躲過關山盡的眼尾餘光，也因垂著眼沒看到他唇邊揶揄的笑痕。

「你……還怪我嗎？」最終低頭的，自然是魯先生，他語尾顫抖，彷彿受到了極大的誤解與委屈，卻仍要自持風骨，不肯低頭。

這種姿態，確實曾經極為吸引關山盡。

他輕輕蹙眉，裝模作樣地嘆口氣回答：「老師何出此言？學生以為，是您還不肯原諒我。」

「我不肯原諒你？」魯先生猛地抬起眼，直接看進一雙多情纏綿的桃花眸中，即便在搖曳的燈火下，依然讓人心悸不已。「為了何事？」

「為了吳幸子。」關山盡苦笑一聲，修長優雅的指頭從矮几上滑過，隱隱約約地擦過魯先生指間，那一晃而過的熱度猶如星火，直燎上心頭。

然而，吳幸子這三個字卻又彷彿迎頭澆下的冷水，潑得魯先生一激靈，好不容易暈紅的臉頰又褪回蒼白。

「我知道，你是為了激我。」沉默片刻，魯先生帶著嘆息道：「你還記得，你從西北回來那年的上燈節嗎？」

「記得……」闕山盡心頭微微一動，伸手握住了魯先生放在矮几上的手，肌膚帶了些夜露的涼意，他不禁又握得緊些。

那一日，因為見到魯先生，他的心才踏實了，也是從那時候開始，他對魯先生不再僅止於師生之情，慢慢地一點一滴地上了心。後來他將魯先生再次延請回府，給了個門客的身分，儘管魯先生才智平庸，在他身邊毫無用處，但只要有這個人在，他就覺得自己的心安穩了。

曾幾何時，他們之間走上了這樣的叉路？

「我是特意去見你的。」魯先生聲音微啞，不待闕山盡回應便續道：「你回來那日，我也在街上看著你。你變了許多，儘管還是張揚得緊，眼神卻是空的。」

「眼神是空的？」闕山盡挑眉。

「是啊。」魯先生凝視著他，突然苦笑，「你不信對吧！你不相信我看得出來。海望，我從你十歲陪在你身邊，我知道你是什麼樣的孩子。西北的日子很苦，填了多少人的命，才終於換來這些年的平安，我怎麼會不知道？你那時候，跨著逐星，隨著凱旋的將士遊街，就走在威遠大將軍的身後，可卻彷彿壓根不在那兒，那樣的繁華熱鬧對你來說，很可笑吧？」

闕山盡撤下了唇邊的淺笑，眉目變得冷肅，木然地瞅著魯先生不語。

他是真沒想過，原來，魯先生竟看出了他心中所想。就是爹娘，甚至滿月，都未能看出那時候的他，在京城裡有多難熬。放眼所及的一切，熟悉又陌生，他周身縈繞的血氣依然濃烈，卻已無處發洩。

看著那些飽食終日的顢頇之輩，他就彷彿在夢中數著日子，總等不到醒來的那一天。他並不適合京城那種繁華平和的日子，他知道自己是頭凶獸，既然曾在戰場上自由過了，又如何耐得了枷鎖般的平凡日子？

「我想了好幾天，京城那時候每日都有你惹事的消息，有些人說護國公一門英烈，卻偏偏出了個混世魔星，真是造孽。」

這句話，讓關山盡噗嗤笑出來，嫵媚的桃花眸彎彎，有如小鉤子般在魯先生心上刮搔。

「混世魔星嗎？年少輕狂啊，這些話還真叫人懷念。」他如何不知道京城百姓間如何閒話他？這裡頭甚至都有他自己的手筆。「所以，你才趁那機會見我一面嗎？」

「是。我想見見你，看看你好不好，我心裡總是牽掛著你的。」魯先生神色略有些躊躇，沒被握住的手在膝上動了動，最終還是撫上關山盡的面頰，「我引你來見我，那時候我心中是沒底的，畢竟那麼些年過去，我也不再是青蔥少年，你說不準都不記得我了。」

「我記得。」這個總穿白衣，拘謹、雅致的端麗男人，彷彿一抹如水月光，深深地滲進心底，無法忘懷。

魯先生眼眸突然亮了起來，似乎很愉悅又帶著羞怯，「是啊，你記得……你在走馬燈下叫了我。」儘管一身黑衣，孤傲寂寞，卻又那般勾人心弦。

明明處於馬面城的梅林之中，卻恍如回到那年那日，點點燈花中，他們眼中所見僅有彼此。關山盡輕輕嘆氣，按住了魯先生撫摸自己的手，閉上眼磨蹭了幾下，讓魯先生心如脫疆，面頰飛紅。

他們的手此時都交握在了一起，難分彼此。

「老師今天找我來，就是為了敘舊嗎？」半晌，關山盡鬆開了魯先生的手，語氣猛然一變有些冷凝。

然而往事已矣，過往的歡笑溫情，更襯得眼下的他們有多可笑。

原本的溫情霎時消散殆盡，魯先生啞然地瞅著關山盡，像是沒料到他能這麼快變臉色。

「老師就沒有別的話想同學生說？」這話問的就有些咄咄逼人了，魯先生縮回手摩搓上頭殘留的熱度，頓時有些泫然欲泣的模樣。

「我……」魯先生咬咬牙，好不容易才下定決心般回道：「海望，我明白你之前對吳幸子好，是因為在他身上見到我的影子，是我對不住你，我礙於師生情誼，不願意我倆情誼生變，這麼些年來明知道你心悅於我，卻不敢以相同情意回應。」

「是嗎？」關山盡臉色更加陰沉，這段話說不上讓人釋然，倒像在傷口撒鹽。

「海望，實則在當年我已然……已然……」魯先生看來頗為糾結，眼尾都泛紅了也然不出什麼，一咬牙乾脆垂下腦袋不說話了。

這欲言又止的模樣，讓關山盡有些心煩，他沉默不語地盯著魯先生，並不打算開口替他解危。

就這樣默然無語了一刻多鐘，依然是魯先生不得不服軟，他心裡埋怨又不安，無法猜測關山盡究竟是何心意，焦急地捏緊雙手，在掌心留下幾個月牙印。

「海望，我是心悅於你的……」

總算坦承心意，魯先生似乎也鼓起勇氣再次與關山盡四目交纏。

就見關山盡先是一怔，接著露出難以置信的表情，最後淺淺一笑，恍若春華初綻。

「老師是真心的？」

「是。」魯先生悄悄伸手勾住他擺在矮桌上的指頭，又用力點點頭，「誠心誠意。」

「是麼……」關山盡反手勾纏住魯先生的指頭，珍惜的模樣猶如至寶，「那麼，明天的大婚

就停了吧！既然我倆終於互訴衷腸，也就沒樂三什麼事了。」

「慢著！」沒料到關山盡腦筋動這麼快，連一點陷入狂喜的忘形都沒有，魯先生語氣也變得著急了。

「嗯？」關山盡不解地歪頭看他，似乎不明白自己說了什麼需要被制止。

「海望，婚宴必須得舉行。」這才是魯先生選擇今日約來關山盡的目的。

「老師的意思是？」關山盡蹙眉，顯然很不高興。

「海望，你知道我魯家就剩我一個人了，父親母親離開前唯一的心願，就是我能替魯家留下子嗣。」魯先生緊緊握著關山盡的手，就怕他甩手離去。

「這是說……」關山盡語中染上苦澀：「老師您依然要與樂三成婚，為了留下魯家血脈？老師，你把海望看成什麼了？」

「海望，我們兩人彼此相屬，可有些事光只有喜愛是遠遠不夠的。我明白是我自私了，你要是生我的氣，那就離開吧。從今往後，橋歸橋路歸路，忘了我吧。」說罷，魯先生甩開關山盡的手，別開臉，在搖曳燈火中，臉頰似乎隱隱滑過一道水痕。

「老師……」關山盡語中帶痛，熾熱的指尖撫過那抹淚痕，接著嘆口氣，「那老師又希望學生怎麼做呢？眼睜睜看著心屬之人，與他人共結連理嗎？」

「海望，你等等我，待樂三生了孩子，我一定再回到你身邊，你信我好嗎？」魯先生轉身投入關山盡懷裡，依戀不已地蹭了蹭，「你也需要子嗣，護國公府歷代單傳，不能在你手中斷絕血脈。等回京了，你也娶個妻，生個孩子，我們便能白首共度了。」

關山盡猛地摟住他，將臉埋進他髮間，悶聲問：「老師……只要你喜歡，海望都會去做的。」如同過去一樣，只要魯先生開了口，他總能滿足一切。

趴伏在關山盡懷中，魯先生深深地吐了口氣，終於安心了。而關山盡卻藏著自己的神情，冷冷地彎起唇角。

又待了一陣子，眼看都要子時了，魯澤之也終於露出疲倦的模樣，與關山盡很是海誓山盟了一番，這才安下心來，把人送出望舒小築。

關山盡自然展現一把溫柔體貼、濃情密意，你送我我送你，在小小的偏院中十八相送，直送到魯澤之臉色有些掛不住，這才面帶不捨地轉身離去。

一出了魯澤之目所能及之處，關山盡便斂去深情，冷冷地哼了聲，也顧不得失不失禮，動手就把外袍給脫去。

上頭都是魯先生的氣味，輕涼如水、溫潤如玉，這是過去他特意替魯先生尋來的薰香，冷香中自帶溫柔悠遠，彷彿天邊銀月，咫尺天涯。

事到如今，這一樁樁、一件件，遺留的都是笑話。他心中珍惜多年、不敢輕易褻玩、愛之重之的人，就是這麼個自私自利，耍些不入流手段的東西。

以前，魯先生可沒這般愚昧，莫非被他長年寵著，竟連自己的斤兩都忘了？

要是魯澤之手段再好些，關山盡還能佩服他，隨手幫襯一把也無不可，就當作這八九年相伴的報償。卻不想長年的安逸日子，讓這個看來皎若月色的人，眼界手段不只連當年的五成都沒有，甚至腦子都不清楚了。

他堂堂鎮南大將軍，當年在京城時，多少名門貴女上門求嫁，他毫不留臉面地一一回絕這個過往，魯澤之都忘了嗎？是不是，連他能在南疆當土皇帝多年，龍椅上的天子絲毫不理會，甚至縱容他，全源於他，護國公獨苗，鎮南大將軍，是個斷袖，且言明不娶妻不生子，擺明要斷絕護國公嫡系血脈才換來的，都看不出來了？

關山盡捂著額頭輕聲低笑，極其諷刺，瞧他寵出了什麼蠢物來。

「把衣服燒了。」他隨意將外袍拋扔在地，暗處閃出一抹影子，恭恭敬敬地應下後，拾起外袍正要離去，又被叫住：「去告訴滿月，明日用不著給誰留臉面，這點臉，本將軍還丟得起。」

「是。」黑影沒有絲毫躊躇，一晃眼就消失無蹤。

關山盡在幽暗中站了許久，天上無月，星子也已然黯淡。夜已深，春風仍帶著絲絲涼意，吹得他衣襬翻飛，他卻如石像般巍峨不動，也不知在看些什麼、想些什麼。

終於他長吁一口氣，鬼使神差地朝雙和院走去。

原本，事情結束前他並不想輕易見吳幸子，更何況這個時辰，吳幸子定然早已入睡，他也捨不得將人從睡夢中吵醒，但胸口異常躁動，他無法抑止地想見那隻老鵪鶉。

傾刻間關山盡便來到雙和院。與望舒小築的靜謐不同，雙和院中蟲鳴一片，泥土的香氣瀰漫鼻端，混著草木的氣息，比任何名貴的薰香都要來得令人舒心。

他放緩了腳步，首先便去了那片菜園子。

菜園子還是那般整理得極好，攀藤的攀藤、支架的支架，鬱鬱蔥蔥，每片葉子都肥嫩欲滴，莖蔓也是粗碩結實。有的開了花、有的剛結果，也有的被茂盛的菜葉覆蓋，無論哪種模樣都顯得可愛的很。

關山盡不自覺浮起微笑，彷彿能見到吳幸子如何愉悅又仔細照顧這些菜葉。那老傢伙即便種菜都穿儒服，只將袍角撩起塞在腰帶上，整地的時候會脫下鞋襪挽起褲腿，露出白細的小腿，一雙白皙腳掌踩在泥地上，十個腳趾頭圓潤可愛，不時收縮幾下試圖撇去趾縫間的泥土。

那次他正巧看見了，胸口彷彿有蝴蝶撲騰，全然摸不透這究竟是何心情。他記得自己著迷地看著吳幸子忙碌，彎腰的時候會翹起圓潤的臀，顯得腰更細，此外他也知道那腰身有多柔軟，能直接把人對折都不會傷著。

吳幸子額上滑下的汗珠從鼻尖滴落，薄荷、桂花想替他抹汗，老東西哪裡肯呢！笑吟吟地拒絕了，自個兒用袖口抹去汗珠，不慎留下幾道痕跡，髒得像隻花貓，就算是頭老貓，也讓人憐愛得很。

後來，關山盡在他忙完後，替他洗了腳，一根一根腳趾洗，直把人洗得渾身泛紅。

繞著菜園子走了一圈，關山盡已經幾乎將適才煩鬱的心情都拋諸腦後，先前壓在他胸中的濁氣與憤怒，並非因為魯澤之如何愚蠢，而是自己為何多年未能看透。

不知不覺又走了一圈，這才朝吳幸子的睡房過去。

推門而入時，吳幸子沉穩的呼吸聲就傳入耳中。他側耳傾聽片刻，心中斟酌再三，最終依然沒能抗拒莫名湧現的思念之情，放輕腳步走進內室，生怕自己一不小心就驚擾了吳幸子的美夢。

床褥間，吳幸子裹著一床薄被，側躺在軟枕上，臉頰被擠得有些變形，嘴巴微微張開著，唇角隱約濕了一塊，偶爾動動嘴彷彿在嚼東西，接著便會露出一抹傻笑，整個人蠢得要命，卻讓關山盡心頭軟得幾乎化掉。

這老傢伙明明貪嘴愛吃，偏偏就是不長肉，卻沒想竟連夢裡都在吃不成？這些日子他太忙碌，等回到京城，就帶吳幸子去四處品嘗有名的點心，酒樓也不錯，老東西肯定特別歡喜。

他坐在床邊，著迷地看著吳幸子的睡顏許久，伸手把玩那一頭柔細的髮絲。吳幸子人又瘦又白，散著髮時看來並不像年已不惑的老東西，反倒有些顯小，黑白一襯更加弱不禁風，看起來總是可憐兮兮的。

這模樣，關山盡越看越喜歡，忍不住俯下身從眼尾、鼻尖吻到唇角，最後含住半張的唇綿綿密密地吻住。

這個吻並不霸道，反倒極為溫柔，饒是如此，依然把吳幸子從夢中驚醒。他迷迷糊糊睜開眼，只覺得喘不過氣，呼息裡都是醉人的氣味，纏綿、雅致的白檀混著橙花……舌尖突然被吮了口，他不由地回應起來。

畢竟如此熟悉的氣息，他壓根沒有辦法反抗。

「吵醒你了？」雖然不捨，關山盡仍強迫自己停下吻，脫了鞋上床，將人牢牢摟在懷裡。他怕自己再吻久一些會忍不住辦了吳幸子，可明日是大日子，他必須得打起十二萬分的精神，只能等事後再加倍討要回來。

「海望？」吳幸子還迷糊著，可身子倒是被這個吻給弄出了火，下意識摩蹭著關山盡的大腿。

「今晚不行……」關山盡摟緊他，用巧勁鎖住他蠢蠢欲動的手腳，安撫地在他額角吻了吻，「你繼續睡吧，是我不該吵醒你。」

「欸。」吳幸子掙了兩下沒能掙脫，人倒是清醒不少，有些害臊地窩在關山盡懷裡不動了。

兩人摟著好一會兒，關山盡垂眼看他，「還沒睡？」

「醒了，現在睡不了……」吳幸子嘆口氣，他也覺得無奈啊！明天要離開馬面城遠赴京城，他還特地早睡一些養神呢！誰知道睡到一半卻被關山盡給吻醒，一時半會也睡不著。

「是我不好。」關山盡老老實實地道歉，摟著人搖了搖，「不若，我背書哄你睡啊？」

「背書？」吳幸子眨眨眼，接著噗哧笑了。還沒聽過有人用這種方式哄人睡的。

「怎麼？不信我能哄你睡回去？」關山盡挑眉，盯著吳幸子的笑臉。

最開始，他覺得吳幸子笑的時候像魯先生，偏偏吳幸子為人拘謹，並不是經常笑，反倒總是看著他發呆，不知道腦瓜子裡都在想些什麼，看起來又蠢又鈍，令他心裡不喜，總覺得是給魯先生臉上抹泥。

最傻的，是他自己啊！

如今再看，吳幸子的眉宇間又哪裡有一絲半點魯先生的影子？他可從沒想在魯先生笑的時候吻他。

「你要背啥書啊？」吳幸子心裡不免好奇，他知道關山盡文武雙全，看過的書肯定比他多上數十上百倍，可他好歹是讀書人哪！怎麼能聽背書聽睡了呢？

「《清城縣志》。」

此話一出口，吳幸子就忍不住抖了下，驚訝地雙眼大睜，「你你你、你怎麼看過縣志的？」

所謂《清城縣志》，顧名思義就是清城縣方志，與一般縣志別無他樣，唯一不同的就是編纂者了。不巧，吳幸子正是其中之一，還是最主要的那個。畢竟清城縣地方小，讀書人來來去去就那麼多，學問最高的通常是縣太爺，接著就是師爺了。

縣太爺公務繁重，哪裡有工夫編寫縣志，擔子自然落在師爺肩上。

吳幸子自知文采普通，外人看看他也不放在心上，可知道關山盡看去了，卻莫名覺得坐立難安，這麼點墨水輕易就能被看透，比不穿衣服還令人羞恥啊！

「你屋子裡不是有一套嗎？那時候在你家閒著無趣，都看完了。」關山盡笑答。

「欸，我都忘了我還有縣志……」吳幸子萎靡地垮下肩，整個人都縮到關山盡懷裡了，「噯，你竟然都記住了嗎？我寫得不好，多丟人啊。」

「文采確實並不華麗，但樸素直白，倒是將清城縣介紹得很清楚。」關山盡笑著在他額上親了口，「如何？背縣志哄不哄得睡？」

「大抵是不行的，噯，你忘了吧？」怎麼可能睡得著，他羞都能把自己羞死。

「清城縣是個好地方。」關山盡沒回應他的要求，索性與他閒聊一二也不錯。

「那是。」吳幸子點點頭，清城縣雖窮山惡水，但畢竟是生養他的地方，對自己的家鄉總是有種割捨不了的喜愛。再說了，孤陰不生，獨陽不長，不管哪兒都沒有自個兒的地方好。

「等魯先生大婚後，我們回去住幾天？」

「住幾天？」吳幸子聞言猛地抽顫了下，關山盡蹙眉不解地看了他一眼。

「你不是要回京城述職？」吳幸子趕緊解釋，腦子想的卻是明日的旅程，莫名心虛。

「不差這麼幾天。」關山盡以為他擔心自己打算抗旨不從，熨貼地笑著安慰道：「陛下不急著要我回去，時間很寬裕，遲幾日無妨，先回清城縣倒也順路。」

「這樣嘛……」吳幸子勉強露出微笑點點頭，接著把臉躲起來，就怕自己的神情露了馬腳。

「這回，魯先生也會一同回京城。」關山盡突然如是道，語氣裡隱隱帶點緊張與試探，吳幸子卻沒聽出來，無所謂地點點頭。

「你們兩人說開了便好。」在吳幸子心裡，魯先生應當是與關山盡剖白心意了，畢竟明日就大婚，真的不能再拖。

「你不介意？」然而他這般平淡的語氣，卻讓關山盡滿心不是滋味，竟然連問個緣由的意思都沒有嗎？

「啊？」有什麼好介意嗎？他打開始就是外人，事到如今關山盡與魯先生和和美美，本就沒有他什麼事了。

啊，莫非，關山盡怕他怪魯先生嗎？心思閃過，他連忙開口寬慰：「你別多想，我明白魯先生的不得已。」

所謂言者無心，聽者有意，大抵就是這種情況了。

關山盡臉色一變，咬牙問：「喔？所以，你也希望能結婚生子不成？」

第五章　伴君千里終須一別

「喏，以後你定然走得比我早，身後之事我還能替你多擔待幾年。」

吳幸子心裡五味雜陳，從來沒有人給過他如此沉重的承諾。口頭的甜言蜜語都算不得準的。

即使如此，他還是對關山盡出口的承諾，感到絲絲的甜蜜。然而，這些甜蜜，也同時令他心驚。

他真的必須得離開了。

娶妻生子？吳幸子愕然地瞅著關山盡山雨欲來的陰沉面龐，傻傻地搖頭。

他娶什麼妻？生什麼子？他喜歡的是大鯤鵬呢！就算要找人白首共度，也得找隻順眼的鯤鵬啊！姑娘們他一根手指都不敢碰，這輩子碰過的女人就只有他娘跟柳大娘了。

見了他的傻樣，關山盡也察覺自己遷怒了，他一抹臉，深深嘆了口氣，歉然道：「是我的錯，你別氣我。」

也是，吳幸子和魯澤之不一樣，打從初會開始吳幸子就擺明了只要鯤鵬不要人，這樣的老東西還能娶妻生子？恐怕連想都沒想過吧。

「怎麼啦？」吳幸子自然是不氣關山盡的，只是覺得好奇，照理說好不容易與魯先生兩情相悅了，應當正是開懷的時候啊！怎麼反倒……有些懨懨的？

他莫名有些心疼，拉著人坐起身，想了想，小心翼翼地把關山盡的腦袋按進懷裡，溫柔地撫摸那頭緞子似的髮。

「同我說說？」

關山盡瞇著眼，舒舒服服地靠在吳幸子懷裡。老傢伙身子單薄，胸口也薄薄的沒幾兩肉，卻很是暖和，氣味柔和迷人，沒幾息就將關山盡胸口的鬱氣都化乾淨。

他伸手攬住吳幸子細腰，享受難得的溫情。

想來也好笑，他們兩人在一起總是奔著吃飯或交媾去的，人性中的性慾、食慾一點沒落下，貼己話卻沒說過多少。他甚至都沒弄清楚吳幸子祖上究竟做什麼呢，只隱隱約約猜到吳父應當不是個單純的讀書人，先別說小地方的秀才怎麼能又會彈琴、又能寫詩，彷彿無所不能。這種能拔數個鄉鎮第一的人，不可能沒能繼續往鄉試考，甘心情願待在家鄉當個教書先生，吃不飽餓不死地養著一家夥兒。

可過去，他沒興趣知道。

眼下，卻又失去了詢問的時機。

不過無妨，關山盡這輩子遇過的困境絕境可多了，這不是件大事，可以徐徐圖之，等京城那邊也穩下了，他便有大把的時間可以和吳幸子好好相處。

倒是，有件事他現在非問不可。

「你是吳家的獨苗？家裡還有其他人嗎？」想來也好笑，他也好，魯澤之也好，吳幸子也好，竟全都是家裡獨苗。這樣的三個人，卻莫名牽扯到了一塊兒，只能說是老天爺作弄人。

「家裡沒有人了。」吳幸子搖搖頭，歪著腦袋蹙眉，「我阿公、阿嬤在我出生前就去了，姥爺、姥姥在我小時候也不在了，老人家過去後，舅舅們就離開清城縣，也不知去那兒了，爹娘走的時候他們也沒回來看一看，姥爺、姥姥的墳也都是我整理，怕就怕舅舅他們也在那次大水……」不敢再說，吳幸子嘆了口氣。

難怪有些鄰里不待見他，在背後說他命硬。兩家十幾口人，他說不定還真是唯一一個活口。

「是麼……」關山盡察覺他的鬱鬱，翻身改將人摟進懷裡，背靠著床頭，讓吳幸子貼在胸口，聽著他平穩有力的心跳聲。

「別多想，命運不由人，與其想那些死去的，不如讓自己好過。」

「嗳……」吳幸子閉上眼。

關山盡身體強壯、內力渾厚，心跳平緩但極為有力，隔著看似纖細，實則精實飽滿的胸膛，仍彷彿敲擊在耳朵上，微微發麻。吳幸子老臉微紅，想移個姿勢，卻被關山盡抱得很緊，動彈不得地窩在原處。

「那麼你……是否想過要如何延續香火嗎？」這話問得出乎兩人的意料，關山盡沒想到自己竟真的問出口，而吳幸子則沒想到會被這麼一問。

吳幸子靜默了半晌，他有些疑惑，不懂關山盡為何問出這樣探人隱私的問題，他倆從來只是萍水相逢、露水姻緣，這數個月的相處，雖說一起祭了祖、過了年，他對關山盡也動了心，可關山盡卻從沒問過他更多身上的事。

眼看他都要下堂了，怎麼偏偏深聊了呢？

「我……」吳幸子沉吟數息，最後嘆了口氣，「我原本打算四十歲生辰，便自戕了。」這個心事，他沒與任何人說起過，不知為何卻脫口而出。

原本溫柔地摟著他的男人猛地僵硬，狠狠地掐了他一下，把吳幸子掐得痛唉出聲，又連忙卸了力道，可氣息卻依然熱辣辣地彷彿一頭被惹怒的豹子，噴著氣繞著他打轉。

「為什麼？」關山盡向來纏綿溫柔的聲音變得冷硬，猶如磨利的刀刃泛著冷光。吳幸子縮起肩膀抖了抖，討好地用臉頰蹭了蹭關山盡胸口，怯怯地用手環住他精實纖細的腰。

「我……」吳幸子嚥口唾沫，喉頭莫名乾澀。他掙扎著要不要老實說，關山盡看來動了氣，他卻不解因由何在。

「老實說，你騙不了我。」垂下頭正好能看到吳幸子慌張的神情，心裡想啥都分毫不差地展現在臉上，關山盡突然有些好笑，勉強繃住了聲音，繼續嚇唬他。

聞言，吳幸子又是一抖，整個人像隻真正的鵪鶉，小小的縮成了一團。

「我……我那時候……很寂寞。」這話很難說出口。

回想當時候，吳幸子唯一記得的就是寂寞。

無止無境的寂寞，彷彿永遠都沒個頭。

那時候的他，還是清城縣的吳師爺。每日都是家裡和衙門，偶爾去街上買些菜，吃碗豆腐腦，

逢年過節就去鵝城採買一趟，回到家對著空無一人的屋子，吃自己煮的菜。

為了顏文心，他同衙門借了一筆錢，這麼多年來慢慢償還，五年前才終於償還完畢，連利息都補上了。原本鬆了一口氣，總算了卻一樁心事，然而不久便發現，沒了這樁心事，他到底為何孤孤單單地一個人活著呢？

所以他買了一塊墓地，那可真是塊極好極好的地啊！這麼好的長眠之所，理當要有個配得上的棺木才對，於是他開始存棺材本。這是真正的棺材本，就為了買棺材。

柳州的棺材那是最好的，他大概買不起最拔尖的，但價格合理又好的棺木應當也不是大問題。他都想好了，一頂香杉木的柳州棺材，壽衣是他當年考中秀才時母親替他做的衣服，總算沒被大水沖走，這麼些年來他細細保存著。

不知不覺，吳幸子倒豆子似把所有話都說出來，細細柔柔的聲音那般認真，關山盡卻聽得彷彿有千萬根針戳在心眼上，疼得他難受。

「你怨恨顏文心欺騙你嗎？」這是頭一回，吳幸子在清醒的時候提到顏文心，這般坦然，那些傷人的過往似乎早已不再重要。

「我……」吳幸子眨眨眼，這才驚覺自己竟不小心同關山盡提到顏文心，他小心翼翼地瞄了關山盡一眼，苦澀但誠懇地勾了勾唇角，「我不知道，但，至少為了他我活到今日。」

要不是需要還那筆銀子，吳幸子覺得自己興許早在寂寞中撐不下去了。

卻不想，他會這般寂寞，罪魁禍首就是那個顏文心。

關山盡自然沒有提點他，難得兩人說些貼己話，閒雜人等又何必來橫插一腳呢？

「等你也走了，你家祖墳怎麼辦？」關山盡雖心驚於吳幸子曾動過想死的念頭，但想來有了鯤鵬社跟鯤鵬圖，這老傢伙眼下應當是捨不得死了，也就稍微安了心。

啊……這倒是個大問題啊……吳幸子是想過這個問題的。清城縣有一座觀音寺，縣民們無論過得多辛苦，都會勻出一部分收成供奉裡頭的和尚，為的就是像他這樣，就算後繼無人，也有人能在清明時分看照家中祖墳。

觀音寺的和尚都發了大願，至少能保二十年供奉不斷。吳幸子本就打算死前將祖先們託付給觀音寺，他自己倒無所謂。

「我比你小得多。」關山盡沒聽他回應，摟緊人在懷中搖了搖，拍撫他背心。

「欸？這是，你都尚未而立呢。」吳幸子輕笑，他都快忘了關山盡還如此年少，他這頭老牛啃嫩草，也是啃得心滿意足啊！

「是啊，我身體也比你好。像我這樣的學武之人，只要沒死在戰場上，活個七十歲都不在話下。」關山盡勾起吳幸子的下顎，對他瞇眼一笑。

這笑容可真如佛祖拈花，又恍如雨後朝陽，看得吳幸子臉紅，想躲又躲不掉，只能傻傻地瞅著那抹笑，心頭小鹿都快撞死在胸口了。

「七十歲可真不容易啊。」要知道，人生七十古來稀，一般富貴人家，能活到六十上都算福祿壽全了，在清城縣一般五十都算很老了，像柳家大娘、大叔，五十多歲了，還身子骨這般健壯，可說是極為少見的。

「唔，以後你定然走得比我早，身後之事我還能替你多擔待幾年。」關山盡說著，在他唇上吻了幾口，蜻蜓點水一般，留下一簇簇炙人的火苗。

吳幸子一開始被這幾個啄吻給吸引了心神，下意識便噘起嘴回應起來，連關山盡說了啥都沒留心。

要不是關山盡沒打算往深裡吻，將人又押回胸口搓揉，吳幸子定然也不會深思這句話什麼意

思。壞就壞在，他得了空，接著便被關山盡這席話給嚇著了。

替他擔待身後事？這是……這是代表，他死了之後，關山盡不但要操持他的喪事，還要年年替他掃墓供奉嗎？這、這……

吳幸子心裡五味雜陳，從來沒有人給過他如此沉重的承諾。

他活的時候寂寞，死的時候定然也是無人聞問的。頂多柳大娘一家會替他收殮，再多的他也不希望能麻煩人家。

關山盡跟他究竟算什麼？為何卻……

歡喜、疑惑、茫然混在一塊兒，最後，匯聚成魯先生的面孔。吳幸子猛地一個激靈，腦子霎時就清醒了。

關山盡與魯先生才是一對兒，無論是身後事還是身前事，實則都與他無關的。也許情到處會有承諾，可終歸橋歸橋路歸路，要說他當了一輩子師爺感受最深的是什麼，便是永遠不能將自己的人生，依附在任何一個人身上。

父母子女都有翻臉不認人的時候，夫妻本是同林鳥，大難臨頭依然各自飛。他與關山盡沒有任何情誼，甚至都認識不足一年，口頭的甜言蜜語都算不得準的。誰在濃情蜜意的時刻，說出口的話不動人？

即使如此，他還是對關山盡出口的承諾，感到絲絲的甜蜜。

然而，這些甜蜜，也同時令他心驚。

他真的必須得離開了。

即使黑兒與染翠不攛掇，他也不能再繼續留下。關山盡的一言一行恍如春雨，細雨潤無聲地侵蝕他的心防，不知不覺就奪走他守了二十年的心，毫無聲息的。而這個男人，轉眼就要與別人相守一生了。

吳幸子輕輕按住心口，他垂著腦袋不願意被關山盡看出破綻，如今的心痛是他自己討來的，怨不得任何人，就像當年他喜歡上顏文心，也是自己願意開心的。

可為什麼，他們都不願意好好與他告別呢？為什麼總在離別時，偏偏給他這麼多的甜蜜與承諾？吳幸子想不明白，也知道自己不需要再想了。

「怎麼了？」關山盡皺眉，他察覺到懷中的人突然與自己疏遠起來，卻不明白緣由何在，只能狠狠縮緊手臂，恨不得將人直接融入血骨之中。

「我累了……」吳幸子悶悶地應道，掙了幾下才從關山盡的懷中掙出，翻身滾在床內側，裹起了被子，「海望你也睡吧，明兒還要忙碌呢。」

關山盡皺著眉，心中隱隱有些不安。可，吳幸子向來溫順，他也不好這時候向他解釋魯先生的事，想著等大婚之後把人帶去京城，給他吃點好吃的、玩點新奇的，也能把人安撫下來。待他大事終成，再與吳幸子說清楚也不遲。

既已決定，他也不多開口安撫，翻身摟著人便睡下了。

第二日一早，關山盡離開雙和院後不久，吳幸子也下了床，愣愣地在床沿坐了許久。

遠遠的，似乎聽到了娶親時的樂聲，還有鞭炮劈哩啪啦地響，應是極為熱鬧的。

他不懂魯先生為何依然大婚了，可這也與他無關了吧！

再一次將行囊檢視過，吳幸子換上方便騎馬的裝束，緊張地在房間裡繞圈，連早餐都吃不下，

就揣了幾顆大饅頭在行囊中，想著晚些能在路上吃。

也不知道等了多久，他手心濕了又乾、乾了又濕，半掩的窗戶突然喀一聲，他嚇得原地蹦了兩下，心臟險些從嗓子眼跳出去，定睛一看是熟悉的高大身影。

「吳先生，咱們走嗎？」來者自然是黑兒，他一身短打，看起來和普通行旅沒有兩樣，肩上斜揹著個不大的包袱，走上前來將吳幸子手中的行囊接了過去。

「您別擔心，眼下將軍府中的主子都去樂家了，不會有人注意到您離開的。」

「啊……」吳幸子連連點頭，用力吞了幾次唾沫問道：「薄荷、桂花不會被責罵吧？」他就是擔心這樣不告而別，倆小姑娘會出事。

「請您不用擔心，薄荷、桂花要一同前去京城。」黑兒有些訝異地回答他，指指外頭，「她們都在院子裡等您了。」

吳幸子一聽，連忙跑到窗邊，果然看到兩個手拿包袱的小姑娘，正朝他的方向張望。他既鬆了一口氣，又覺得過意不去，先前他不敢問小姑娘要不要一塊兒走，畢竟這一去也不知何時能回家，但把人留在將軍府他又不放心，一早上心裡掛念的都是這件事。

誰知，馬面城的姑娘們可比他要果決俐落地多了，天下之大何處不能安身？

更何況倆小姑娘年紀尚幼，沒有吳幸子對家鄉這麼多的牽掛不捨，就當遊歷長見識，心裡可雀躍得緊。再說了，她們也捨不得自己的主子在京城沒人照顧啊！好歹有她們，還能陪著說說話不是？

這一來，吳幸子在馬面城最後的掛念就真沒有了，他在黑兒的幫助下從窗子翻出去，主僕四人偷偷地從將軍府後門離開，誰都沒驚動到。

一炷香後，一輛樸素的馬車，在膚色黝黑的大漢催促下，離開了馬面城，飛馳在前往京城的官道上……

鎮南大將軍的夫子魯先生，與樂家結親算是馬面城這半年多來頂尖的大事。

大婚當日，從將軍府到樂府的大道上張燈結綵、花團錦簇，許多花卉都是百姓們沒見過的，嬌豔欲滴美不勝收。

吉時一到，迎親的隊伍就走出將軍府大門，浩浩蕩蕩地往樂府去了。

當前一匹高頭大馬，通體雪白不帶一絲雜毛，毛色在春陽下彷彿會發光似的，披著鮮紅鞍轡不只喜氣，還非常優雅好看。

魯澤之騎在馬背上，風姿凜然、如松如竹，宛如一尊精雕細琢的玉人，一身大紅新郎冠服將他襯托得宛如九天玄仙。

儘管他的名聲在馬面城甚是響亮，然而真正見過他的人並不多，許多在街道兩旁湊熱鬧的百姓，都是頭一回見到這在馬面城中風頭無兩的魯先生。

不虧是大將軍和樂家三小姐爭著搶著的人，那模樣可真是好看啊！一輩子也難得見到這麼漂亮的人。

一長列的迎親隊伍，就這樣晃晃悠悠前往樂府。

奠雁之禮已經先去了，表示夫妻同心、形影不離。儀式順著攔門、叩門請上花轎、進門見過岳父母、新娘拜別父母等等形式，終於將樂三小姐迎上花轎，眾人又吹吹打打地從另一條路回到將軍府。

射箭驅邪、跨馬鞍、過火盆等等儀式也都順順利利地結束，終於來到喜堂，要拜天地父母。眼看一切熱熱鬧鬧、歡歡喜喜的，父母高堂坐於廳上，魯澤之家中已無高堂，又是在外遊子，其身分可以請父母官為其證婚，馬面城的府尹是個四十多歲的中年人，臉上長年帶著笑，看來很親切，充當魯家的長輩坐在高位上，笑吟吟地看著底下的一雙佳偶。

司儀正打算開口唱禮，府尹卻抬手制止，「小老弟，這婚娶之事，你是否再考慮考慮啊？」這一變故，原本喜氣洋洋、熱熱鬧鬧的大廳，突然陷入一片死寂。

誰能料到，主婚人竟開口要新郎倌悔婚？

魯澤之也大出意外，皺著眉抬頭瞅了他一眼，接著往一旁的關山盡望去。

身為大將軍，關山盡就坐在次位上，正端起茶杯輕啜，似乎對府尹的行為毫不在意，也沒有開口制止訓斥的意思。

「方大人這是什麼意思？」驚愕過後，樂老爺可按捺不住了，一雙眼瞪得有銅鈴大，氣鼓鼓地瞪著方大人。

「也沒什麼意思，本官就是不希望魯先生行差踏錯，畢竟……唷，有些人、有些事，沾染上了那可是一身腥啊。」方大人依然笑容可掬地如是道，語氣很是意味深長。

樂老爺一聽氣得臉色通紅，這可是明晃晃地說他們樂府不是好東西啊！他唬一下跳起身，一旁的樂夫人連忙扯住他袖口，對方畢竟是朝廷官員，再說堂上還有個鎮南大將軍，樂家哪有底氣先發難呢！

偏偏樂大德原本就有幾分匪氣，加上倚仗著自己與將軍府的關係，氣鼓鼓地甩開夫人的拉扯，指著方大人劈頭蓋臉就罵：「方崇光！老子敬你一聲方大人，你還真把自己當回事了？大將軍面前，誰給你膽子鬧事！」

「唉，樂老爺您也說了，大將軍面前，是誰給方某膽子鬧事呢？」方崇光也不生氣，反倒有些憐憫地看著樂大德。

「你什麼意思？」樂大德人雖莽撞了些，卻也不是傻的，愣了數息後，指著方崇光的指尖微微顫抖，聲音也啞了幾分。

是啊，鎮南大將軍都沒發話，這膽子還能是誰給的？他顫巍巍地看向關山盡，即便是在這喜慶的日子，身長玉立的男子依然穿著黑色衣袍，渾身上下除了腰間玉珮散發瑩瑩白光外，就再無其他顏色。

這哪裡像是參加婚禮，倒像是參加白事。樂大德為自己的想法顫抖了兩下，迅速抹去臉上的憤怒，換上了討好的笑容，「大將軍，您……」

「嗯？」關山盡打斷了樂老爺未盡的話，帶著一抹淺笑看向僵立在喜堂上的新人，「老師，方大人問你話呢，不回回他？」

似乎直到此時，魯澤之才如大夢初醒，臉色慘白地回望關山盡，彷彿受到極大的驚嚇，雙唇動了動。

「嗯？老師，學生聽不著您說了什麼。」關山盡依然金刀大馬地坐在原處，端起茶杯用杯蓋撇去浮沫，「老師，切記，深思後再回答。」語氣如往常那般纏綿溫柔，魯澤之卻猛地顫抖了下，踉蹌地退了兩步，險些被自己給絆倒。

「大將軍，小人駑鈍，這是大喜之事啊！怎麼、怎麼……」樂大德搓著雙手，看來極為無措。這場變故太過突然，就算他見過不少風雨，一時間也不知該如何應對。

再說了，整場婚事，從頭到尾也沒出啥岔子啊！怎麼偏偏在拜堂時發難？

「大喜嗎？」關山盡低低嗤笑了聲，連個眼神都懶得給樂大德，嫵媚的桃花眼牢牢地盯在魯

先生身上，「老師，你怎麼不說話呢？這可是你的大喜之日。」

「海、海望……」好不容易找回聲音，卻沒了平時的悅耳溫柔，顯得粗刮不已，彷彿用盡了力氣才終於從胸口吐出這兩個字。

「學生在。」這聲呼喚似乎令關山盡很是愉悅。

「你這是做什麼？昨夜為師應當與你說清楚了，樂三小姐是良配，你無需如此試探掛念。」魯澤之的聲音有些不穩，仔細聽似乎還帶著乞求。

他本就是個繡花枕頭，看起來光風霽月、胸有溝壑，實則連腦子都不肯多用，從未真的花費足夠的心神去思索自己的地位該如何維持。

一開始他只是單純地希望還能在關山盡身邊覓得一官半職，好繼續養活自己罷了。他並不是個能力多麼出彩的人，雖然曾經在鄉里間頗有文名，卻是建立在迷惑人的外表上的。

待真正需要用肚中筆墨討生活時，他也發覺自己頂多能做到個七品官，一生碌碌無為地當個地方小官。

要是未曾進過護國公府，他也許願意安安分分地走這條不大不小的官途，然而他已見過繁花似錦，再也耐不了荒煙漫草。

關山盡回京的時候，他是欣喜的。

在夾道的百姓中，他才會那麼敏銳地察覺關山盡的不對勁。

他昨夜說的心疼並不是假話，他是真心實意的。畢竟曾經看過關山盡那般肆意妄為、神采飛揚的模樣，可更多的是，心裡無法壓抑的蠢動，他知道自己可以從何處突破了。

之後的上燈節重逢，大抵是他最花心思的時候。關山盡就這樣依戀上他，確實將他給驕寵起來。他懂得這孩子的心思，關山盡是個狠心冷情的人，就像一隻狼崽子，防衛心極重又聰明絕頂，每個人在他心中都有個固定的位置，父親該當如何對待、母親該當如何對待、友人該當如何對待、心腹該當如何對待……都有個相對應的位置。

他那時候無法再回到老師的位置，因為關山盡不需要了，所以他下了險招，憑藉著十二歲那年分別前，關山盡隱隱約約對自己有的模糊好感，將心上人的位置給拿下。

這是個特別的位置，他知道自己必須用盡一切努力維持這個地位，便能永遠無憂地在關山盡的羽翼下度日。

曾幾何時，他已經忘記這個孩子是頭蟄伏在暗處的野獸，他能斂去所有凶煞與血性，最溫柔地對待人；也能在一眨眼間，一口咬穿獵物的咽喉。

關山盡對他的寵溺幾乎是毫無底線，他癡迷於這樣的愛意，總是畏懼有人會取代自己。於是他儘管心裡漸漸對關山盡有了真情實意的愛戀，卻保持著若即若離的姿態。

一個男人也許會對到手的愛侶棄之如敝屣，卻永遠會掛念著那個他心裡那個想要又不敢碰的白月光。

昨夜，他以為自己安撫住了關山盡，他一心一意認為相比起那個老東西，自己在關山盡身邊待得久，又獨占寵愛多年，只要釋放出願意委身的意思，關山盡應當願意繼續寵著他的。

難道他想錯了嗎？

「是，老師昨夜說過。」關山盡瞅著他即使慌張依然恍若謫仙般的姿態，先是低笑了聲，接著長嘆口氣，「但老師，您也該明白，學生對你的心意，日月可鑑。」

此話一出，樂三哪裡能忍得住？

魯澤之還來不及出口安撫關山盡，在他身般的樂明珠便一把扯下蓋頭，妝點精緻的絕色姿容，因為憤怒而隱隱扭曲。

她猛地將蓋頭扔在地上，染著鮮紅荳蔻的指尖氣勢洶洶地指向關山盡就罵：「關山盡！我就知道你對澤之哥哥有污穢心思！全馬面城誰不知道，你將澤之哥哥軟禁在將軍府中，讓他有志不得申，成為天下笑柄！我澤之哥哥是心疼你，說你自小性格妄自尊大、飛揚跋扈，身為夫子他一心希望引你向善，這才陪在你身邊！哼！今天有我樂三在，還能讓你欺負澤之哥哥嗎？」

「喔？是我欺負魯先生了？」關山盡嗤地一笑，模樣無奈又寵溺地望向茫然失措的魯澤之，纏綿地問：「老師，學生欺你了嗎？」

面對這個問題，魯澤之權衡之後一咬牙，換上嚴厲的面孔道：「若非欺侮，你為何攛掇方大人攪亂我的大婚呢？」

關山盡畢竟有多年情誼，事後他還能安撫得過。但樂府可不同，他若要抓住這個岳家，眼下就必須要先全了樂府的顏面才行。

一眼看透他的想法，站在關山盡身後的滿月一時沒忍住，噗哧笑出來。笑聲並不大，可在人心惶惶，誰都不敢發出聲響的喜堂上，卻彷彿扔進池塘中的石塊，扎眼得讓人痛恨。

樂三什麼人？她可是馬面城生養的女兒，率直得有些虎，又被樂大德給寵壞了，竟拔下頭上的簪子朝滿月砸過去，同時斥罵：「滿月你好大的狗膽！」

滿月身為武將哪裡能被小姑娘軟綿綿的拋擲給砸中？他憨厚地笑笑，一伸手就接住簪子，不虧是樂府的大小姐，上頭四顆拇指大的珍珠，流瀉暈潤的光芒，看得人眼花。

「多謝樂三小姐賞賜，這可真不好意思。」滿月笑著將東西揣進懷裡，光明正大地昧下了。

樂明珠沒料到他能無賴到這種地步，瞠大了眼氣得肝疼，指著他的手抖個不停，卻楞是一句話也說不出口。

「明珠，放肆！快向滿副將賠禮道歉！」樂大德畢竟見多識廣，總算是緩過神來，痛斥女兒的莽撞。接著又換上笑容，伏低作小地對闞山盡行大禮，「大將軍，明珠被草民給寵壞了，她為人雖不夠細緻，可對魯先生的情意那是天地可證！您與魯先生的師生情誼，草民心裡很清楚，樂家上下也定不會讓魯先生吃到一丁半點的苦頭，請大將軍放心。」

今日這婚禮必須完成！無論魯澤之與闞山盡之間是否有龍陽情誼，樂大德壓根就不介意！他本就是盼著透過闞山盡對魯澤之無底線的寵愛，才積極定下這樁婚事的。

闞山盡喜堂上突然發難，更坐實樂大德先前的猜測。恐怕，大將軍對這個名義上的夫子，情根深種了。假如樂家能把持住魯澤之，未來馬面城還有誰能在他面前蹦躂？

「樂老爺說笑了。」闞山盡側首給了滿月一個眼神，就看見胖敦敦、笑咪咪的滿副將解下腰間的包袱，朝大堂上一抖，霎時書信滿天飛。

除了闞山盡與滿月之外，眾人的目光都被飛雪般的書信給吸引，不由自主地盯著飛舞的信紙、信封緩緩飄落在地。

信紙還無法讓人一眼看出是寫給誰的，然信封上的大名可就亮晃晃了，赫然是樂家大公子的名諱。

賓客的視線或隱晦或直白，全落在樂大公子身上，幾個耐不住的摀著嘴竊竊私語，而樂大公子則臉色慘白，顯然很清楚這些書信從何而來，也肯定不是什麼能見人的東西。

「樺兒！怎麼回事？」樂大德掌心、背心都是冷汗，耳朵嗡嗡作響，藏不住語尾的微顫。他不能說完全不知道兒子私下做了什麼，也是有心放任聽之，畢竟作為商人，利益才是最為重要的，只要有利可圖，多幾個靠山又有何不可？

這份家業將來是兒子的，他也懂得替家族牟利，樂大德心裡原本是極為欣慰的，卻不想這一切竟成了把柄不成？

樂大公子雙眼失神，盯著滿地信件，一聲不吭。

樂明珠卻是第一個伸手抓了封信來看的人，她本就是個驕縱的，從來也沒將闞山盡放在眼裡。再說了，魯澤之喜愛自己，也需要這個岳家，在闞山盡面前地位更是超群，就不信闞山盡真能把他們樂家怎麼了。

可誰知，樂明珠才看了幾行字，精心妝點的明媚臉龐，竟蒼白了些許，便是染著胭脂都能看出灰敗的氣味。她不敢置信地看向大哥，持信的手無法抑止地顫抖，「大、大哥，這、這不是真的吧……」

這封信是樂大公子寫的，對方的名字一看就是南蠻人，裡頭提到走私硝石與私鹽，甚至還提到了澒[1]，從信件裡頭的敘述來看，已經不是初初勾結，已然往來好一段時日了。

在大夏，硝石產量不多，一般多用在煙花上，然而先王時候有人發明了被稱為大砲的武器，儘管這些年來依然未能真正用在戰場上，但硝石卻被確實地管制起來。

偏偏，南蠻卻產了不少硝石，樂三曾聽父兄提起過。那時候，大哥對闞山盡頗有怨言。因為在闞山盡的掌控下，硝石無法進入大夏，南蠻又不知道能拿來幹什麼，白白一座金山擺在那兒卻不能用，看得人撓心抓肺的。

再說到鹽，私鹽確實能掙來一大筆銀子，可大夏掌控得極嚴，被逮著賣私鹽的話，輕則發配邊疆，重則掉腦袋。雖說利之所趨、人之所欲，販賣私鹽的消息時有所聞，可十多年前設置專門的部屬控管監視後，慢慢就銷聲匿跡。樂重樺更選擇不將私鹽在大夏境內流通，而是賣給南蠻，

註①澒：水銀，同「汞」。

可算是富貴險中求。

這兩樣東西，平時都節制在關山盡手中，南蠻產的鹽少，多半是岩石上的鹽，這一來一往樂家算是賺得盆滿缽滿，也真是連命都輕賤了。

樂大德看女兒神色不對，也連忙拾起一封信展閱，信還沒看完就翻著白眼幾乎暈死過去。

「孽障！」他一口氣險些喘不上來，暈眩過後咆哮地將信扔在兒子臉上，「你看看你做的好事！樂家、樂家沒有你這種子孫！」信上竟然提到大砲！

「不，父親！您聽兒子解釋！我沒有這麼做！我沒有！」樂崇樺撲通跪在地上，朝父親辯解，接著膝行至關山盡跟前，連連磕頭喊冤：「大將軍明鑑！草民雖不敢說生平未做虧心事，但對大夏絕對忠誠，天地可證！斷不會與南方那些蠻子私相授受！危害國祚！」

見他碰碰碰把頭嗑得又重又響，七八下後額頭都破了，血絲蜿蜒而下，襯著因畏懼而慘白的臉色，詭譎得嚇人。

「那麼，這些信是誰寫的？」關山盡也不叫停，他伸腳踩住一張攤開的信紙，仔細看可以從上頭看到兩方商議如何走私本次貨物，七馬車粗鹽、八馬車硝石跟十罈油。

上頭寫得清清楚楚，要如何避開馬面城駐軍，要在哪裡交貨，切口如何、總共多少人等等，一絲不苟、面面俱到，稱得上是膽大心細。

當然，馬面城畢竟駐軍數量不少，要避開並不是簡單的事，更別說還有這麼多貨物。但人為財死，在賺錢的時候腦子都是前所未有的靈活。

他們走的是水路。馬面城到南蠻地界有一條河流，河川離城最近的地方在城外兩里處，往上游是一大片密林，平時人煙罕至，戰亂時候林中也因行軍進軍不易，經常被繞過。那密林是順著頗為陡峭的山地長的，裡頭林相雜亂，稍有不慎就會迷失方向。

這算是馬面城左近防守最弱的地方。

樂崇樺也看準這點，雇些獵戶柴夫，一點一點地在山裡闢出一塊地來，蓋了幾間儲存貨物的小屋及船塢，再分批運送貨物，這樣神不知鬼不覺地在關山盡眼皮子底下好賺了一筆。

「小人不知！小人沒做！小人是被陷害的！」樂崇樺什麼也不多說，悽然地不斷重複這幾句，活似受了天大的冤屈，恨不得撞死自己以示清白。

關山盡冷冷地看著他，也不阻止，直到樂大德也老淚縱橫地跪地替兒子求饒，他才輕輕嘆口氣：「都起來吧，大喜之日，本將軍也不欲見血。」

說罷，他朝魯澤之睞了眼，茫然無措的男人這才回了神，躊躇了一會兒開口：「海、海望，這當中定有什麼誤會才是……」魯澤之語氣軟弱，他自己心底怎麼能沒底呢？關山盡趕在這種時候扔出這些證據，肯定是胸有成竹，他只是戲耍這些人罷了。

一股寒意從身體深處往上竄，他用力咬著失去血色的雙唇，在樂明珠淚眼婆娑地看著他無言求助時，望都沒望去一眼，只牢牢地看著關山盡，眼中流洩出顯而易見的哀求。

這個哀求不是為了樂家，而是為了自己。

「老師認為會是什麼誤會？」關山盡目光纏綿地看著他，言下之意彷彿是他只要說出個所以然來，便願意為他擔起一切。

魯澤之緊緊交握雙手，幾乎在手背上掐出十個血口子。他張了嘴，又連忙閉上，細細地看著跪在地上的樂家父子，最後垂下眼，「不，為師並不懂這些事，但海望做事向來謹慎，未曾冤枉任何人，這點為師是明白的。」

「魯澤之你說什麼！」樂三先是瞠大了雙眼，接著不可置信地哭吼起來。

這句話太過誅心，言外之意是把自己從樂家撇得乾乾淨淨，甚至倒打一耙，認定樂家確實做了昧著良心的事。

樂明珠連連搖頭，按著自己的胸口退了兩步，被地上的蓋頭給絆著，要不是媒人眼明手快，她肯定狼狽地摔倒在自己盼了大半年才盼來的喜堂上。然而即使如此，她也像失去站立的力氣，臉色蒼白，混身顫抖地癱軟在媒人及丫頭身上。

她直直地盯著魯澤之，這個宛如溫潤月色的男人，穿著一身大紅囍服，猶如九天玄天。陌上人如玉、公子世無雙。她一直這樣愛戀著這個男人，她相信男人對自己說的每一句話，為他力抗鎮南將軍府及自己的父兄。

而如今，在樂家危急存亡之際，在他們的喜堂上，這個男人，一眼都沒望向她。

「魯澤之……」樂明珠永遠忘不了他們初會那一日，她怎麼失禮地拋下所有矜持，迎上這個男人，她的心跳如擂鼓，又像開了遍地鮮花，眼中所見都明媚了幾分。

那些明亮的色彩，在此時此刻，全都，黯淡了。

父兄依然對關山盡表示清白跟對大夏的忠心，關山盡垂著眼嘴邊似笑非笑，一句話都沒有回應。滿月看來像是無趣透了，打個哈欠拿起關山盡手邊的點心嚼。而魯澤之……魯澤之……

樂明珠閉上眼，從眼尾落下的兩滴淚，在喜服上暈染開來。她接著喘了一口大氣，推開攙扶著自己的媒人及丫頭，扯下鳳冠，在賓客的驚呼聲中，褪去大紅囍服，狠狠甩在地上，目不斜視地踏踩過，走到魯澤之身邊。

「啪！」

喜堂又陷入死寂，樂大德、樂崇樺及樂夫人的聲音都停了，滿月兩眼發光，興致勃勃地瞅著她，就連關山盡也撩起眼皮睐去一眼，只是依然不動如山。

接著又是一巴掌，這次魯澤之被打得嘴角流血，兩頰很快浮現明顯的五指印，他似乎沒能緩

過神來，訝然無語地看著樂明珠，甚至都沒記得要閃開第三個巴掌。

啪一聲，他被打退了兩步。

「我樂三瞎了眼才會把你這顆魚目當珍珠！從今往後，咱們橋歸橋路歸路，我樂三就是出家當尼姑，也絕對不會再與你這個忘恩負義的白眼狼成婚！」樂明珠打得太用力，甚至都扭傷了自己的手腕，可她卻恍若未覺，撇開魯澤之，走到關山盡面前，跪在父兄身後。

不管父兄究竟有沒有做這件事，樂家的女兒都不能丟臉，一榮俱榮、一損俱損！這點骨氣她還有！

關山盡盯著她看了片刻，呵呵低笑出聲，「妳倒是有骨氣，魯先生眼光也不算差了。罷了，都先起來吧。」

樂家父子面面相覷，卻也不敢不起，樂大德趕忙扶著臉上被血染得有些悽慘的兒子起身，但也不敢這時候就道謝。他心裡不安，總覺得今日之事已然無法善了，關山盡不會就這麼放過樂家，證據也不是只有這些。

「本將軍畢竟不是父母官，在刑律上只知皮毛，所以最後該怎麼審，全看方大人定奪。」關山盡笑語柔和，彷彿只是閒話家常。

「學生定不辱命。」方大人起身，恭恭敬敬地拱手。

樂家父子心下卻安定些許。面對關山盡雷霆手段，他們打心底畏懼，可移到方大人手中，他們卻能鬆一口氣，私下還能運作一二。

「是了，滿月你不是還有份大禮要送樂大公子嗎？」然而，關山盡怎麼可能真讓他們喘氣？他是戰場上殺出來的，又自幼生長在暗流湧動的京城世族之家，深知乘勝追擊的重要，他不過就是貓抓老鼠玩弄樂家一番罷了。

「唉呀！瞧我這記性，險些就要忘了！樂大公子啊，咱們也是有點交情的，這份禮物您就別客氣了啊。」滿月一拍腦袋，笑嘻嘻地對樂大公子鞠躬打揖，一揮手就有兩個高頭大馬、身穿關家軍服飾的男子，押著一個人走了進來。

樂大公子原本神情還算自然，悽慘跟悲憤雖然有些矯情，但也還能唬住多數人。可在見到這個男子後，他再也維持不住表情，身子抖了抖竟差點摔倒，瞠大的雙眼幾乎要滾出眼眶。

「這個人叫做廖春秋，京城來的，他主子嘛……嘿嘿，樂大公子心裡有數，他說了些頗有趣的故事，可讓大將軍聽得津津有味，好幾天都沒睡，只顧著聽故事呢。」滿月示意屬下抬起男子的臉，男子看來精神茫然，眼中滿是血絲，似乎再差一步就要徹底崩潰了。他一看到關山盡與滿月，便露出畏懼的神色，抖著雙唇嘶啞地呢喃：「我說、我都說了……」

關山盡沒看他，倒是滿月從懷中摸出一張供詞，遞給方大人，笑道：「方大人，所謂術業有專攻，咱一介軍痞不懂刑律，但問口供倒是有些小心得。放心，咱將軍從未冤枉過任何一人，也從未逼誰說出違逆本心的話，這都是他自願說出來的，也算是為您省點力氣。」

「多謝大將軍，學生這就收下了。」方大人也不推拒，事實如何他早就知道得一清二楚，現在不過是與滿月在眾人面前演一場，權充交代罷了。

樂大德與樂崇樺看著那張被方大人收進懷中的供詞，雙雙軟倒在地。

他們心裡知道，沒有任何轉圜的餘地，樂家，敗了。

而這一切都是……樂明珠怨恨地瞪向魯澤之，恨不得對他抽筋扒皮，噬其血肉。

安靜如雞的賓客心中想的也是：大將軍這是衝冠一怒為紅顏啊。

殊不知關山盡看著眾人了然的神色，滿意地用茶杯擋住唇邊的淺笑。

他要的，就是這個結果。

一場本該喜慶的婚事，最後在衙門及駐兵的包圍中黯然結束。並沒有為難樂家女眷，方大人只將樂家男人一口不漏地帶走。喜堂上蕭瑟寂靜，賓客們坐立難安，心裡想走又不敢擅自離開，畢竟大將軍還在堂上，神態自若地喝茶。

魯澤之依然一身大紅新郎衫，但冠冕已經摘下。樂三小姐站在母親身邊，低聲地安撫著神色惶然，淚流滿面的樂夫人。

與女兒不同，樂夫人是個溫婉得有些懦弱的女子，兒子與丈夫都被帶走，她瞬間失去所有主心骨，整個人都蒼老了幾分，緊抓著女兒的手打顫。

也不知過了多久，但對賓客們來說簡直已過幾年光陰，關山盡突然開口喚了聲：「老師。」他的聲音溫柔纏綿，彷彿帶著無盡的情意，讓僵立在喜堂上的魯澤之猛地顫抖了下，耳尖微微發紅，面上卻猶帶嗔怒，蹙眉望去。

「您不怪學生吧？」關山盡低柔地詢問，對樂三猛地投來的怨毒目光置若罔聞，眼中所見只有魯澤之一人。

「事已至此……」問了又有何用？魯澤之垂下腦袋，一段白皙纖細的頸子在大紅衣衫中，宛如和闐美玉一般細膩異常。

他心裡難說是怨懟或者虛榮，雖然最終沒能攀上樂家，可眼下看來，他在關山盡心裡的地位已無可動搖，樂家終究只是商戶，對上鎮南將軍府，無異以卵擊石，關山盡輕易就能扶植出另一個世家取而代之。

先前他認為樂家可以成為自己的靠山，看來是他太看得起樂大德了。

「老師，我們回府吧。」關山盡站起身，撢了撢衣襬，上前虛攬住魯澤之的肩，語帶寵溺：

「再過幾日學生便要回京述職，老師也許久沒有回去，應當也想念家鄉了吧？」

「回京城嗎？」魯澤之眨眨眼，輕嘆一口氣後，唇邊泛起一抹淺笑，「好，我們回去吧。」

明明樂三小姐還在眼前，這裡是他們的喜堂，魯澤之卻已經恍若不見。他曾經的溫柔多情，虛假得令樂明珠噁心。

她冷冷地看著這個男人，連咒罵都嫌費力。

關山盡狀甚柔情地替魯澤之整了整衣裳，就這樣帶著鎮南將軍府的眾人離去。

直到再也聽不見任何一絲聲響，賓客們才齊齊喘了口大氣，匆匆忙忙辭別而去。樂家眼看說垮就垮，馬面城的勢力將有大變動，能被請來參加婚宴的都是人精，這會兒得趕緊回去重新布局才行，保不定能將樂家吐出來的地盤給吃下，搭上鎮南大將軍這艘大船啊！

樂三看著一眨眼就冷清下來的喜堂，咬著牙硬是一滴眼淚也沒流下。

喜堂並不在大將軍府內，而是隔了兩條巷子，數月前替魯先生所準備的新居。

一出屋子，關山盡就從魯澤之身邊離開，翻身上馬後也不招呼一聲，徑直策馬離去。

滿月笑嘻嘻地招呼魯先生上轎：「魯先生，你別介意啊，大將軍心裡難免有些不樂意，讓他緩緩就好。」

「嗯。」魯澤之看著那道很快隱沒的黑色背影，垂下眼掩飾住心裡倏地湧起的不安，他能感受到關山盡的態度有些不對。

至於是什麼地方不對勁，他一時間也說不上來。

分明在半個馬面城世家面前，為了他毀了樂家，說明他在關山盡心目中的地位絕無僅有，可就是與過去那樣的愛之重之並不相同……似乎，太過冷漠了？

不，海望也許還在生自己的氣吧！魯澤之在心中安慰自己，越發篤定自己的猜測沒有錯。

然而他卻不知，當他勉強安下心的時候，早一步回到將軍府的關山盡並沒有在望舒小築等候他，而是走進了雙和院。

雙和院中依然飄散著泥土的芬芳，菜圃中的菜幾乎都被摘光，留下來的都是不能吃的莖蔓枝葉，幾朵鮮黃色的花落在黑色泥地上，幾乎都被人給踩踏過。

關山盡眼神一暗，莫名一陣心驚，三步併作兩步掠過庭院，碰一聲推開房門，並沒有控制力道，險些將雕花木門給攔腰崩斷。

屋子裡沒有人氣，殘留的氣味清涼如水，他冷肅著臉踩入屋中，一步步走入吳幸子的臥房裡。大床上是疊好的被子，整齊得像豆腐乾。

他突然喘不過氣，腳步沒了往常的沉穩剛毅，略顯凌亂地走到床邊。

這個時候，吳幸子原本就不該還賴在床上，修長的指尖在柔軟的褥子上輕撫過，絲絲涼意直入血脈，關山盡難以抑制地顫抖了下。

臥房裡似乎與先前沒什麼不同，吳幸子住了幾個月，但東西並不很多，他讓人送來的擺飾都被小心翼翼地收在庫房裡沒用，樸素得像是清城縣那間小屋。

他終於從異常清冷的大床上回過神，緩緩地打量臥房一圈。

前些日子他送給吳幸子的琴規規矩矩擺在琴架上，不細看甚至會看漏了，有些侷促地被攏在臥室一隅。

窗子都是關上的，日光星星點點地從縫隙中灑入，在中央的圓桌上折射出璀璨流光。有什麼東西被放在桌上。

關山盡靠上前，發現是幾塊銀子，約略有一百二十兩，一張字條被壓在銀子下方，上頭的字跡是他所熟悉的——吳幸子那種棱骨分明卻有些氣力不足的字跡。

海望，我走了。這些銀子是將軍府給的月例，共一百二十兩，伴君千里終須一別，莫尋。與魯先生好好過日子。吳幸子。

關山盡捏著字條默然無語，上頭書寫的每個字他都認得，可湊成句子後卻有些讀不懂。他看了一回又一回，恨不得把每個字都掰碎了細讀，彷彿魔怔了一般。

他還記得昨晚他摟著吳幸子說了些貼己話，他承諾在吳幸子百年之後，替他安葬、供奉他的家人，生死有命他不會畏懼，哪怕多一天也好，他也會盡量地活著，守著吳幸子的墓。

他還想，等他將魯澤之推到人前，他便可以帶著吳幸子回京城，好吃好玩地陪著他，帶他見識不同的景物，等處理完京城那些閒雜人等，他們就能安安心心地過一輩子了。

然而，吳幸子沒有等他。

這個，打從第一次見面就總想著要離開他身邊的老東西，這次真正地逃走了！

關山盡忽覺一陣暈眩，跌坐在桌邊的凳子上，茫然地看著桌上的一百二十兩。

他以為自己應當憤怒，應當為吳幸子的不告而別掀起滔天怒火，從未有人如此踐踏他的真心，他自認為對吳幸子視若珍寶，為了怕他被捲入政爭中，甚至把魯澤之推到明面上當靶子。

難道他給的承諾不夠嗎？關山盡發現，自己茫然失措，在吳幸子離開後，竟不知道該怎麼做才好。

找人嗎？吳幸子身邊有黑兒，要不動聲色地離開幾乎不可能，唯一的解釋只有黑兒正是那個幫著他逃走的人。雙和院中本就只有兩個丫頭服侍，這倆小姑娘對吳幸子是真正的忠誠，至今也

不見人影，看來也一同走了。

這絕不是臨時起意的，肯定已然琢磨過一段時日了。

當他對吳幸子剖白心意時，給他承諾的時候，那老東西的心裡想的卻是如何離開他？

關山盡突然悶悶地笑出聲來，笑得雙肩顫抖、眼眶泛紅，上氣不接下氣，卻依然笑個不停。

滿月來到雙和院的時候，正好聽見他氣息紊亂的笑聲。

「大將軍？」驚覺情況不對，滿月一箭步上前，手剛搭到關山盡的肩頭，就感受到對方失控的內力在肌膚下翻騰，儼然是走火入魔的模樣。

「海望哥哥！」滿月心頭大震，剛想以自己的內力舒緩關山盡翻騰的氣血，誰知笑聲戛然而止，關山盡側頭看了他一眼，纏綿多情的桃花眼彷彿浸泡在血水當中，眼白豔紅一片，黑瞳則猶如失去光彩的黑水晶，死死地倒映著滿月的面龐。

「滿……月……」關山盡喉頭發出喀喀的輕響，語調嘶啞詭譎，那聲音像是費盡了力氣才從胸腔深處擠出的。

「海望……」滿月悚然瞪著關山盡，眼睜睜看著一抹腥紅從他唇角溢出，腦子嗡地一聲，來不及出手相助，關山盡就張嘴噴出一大口血，將兩人的衣衫都染上點點腥紅。

第一口血餘溫未散，關山盡又吐了第二口、第三口，白皙的面頰霎時慘白得幾乎透明，隱隱透出一股死氣。

總算第四口血之後滿月出手點了他幾處大穴，將血氣逼回體內。

關山盡悶哼一聲，直接軟倒在滿月懷中，衣襟早已被鮮血染紅，並往下一點一滴地砸落。

滿月見狀大急，對跟進來的親兵吼叫著找大夫，掌心貼著關山盡的背心將自己的內力送入他體內，勉強護住五臟六腑。然而，關山盡的內力比他高深太多，這一下走火入魔直接傷了心脈，他的努力簡直是杯水車薪。

大夫很快就趕來，頓時一陣兵荒馬亂，又是針又是藥，花了幾個時辰才讓關山盡臉上的死氣退去，可整個人依然慘白如金紙，呼吸都有些斷斷續續，但總算能鬆口氣。

畢竟關山盡底子好，只要清醒過來後將內力疏導一番，也就沒什麼好擔心了。

送走大夫，滿月回到床邊，神情糾結地瞅著關山盡。床上的人已經換下血衣，穿著一件絹絲的中衣，他的臉色甚至比雪白的衣物要白上幾分。

而即使昏迷不醒，關山盡手上依然緊緊握著那張吳幸子留下的字條，濺上點點血花，莫名有些悽然。

「唉……」滿月嘆口氣，試了幾次也沒能將字條抽出來，只得放棄。

「我是不是……做過頭了？」

第六章／也是近鄉情怯

「要是關大將軍也對您真心愛重，你願意與他再續前緣嗎？」

吳幸子抿起嘴，苦笑道：「染翠公子，舊情已矣。」

「世事難料，舊情復燃也是有的。」

「海望再貴重，也是別人的。」

吳幸子低頭笑了笑，染翠卻有種他在低泣的感覺。

「那假如，他無主呢？你……想要嗎？」

吳幸子瘦弱的身子抖了抖，

連呼吸都輕了幾分，久久沒有回應。

染翠在心底長嘆一聲，還有什麼不明白呢？

這一頭鎮南將軍府正因大將軍吐血三升的意外人仰馬翻，另一頭早就在官道上跑了大半天的吳幸子終於安下心，也有了閒情撩開車簾往外張望。

原本染翠說好了要一起上路，然而事到臨頭，染翠卻突然說要晚兩日動身，騎馬趕上他們也並不是難事，便約好四日後在某個叫離水的小城會合。

這條路吳幸子來回走過幾趟，路上的景色大同小異，可或許是心境不同，這回他眼中所見的風景，比過往都要明媚許多。日光點點恍若沙金，在碎石上、雜草尖、大樹梢、溪流間閃閃發亮。

「哇，姊姊妳瞧，那兒有一片花海呢，不知道是什麼花？」桂花也攀在窗稜邊上，興奮地指著遠方隨清風翻飛的婀娜豔色。

「這個嘛……」薄荷的見識與桂花可以說半斤八兩，自然也認不得那是什麼花，畢竟馬面城中鮮少見到這些嬌弱美麗的玩意兒。

「那應當是鳶尾吧。」吳幸子轉頭回道。

倆小姑娘聞言，一臉崇拜的盯著吳幸子，聽他溫溫柔柔解釋：「《神農本草經》有云：鳶尾為苦平。主蠱毒邪氣，鬼注，諸毒，破症瘕積聚，去水，下三蟲。生山谷。在這種非山非谷的地方有這樣一片，應當是刻意植栽的。」

「主子，您什麼都知道呢！」薄荷忽閃著大眼，心裡都快將主子給當神供起來了。

「不過是小時候讀過一些，還沒忘記罷了。」吳幸子淺淺一笑。他包袱裡有爹當年留下的幾本書，其中一本就是《神農本草經》，鄉下地方只有一個老大夫，偶有些小病小痛，向來是他爹自行處理。

陽春三月、風光正好，南方暖得早，風裡都帶著草木花香，輕柔靈巧地拂過肌膚，留下一絲宜人的暖意。

黑兒的車駕得極穩，主僕三人在車上只感覺到微微搖晃，並不令人難受，搭配著春風，著實令人昏昏欲睡。

不知不覺，吳幸子就閉上眼睡去了。

桂花小心翼翼替他蓋上披風，與姊姊對望一眼後，白皙小臉上愉悅的神采迅速淡去。她們心裡有些發慌，雖然離開時沒遇上任何阻攔或麻煩，順利得令人不敢相信，可一想到哪天被大將軍找到時不知會被如何處置，就從背脊直涼到腦門，無法抑制地抖了抖。

「黑兒大人，你想，咱們能躲大將軍多久呢？」唯恐吵醒吳幸子，薄荷、桂花爬出車廂坐在黑兒身邊，壓低了聲音問。

「妳們用不著擔心，該讓大將軍發現的時候，就會發現了。」黑兒側頭安撫倆丫頭，他自己心裡也沒譜，畢竟整件事皆由染翠與滿月主導，他就是個皮偶，聽命把事辦好，職責主要還是保護吳幸子的安危。

倆姑娘粉嫩的小臉蛋，因他的話更苦了點，彷彿吃了上百斤黃蓮似的。

「希望大將軍別太生主子的氣。」末了，薄荷只堪說了這麼一句。

她們是見識過大將軍浴血殺敵的模樣的，容貌還是那樣精緻好看，有如玉人一般。可氣勢卻好似地獄爬上來的惡鬼，就是瞧上一眼也令人不寒而慄，生怕自己的魂魄都被揪去嚼碎了吞掉。

「無須畏懼。」黑兒想，再怎麼著還有個滿月擋在前面呢。

四日後，主僕幾個與染翠在約好的地方碰上面，並在他的提議下，暫時停留下來逛了逛花鳥

市。離水的花鳥市三年一次，每回不只有奇花異草，就是市集上的鳥兒種類都特別少見，會熱熱鬧鬧地辦上十日，稱得上南疆最負盛名的大活動。

莫怪染翠特意選了這座小城會合，應當是要讓吳幸子散心的。

儘管當初下決心離開時，吳幸子早將馬面城的一切都拋到腦後，他不能說完全沒有留戀，卻未曾有過一絲後悔。

即使關山盡的影子在他心裡依然那般活靈活現，他仍沒想過若是留下會如何。

只是，有時夜裡入睡後，他會有種自己被摟入一個溫暖又熟悉的懷抱中的錯覺，接著他便會從睡夢中驚醒，下意識伸手往身邊撫摸，又因觸手的涼意而發抖，輾轉反側了大半夜，才勉強再度睡下。

可他想，這終究會過去的，畢竟離開馬面城也好一段時日了，關山盡應當早已帶著魯先生返京述職了吧？也不知是否會在路上撞個正著？想著想著，心裡不免有些憂忧。

似乎是看透了他的惶然，染翠並不催趕大夥兒上路，他本就是個八面玲瓏又長於款待的人，離水雖是個小地方，卻有不少名勝風景能遊玩，不知不覺就待到花鳥市結束，遊客都散盡了，吳幸子才突然發現自己竟然待了這麼久，把離水裡裡外外前前後後都走了個遍，對關山盡的思念也淡去許多。

等他們再次上路，眼看都是三月底。

這時間有些微的尷尬，他們很快便收拾好行囊，又繼續往京城前進，少則兩個月、多則三個月就能到達京城，染翠還遞給他幾本《鯤鵬誌》，要他多認識些鴿友

說到認識新鴿友，吳幸子自然是滿心樂意的，這京城版的《鯤鵬誌》可不得了啊！先不論上頭各有千秋的偉男子，無論家世、學識、品行都是百中無一的頂級良配。

深知他喜好的染翠還捂著嘴笑道：「吳先生放心，這本《鯤鵬誌》是特意挑選過的，都是鯤中豪傑、鵬中棟梁，你儘管寄信，無論咱們在哪兒都能回到你手上，壯壯鯤鵬寶鑑的聲勢。」

先不論鯤鵬寶鑑究竟是啥，被看透的窘迫讓吳幸子一下子連頸子都紅透了，三兩天不敢認真翻閱《鯤鵬誌》，就怕自己心思猥褻，看著這些好男人或俊美或英挺的容貌，想的都是那些個鯤鵬棟梁與豪傑。

可困擾他的倒不是這些鯤鵬們，而是眼看清明就要到了。

慎終追遠對吳幸子來說是大事，畢竟兩家祖宗都靠他一個子孫供奉，無論清明或年節都不能落下，否則祖宗們肯定會入夢拎著他耳朵罵人的。

清城縣就在上京的路上，回去掃墓也不麻煩，只是……吳幸子蔫答答地縮在馬車一角。

他還記得關山盡說過清明要陪他回家掃墓，不過他沒等到那天就遠走高飛，可他的根依然扎在清城縣。雖然他心裡認為關山盡不會刻意找尋自己，畢竟有了真正的月亮，哪還需要一抹水中倒影呢？

卻不知為何，他莫名有些心虛。離開前一夜，關山盡曾經那樣給他承諾，就算不是真心，但被他下了如此面子，說不定會生他的氣？要是真生氣了，關山盡保不定會直接在清城縣等他回去掃墓……肯定一堵一個準，吳幸子無論跑去何處，都不會忘記自家祖墳的。

他心裡焦急，幾次想開口與染翠商議，但話到嘴邊又吞了下去。這樣拖拉了幾回，人都已經到清城縣郊外。

「吳先生。」這日，染翠突然問道：「再幾日就是清明了，你打算回家掃墓嗎？」

沒料到有這麼一問，吳幸子愣了愣，接著用力點頭，「要要要！噯，我先前一直想同你商量這件事呢！」

「商量？」染翠歪歪頭，接著笑開，「您是怕關山盡在清城縣等著你嗎？」

一語中的。

吳幸子搔搔後頸，偷偷左右張望了幾眼，確定倆丫頭都不在車中，清脆的笑語從車簾外傳入，顯然又看到了什麼有趣的事物，正纏著黑兒要他解釋。

「讓你見笑了。」吳幸子神色赧然，半垂著腦袋，「我也知道自己想多了，海望有了魯先生，現在正是春風得意之時，又怎麼會花時間在我這樣的人身上呢？但是……」

他說，要幫自己守墳。吳幸子心頭一痛，伸手在胸口揉了揉。

「倒也不是多想，鎮南大將軍為人如何，也算有目共睹。」染翠語帶諷刺，末了冷哼一聲，朝車簾的方向瞪了眼。

「大將軍對心悅之人向來寵溺有加，確實有目共睹。」簾外，黑兒低沉穩重的聲音不鹹不淡地應了聲。

就算知道自己要是被大將軍抓回去肯定沒好果子吃，黑兒還是見不得染翠時不時戳主子的脊梁骨。

「哼！」染翠啐了口，看向吳幸子時又換上笑容，「這樣吧，咱們晚兩天趁夜去掃墓？吳先生會害怕嗎？」

「怕倒是不會的。」吳幸子搖搖頭，心裡依然有些過意不去，無論是對染翠、黑兒、薄荷、桂花，還是對祖宗們。

不過，眼下看來這樣安排是最安全穩妥的，他要是真的光天化日回到清城縣，難說會不會旁生枝節。

既然議定，染翠算了算時間，索性讓黑兒繞了點路，到不遠的興宜鎮玩兩天。興宜這個地方

產桐油，漫山遍野種植著油桐樹，此時正是花開的季節，油桐花色潔白，花托淺紅、花心嫩黃，一簇一簇的，遠遠看去彷彿被白雪覆蓋，不少文人墨客會特意到興宜賞桐花。

儘管清城縣離興宜鎮並不遠，坐牛車大概三日可到，騎馬更只需要一日半左右，他自然也聽聞過興宜的春雪奇景，卻一直未有幸得見。這時聽染翠的安排，不由得雀躍幾分，先前的不安瞬間就消散大半。

興宜確實是好地方，油桐花更是美不勝收，染翠提著竹籃帶著點心，拉著吳幸子就往山裡鑽。

黑兒倒是很放心染翠，並沒有跟上去，只交代薄荷、桂花服侍好吳幸子，轉頭人就消失不見蹤影。

染翠對此冷淡地哼了聲，皎若春華的面龐流露些許的不以為然與氣憤，可很快又收拾得乾乾淨淨，熟門熟路地陪著吳幸子主僕在山上踏青了整日。待夕陽西斜，他們回到客棧的時候，黑兒卻還沒回來。

「哼，這傢伙的嘴巴就該縫起來。」染翠冷笑數聲，顯然是清楚黑兒的去向，他臉色不好看，薄荷、桂花也不敢多問，拉著主子回房梳洗去了。

黑兒這一離開，竟消失了將近四天，回來的時候整個人都有些蒼白，似乎是累著了。

染翠一看到他回來，走過去伸手就是一拐子，黑兒雖然疲倦但身手依然敏捷，一側身便躲開來，誰知道染翠壓根是聲東擊西，一腳踹在黑兒膝窩，鐵塔似的男子晃了晃，險險摔倒。

「不虧是頭狗子，忠心耿耿啊。」染翠笑靨如花地啐了句，伸手扣住黑兒的下顎睇眼道：「你要是壞我好事，別怪我心狠手辣。」

「你想太多了。」黑兒累得腳步虛浮，已然沒有精力應付這狐狸似的鯤鵬社大掌櫃，淡淡地扯開他的手，走到已經被嚇傻的吳幸子面前，「主子，我打聽過了，這幾日大將軍都在清城縣，看樣子會待上大半個月，夜裡也有人守在墓地，我看……回去恐怕是很難了。」

「他倒有閒工夫。」染翠撇撇唇，他們正在吃飯，他拿起筷子挑了顆宮保雞丁裡的花生米放進嘴裡。

「黑兒你先坐，吃飯了嗎？」吳幸子連忙招呼黑兒坐下，薄荷則機靈地佈上碗筷。

「多謝主子。」黑兒端起碗就扒飯。

後頭的事該怎麼做自然有染翠拿主意，黑兒也沒打算多說話。

這頓飯還是吃得暢快淋漓，畢竟吳幸子在用飯的時候很難思考太難的事情，他慣常是吃飽了再想。

染翠看看吳幸子，再看看黑兒，挑起唇角不知心裡又在打什麼主意了。

用完飯，吳幸子在庭院裡走了幾圈消食，他們在興宜住的是鯤鵬社名下的產業，一棟小巧精緻的院落，庭院整理得極好，也種了一小片的油桐樹，雪白的花瓣紛紛落下，在地上彷彿鋪了一層雪花。

染翠本也想上前陪他走走，趁機挑撥幾句，最好能讓吳幸子對關山盡死心。

誰知，黑兒卻一箭步攔住他，面色不善地搖搖頭，無言地散發淡淡的威嚇。黑兒算是很清楚染翠對關山盡的不待見，也不會天真到認為這隻小狐狸不會藉機挑撥離間。

攔就攔吧！染翠不悅地哼了聲，挽著手皮笑肉不笑問：「說說，滿月那邊什麼意思？」

「滿月？」黑兒皺眉，倒是不詫異染翠知曉他與滿月見過面，卻很訝異他知道滿月有話要自

己轉達。

「你見到他，他不可能沒有話要帶給我吧？那傢伙就是顆豆沙月餅，看起來是甜的，吃下去滿嘴刀子。」染翠冷哼。

「他確實有話要給你……」黑兒嘆氣，回想起滿月怎麼說染翠的？不正是「這位大掌櫃看來出淤泥而不染，芯子可都是黑的」，在他看來，這兩個誰都不好相處。

「滿月說了，當初說好的事，還望大掌櫃別背信棄義，大將軍對吳先生如何，與大掌櫃是毫無關係的，還望您掂量掂量自己的頸子有多硬，過鋼易折，好自為之。」

這可是赤裸裸的威脅與提醒，染翠臉色一沉，朝黑兒瞪了眼，抿著唇不說話了。

「我知道你不待見大將軍，可大將軍是真喜歡吳先生的。」黑兒瞧著他氣鼓鼓的模樣，忍不住有些心軟，「你又何必把吳先生的事背在自己身上呢？」

「哼！我樂意。」染翠啐了口，想他耗費十年寒暑，盡心盡力為鯤鵬社員牽姻緣，從未遇上關山盡這樣的匪徒，他能不生氣？心裡有人了還撩撥人的都是渣子！

更氣人的，實則是他知道自己無能為力，頂多給關山盡添點堵，卻不可能保住吳幸子。

聞言，黑兒只能暗嘆一聲。

那頭，吳幸子並不知道站在廊上的兩人之間暗潮洶湧，他愁眉不展，對關山盡守在清城縣的事很是焦慮，卻又無計可施。就這樣一圈圈地走，最後出了一身的汗，才停下腳步。

「魯先生也在清城縣嗎？」他突然這麼一問，黑兒先愣了愣，才連忙點頭。

「是，魯先生也在清城縣陪著大將軍……吳先生，您別多想，大將軍心裡最掛念的還是您。」不過為了避免露出破綻，這才藉口帶著魯先生遊歷，把人安在身邊當靶子罷了。

可惜這些話黑兒不能說，只能在心裡焦急。

「這樣啊……」吳幸子嘆了口氣，用袖子抹了抹汗，在一旁的木凳坐下，喃喃自語道：「也難為魯先生了。」

「他有什麼難為的？大將軍的心上人，天下誰不知道護國公一脈，認定一世一雙人，再也不會有誰與他搶奪大將軍的寵愛了。」染翠懶懶地搖著一把緙絲扇，嘴上半點也沒有因未滿月的威脅退卻。

「也是這個道理。」吳幸子深以為然地點點頭，彷彿對關山盡在清城縣堵截自己的行為沒有更多想法，還有閒情替魯澤之擔心。

這倒令染翠有些驚訝了。

吳幸子對關山盡的心意，是個人都看得出來，更別說染翠這般眼神毒辣的。他何止看出吳幸子心悅關山盡，他甚至都瞧出吳幸子將關山盡放在心上最重要的位置，要是天時地利人和去催發，要說刻骨銘心、生死與共絕對不誇張。

照理說，此等情況下，乍然得知心悅之人為了自己做出偏激的行動，甚至表現出鐵了心腸要將人再次攏在身邊的態度，誰能不心動？

誰又能不浮想連篇，並暗自描繪彼此之間心心相印的未來？

退一萬步說好了，至少也該心猿意馬地認為自己在對方心中已有了一份不輕的地位，就算吳幸子是個萬事不上心、隨遇而安的人，也不可能完全不心動竊喜才是。

可偏偏，打從一開始，吳幸子掛心的就只有掃墓這件事。

他是心焦氣躁了，卻只是擔心自己不能替祖宗盡孝，彷彿關山盡做什麼都比不上清明節重要。喜歡他也好，不喜歡他也好，吳幸子壓根都沒往心上去。

「吳先生，您難道不認為大將軍這是對您舊情未了嗎？」按捺不住好奇，染翠遲疑了片刻，

擺出一副貼心的模樣問道。

「舊情未了？」吳幸子眨眨眼，出人意料地笑了，「自然是，但那也只是舊情了。」

「你的意思是？」染翠突然發現，自己也許沒有自以為的那般了解吳幸子。

他翩翩然地在吳幸子身邊落坐，翻出腰間錦囊打開，裡頭滿滿的都是瓜子，招呼吳幸子吃。

這是要閒聊的意思了？吳幸子神情有些窘迫，接下一捧瓜子，嗑了幾顆後，還是沒能擋住染翠好奇的打量，再說他倆現在也算朋友了，聊些隱私也無不可。

「說來慚愧，吳某雖不才，也在衙門裡當了二十來年的差。」吳幸子似乎有些不知如何啟齒，下意識地挺起腰，多嗑了幾顆瓜子。

「清城縣雖是個小地方，可有人的地方哪兒能沒有些矛盾齷齪呢？」他說著又嘆口氣，直到把手上的瓜子都嗑完了，也不知怎麼說才好。他向來把自己的事放在心底，誰也沒說過，猛然間要他聊些隱私，還真不知如何開口。

染翠也不急躁，見他瓜子吃完了，便又抓起一把遞過去，轉頭揚著細緻的下顎對黑兒道：「沏茶來。」

黑兒漠然地瞅他眼，便交代薄荷、桂花去沏茶拿點心來。

「嘖，你這甩手掌櫃當得倒很順手啊。」說著用瓜子殼彈他，黑兒皺著眉撈住瓜子殼，一片片放在欄杆上。

染翠撇撇嘴，不再關心他，回頭與吳幸子沉默地嗑瓜子吃。

「清城縣縣南有戶人家姓毛，毛家大爺是做行商的，算是縣裡屬一屬二的富貴人家。他有錢又長得好，對人有禮謙和，孝敬父母、友愛兄弟，裡裡外外都顧得滴水不漏，誰提到他都得讚上一聲好。」卻不想，吳幸子突然開了口，他聲音溫和，如暖水般宜人。

「毛家大爺與他的夫人，也算是神仙伴侶了。兩人是隔壁街坊一塊兒長大的，毛夫人還沒及笄就嫁過去，那時候毛家還沒發家，也算是胼手胝足累積起偌大家業。我啊，見過毛夫人，她和我差不多年紀，大上了四五歲，小時候我叫過她幾天姐姐。毛大爺對夫人是很好的，請了先生教她識字，我爹就帶著我每隔幾日去毛家一趟。」吳幸子彷彿落入往日時光，臉上的窘迫消失了，取而代之的是一抹緬懷美好往事的喜悅。

這時候倆丫頭帶著茶水點心回來，染翠輕巧地替他斟了杯茶，瓜子也不嗑了，免得打擾到吳幸子回憶往事。

這個故事定然沒有好結果，否則也不會鬧到衙門去了。

果然，吳幸子接著說：「毛夫人後來幫著毛大爺管帳，毛大爺最信任的自然也是毛夫人。無論是中饋或鋪子的金錢往來，都是毛夫人親力親為。可惜……毛夫人並無所出，試遍了各種偏方、看遍了名醫，卻都無下文。」

正所謂不孝有三，無後為大。後頭吳幸子沒多說，大夥兒也猜到發生了什麼。

毛大爺肯定是納了妾，恐怕還不只一個，毛夫人心裡痛苦，但身為女人又能說什麼？只怪自己肚子不爭氣。

小妾們後來定然也生了孩子，這就讓毛夫人的地位變得愈加尷尬。

「毛夫人從未怨懟過毛大爺，毛大爺也還是敬重她的，畢竟是少年夫妻，感情比其他人總是不同。可是……」吳幸子嘆息一聲，遲疑了片刻，終究沒將可是之後發生了什麼說出口，只淡淡地道：「後來，毛夫人與毛大爺和離了，一別兩寬，各生歡喜。大夏律有明文，和離書得經由衙門蓋官章認可才能正式放離，且必須查訪和離書上簽名是否為夫妻雙方親自簽署，並徹查有無強逼脅迫之情，若經查確為雙方合意，方可和離。」

身為師爺，這件事自然由吳幸子親辦了，他面帶不忍，即使過去數年，依然滿心惆悵。

「染翠公子，你知道這世上情字最舊不得。一旦成了舊情，也只能徒呼負負了。海望現在心裡對我，是氣憤比留戀更多，他已經有了魯先生這求之不得之人，就算有一時的不甘心，也不會太久的。」吳幸子對染翠笑笑，低柔的聲音靜靜流淌在夜色之中，分明暖水般溫潤，卻噎得人無言以對。

染翠對自己的閱人之術是極有把握的，但碰上了吳幸子，卻變得不那麼靈光。他似乎打從根本便判斷錯誤了，眼前這個看似平凡羞澀、淡泊悠然的中年人，雖是長情的性子，卻把自己的位置擺得很端正，可以說太過端正到近似冷酷。

身為師爺，吳幸子見過太多人生，好的壞的、不好不壞的，對世道的冷酷無情懂得太深。他不若表現出來的那麼天真，或可以說正因為他看得太多，卻還能保持自我，這種天真太過純粹，反而比磨利的刀刃更加凌厲。

他說離開，就是離開了。不存在染翠先前的擔心。

他不會回頭，因為深知自己對關山盡的愛意已無法控制，他真正心悅於關山盡，所以絕對不會回頭，也不給自己一絲念想，乾脆俐落地揮劍斬斷兩人的連繫。

倘若，吳幸子並未真的愛上關山盡，他也許會在這時候回去，甚至根本連離開都不會離開。鯤鵬蘭陵王呢！過了這村還有那店嗎？可偏偏他愛上了……

「我少時沒有這樣的覺悟，曾經被一個香囊給束縛。一場舊情，可能就值幾文錢，而那幾文錢我能過上好些天。」吳幸子又嗑起瓜子，他嗑瓜子的時候聲音不大，習慣含軟了再嗑，瓜子殼一片片攏成一堆，擺得很是整齊。「唉，我就是擔心，該怎麼給祖宗們掃墓才好，總不能真等上十天半個月的，爹娘怕是會到我夢裡罵人呢。」

「這個嘛……」染翠搖著扇子，往低著腦袋默然無語的黑兒睞了眼，「我倒是有個想法，就不知黑參將能不能幫忙了。」

「大掌櫃請說。」

「你去對滿月說，有人跟在我們身後，恐怕會對吳先生不利。之後的事，滿月知道怎麼辦。」染翠嫣然一笑，懶懶地揮著扇子撲打不知何時出現的點點流螢，安撫地對吳幸子保證：「吳先生別擔心，慢則四五天、快則兩三日，你就能回家了。」

於是黑兒才在興宜待了兩個時辰，連場穩妥覺都沒能來得及睡，又風塵僕僕地返回清城縣。且離開前與染翠說好，明日染翠便帶著吳幸子主僕上路回清城縣，免得往來浪費時間。

「畢竟，我還希望六月中旬左右便能帶吳先生回京城呢。」染翠掩嘴淺笑，眉宇間豔色逼人又不懷好意。

黑兒沉默地看著他沒問，心裡也知道絕對沒有好事。

「六月中旬有什麼事嗎？」吳幸子卻很好奇。

「有趣的好事，你一定會喜歡的。」染翠說罷點點自己的唇，擺出莫測高深的模樣，轉頭又催促黑兒：「你還佇在這兒幹麼呢？快滾！我可不想在清城縣郊外碰上關山盡。」

「別命令我，你不是我的主子。」黑兒被染翠弄得心頭起火，也顧不得在吳幸子面前，沉著聲不無威嚇。

「你這樣的狗崽子，本公子還看不上眼呢！怎麼？還得三牲六禮請你辦事嗎？噓！賞你一根骨頭啃啃就是了。」說罷，染翠還真不知打哪兒掏出來一根玉製的算籌朝黑兒扔過去。

伸手撈住算籌，黑兒除了瞪染翠，實則拿他一點辦法也沒有，鬱悶地縱身離去。

等黑兒走遠，染翠又藉口支開薄荷、桂花，望向吳幸子時，臉上總掛著的笑容淡去，「吳先

生，染翠在這裡必須得問上一問，還請你不要介懷。」

「啊？欸，染翠公子千萬別這麼拘謹，您問，您儘管問！」吳幸子猛地挺起腰，雙手不安地在膝頭磨蹭了幾下，似乎被染翠這異於尋常的神情給嚇著了。

「要是關大將軍也對您真心愛重，你願意與他再續前緣嗎？」

吳幸子聞言張大了嘴，卻沒發出半點聲音，怔怔望著染翠，彷彿沒料到他會這麼問。

半晌，吳幸子抿起嘴，舔了舔乾澀的唇瓣，苦笑道：「染翠公子，舊情已矣。」

「世事難料，舊情復燃也是有的。」染翠端起茶啜了口，難得掏心掏肺道：「吳先生，你應當明白在下對大將軍是很不待見的，我怎麼看，都覺得他配不上你。這個男人太狠太冷漠，說他絕情寡義都不為過。但你不相同，染翠別的不敢說，看人還是可以的，你心裡難道就沒想過要找個人過一生嗎？不是每個人都是那幾文錢一個的香囊，關山盡好歹值個幾千兩。」

「海望再貴重，也是別人的。」吳幸子低頭笑了笑，他的神情在夜色中晦暗不明，染翠卻有種他在低泣的感覺。

「那假如，他無主呢？你……想要嗎？」染翠卻沒放過他，步步進逼。

吳幸子瘦弱的身子抖了抖，連呼吸都輕了幾分，久久沒有回應。

染翠在心底長嘆一聲，還有什麼不明白呢？

滿月揉著酸澀的眼眸，藉著昏黃的燈光細細閱讀從京城來的消息。

他已經十來天沒好好睡過，過往他一忙，人就像吹了氣似地胖起來，這回他也先是猛地胖了十來斤，接著就一路瘦下去，這會兒褲腰都能擺入一個拳頭還有多的空間。

往好裡想，要是能就這樣繼續瘦成月牙也不錯；往壞裡想，他這次多少有些傷到根本，以後恐怕得花點時間養養身體。

說起來，還是關山盡的鍋啊。

那傢伙早不走火入魔、晚不走火入魔，在這種緊要關頭說倒下就倒下，傷得還比預料中重，將養了好些日子，才勉強養好大半。

偏偏這受傷的人還不安生，才清醒過來就急著趕路追人，怕追不上還死活不肯坐車，硬要騎馬追趕，急行軍了幾天把清城縣、鵝城左近都翻了個遍，又一次吐血倒地，才不得不妥協，在清城縣待下來。

關山盡第二回吐血，把滿月嚇得夠嗆的，差點以為人就要沒了。

他和關山盡青梅竹馬，幾乎算得上形影不離，雖說西北戰場因為年紀關係他晚了幾年才過去，那之後便任勞任怨以關山盡的副官、關家軍軍首的地位輔佐他，完全能拍著胸脯自豪，全天下沒誰比他更了解這位大將軍了。

可沒想到，這回的事，他卻估算錯了，狠狠坑了關山盡一把，也把自己給坑透透。

吳幸子能逃得這般無影無息，饒是關山盡親自帶人圍堵都找不到絲毫蛛絲馬跡，關山盡哪裡猜不到後頭有滿月的手筆？然而，這十多天來，關山盡卻一句也沒向滿月詢問過，對待他的態度絲毫未變，還總是愛摸滿月肥嫩的下頷，今早甚至語帶抱怨：「滿月你是不是瘦了？我可不想看月牙兒啊。」

呿！滿月對他啐了口。

關山盡這般作態，讓滿月心中五味雜陳，難得捉摸不透主子的想法，只能更兢兢業業地替他

分勞解憂、出謀劃策。

關山盡這回傷得很重，心脈嚴重受損，加上未能靜養過度勞神，整個人都沒了血色。襯得那張天外飛仙般的容顏，添上些許病態的脆弱，更顯得精緻妖冶，隨便睞人一眼，能把人看得心頭火熱，手足無措。

幸虧關山盡底子好，否則這會兒雙腳都進棺材了。

滿月不由得又嘆了口氣，往外頭看看天色，將手中書信都收好貼身存放，打算去廚房替關山盡熬藥。

此時，窗外卻傳來輕輕幾聲拍打，他眉頭一皺，連忙拉開窗子，三天前才離開的黑兒，竟又出現在眼前。

「你怎麼來了？」他連忙讓人進屋，關山盡住的客房才隔了兩扇窗，滿月可不想這時候就讓他抓到黑兒，順藤摸瓜把吳幸子給逮住。

黑兒身上都是塵土，腦袋一晃就撲簌簌落了一地黃沙，他雙唇累得發白，逕自走到桌邊抓起茶壺，對著壺嘴咕嘟咕嘟喝個精光，才緩過一口氣，跌坐在桌邊把身上的塵沙撢了一層下來。

「染翠說，有人跟著我們。」黑兒連斟酌的力氣都沒有，語氣平板。

「喔？」滿月在他身邊坐下，細細打量黑兒一圈，露出一抹嘲笑，「誰跟著你們？」

「可能對吳先生不利之人。」黑兒大狗似地晃了晃腦袋，飛揚起的塵沙讓滿月直皺鼻子，往一旁退開些許。

「然後呢？」滿月定定瞅著他，他自然明白染翠什麼意思，可他現在滿胸鬱氣，忍不住就想找人發洩發洩。

黑兒轉頭睨了他一眼，臉上都是厭煩。可他已習慣服從滿月，依然沉著聲回道：「他說你聽到就明白怎麼做了。」話落後黑兒沉吟了幾息，又補充道：「吳先生想回來掃墓。」

「我知道。」滿月冷哼，對黑兒擺擺手，「好了，你走吧，別洩漏行蹤。大將軍這會兒要是逮住你，非剝了你一層皮不可。」

提到大將軍，黑兒神情更嚴肅了些，「大將軍將養得如何了？貿然上路會不會……」

「倒是不會。」滿月搖搖頭，關山盡這次雖然內傷嚴重，但多數是自己作出來的，好好地吃藥歇息也便是。

「我是不是該把這件事給吳先生透點口風？」黑兒雖沒敢去探望關山盡，他身上還有任務，不能這時候掉鍊子，可光從滿月口中得知情況，他心裡如何能不自責？儘管這是為了給關山盡與吳幸子的感情推波助瀾，但付出的代價也未免太大了。

再說，回京城後又是一場官場廝殺，關山盡怕是沒機會好好靜養了。

他想著，若是吳幸子知道關山盡為了他都能走火入魔，吐血三升，拚著命不要地找他，是不是就會心軟，願意回來呢？也省得染翠那隻小狐狸多生枝節。

誰知，滿月卻搖頭，「說是要說的，但不是現在。」

「什麼意思？」黑兒的眉峰凌厲地蹙起，要不是知道滿月對關山盡忠心耿耿，他都要懷疑這是要下黑手的意思。

「我問你，吳先生這會兒對大將軍什麼心思啊？」滿月疲倦地一抹臉問。

黑兒靜默了片刻，回想起毛氏夫婦的故事，回道：「應當是情根深種了。」他比不上染翠的通透，卻也並非不能明白吳幸子的心意。

「怎麼說？」這個回答卻勾起滿月的好奇，他可不認為黑兒能看得出來。

黑兒索性將毛夫人的故事給說了。聽罷，滿月圓潤的臉蛋，似乎癟了些，肩膀也垮了下去，

「唉，這下可不好辦了……」

「不好辦？」

「你說得對，吳先生對大將軍已經用情很深了。」滿月想幫自己倒杯茶，拿起茶壺卻發現裡頭涓滴不剩，忍不住用力嘆口氣，「所以才難啊！吳先生也早就察覺自己的心思，你認為他說這件事是為什麼？他的性子，倒是比我想得要彈得太多了。」

「他以為大將軍心悅魯先生，這才不願久留。可，讓他明白大將軍心裡最重的是他，也許吳先生就願意回來了？」黑兒是全然看不透滿月與染翠為何如此拐彎抹角，在他想來喜歡不喜歡，與其私下猜測，何不乾脆地說出口呢？人心難猜，稍有不慎便會走上歪路，這又不是行軍打仗，何苦？

「若在喜堂搶婚前，也許說開了也便是。黑兒，我這麼同你說吧，確實吳先生若得知大將軍為了他吐血重傷，肯定二話不說就回來了。然而，他心裡會怎麼想呢？他是會認為大將軍對他鍾情了，或是認為大將軍對得到的真心毫不珍惜？你別忘了，一直以來，吳先生都認為大將軍心裡思念的是魯澤之啊。」滿月用力敲著桌面，圓潤的胖臉陰沉如水，「這才為了魯澤之扳倒樂家，硬把人從喜堂上搶走，鎮南大將軍衷情於自己幼時的夫子，一怒為紅顏的消息已經傳出馬面城了，連京城裡都得到消息。這時候，你告訴吳先生，大將軍為了他的不告而別，氣血瘀心、走火入魔，唉……不說吳先生，光說你自己吧，信嗎？」

面對質問，黑兒張開嘴卻無法回答。

自然是不信的。怎麼可能信？天底下多情之人何其多，而多情之人又最為寡情，就像那個毛大爺一樣……

道理黑兒雖然明白，卻依然沒能安心。

他眉峰緊鎖問道：「染翠大掌櫃那邊又該如何？他總是攛掇吳先生，一心想在六月中前回到京城。」

「你用不著擔心他。」滿月擺擺手，「吳先生是長情之人，他現在心裡掛念的是咱們大將軍，任何鯤鵬都是浮雲，染翠也明白。」

黑兒可沒有滿月這麼寬心，想來還是自己多盯著點避免萬一才是正途。念頭既起，他也不多待，俐落地推開窗子縱身而出，眨眼就融入夜色之中。

滿月凝視著窗外伸手不見五指的黑夜半晌，才幽幽嘆了口氣。

他藥還沒熬呢。

不想剛推開房門，滿月便被守在外頭的人給嚇了一跳。

「大將軍？」他捂著胸，擺出個誇張的訝異模樣，胖臉都煞白了些許。

「嗯。」關山盡似笑非笑地應了聲，不動聲色地掃了滿月住房一圈。

關山盡不是獨自一人，懷裡摟著魯先生，正懶洋洋地把玩魯先生細白如玉的指頭。

「您怎麼沒在房裡歇息？」滿月察覺魯先生唇色嫣紅，指尖上甚至還有幾個紅印子，不禁在心裡感嘆關山盡這戲做得真足，他幾乎都要相信魯澤之真正倍受疼寵。

「陪老師散散心。」關山盡唇邊噙著淺笑，看來滿面春風，就是臉色蒼白得有些嚇人。

「這樣。」滿月一臉了然地點點頭，這是刻意帶著魯先生四處閒晃，存心引人注目吧。關山盡自己心裡不暢快，下手更沒了節制，滿月都有些同情魯澤之了。

然而他們之間的對話，聽到魯澤之耳中卻全然是不同的意思。這清雅如月的男人臉色微紅，帶點拘謹羞澀地半垂下臉，將手從關山盡掌中抽回來，藏在袖子裡。

魯澤之知道清城縣是吳幸子的家鄉，這一待數日他原本頗為氣悶，那老東西走了便走了，關

山盡又為何要刻意尋人呢？然而，沒了樂家這座大山可傍，自己與關山盡的「師徒情誼」又已傳遍天下，魯澤之現在除了牢牢跟在關山盡身邊，也已無退路。

大抵是看出他的不安，關山盡倒是加倍疼寵他，絕口沒提過吳幸子。想來，現在停滯在清城縣，不過是關山盡一時嚥不下氣，畢竟那老醜的東西哪來這麼大臉，悶不吭聲就跑了，狠狠削了關山盡的臉面。

「大將軍不如回房歇息吧，滿月等會兒熬好藥給您送去。」滿月說著，便要往樓下走。

「藥不用急，我有話同你說。」關山盡卻阻止他，低頭哄著魯澤之道：「老師先回房沐浴吧，學生特意讓人從鵝城請來長歌樓的大廚，晚些一塊兒用飯？」

「好。」魯澤之乖順地點點頭，按捺下心底隱隱浮現的不安，在關山盡的目送下回房。

「有話可以晚點說，你藥不能停。」既然礙眼的人不在了，滿月便也卸下拘謹，對著關山盡瞪眼。

「藥可以晚些喝，進屋去吧。」關山盡拉著人進客房，輕輕闔上房門後，側頭瞅著滿月，「適才在你屋子裡的人是誰？」

「你知道我不會回答你。」滿月挑眉回道。

關山盡聞言一笑，他腳步有些虛浮，在桌邊落坐後長長地喘了口氣，聲音略顯嘶啞道：「倒杯茶來。」

滿月屋裡的茶壺早被黑兒喝空，他蹙眉推開房門朝外頭吹了聲哨子，喚來一位親兵，低聲交代他熬藥並拿壺茶水上來。

再回頭時，落入眼中的，是關山盡望著窗外的側臉，玉石般的肌膚在燭光下泛著溫潤的光暈，眉眼鼻唇的線條柔和細緻，猶如精工雕琢而成。然而再多美好也掩飾不了眉宇間的灰敗之氣，說來魯澤之心還真大，這麼明顯的不對勁都能視若無睹，比之六年前只能說是眼瞎了。

「黑兒說了什麼？」關山盡也不多費唇舌打迷糊仗，他是重傷，但傷的是心脈不是腦子，隔著兩扇窗子，滿月屋裡的動靜他能不知道？再說黑兒的功力遠在他之下，三日前黑兒第一次回來，他就察覺了。

一直隱忍著沒說，只是想等滿月親口對他坦承罷了。

「你要聽真話還是謊話？」滿月自然明白他的意思。

關山盡一聽就笑了，他搖搖頭，「都說說，嗯？」

「好啊，真話是，黑兒來傳話，據說有人盯上吳先生了。」滿月倒是不怕關山盡發難。要知道，關山盡的信任不容易獲得，可一旦獲得也不會輕易失去，特別是這種生死與共的情誼。

「據誰說？」關山盡繃緊了肩，聲音又啞了幾分。

「染翠。」滿月撇撇唇答。

「是麼……」這個答案讓關山盡又放鬆了身子，輕輕咳了幾聲再問：「假話呢？」

「沒誰來找過我。」滿月聳聳肩，對關山盡露出一抹憨厚的笑容，「黑兒哪裡敢出現呢？他可是拐走了吳先生，還不怕被你活生生剝層皮？」

「貧嘴。」關山盡低低笑了笑，伸手捏了滿月下顎一把，「黑兒知道多少？」

滿月嘆口氣，「該知道的都知道了。」

關山盡點點頭，不再說話。沒多久，房門被敲響，親兵帶著茶壺回來，並低聲告訴滿月藥已經熬上。

「知道了，熬好就端上來。」

回頭替關山盡斟了杯茶，也順便給自己倒了杯。關山盡端茶時手有些不穩，撒了幾滴茶水出

來，滿月心裡一緊，卻也沒說什麼。

沉默並沒有維持太久，潤了潤喉，關山盡開口：「你怎麼打算？」

滿月一愣，嘴裡含著茶水望向關山盡，幾息後才緩緩將茶吞下肚子。

「我說了，你願意聽嗎？」

「你說說。」

沉吟片刻，滿月從胸口吐出一口氣，「我們得立刻離開清城縣返京。」

「喔？」

「大將軍，我們在清城縣待得越久，便越會陷吳先生於險境。我們好不容易將魯澤之推到明面上，為的不就是保吳先生安寧嗎？顏文心並不傻，待三五天，還能說是查他老底，我們這已經待了七八天了，難說會不會被他摸到吳先生身上。」滿月神情嚴肅，說的卻也合情合理，直戳關山盡軟肋。

把玩茶杯的手一頓，關山盡蹙眉默然了片刻，最終鬱鬱道：「你說得對，是我魔怔了……」事已至此，斷不能前功盡棄。

「那我們明日就離開？」滿月試探道。

「嗯，傳令下去吧。」關山盡將手中的杯子小心地放回桌上，臉色看來又蒼白了幾分，肌膚下的暗青色血管都清楚可見，蔓延開來恍若裂痕。

「屬下遵命。」滿月拱拱手，正想推門招來親兵，背後卻突然傳來一句清淺如嘆息般的詢問。

「滿月，為什麼？」

為什麼？

圓潤的胖敦猛然一僵，很快又若無其事，彷彿壓根沒聽見這個疑問，推門召來親兵把命令交代下去。

幾乎是踩著點，關山盡大隊人馬才剛離開清城縣縣界，吳幸子一行人與幾個時辰前在半道上碰頭的黑兒，就進了縣界。

終於又回到故鄉，吳幸子整個人都放鬆不少，外頭天地雖廣闊無垠，終究比不上他待慣的小小井底。

吳幸子的小屋住不了這許多人，更何況還有薄荷、桂花倆小姑娘，染翠索性拍板在清城縣中唯一一間客店要了兩間房，並貼心地率先把人都帶走，好留吳幸子在家裡靜靜地待一會兒。

小屋裡很是乾淨，別說桌椅床鋪，就是地面上都見不到一絲塵土，桌椅被抹得乾乾淨淨幾乎發亮，看來是有人特意整理過了。

無須細想就知道是誰做的。吳幸子站在大門邊，躊躇片刻才小心翼翼地踩進屋子裡。他推開窗，微風帶著泥土及草汁的味道吹入屋內，也吹得被壓在桌上的字條飄動。吳幸子瞄了字條幾眼，心裡堵得慌。他自然猜得到那是誰留的，可他沒勇氣看。

索性裡裡外外巡了一圈，將被褥從箱子裡翻出來鋪好，上頭飄散著暖暖的氣味，絲毫沒有收藏太久會有的枯敗水氣，都是曬過太陽的，再仔仔細細收起來，等他回來暫住時，就不需要花費時間曬被子。

關山盡一直是個體貼的人，在一起的這段日子裡，就算晾著他的那些時候，都未曾讓他吃過一點苦頭。吳幸子抱著薄被子，坐在床上發愣，腦子裡翻騰的都是關山盡的笑語容顏。

半晌後，他嘆了口氣放下被子，揑緊自己的小錢袋，準備上街買些祭品牲禮。眼看時間還早，正適合去掃墓。

清城縣的市集就短短一條街，客店、衙門等等都在同一條街上，現在剛過午不久，賣菜賣肉的攤子多半都收拾起來，小食攤倒是還在賣，遠遠就瞧見安生的豆腐腦舖子，俊秀的小夥子依然掛著開朗明亮的笑容，正對坐在攤子上的一個漢子說話。細看就知道，那漢子是張捕頭。

兩人感情依然很好，動作雖克制卻滿是溫情。

他本不欲上前打擾，但市街就這麼丁點大，安生恰巧一抬頭就瞧見了他，臉上頓時露出欣喜的笑容，熱情地招呼：「幸子哥！這麼久沒見了！」

吳幸子耳尖一紅，人有些侷促，但還是走上前，「安生，張捕頭。」

「吳師爺……」張捕頭剛叫完人，才想起吳幸子早就不是衙門的師爺了，頓時有些不知如何應對，索性低頭沉默地繼續吃豆腐腦。

這聲吳師爺也讓吳幸子微微縮了縮肩，也不知道這會兒衙門裡的師爺是誰呢？

「幸子哥，吃過飯了嗎？」安生說著就起身要舀豆腐腦，鍋子一開，豆香撲鼻，隨後混入豬肉混炒紅蔥頭的鹹香味，吳幸子肚子咕嚕嚕地叫起來，他脹紅了臉用力壓住腹部，到嘴邊的拒絕也吞下了。

說起來，他也好久沒吃安生的豆腐腦了啊！

安生笑吟吟地瞅他眼，俐落地擺好一大碗豆腐腦，他很清楚吳幸子的食量，直接用最大的碗盛，澆頭是豬肉末與香菇、蝦仁混炒的。

雪白的豆腐腦上頭，淺褐的芡汁帶著些許紅、些許黑，焦焦酥酥的紅蔥頭融在湯水中，噴香撲鼻，最後撒上一小把芫荽，清脆得可愛，吳幸子肚子更是叫得歡快。

「快吃快吃，嚐嚐我手藝是不是又更好了些。」安生推著吳幸子坐下，把一大海碗的豆腐腦放在他眼前，人也在對面坐下，雙眸發亮地盯著他。

吳幸子與他熟識，一開始雖然因為太久沒見面而略顯生疏，可很快就安下心來，沒多介意安生的視線，埋頭吃起久違的豆腐腦。

不得不說，安生的手藝是真好，這幾個月沒吃，似乎又更美味了，讓人恨不得把舌頭也一塊兒吞下肚去。

張捕頭已經吃完，將碗洗好後回到安生身邊摟了摟青年的肩膀，附在他耳邊細聲交代了幾句話。安生專心聽著，發出愉悅的輕笑聲，點點頭應允了什麼。

吳幸子雖然埋頭苦吃，可也不住偷瞧兩人，想當初他會與鯤鵬社結緣，都是託了安生與張捕頭的福，見兩人感情不變，他心裡也頗是欣慰。

「好啦，你快回去吧！我同幸子哥敘舊呢。」安生推了張捕頭肩膀一下，嘴唇在剛毅的下顎上擦過，明亮的眼眸彎彎得像新月。

「嗯。」張捕頭頷首，雖說清城縣向來平安，連宵小都少見，可慣例的巡視也不能少，他偷了點空卻也不能領乾俸。目光朝吳幸子瞟了瞟，張捕頭嘴唇動了動，不尷不尬地要他多吃點，這才離開。

說到吃，吳幸子是不會客氣的，一海碗豆腐腦沒用多少時間就消失無蹤，他抹抹嘴滿足地吐口氣，手卻還在揉肚子，顯然是沒有真的吃飽。

安生頗懂他，擔心他光吃豆腐腦膩味，起身到左右鋪子叫來一大碗陽春麵、四個韭菜盒子還有兩張蔥油餅，都是吳幸子以前常吃的。清城縣畢竟地方小人也少，吃食種類都是基本幾樣，沒有什麼特別花俏的東西，但管飽管夠，分量扎實得緊。

知道他這次回來是清明掃墓，安生露出些許訝異，但立刻託隔壁大叔幫著買香燭祭品。

「對了，你是自己回來的？」安生左右張望了下大街，確定沒有哪個陌生的臉孔，忍不住好奇問。

「不，與幾個朋友一塊兒。」吳幸子已經先將麵給吃完，正在喝湯，這才想起染翠他們，便有些坐不住了。

染翠倒是不會委屈自己，可薄荷、桂花跟黑兒卻不會抛下他自顧自填肚子，這時候大夥兒應當都餓了，他可捨不得倆小姑娘餓壞。

「幸子哥……」安生壓低了聲音又問：「你現在和那位神仙公子處得如何了？」

吳幸子手一抖，險些把麵碗給砸了。

「欸，還、還成吧……」他突然想起前些日子關山盡就在清城縣，而縣裡只有一間客店，他們大隊人馬能住哪裡？安生肯定看見了什麼。

「這就好。」安生點點頭，卻沒點破吳幸子臉上的窘迫跟慌亂，輕巧地把話題給揭過：「你這回要住多久啊？改明兒來我家吃酒？」

「嗳，我掃完墓就要走了……」吳幸子說著有些躊躇。

本來嘛，要去京城是為了躲避關山盡的追捕，可偏偏清明把關山盡引來清城縣，他也不得不回來。雖然染翠沒說什麼，可吳幸子心裡清楚，關山盡會離開，代表暫時都不會再出現，而這個暫時可能就是一輩子，這樣說來他似乎不需要去京城了啊！在那兒反而危險，難說哪天就與關山盡碰個正著。

再說了，好不容易回到家鄉，他自然更希望能留下來安安靜靜地過日子，衙門的差事雖然沒有了，可他也許能像爹那樣當個教書先生，沒事時種種地，把棺材本賺回來，繼續壯大鯤鵬寶鑑的內容。

「幸子哥想什麼呢？笑得這般開心。」安生瞧著吳幸子從窘迫不安，慢慢放鬆露出愉快的笑容，實在好奇他腦子裡想了些什麼。

「鯤鵬寶鑑……呃……」話一出口吳幸子才發現大事不妙，他想得太開心，嘴上就沒注意了，瞬間鬧出大紅臉，「沒、沒啥，你別介意、別介意。我就想以後怎麼營生。」

「幸子哥不想回去當師爺嗎？」安生好奇地問。

「回去當師爺？」吳幸子眨眼反問，他都離開大半年了，難道衙門眼下沒有師爺嗎？

「欸，是啊。」安生點點頭，朝衙門的方向瞥了眼，「福哥說呀，原本李大嬸想將自家老二塞進衙門當師爺，畢竟咱縣裡識字的人不多，讀過書的人要不離開了，要不有了更好的營生，師爺總不能永遠空著吧？」

「李德生嗎？」吳幸子訝異地抽口氣，他知道李大嬸的二兒子，比自己小了十歲，還是吳幸子他爹開蒙的，小時候長得圓潤可愛，人也聰明伶俐，學什麼都挺快，可惜不愛讀書，才上了一個月學堂，就老是翹課去摸鳥蛋玩兒。

確實，李德生算是清城縣中為數不多的識字之人，但他只會看不會寫，恐怕擔不起師爺這個責任吧。

「自然沒能順她的意，李德生幾斤幾兩大夥兒都知道，仗著自己識字平日裡莊稼也不好好種，考了大半輩子童生也沒考著。也就李大嬸當他是寶貝了。」

安生為人和氣，難得說話夾槍帶棍的，吳幸子揉揉鼻子，嘿嘿陪笑了兩聲，也不好多說什麼。

他都不知道李德生原來想考童生啊，但他不會做文章，怎麼考呢？忍不住在心底嘆氣，同情起李大嬸。

「福哥說，衙門裡不見得要有師爺，所以縣太爺在你之後也沒再找人，也還算過得去吧。不過大夥兒都說，要是你回來了，能讓你再回衙門也是好的，畢竟縣太爺六年一替，沒誰比你更了解清城縣。」安生直直地盯著吳幸子說。

被看得有些害臊，吳幸子垂著腦子，一塊塊撕著蔥油餅吃，並不急著回應安生。與外表不同，他內心已經翻騰起來。

本以為被關山盡帶走這麼好些時日，熟悉的日子大抵已經物是人非，卻沒想到清城縣就像停滯了光陰似的，彷彿他從未離開過家，那些熟悉的人事物依然在原處等著他，隨時都能回到當初的小日子。

嘴裡是習慣的味道，眼前是習慣的人，風中的氣味也是習慣的。

吳幸子幾乎就要開口對安生說自己要留下來，回去當他的吳師爺，繼續守著爹娘留下來的小屋，後頭的幾塊小田中種著韭菜、肉豆等等，農忙的時候去柳大娘家幫把手，替鄉親們解決紛紛擾擾……可，也只是幾乎而已。

直到吃飽喝足，與安生又敘了一會兒舊，隔壁攤的大叔帶著香燭牲禮回來，他連連道謝，收到一個親暱的笑容要他別客氣。

吳幸子終究沒有開口應允。

第七章　京城鴿友會

「滿副將您放心，我與大將軍本就是露水姻緣。我會想去上京瞧瞧，實則是奔著鴿友會去的……」

滿月直瞅著吳幸子，預備好要說的話，竟一句都沒辦法說出口。

他算是見識到吳幸子對鯤鵬有多熱情了，不禁同情起關山盡。

「滿副將，莫非您也打算參加鴿友會？」

這問題滿月還真傻了，他露出個莫測的笑容，既沒肯定也沒否定。

也不知安生是不是看出吳幸子的掙扎，並沒有非要問出個答案不可，見他吃得差不多了，看看日頭，便催促他先去上墳，免得日落後路不好走。

吳幸子心中熨貼，約好明日再來吃豆腐腦後，便提著香燭祭品離開。

他本想先去客棧與染翠他們碰個頭，可念頭一轉，當街拉了一個臉熟的街坊託他帶話後，便自己前往墳地。

這條路，上一回有關山盡陪他，這回他想自己走，與過去一樣。

來到祖墳後，吳幸子又愣了愣，墳上是清理過的，光禿禿一個土包，沒有被芒草掩埋，墓碑也抹得光滑潔淨，比他自己打掃都要上心許多。

吳幸子下意識四下張望了圈，清明已經過去幾日，這處山坳不會有誰來，清風吹過不遠處的大樹，枝葉沙沙地響成一片，隱隱約約混雜著從山頭傳來的鳥叫。

他沒發覺自己嘆了口氣，呆立了好一會兒才將香燭祭品都擺置好，點起三炷香開始對祖先們嘮叨。

猶記得過年那時候他還請祖先保佑他年年有鯤鵬呢，祖宗們肯定氣得心肝脾肺腎都疼，這才幾個月，露水鯤鵬就被息壤給吞了，過去澇死，這會兒大概要旱死了，人真的不能得意忘形。

「爹啊、娘啊、列祖列宗啊！我要去京城走一趟啦，你們可要保佑我，就算沒了蘭陵王，韓子高也是好的，人又白又俊俏又溫柔體貼……人生在世只守著一隻鯤鵬是不行的，難得離開井底了，長長見識也是好的。」叨叨念了幾句，吳幸子猛地閉上嘴，老臉直紅到耳尖。

他這是傻了，求祖宗這種羞人的事，晚上爹娘恐怕要入夢打他一頓屁股。

可轉念又想，一般人祭祖也會求祖先保佑姻緣什麼的，他求求幾隻鯤鵬也不算出格吧？不由得糾結幾分，手上的香都快燒到底了，才連忙拜了拜，把後頭的過場都走完。

當他低頭燒紙錢的時候，一陣沉穩的腳步聲緩緩接近。吳幸子並未受驚，猜測應該是黑兒找來了，抬頭望去時臉上帶笑

然而，這個笑容就這麼僵住了。

出現在他眼前的，是個從沒預料到的人，他手上動作一僵，被竄起的火舌燒了一下，才猛地回過神，一股腦將紙錢全扔進火裡，站起身拍了拍衣襬上的灰塵。

「滿副將？」來人是滿月。

吳幸子跟滿月並沒有太多交集，就見過幾次面而已，連話都沒說上幾句。說實話，吳幸子對這個總是帶著憨厚笑容、身材圓潤的副將，總感覺有些緊張。明明滿月這人看起來無害，脾氣好得不行的模樣，任誰見了都覺得心裡舒坦，不自覺感到親近。

可，吳幸子就是有些怵這個圓潤的好人。

「吳先生。」滿月臉上果然帶笑，對吳幸子點點頭，毫不扭捏地走到墳前，看著地上被紙錢壓得差點熄滅的火舌，又慢慢竄了起來。

吳幸子也跟著他的眼神瞧去，抿了幾次唇依然沒能開口。他壓根沒與滿月私下說過話，這會兒又猜測著對方的來意，掌心都因為緊張汗濕了。

滿月倒是沒讓吳幸子窘迫太久，掛著憨厚的笑容道：「吳先生現在有空嗎？能否與在下敘一敘話呢？」

眨眨眼，吳幸子先是用力搖頭，接著猛力點頭，「有空有空，滿副將吃飯了嗎？」

「用過一點。」滿月抬頭看看天色，日頭已經開始偏斜，再一個時辰左右便要落日了。「不過我趕著回京，恐怕沒有機會與吳先生一同用飯了。」

「噯，這樣啊……」吳幸子點點頭，躊躇片刻，試探道：「或是滿副將願不願意光臨寒舍喝點茶水？」

「那滿月就叨擾先生片刻了。」這回滿月倒是沒拒絕，以與豐腴身材不相符的俐落，彎身將祭品都收拾好，拎在手上，對吳幸子做了個「請」的動作，「滿月陪先生走一程吧。」

「客氣了、客氣了……」吳幸子連連拱手，他想拿回放供品的籃子，可滿月動作巧妙地阻攔了他幾次，雖然什麼也沒說，但吳幸子硬是從笑咪咪的胖臉上看出不容拒絕的強硬。

唉，畢竟是關山盡的左膀右臂，自然帶著股讓人不敢反抗的氣勢。吳幸子揉揉鼻尖，也不再掙扎。

回到家要走上半個時辰，一路上滿月沉默不語，吳幸子被這種沉默搞得心慌，走起路同手同腳了也不知道。好不容易推開家門，他終於用力地吐口氣，沒再那麼無措了。

「滿副將請進，小地方沒什麼好招待的，您別介意。」吳幸子這回終於能接過滿月臂彎上的竹籃，整個人都鬆了口氣，將竹籃擺在桌上後，用袖子抹了抹椅子，又熱情地招呼滿月坐，「我許久沒回來了，家裡也沒準備茶葉，倒是還有熱水，您將就將就？」

「吳先生別忙，滿月就是想與你說幾句話罷了，一塊兒坐。」滿月阻止吳幸子的團團轉，寬厚圓胖的手掌也不知怎麼使勁的，輕飄飄把人推在椅子上，既沒摔著也沒讓人受驚。

吳幸子有些楞傻，呆呆地坐在椅子上，與滿月面面相覷。

滿月的坐姿很是端正，隱隱帶點貴氣，他半垂著腦袋似乎在整理思緒，幾息後才開口：「不知吳先生接下來有何打算？」

如何打算？

吳幸子瞅著滿月，張開嘴卻不知如何回應，他看不透滿月的意思。

興許是察覺了他的無措，滿月安撫地笑笑，索性把話問清楚：「吳先生打算留在清城縣或是

上京呢？」

「我……我打算上京城看看。」吳幸子垂著腦袋回答。

「是嗎？」滿月彷彿嘆了口氣，接著問：「吳先生心裡一定奇怪，在下為何出現在清城縣，又打算做些什麼。」

「噯。」吳幸子迅速瞥了滿月一眼，神情有些被看透的羞赧，但確實是很不解滿月的行為。

「硬要說，我是為了大將軍而來。」滿月很爽快地給了答案，吳幸子聞言，瘦削的肩膀猛地一抖，腦袋幾乎都要埋進胸口。

「大將軍不知道我私下來見吳先生，就是有些話想同吳先生說罷了。」

原來，關山盡不知道啊……吳幸子也不知道自己是安心還是失望，他捏了捏衣襬，抹去掌心裡的汗水，這才抬起頭對滿月淺淺一笑，「滿副將請說。」

滿月又瞅著他片刻，才開口：「吳先生應當從染翠大掌櫃嘴裡聽到過大將軍與魯先生的事了？」雖是疑問，語氣卻是肯定的。

吳幸子不安地整了下坐姿，一口灌了半杯熱水，細弱地嗯了聲。

「吳先生心裡怎麼想？」

怎麼想？吳幸子輕蹙眉，困惑不已地看向滿月。他是關山盡身邊的人，為何特意來詢問自己這件事？

可再細想，又感覺這並不奇怪。滿月是關山盡的心腹，自然要為主子籌謀，好不容易關山盡才與心愛之人交換白首之約，滿月定然不希望又生風波。

吳幸子明白自己身處的地位，很快端正表情嚴肅地對滿月道：「滿副將安心，吳某並非不識趣的人，海望……大將軍與魯先生兩情相悅我是明白的，斷不會從中作梗。您要是不放心吳某的承諾，那麼……在下便不去京城了。」

儘管是誠心誠意的，吳幸子心口卻微微一緊，竟有些喘不過氣。他不自覺伸手揉了揉胸口，在對上滿月的眸子時，又慌張地垂下手，背到腰後去。

滿月心裡五味雜陳。他聰明一輩子，雖不敢自比為臥龍，也自認所差無幾。誰知，吳幸子卻硬生生地給了他一巴掌，人心從來就沒那麼好懂。

莫名的，他好像也明白關山盡為何栽在這個老傢伙身上。

明眼人都看得出吳幸子對關山盡的上心，他還有黑兒這個眼線，對吳幸子的心意自然更為了然。卻沒料到，眼前的老傢伙能如此果斷地說退就退，彷彿從未對關山盡有絲毫眷戀。

滿月不得不重整思緒：「吳先生誤會了，滿月並非勸您留在清城縣。正相反，在下心中非常期盼能在京城再見吳先生。」

「這是為何？」吳幸子一下子愣住，瞧著滿月猛眨眼。

該不會是個試探吧？很快轉過思緒，吳幸子臉色微紅，更顯得窘迫，肯定是自己對關山盡的心意被滿月看出來，這才特意試探。

於是他更認真回道：「滿副將，吳某明白您放不下心，不過強扭的瓜不甜這個道理在下是明白的，再說我與大將軍之間並無任何承諾，本就是露水姻緣，如今也不過是步上正軌。我會想去上京瞧瞧，實則是奔著鴿友會去的……」說到這裡，吳幸子不免害臊地揉揉鼻子，「京城多才俊，那得有多少鯤鵬呢……鴿友啊！我畢竟是凡夫俗子。」

滿月直瞅著吳幸子，預備好要說的話，竟一句都沒辦法說出口。

他算是見識到吳幸子對鯤鵬有多熱情了，不禁同情起關山盡，白白吐了幾升血，命都去了半條，心上人想的卻是其他鯤鵬。

「您……就沒想過在京城見見大將軍？」末了他有些不甘心地追問。

想過，只敢在心裡偷偷地想。但這個答案吳幸子自然不敢對滿月說，眼前男子的憨厚笑容已然消失，眉宇間隱帶陰霾，定定地瞅著自己，直看得吳幸子手足無措，連連換坐姿。

「吳先生，滿某就坦白了吧！事實上，我並非為了大將軍而來，先前只是藉口。」

滿月說起謊來臉不紅氣不喘，他前思後想許多才決定來探探吳幸子口風，只是沒想到眼看就要捅出大簍子。

要是吳幸子因為他而打消上京的念頭，他還真是無顏見關山盡了。

原本嘛，憑他對吳幸子的了解，上京純粹是為了躲避關山盡，但既然關山盡自己退走了，也就沒必要上京，再加上清城縣師爺這個職務還空著，吳幸子肯定想留下才是。

卻不想，吳幸子卻依然打算上京，壓根不打算按牌理出牌，滿月偷偷抹去額上的汗。

不是為關山盡來的？吳幸子一臉茫然，滿月的態度太令人捉摸不透，比面對染翠的時候還讓他心慌。

「原來如此，那不知滿副將想對在下說什麼？」

「就是想提醒吳先生，人心難測，眼見不見得為實。」滿月深深後悔自己來見吳幸子的決定，這老傢伙看來老實巴交，為人卻很特立獨行。「鴿友會說不定會讓您失望，畢竟鯤鵬與鯤鵬的主人，不見得般配。」

「您說的倒是在理啊……」吳幸子連連點頭。確實，他手上的鯤鵬圖與鯤鵬主人的畫像常常對不上號，有些人白細乾淨，鯤鵬偏長得彎曲黝黑；有些人粗壯高大，鯤鵬卻羞澀細緻。像關山盡這樣上下皆秀色可餐的人物，還是挺少見的。

即便如此，吳幸子依然對鴿友會興致勃勃，也終於明瞭滿月找上他的原因。

「滿副將，莫非您也打算參加鴿友會？」

這問題滿月還真傻了，他露出個莫測的笑容，既沒肯定也沒否定。

「所以您找我是為了鴿友會的事？」這念頭一閃，吳幸子心情就安定了，臉上浮出親切的笑容，「你別擔心，鴿友會是染翠大掌櫃操持的，肯定像坐上了大船，穩妥安全。你要是有什麼不放心的，不如告訴我，在下能替你轉告大掌櫃？」

滿月算是知道關山盡為何屢屢在吳幸子眼前吃鱉了，他都不明自己怎麼把自己給坑了一把。即便如此，他依然笑容可掬地拱拱手，「那就有勞吳先生了，咱們京城鴿友會見。」

「那是那是，京城鴿友會見。」吳幸子拱手回應，想了想又貼心道：「不知滿副將喜歡什麼樣的男子？興許能請染翠大掌櫃替您安排一二？」

腦中浮現一張張揚俊秀的面龐，滿月撇撇嘴，「在下生冷不忌。」

「哼，滿副將牙口挺好啊。」諷刺的輕柔細語從窗外傳來，滿月挑眉看去，眼中落入一張姣若春華的面孔。

「染翠大掌櫃。」他朝來人拱拱手，對方開口前他已經聽到來人的腳步聲，只是沒有點破罷了，畢竟他想說的話早已被吳幸子帶偏，也不怕染翠聽牆角。

慵懶地臨窗而倚的大美人巧笑倩兮地睞他，「想不到，滿副將竟也對鴿友會興致挺高啊，我還以為回京之後，您與大將軍要被朝堂之事給拖死了。」

「恐怕要讓大掌櫃失望了。」滿月又是那張憨厚的笑顏，很是令染翠刺眼。

擺擺手，染翠也不咬著這件事懟，索性順著滿月的話道：「鴿友會自然歡迎滿副將蒞臨，與您書信來往過的幾位公子，染翠盡力將他們都一一邀請來，定會讓滿副將賓至如歸。」

這隻小狐狸！滿月心裡暗啐，面上卻不顯，適度地表現出期待又羞澀的模樣，連連拱手道謝。

既然染翠出現，滿月便不打算久待，兩人又一陣唇槍舌戰後，滿月就告辭了。

見滿月遠去，染翠才漫不經心地對吳幸子問道：「對了，聽說大將軍氣血瘀心，吐血三升，是真的嗎？」

吳幸子一愣，被嘴裡的茶水給嗆著了咳得淚花四散，好不容易才緩過氣，就焦急地問：「海望吐血了？他身子還好嗎？將養得如何了？怎麼會突然吐血了？」

「滿副將沒同你說？」染翠輕輕咋舌，離開窗邊從門口走進去，在吳幸子對面坐下，人看來還是懶懶的，眉宇間卻藏著一絲嚴肅，「你要是掛心這件事，咱們回京後探探消息？」

吳幸子連忙點頭，人在屋子裡繞了幾圈，神情變幻了幾次，最後下定決心似地咬咬牙，看著染翠問：「不如，咱們明早就走？」

「有何不可呢？」染翠替自己倒了杯水笑應，一雙媚眼瞧著吳幸子鬆了一口氣後很快又焦急起來的面龐，在心底長嘆一口氣。

一陣冷香撲面，正自沉睡的吳幸子微微聳了聳鼻尖，迷迷糊糊地睜開惺忪睡眼，透過床帳往外看。

外頭是一片如水月色，泛著涼意流淌在屋內。他哆嗦了下，緩緩撐起上身，正想撩開床帳下床關窗，手腕卻猛地被一旁伸出的手給攫住。

那是雙如和闐美玉雕刻而成的手，指節分明、骨肉勻稱，隱隱能看到幾個慣用兵器留下的繭，觸碰在手腕上的肌膚也不如看到般滑膩，很是粗糙。

就算只是一隻手，吳幸子也認得出來是誰的手。

他猛一個激靈整個人都清醒了，顫抖著順著那隻手側過頭，一寸一寸順著包裹在夜行服中，矯健又筋肉飽滿的手臂往上看，直到那張魂牽夢縈的臉龐落在眼底。吳幸子狠狠抽了一口氣。

「海、海望……」

「嗯？」男子唇上浮現一抹淺笑，好似春暖花開，吳幸子的心跳一下子就亂了套。

嚥下一口唾沫，吳幸子連連眨眼，就怕自己是在睡夢中。俗話說日有所思夜有所夢，他來到京城這麼些日子，天天腦子裡想的都是關山盡，連鴿友會都得避其鋒芒，夜裡夢到這個男人，也是情理之中吧。

「你、你怎麼……」他有一肚子話想問，可聲音到嘴邊，卻又什麼也問不出口，就這樣傻楞楞地瞅著關山盡不放，連用手碰一下都不敢。

「想你了。」關山盡倒是大方許多，微微傾向他，不動聲色把人攏入自己懷中，安撫似地拍了拍纖瘦的背脊。

這些日子吳幸子被照顧得挺好，人也豐腴了些，尖尖細細的下巴圓潤了，背上宛如蝶翼般的兩片骨頭也沒過去那般硌人，抱起來甚至還有點軟乎乎的。

關山盡捏起他的手放到唇邊，一根一根舔過帶點嫩紅的指尖，最後將小指尖含進嘴裡，柔軟的舌尖勾勾纏纏，險些把吳幸子的魂給吸出來。

「別、海望……別這樣……」他老臉通紅地想抽回手。

可關山盡哪能讓他如願？攬著細腰的手臂一使勁，將人整個嵌入懷中，大掌在腰臀交界的地方拍了拍，兩下就把老傢伙給拍老實了，軟綿綿地依偎著他不敢動彈。

「想你了。」關山盡再一次說道，白牙在小指關節上蹭了兩下，麻癢麻癢還帶著疼，弄得吳幸子害臊，垂著腦袋啥也不回答，隱諱地將臉頰貼上他肩頭磨了磨。

他也想了。

似乎也沒打算聽他回應，關山盡吐出被自己啜得發紅的小指，順著掌側往上啃，在腕上留了幾個紅豔豔的印子後，將懷裡的人輕輕推倒在床上，如煙似霧的眸子瞬也不瞬地鎖著老傢伙，眼底深處隱隱泛著血紅。

被看得渾身不自在，吳幸子才想起身，這麼久沒見他有好多話想同關山盡說，可深更半夜摸進床上，關山盡並沒有打算花時間敘舊。

把人推倒後，關山盡手腳麻利地將吳幸子身上的褻衣褻褲都扒乾淨，在老東西的驚呼聲中，低頭往吳幸子的鯤鵬湊去。

「噯，海望你……」吳幸子連忙伸手推，肉莖卻早一步落入溫熱的地方，被不輕不重地啜了口。「唔……」細腰一抖，人也軟了下去，眼中含淚全身都泛起薄紅。

他都算不出自己跟關山盡究竟多久沒不可描述一下了，想當初他是奔著露水姻緣去的，與關山盡的蘭陵鯤鵬抵死纏綿了好些時日，幾乎稱得上日夜宣淫，他的身子可是被關山盡給肏熟的。

男人的嘴裡滾燙又柔軟，彷彿泡在滾水中，要不了片刻他就舒服得直哼哼。關山盡也不是只含著不做別的，帶點粗糙的舌面裹住吳幸子的肉莖，由上而下寸寸舔過，來到根部後前端已然戳進了一個更緊緻滾燙的地方，不停的縮緊還帶點抽搐，裹得吳幸子全身發顫，揪住了薄被雙腿不由自主在床上蹬了好幾下，喉頭嗚嗚咽咽地呻吟。

接著舌頭又朝上舔回去，混著唾沫與鈴口流出的汁水嘖嘖作響。待舌尖來到其端後，先順著龜頭稜角舔了圈，然後挑開頂端的小孔，就往裡頭鑽。

「海、海望啊哈……啊……緩緩、緩緩……」吳幸子身子酥軟得直抽搐，抖著手想推開關山盡糾纏不放的腦袋，可男人挑起一雙桃花眼對他笑了笑，笑得他骨頭都軟了，攤在床上喘得眼淚都掉出來，肉莖更被玩弄得抖個不停，淫汁不斷從小孔中往外流，又被關山盡一點不落地吃進嘴裡，還嫌不滿足似地含住他的龜頭，狠狠啜了啜。

「啊啊——」吳幸子尖叫一聲，圓潤的腳趾都蜷曲起來，貼在蓆子上猛蹭了幾下，噗地噴出一小波汁水，要不是關山盡及時捏住他的肉莖根部，怕是直接就泄身了。

然而這並沒有比較暢快，眼看就要高潮了，卻偏偏被人壓下，彷彿被萬蟻鑽心般地麻癢痠疼，從丹田直往心口竄，無處可去的熱流潰堤一般蔓延在四肢百骸中，就連指尖都癢得人難以忍受。

吳幸子在床上直磨蹭，軟綿綿地哀求關山盡鬆開他。

男人輕輕一笑，吮著他的肉莖道：「騷寶貝，這才開始你就不成了嗎？」牙齒喀在敏感的莖身上，吳幸子又抽了抽，用手在自己白膩的肚皮上猛抓了幾把。

關山盡還沒放過他，細細膩膩地吮他的小鯤鵬，一會兒用舌頭舔，還鑽他頂端的小孔，舌尖進得略深，抽開的時候鈴口微微張著都有些合不上，裡頭嫩生生的軟肉水潤水潤，看得人心癢忍不住用牙齒叼。

鈴口被玩得鼓脹，嫣紅糜爛得像是熟透的桃子，每噴出一股汁水就鑽心刺骨得麻癢，吳幸子癱在床上抽搐，肉莖根部依然被捏著不放，精水怎麼樣都射不出來，層層快感疊加在一塊兒，將他逼得淚流滿面，哭得連連打嗝。

他覺得自己彷彿踩在懸崖邊，兩頭都是深淵，只有足夠一腳踩踏的地方勉強支撐著他，他搖搖欲墜，卻每每被拉扯回來，簡直不知道該怎麼解脫才好。

關山盡還在「服侍」他，這會兒不舔了，改用啜的，吳幸子連哭都哭不出來，整個人直痙攣，

微微翻著白眼盯著床頂。

關山盡很懂得如何吸啜他的鯤鵬，儘管吳幸子的肉莖不頂大，也還是普通男子的長短，含到根處時前端會稍稍戳進咽喉裡，不致於讓人難過，但咽喉還是會有反應，微微地抽搐起來，緊緊裹著敏感得直滴水的龜頭。

滾燙粗糙的手掌搓揉把玩底下的囊袋，上頭啜兩下，下邊就揉兩下，吳幸子魂都快飛了，細腰抖個不停，嘶啞地哭叫著求關山盡讓他泄身，偏偏男人就是不肯，一會兒吐出肉莖只含著龜頭嚼，一會兒吞到根部用咽喉裹，老傢伙抽搐得差點就要把身下的男人給掀翻了，可關山盡隨手往他嫩嫩的肚皮上一按，就把人按在床上動彈不得，只有一雙白細的腿在蓆子上直蹬。

「海望……海望……」吳幸子哭得直喘，不停討饒地叫著關山盡，直到此時男人才發出一聲淺笑，鬆開箍在肉莖根部的大掌，接著狠狠對著龜頭啜了兩口。

「啊啊——」吳幸子扯著薄被，繃緊了細腰，雙腿胡亂地在床上蹬了幾下。

一股稠白的精水終於泄了出來，直接射在關山盡嘴裡，男人似乎稍微被嗆著，桃花眼染上些許水氣，喉頭動了動，咕嘟把精液吞進肚子裡。

老鵪鶉傻楞楞地瞅著關山盡唇邊的笑，以及被自己的汁水弄得水潤嫣紅的唇瓣，整個人還沒從一口氣迸發而出的快感中醒過神，身子仍抽搐個不停，眼淚一顆顆從眼角滾下，滑進了底下的軟枕中。

關山盡又嚥了幾次唾沫，這才緩緩貼近吳幸子，輕輕地張開嘴笑道：「瞧瞧，還有沒有沒吞乾淨的？」

吳幸子張著嘴一句話也回不了，他先是依言瞇起眼往關山盡的嘴裡看，一截粉色的舌襯著瓷白的牙，雙唇柔軟飽滿還帶著水氣，關山盡的好看是連嘴裡都生得漂亮，夜裡雖然看得不挺清楚，但就是勾得人心頭酥麻。

更別說這張嘴剛才還咬著自己的鯤鵬不放呢……吳幸子猛地回過神，連忙別開眼。

「如何？」關山盡還不放過他，又湊近了些，白檀混著橙花的香氣纏綿地融入吳幸子的呼息中，他好不容易才緩過來的腦子，沒兩下又懵了。

彷彿很滿意他的模樣，關山盡低聲輕笑，貼在他唇上使勁親了幾下，又含住下唇咬了咬，接著是上唇，最後舔開吳幸子的唇瓣，強悍地將舌頭探進去，勾纏著他怯生生的舌尖就是狠辣地吻，吻得又深又貪婪，吳幸子受不住伸手推他的肩，就被扣住手腕壓在身側，嘴上吻得更粗暴，巴不得直接把人吞了似的。

一吻結束，吳幸子喘得跟風箱似的，來不及吞下的唾沫順著唇角往下淌，與關山盡唇間牽起一道銀絲。男人帶著淺笑伸出半截桃色的舌尖，將那點涎水給舔去。

「騷寶貝。」關山盡床上老愛這麼叫他，語尾像有小勾子在他心尖上撩著，「想我嗎？嗯？」每問一句就在他唇上蹭一下，把吳幸子問得渾身泛紅，後穴都微微癢了起來，別開頭卻還是躲不掉，被抱著腦袋又深深吻了好一會兒，舌尖都被吮痛了。

「想你……」本來就挺想，又被這樣不間斷地撩撥，吳幸子很快就鬆口，羞羞澀澀地抬手摟住了關山盡的頸子，唇瓣擦過他形狀漂亮的耳垂，「後頭也想了。」

如此赤裸裸的邀請，關山盡瞳孔一縮，也不再客氣了。

吳幸子人又瘦又白，月光透過床帳照在身上，像枚剝殼的水煮蛋，又慢慢被動情的熱度染得泛紅。

他微微打著顫，口乾舌燥得直吞唾沫，舌尖還泛著疼。關山盡吻他吻得太用力，似乎都咬出口子了。

男人緩緩褪去身上的衣物，雪白的褻衣從厚實的挺拔的肩頭滑下，露出裡頭充滿力道、塊壘分明的肌肉，不顯得過度又彰顯出迫人的健美。

吳幸子咕嘟一聲，被撲面而來的男性氣味迷得不會喘氣了，傻傻又貪婪地順著寬肩、窄腰、王字腹部直到……天！所謂「出頭鳥」大致就是眼前的景象了。

也不知有意無意，關山盡的褲子沒有全脫，就是往下拉了半截，剛剛好露出那帶些上鉤、粗長、沉重、帶些青筋雖不醜惡卻猙獰的蘭陵鯤鵬。

吳幸子只覺得自己指頭搔癢、喉嚨搔癢、菊穴搔癢，連肚子裡隱密的腸道敏感處都癢得他恨不得有東西伸進去搔搔。

關山盡看他的眼神帶著挑逗，也有野獸般的凶狠，寬大的手掌握起吳幸子略顯纖細的腳踝，揉了揉腳底。

吳幸子畢竟不是什麼水潤少年，更非養尊處優的公子哥，他的腳心粗糙帶點厚皮，腳趾雖圓潤卻有幾個繭子，一雙大腳丫看得出生活清苦，被這樣揉捏總覺得怪丟人的。

「嗳，別玩吧……」他輕聲抱怨了句就要抽回腳，關山盡也不知怎麼了，今晚的花樣特別多，就是不往正道走，他都有些耐不住。菊穴微微抽了抽，隱隱濕了。

偏偏關山盡很喜歡他的腳似的，手上使勁又揉揉腳底，接著逐一撫摸過那幾個繭子，最後在腳背上親了口，把吳幸子親得老臉通紅，鬧不清這是怎麼一回事，怎麼突然玩起他的腳呢？

「海望……」

「嗯？」關山盡對他挑眉一笑，又握起他另一隻腳，把兩隻腳掌貼在一起。「你欠了我好些日子。」

「啊……」吳幸子抖抖肩，別過頭去。

下一瞬，吳幸子就明白關山盡究竟要做啥了。

他竟然用吳幸子的腳掌夾住了肉莖，上下蹭了蹭。

「來，用點力，馴服馴服它？」說著便鬆開手，笑吟吟地盯著吳幸子。

腳掌下的肉莖粗長滾燙，浮起來的血管青筋微微鼓動著，說不清是什麼滋味，只覺得舒服。吳幸子渾身發紅，目帶水光地瞅著關山盡，咬咬牙小心翼翼地用腳掌磨蹭肉莖。

這還是頭一次，他動作笨拙又慢，腳趾隨著上下套弄的動作戳在龜頭下緣，不一會兒就濕漉漉既黏膩又像火燒，燙得他心肝兒顫，彷彿有螞蟻在腳心咬他。

關山盡看起來也舒服，眼簾半垂，長而密的睫毛帶著一圈陰影，呼吸越來越粗重，很快就不滿足吳幸子小心翼翼的溫吞，抓著兩隻腳動起腰自顧自套弄起來。

「嗳……嗯啊……海、海望慢點……慢點……」吳幸子不由得求饒，明明只是用腳磨蹭大肉棒，卻有種被貫穿的錯覺。

咕啾咕啾的水聲傳遍了睡房，在吳幸子耳中彷彿還在冒著熱氣，他承受不住想抽回腳，這回關山盡倒是順他的心意鬆開手，腳掌上的溫度一移開，留在上頭的汁水也很快涼去。吳幸子不安地動了動腳趾，酥麻的感覺順著小腿往上爬，很快就攀上不安分的菊穴，頓時淫汁不斷，沾在褥子上都濕了一大塊。

老鵪鶉羞得耳尖都是豔紅的，看都不敢看關山盡一眼，就用腳掌蹭了下男人的大腿。

「你這老東西，夠騷的。」關山盡調笑道，握著吳幸子圓潤的肉臀往自己胯部按，堅硬的龜頭在濕漉漉的菊穴外摩擦，不等老東西催，一口氣就著菊穴泌出來的騷水一鼓作氣肏進去。

「啊——啊啊——」吳幸子痛叫出聲，他畢竟幾個月沒有承歡，腸道早就恢復原本的狹窄緊緻，猛一下被粗壯碩大的肉棒頂開，還一下子戳到直腸口，整個人都抖起來。

關山盡也不再溫情，按著他就是一陣粗暴的狠肏。

每一下，囊袋都會啪啪打在濕透的會陰上，粗糙的大拇指揉著被肉棒帶出來的豔紅腸肉，偶爾還用指頭掐，掐得吳幸子哀叫，扭著細腰想躲，又被按著肚子發狠地幹。

這才剛開始，男人就大開大合地折磨他，彷彿嫌他喘氣聲太吵，一口握著他的腰，一手摀住吳幸子的口鼻，大屌劈劈啪啪地肏，沒幾下就老鵪鶉都快昏過去了，身子抽搐個不停，無力地拉扒捂在臉上的大掌。

「瞧你餓得……咬這麼歡……」關山盡更使勁捂著他，吳幸子濕潤水滑的肉穴彷彿有個泉眼不停噴水，在男人粗暴的動作中被幹得痙攣。

可無論怎麼示好，男人就是惡狠狠地肏。碩大的龜頭每回都頂在直腸口上，將那處肏得瘀紅，又痛又爽，目光渙散涕淚四溢，被幹暈過去又幹醒過來，口鼻依然被牢牢摀著，幾乎要被幹死。

終於，關山盡在吳幸子又一次渾身抽搐，翻著白眼險些暈倒的高潮中，鬆開捂在口鼻上的手。吳幸子仰著頸子張著嘴，舌尖半吐，用幾近狂亂的眼神盯著床頂，一點聲音也沒發出來，纖細的背脊繃得緊緊地像張弓，僵直了幾息後終於發出一聲嘶啞的哭叫，後穴狂噴淫水，肉莖的精液濺得自己肚子上一片狼藉，雙腿在被子上踢蹬了幾下，才癱軟下去不停抽搐。

「這就不行了？」關山盡依然看著他笑，額上帶著汗水，幾縷黑髮盤纏在頸子上，背著月光美得宛如妖物。「讓你一輩子都忘不了我好嗎？」這句話是貼著吳幸子耳朵說的，老鵪鶉都沒想到自己還有餘力聽得清楚。

關山盡反正也不需要他回答，手指點了點吳幸子軟軟的肚皮，輕笑道：「喏，這回戳進去攪攪，喜歡不喜歡？」

這個位置已經戳穿直腸口了，吳幸子人還沒緩過氣來，也已經察覺關山盡的打算，他弄不清自己是期待還是害怕，又羞又懼地哭著搖頭。

早已肏到興起，關山盡哪能放過他？

手掌握住還在痙攣的細腰，噗嗤又肏了進去。

吳幸子軟綿綿地叫了聲，像鉤子似地挑在男人心上，嫵媚的桃花眼一暗，動作更加不管不顧起來，彷彿恨不得把人直接肏死在自己身下，省得又一別數月，總是抓不進掌心裡。

粗長的肉棒在水潤緊緻的肉道裡攪弄，每一寸痙攣的黏膜都被肏開，肏得哆嗦，肏成軟乎乎的肉套子任憑施為。

接著往穴底的騷肉頂，兩三下就將陽心給肏開，薄薄的肚皮上浮出隱約的肉棒形狀，隨著關山盡肏穴的動作鼓起凹下。

吳幸子哭得淒慘，他摸著自己的肚子，掌心都能感受到堅硬的龜頭用了多大的力氣幹自己，硬硬地直頂上來。後穴的騷水噴得兩人身下狼藉一片，被褥濕了一大片都能滴水了，關山盡依然沒放過他的打算。

「太深了……求你了……」吳幸子顫抖地求饒，人都快被肏穿了。

噗——吳幸子的肉莖又噴出一股精液，這回稀薄得像水，分量也少得可憐，沒一會兒就張著馬眼發抖。

肉穴外的汁水已經被幹成白沫，男人還是按著他往死裡幹，直把吳幸子又幹尿了一次，才突然抽出大肉棒將人翻了個面，又再次肏進肚子裡。

吳幸子哭都哭不出來，半吐著舌尖神情渙散，綿延不絕的愉悅和快感讓他腦中啥也不剩，直到又過了某個臨界點，隔著肚子清晰感覺到關山盡戳進他肚子中的肉棒，才又渾身痙攣地尖叫。

一整夜，吳幸子不知道自己被翻來覆去幹了幾回，他暈了醒，醒了暈，到最後都搞不清自己

是不是在夢中，最後才被男人按在床上射了滿滿一肚子的精水，直射到肚皮鼓起，彷彿有孕了，他臉色潮紅地癱在床上哆嗦，又被捧著腦袋吻得沒辦法喘氣，這回終於暈過去沒再醒來了……

「啊！」吳幸子突然從床上彈起，他睡在床邊，這一下直接往床下摔，頭昏眼花地跌在地上，半邊身子都摔麻了。

「嘶——」痛呼一聲，他揉揉眼，茫然地望著陌生的睡房。

房裡有淡淡的氣味，吳幸子意識過來那是什麼味道後，老臉紅得簡直要滴血。

他左右張望幾回，總算認出來這是染翠在京城的房產，特意借給他暫住。他在這屋子裡才睡了七八天，還不是那麼熟悉，一開始才會沒認出來。

「我這是……」當然，認出睡房後，更重要的是下身的濕黏感，吳幸子扶著摔疼的老腰，磨磨蹭蹭地爬回床上，躲在被窩裡將褲子給脫下。

這屋子除了他，並沒有第二個人，也不存在他熟悉的那個白檀混合橙花的氣味，有的就是自己留下的旖旎卻蕭索的氣味。

昨夜的一切竟然是……春夢啊……

吳幸子捂著老臉皮，想死的心都有了。

他都四十歲了，就算是十幾歲的少年時期，也未曾做過春夢，還是這般……這般……難以言述的激情。而如今，不過是與關山盡在同在一城，他就連夢裡也不放過那個男人了嗎？

唉，吳幸子啊吳幸子。

自我嫌棄了半晌，吳幸子看看外頭天色已經發亮，心知薄荷、桂花很快就要端水來給他漱洗，不快些將「罪證」處理掉，趕緊穿上褲子，就不只是做春夢丟人而已。

偷偷摸摸將弄髒的褲子團了團，他雖心疼這條褲子，可現在人生地不熟地，想私底下洗褲子恐怕是不容易，想辦法扔了反倒輕鬆。

先將褲子嚴嚴實實地塞在衣箱的一角，他衣服少，衣箱總是裝不滿，也不怕弄髒其他乾淨的衣物。接著拿出乾淨的褻褲及外褲，吳幸子才總算鬆了口氣。

而此時，房門外也傳來丫頭們問安的聲音。

吳幸子急忙將衣裳穿好，這才匆匆打開房門放丫頭們進來。

薄荷手上端著水盆，桂花手上則是食盒，彎著圓圓的眼眸同聲對吳幸子問安，接著便利索地將手上的物件擺設好。

「嗯？」擺放好水盆後，薄荷抽了抽小鼻尖，不知嗅到了啥味道，小臉上露出一絲疑惑，吳幸子看得心頭猛跳，耳尖瞬間就紅了。

因為作夢的關係起得稍晚，加上處理遺精，他來不及開窗子散氣味，臥房中隱隱飄散著石楠花的味道。

「姊姊怎麼啦？」桂花已經打開食盒，清粥小菜的香氣很快瀰漫在空氣中，那點特殊的氣味很快就散了。

薄荷又動了動鼻尖，最後搖搖頭，「沒啥，大概是聞錯了。」也是，石楠花的花期早就過了，院子裡也沒種石楠花，哪來的味道？

一旁吳幸子險些要被嚇出好歹來，用手揉了揉胸口，勉強平撫心跳，腦裡想的都是以後要是再做春夢，醒來第一件事就是開窗。

倆丫頭倒沒留心吳幸子的不對，脆生生道：「主子，今天就是鴿友會的日子呢。」一提起鴿友會，丫頭們兩眼就發亮，壓不住心裡的好奇。

要說，來到京城也月餘了，時序進入夏天，南方來的小姑娘對北方的夏日倒沒什麼不適應，精神反倒還更好，整天拉著吳幸子在京城裡閒逛，不知不覺將幾個名勝都走完了。

吳幸子也藉機飛鴿交了幾次友，藤箱子裡的鯤鵬圖收穫頗豐。

不得不說，京城確實地靈人傑，更重要的是人多，飛鴿也方便，鯤鵬社甚至都沒怎麼遮掩，足足有鵝城分社的兩倍大小。

先前雷打不動的鯤鵬榜，這短短一個月就變動了數次，連關山盡蘭陵鯤鵬的地位都有些岌岌可危。昨夜睡前，吳幸子拿著關山盡的鯤鵬圖，及兩日前才收到的一張鯤鵬圖左右比對了幾次，最後是靠臉熟分出高下的。

要說關山盡的鯤鵬是威風凜凜、大氣華貴的蘭陵王，新到手的這張就是慕容沖。粗長自然是不下於關山盡，整體上較為秀氣些，也不知是不是染翠交代的，這張鯤鵬圖還上了色，表皮色澤偏淺，猶如含苞嬌花，龜頭色略深，飽滿多汁得像熟透的李子，當中裂開一口隱隱可見其中嫩肉，看起來傾國傾城，一不小心卻會被咬出血來。

青筋不若關山盡的那般剛猛，綿裡包針一般，少了些猙獰，多了些笑裡藏刀，看得吳幸子口乾舌燥，一口氣喝了半壺茶才解渴。

恐怕，會做春夢和這兩張鯤鵬圖有很大關連吧！他還記得自己睡著前腦子想著不知道關山盡發現這張鯤鵬慕容沖，會不會又上手撕了呢？

思緒一時飄遠，吳幸子埋頭喝粥，連菜都沒吃。

等肚子填得半飽，才對丫頭們交代：「鴿友會妳們小姑娘別去，我讓黑兒陪著便是。」

「不能去嗎？」薄荷聞言小嘴一癟，眉開眼笑的神情瞬間消了氣。

「總是不方便的，那場合裡都是公子，小丫頭湊什麼熱鬧？」吳幸子無奈地搖頭。

「我們也想看美人嘛。」桂花也扁著嘴，看著姊姊用力點點頭，「主子，您放心，我和姊姊一定乖乖地，絕對不會給您惹麻煩的。」

前些日子染翠大掌櫃說了，鴿友會兩年一次，由鯤鵬社發送請帖，邀請來的都是名門公子或絕代美人，家世清白、驚才絕豔，十年前還曾邀請了被稱為大夏第一美男子的九王爺與會，就辦在故庭江畔的臨風樓，據說半個京城的人都聚集到樓下，希望能看一眼九王爺的風采呢！

「我知道妳們乖巧，可……」吳幸子欲言又止。

他知道丫頭們好奇，可鴿友會畢竟與一般文會不同，更重要的是讓有意與人結契的男子互相熟悉認識，有倆小丫頭在，吳幸子怎麼想都彆扭。

見他沒有鬆口的意思，薄荷、桂花垂下肩膀，可憐兮兮地耷拉著腦袋，「主子，我們知道了，不任性了。」

吳幸子鬆了一口氣的同時，心裡也有些過意不去，便從錢袋裡摸出幾個銅板遞給薄荷，「妳們不是想吃糖人兒嗎？染翠說，鴿友會的消息已經全城皆知，這回辦在蓮鄉居，外頭有個花鳥市集，妳們去買糖人兒吃，等鴿友會結束了再一塊兒回來？」

一聽到糖人兒，倆丫頭鬱氣一掃，小臉都開心得紅了。

「那主子你可得好好見識見識才行。」薄荷將銅板收進自己的小荷包中，老成地對主子交代：「染翠大掌櫃說，這回他請來的公子們，除了外表長得好，家世又清白之外……」

「之外？」吳幸子看小姑娘轉著大眼睛，笑得像隻偷到腥的小花貓，忍不住伸手揉了她的小腦袋。

桂花與薄荷相視而笑，壓低了聲音異口同聲道：「鯤鵬都是挑過的。」

鯤鵬……吳幸子一愣，接著面紅耳赤，聲音顫抖地問：「妳、妳妳妳……妳們說什麼呢？小姑娘家家的，別、別……噯！」

「這是大掌櫃親口說的。」桂花見吳幸子臉紅得幾乎像要淌血，連忙揉了濕帕子給他抹臉。吳幸子不知道能怎麼和倆小姑娘說，只得拿帕子使勁抹臉，險些都要脫去一層皮了才停手喘了口氣。

也知道自己逗主子逗過頭，薄荷、桂花吐吐舌尖，乖巧地沒再繼續提起鴿友會，轉頭替主子挑起衣服，但衣箱還沒打開呢，吳幸子就出聲制止了，目光閃爍地把小姑娘趕出臥房後，整個人無力地倒在椅子上，背上都是冷汗。

好不容易緩過氣，吳幸子風捲殘雲喝了四碗粥，桌上的菜連菜湯都沒留，全拌進粥裡喝掉，饒是他食量大，這回也吃得肚腹圓潤，扶著腰，繞著桌子消食。

『鯤鵬是特別挑過的。』

薄荷清脆的聲音在腦中迴盪不休，吳幸子又害臊又羞恥，還擔心倆丫頭被染翠給帶偏了路，又想到在兩個時辰便是鴿友會了，也不知道鯤鵬慕容沖會不會出現呢？還有那位彈琴的白公子，來到京城這月餘，走在路上都能聽見有人在談論白公子的琴藝，讓他無比嚮往。

說不清究竟是期待還是近鄉情怯，吳幸子肚子還沒消呢，忍不住又掂起桌上的糕點吃了起來。多虧了吳幸子天生瘦削，吃得多還不長肉，就算吃凸了肚子看起來依然單薄，飄逸寬大的儒衫一套，還有種弱不禁風的文弱模樣。

黑兒眉心微蹙地盯著他的腹部看了半晌，摸出一顆紅色藥丸遞過去，「主子，這是利於消食的藥，您要不吃點？等會兒鴿友會上，大掌櫃請來京城首屈一指的掌杓，您別吃壞了肚子。」

這話就說得很不含蓄了，吳幸子搔搔臉頰，低聲道謝後吞下藥丸，藥丸帶著清香入口即化，很快就讓他肚子消了些許。

黑兒為人體貼細緻，見他還有些撐得難受，索性不備馬也不備車，陪著他漫步往蓮鄉居。

這一趟路途也不長，兩刻鐘就能走到，夏日儘管日頭炙熱，但與南方那種彷彿裹著厚棉被渾身黏膩的熱不同，流了汗之後人反而精神不少，也總算有閒情在腦子裡想像鴿友會的盛況。

離蓮鄉居還有百來步的距離，卻已人山人海，吳幸子愣愣地看著眼前的花鳥市集，忍不住用拳頭揉了揉眼。

蓮鄉居是京城一處名勝，裡頭是江南庭園的造景，小橋流水、曲徑盤繞，處處都透著靈秀、纖孅的形狀擺設，柔得彷彿煙霧繚繞，但又帶著青竹般的風骨。蓮鄉居主要是一座人工大湖，除了連接幾個湖心亭的曲徑外，都靠竹筏連通。

湖中養了一大片荷花與菱角，夏日時分整個水面都是翠綠欲滴的荷葉，花枝娉婷地往湖面上延伸，頂端是一朵朵白中帶粉的蓮花。

吳幸子與黑兒擠過人群，總算來到蓮鄉居門外時，鴿友會早已經開始了。

守在門外的，是鯤鵬社的夥計，臉都是見過的，一瞧見吳幸子便熱情地迎上來，「吳先生，大掌櫃正盼著您呢！請隨小的來。」

「多謝多謝。」吳幸子連忙拱手，正想隨夥計往裡走，卻不小心撞著一旁等著夥計驗明正身的男子，連忙致歉：「啊……這位兄臺，恕罪恕罪。」

「小事無須介懷。」男子的聲音輕緩低柔，彷彿春日暖風，又猶如醇厚美酒。吳幸子耳尖莫名一紅，不由得伸手捂住耳朵，側頭看了男子一眼。

那是個身穿藏青儒服的男子，身材挺拔高大，卻並不迫人反而有種雋永飄逸的斯文。長相並不突出，卻很柔和親切，讓人怎麼看都順眼。他也正側頭打量吳幸子，一雙黑色的眸子溫潤似水，恰到好處地拘謹。

這張臉……吳幸子輕輕按住自己的胸口。

「慕、慕容沖？」他脫口而出，隨即按住自己的嘴，羞臊得恨不得把自己給埋了。

竟然是鯤鵬慕容沖的主人！嗳，他竟然沒管住自己的嘴！

男人露出困惑的表情，溫和客氣地回答：「兄臺是否認錯人了？在下姓平，平一凡。」

一點都不平凡……吳幸子無法抑制自己在腦子裡描繪那張屬於平一凡的鯤鵬圖，糟糕！關山盡的首席地位不保！

隔了一道牆，裡外的風景全然不同。

蓮鄉居外人聲鼎沸，大夏男女之防寬鬆，一般百姓家的閨女只要非單獨一人，招呼上小姊妹，帶上丫頭或婆子便可隨意在外遊玩，幾個大市集、大節慶的時候，飯館、茶樓鄰街的幾個包廂，往往坐的都是荳蔻年華的小姑娘，看著街上或另一側樓房包廂裡的年輕男子，扔些小糕點、鮮花什麼的小東西，隔空互撩一陣再各自回家。

京城中的女子雖稍微矜持，但熱情的小姑娘畢竟還是多數。

蓮鄉居聚集了這樣多京城貴公子，外頭花鳥市集裡自然也聚滿了好奇的姑娘們，想盡辦法要往裡頭偷看一眼。聽聞這回白公子也應邀參加鴿友會，必須得守在蓮鄉居外聽琴啊！

相對之下，蓮鄉居裡就清靜許多，出席的貴公子並不多，約略才二十位，除了琴藝一絕的白公子外，竟還有幾個頗有文名的儒生。

清風中帶著蓮花清香，混著悅耳笛音。

吳幸子壓根沒喝酒，人已經飄飄然了。

染翠所在的亭子位置稍偏，卻恰好能將整個蓮鄉居收入眼底，吳幸子走進亭中時，宴會已經開始，第一道菜剛用完，正在喝酒等待第二道。

「吳先生。」染翠今日一身雪白長衫，外罩淡青紗衣，十分隨意地赤著一雙腳盤坐在蒲團上，雙頰帶了淺淺的霞暈，看起來彷彿蓮花花妖般，妖嬈又雅緻、嫵媚卻透著矜持。

「染翠。」吳幸子拱拱手，在他身邊的矮几前坐下。

一旁的小廝立刻送上第一道菜，是碗清湯。

湯汁色澤淺金，碗底是嬌嫩欲滴的荷花瓣，浮著兩三顆雪白小巧的團子，看起來像是糯米捏的，白胖中透著淡粉色，讓人不知如何下口才好。

「這是藕粉做的團子，吳先生快嚐嚐。」染翠熱情招呼道，一雙狐狸眼卻往悶不吭聲杵在亭子一角的黑兒瞥去，嫌棄地蹙眉，「黑參將，你也坐吧，站在那兒怪膈應人的。」

黑兒朝他看了眼，神情隱隱帶些無奈。

可也沒說什麼，依言在最後那張矮几前坐下，端酒敬了染翠一杯。

染翠喝了酒卻沒多理會他，轉頭與吳幸子談話，勸他多吃點菜，今天的廚子是他從京城最負盛名的酒家請來的掌杓，東西不只看起來精緻，吃起來更是美味。

吳幸子自然不會客氣，再說這種場合裡，他心裡總有些窘迫，彷彿大番鴨誤入天鵝池。他遠遠看這些美男子也夠了，一點認識攀談的意思都沒有，就顧著吃。

可吃著吃著，當五道菜、五杯酒過去後，原本矜持的氣氛也消散得差不多了，會參加鴿友會

的人，講白了就是為了找個能共度一生的知心人，男人們再溫雅、再含蓄拘謹，畢竟也是男人，有著掠奪張揚的天性，忍不住就想展現展現自己。

染翠瞧時間確實差不多了，這五道菜、五杯酒的時間，足夠大夥兒彼此瞧過一輪，誰對誰有興趣，心裡也都存了底，該讓抖了幾刻鐘的孔雀羽毛張揚張揚。

很快，有名公子拿起筷子敲了敲杯盞引吭一曲。

公子歌喉挺好，唱得是描寫大漠風光的曲子，曲調蒼茫中帶著瀟灑，這公子應當是個隨興恣意的人，吳幸子聽著曲子、看著人，嘴裡的食物都忘了嚼。

染翠笑看他一眼，湊過去輕聲說：「這位是九王爺手下的人，以前在西邊駐守過一段時間，後來傷了手筋不得不回京，在你的鯤鵬榜上排名第七。」

鯤鵬榜第七？一張圖清晰地浮現吳幸子腦中。這隻鯤鵬呢，其實並不特別粗長，總的來說無論新舊鯤鵬榜，都只能算是中上，可形狀卻是很好的。不蔓不枝、筆直堅挺，前端的龜頭稍細，彷彿槍頭似的。

吳幸子下意識摀住肚子，老臉紅透了。

染翠繼續介紹：「孟大人為人豪爽，別看他長得文文雅雅，卻是天生神力，當年一把紅穗蛇茅耍得虎虎生風，也稱得上鯤鵬中的張飛吧。」

張飛？吳幸子想起話本裡寫的張三爺，忍不住就笑了。

他一笑，不遠處就有雙溫潤柔和的眸子瞅著他不放，隱隱閃過一絲鬱悶及血色。

吳幸子自然是沒察覺到，可低頭吃菜的黑兒卻敏銳地抬起頭，直直對上那雙毫不掩飾的雙眼，冷肅的面孔一瞬間愣怔了。

那雙眸子的主人並不理會他，瞅著與染翠竊竊私語、面色潮紅的吳幸子，彷彿恨不得把人吞進肚子裡才罷休。

黑兒這下有些坐立難安，他側頭看了看目光燦亮，連剛送上來的菜都沒吃的吳幸子，躊躇著究竟要不要提醒一聲？一道灼人的視線就瞥到他臉上，幾乎燒出血洞似的，黑兒心口一忧，決定低頭繼續吃飯。

他一個下人，管不起主子們的事。

第八章　弄巧成拙

吳幸子說不出自己為何對平一凡上了心。
似乎察覺到他的目光，
平一凡抬起臉，與吳幸子四目相接，
露出有些訝異的表情眨眨眼後，勾起一抹暖活的淺笑。
吳幸子下意識揉揉胸，胸口撲通撲通地響，
也不知那頭鹿是不是都要撞暈頭了。

孟公子之後陸陸續續又有幾位公子展露才華，染翠也一一介紹給吳幸子，每個人都能在鯤鵬榜上對上號，或新或舊，都是這一個月來占據吳幸子心思的好鯤鵬。

氣氛正熱烈的時候，「錚」的一聲，琴音宛如九天靈韻，又猶如晨間朝露，落入人聲之中，勾住在場眾人的心思，霎時間萬籟俱寂，數十雙眸子都循琴音來處望去，連呼吸都不敢莽撞。

吳幸子也是其中之一，目光穿過幾重曲徑，最後落在離自己最遠的那座亭子裡。蓮鄉居裡的亭子都是竹亭，夏日透著宜人的涼爽，竹色青青沁人心脾，有些半放竹簾、有些颯爽通透，但畢竟都是竹亭，看來看去其實都差不多。

然而，眼前這傳出琴音的亭子卻分外不同。

一樣的青竹亭、一樣半放的竹簾，因為離其他亭子都稍遠，圍繞在側的荷花、菱角比他處都要多一些，放眼看去像浮在荷葉上似的。明明一柱一梁都與其他亭子並無不同，卻有種超然物外的氣息。

也許是亭子裡那位撫琴的公子吧！

吳幸子沒喝酒，卻覺得自己像是醉了，彷彿踩在雲端之上，渾身的毛孔舒暢不已。

那位應該就是白公子了。

白公子半垂著腦袋，一縷碎髮貼著和闐美玉般的面頰，被清風吹得微微飄動。他極為專注地撫著琴，彷彿天地之大再無其他，一身湖綠的衣袍襯得他越發細緻，謫仙也不過如此吧！

「這首曲子，是白公子自譜的，聽說名為〈天梯建木〉。」染翠低低呢喃一聲，便不再多言，啜著酒，瞇眼不知看往哪裡。

天梯建木……吳幸子沉醉在琴音中，心頭也彷彿有鉤子在刮搔，隨著曲調越顯縹緲，那點小小的騷動變成微微的疼痛，彷彿看見曾經唾手可及的東西，離自己越來越遙遠。心裡分明清楚，

那樣東西本就不屬於自己，當初放手也是這樣的意思，可手是放了，心卻放不了，儘管放不了，又無力伸手去要，只能孤伶伶地站在原處，瞅著那個人漸行漸遠……

然而天梯建木也不是好攀爬的，否則當年伏羲又如何會在最後一刻摔回人間呢？

就在琴音渺茫得彷彿將斷未斷，蓮鄉居眾人都屏氣凝神不自覺傾身向前，唯恐自己漏聽了一個音符時，猝不及防地尖銳起來，猶如北風獵獵，利刃般刮膚剝骨，最後戛然而止。

一時間，誰也沒有開口，著魔似地盯著白公子將手從琴絃上移開。

過往白公子的琴音多是溫柔淡雅，令人如沐春風，這還是頭一回聽得人心痛難受。最後那一段眾人不由自主都想起伏羲墜樹，眼看就要握到心心念念的事物了，卻摔回塵世。

白公子卻像沒發現自己的曲子在池子裡造起多大的漣漪，接過一旁小廝遞上來的手巾擦了擦手，端起酒杯朝四方敬了一圈，才仰頭飲下。也許是喝得急了，唇角溢出兩三滴酒，順著纖細修長的頸子往下滾落，在滑動的喉結上散開來。

霎時間，蓮鄉居裡的男人都有些口乾舌燥起來，彷彿遮掩什麼似地紛紛低頭喝酒吃菜。

吳幸子卻對白公子展露出的風情置若罔聞，原本因愉快而泛紅的臉龐已經失去血色，用手緊緊按著左胸口，似乎有些失神。

染翠見了他的模樣，在心中暗嘆，乾脆替他倒了杯酒，「吳先生，喝點吧。」

「欸……多謝。」吳幸子看起來還沒緩過神，接過酒杯一點點地啜，好半天才喝完一杯酒。

吳幸子這失魂落魄的模樣，染翠與黑兒都知道他想起了誰，卻也不好說什麼。要放在過去，染翠與許會藉機說幾話關山盡的壞話，可眼下……他往不遠處的亭子瞟了眼，亭中是個相貌溫潤卻普通的男子，從開始就只盯著吳幸子看。

「呿，傻子。」染翠啐了口，招來夥計低聲交代幾句。

就見夥計點點頭轉身跑遠，隔了一會兒才帶著個長竹盒子回來，逕直走向平一凡所在的亭子，將東西遞過去。

平一凡先是蹙眉，眼神冷厲地撇向染翠，才將東西打開來，神情瞬間有些怔忡，數息後才回復雲淡風輕的溫潤模樣，拿起了一隻笛子。

不一會兒，悠揚笛聲盈滿蓮鄉居，清亮婉轉、悠揚通徹，一掃天梯建木殘留下的淡淡愁緒。

吳幸子也回過神，在發現是誰吹的笛子後，臉上泛起紅暈，雙眸亮得宛如星辰，手上也沒停地連連吃了好幾口菜，簡直像拿著平一凡下飯。

噯，不愧是鯤鵬榜首席啊！

要說平一凡的樣貌，也算是人如其名。

在精挑細選過的鴿友會上，平一凡只能說寡淡如水，過眼即忘。

這並非說他長得不好看，他的眉眼五官都溫潤如春風，恰到好處的柔軟，彷彿浸在水中似的，讓人一瞅見就心裡舒服。

若是個別拆開來看，眼耳鼻眉眼嘴每處都像流水打磨過的，既稜角分明，又線條柔順，組合在一塊兒後，便都不顯眼了起來，淺淡得彷彿燒不開的水。

就見平一凡手持竹笛，一雙手白皙如玉石雕刻，修長且骨節分明，與碧綠竹笛相互輝映，吳幸子幾乎都看癡了。

流淌在蓮鄉居裡的曲調和緩悠揚，猶如春雨細潤，悄無聲息地滴入心底，端得是令人油然而起荷風送香氣、竹露滴清響的舒暢。

吃著京城首屈一指的菜餚，耳中是萬壑生風般的笛音，眼前那個人還是鯤鵬榜首席，人生最樂之事不過如此。

一曲畢，吳幸子忍不住鼓掌，雙眸亮得讓黑兒心中叫苦不迭。

聽見他的叫好聲，平一凡拘謹地抿唇一笑微微頷首，神情彷彿躊躇是否要上前與他搭話，吳幸子也暗自緊張，他並非是個不懂世事的，鴿友會上看對眼的男子彼此之間該發生什麼，自然心底有數。

只是，他原本以為自己頂多算是陪客，畢竟京城中藏龍臥虎、地靈人傑，京城區的《鯤鵬誌》不但比其他地方都要厚實，裡頭的男子們也各個是人中龍鳳，想來家世略普通的男子也不會想登上京城區的《鯤鵬誌》，寧為雞首不為牛後就是這個道理。

吳幸子自個兒也沒上京城區的，他本也志不在尋覓良人，而是志在鯤鵬圖，若非染翠盛情相邀，今兒的鴿友會他也不見得出席，畢竟外頭的花鳥市集更讓他感興趣。

可世事難料，萬般不由人啊！在這遍地美人的地方，卻偏偏出現了一個平一凡……吳幸子垂下腦袋又吃了幾口菜，耳尖微微泛紅，思索著要自個兒主動些呢？還是等平一凡示意？也許對方也只是陪客。

這念頭一閃，吳幸子就退縮了，索性埋頭猛吃菜，他喝不了多少酒，先前五杯酒都以茶代替，染翠讓他疏心的那杯酒，已讓他腦子有些迷茫，醺醺然地想放縱一二，可惜總是差了那麼點決然的勇氣。

而，平一凡還沒靠近，白公子就先來了。

白公子名紹常，字秋嘯，住在青竹胡同，其父為大夏首屈一指的琴人，白公子盡得乃父真傳，且青出於藍更勝於藍，已然是京城第一琴人。長相也極為好看，恰恰是吳幸子喜歡的如玉美人，翩然出塵、宛如謫仙，就是魯先生在白公子面前，興許都會成為一隻雜毛天鵝。

白公子身後跟著一個抱著琴的小廝，約略才十三、四歲，個兒倒是挺高䠷，臉龐圓圓的很是討喜，一雙杏子眼又圓又亮，古靈精怪地顧盼著，與誰對上眼都友善地瞇眼一笑，看得人心頭柔軟，對這主僕又更親近幾分，沖淡了白公子周身不染塵俗的清冷氣質。

「大掌櫃有禮了。」白公子彷彿沒見著吳幸子及黑兒，徑直對染翠施禮。

「白公子有禮了。」染翠起身回禮，接著對吳幸子歉然道：「吳先生，染翠與白公子有要事相談，你不如四處走走看看？」

「大掌櫃不用客氣，秋嘯欲說之事並非要事，無須讓您的友人退避。」白公子卻很大方，也可能壓根沒將其他人放心上，讓小廝替他擺了個蒲團後，撩起袍腳盤腿坐下。

既然如此，染翠也不客氣了，將眼前的幾樣下酒小菜挪到吳幸子面前讓他吃，動手替自己及白公子各斟了一杯茶。

「白公子請用，這是攀雲山產的白露茶，您嚐嚐。」

「大掌櫃多禮了。」白公子半垂眼眸，端起茶水啜了口，眉心微微一動看來頗為驚豔，神色也柔和許多，多了幾許人氣。

吳幸子在一旁偷眼看美人，早在馬面城的時候他就覺得白公子好看，心心念念他的琴音許久，今日能得償宿願，也不知是不是祖先們心疼他。

但凡吳幸子盯著白公子看得越久，黑兒就越坐立難安，不時抬頭往平一凡的方向瞥一眼。平一凡倒是沒有理會黑兒，端起酒杯看來頗得趣味地喝酒吃菜。

這頭白公子沉吟片刻，才輕聲道：「大掌櫃應該已經聽到消息，秋嘯已然覓得心儀之人。」

「恭喜白公子。」染翠沒承認也沒否認，笑吟吟地以茶代酒敬了一杯，「望白公子能與良人白首共度。」

「承大掌櫃吉言。」白公子放下茶杯拱拱手，白玉無瑕的臉龐透出淺淺暈紅，清冷謫仙頓時

活色生香了起來。

「不知對方是否在《鯤鵬誌》上？」染翠問得不著聲色，白公子卻愣了愣，莫名透出了些窘迫，搖搖頭。

「這倒不是。」說著，白公子朝染翠探究地瞥了眼，但卻看不透染翠的表情，手指在茶杯上撫了幾下後，語帶遲疑：「消息沒傳進大掌櫃耳中嗎？」

都說鯤鵬社消息靈通，特別是對會員的大小事瞭若指掌。

京城裡雖只有屈指可數的親近之人知道他近日身上發生的事情，可鯤鵬社照說應當已經探聽到了，今日邀他出席鴿友會實有些不妥。

因此他才刻意找染翠敘話，畢竟他心有所屬實在不該再繼續留在《鯤鵬誌》上，偏偏對方身分特殊，他也得瞞著家人，表面上依然與鯤鵬社有交集，良人的來信也偽裝成飛鴿交友，可想到不知情的鴿友依然寄信給他，白紹常心裡著實過意不去，這才咬著牙來向染翠坦白，也希望染翠能幫襯一二。

染翠笑而不答，替兩人又斟了茶。

白紹常等了幾息，知道對方無意回話後，只得續道：「秋嘯所遇良人並不在《鯤鵬誌》上，在下知道鯤鵬社規矩，已覓得良伴之人，便應當從《鯤鵬誌》上撤下才是。」

「白公子是明白人。」染翠點點頭，半垂眼眸唇邊帶笑，看得白紹常心驚。

「秋嘯知道這是強人所難，也不符鯤鵬社的規矩，可是……」白紹常咬咬牙，往吳幸子瞥了一眼，吳幸子正巧塞了顆鳥蛋進嘴裡，鼓著臉頰與白公子大眼瞪小眼，半晌才縮起肩，自覺地往後退了退。

這時候走也不好、不走也不好，真有些騎虎難下。

儘管只是拉出一些距離，白公子的聲音就聽得沒那麼真切了。

吳幸子暗想，不知怎麼樣偉岸的男子才配得上白公子如此妙人，但一門心思很快便被不遠處的平一凡給吸引。

平一凡正自獨酌。適才一曲笛音並未替他吸引太多人的青睞或好奇，畢竟鴿友會上淨是驚才絕豔之人，平一凡笛子吹得雖好，可聽在這些久經浸淫的耳朵裡，還稱不上驚豔，匠氣略濃，更別說在白公子的〈天梯建木〉之後吹奏，前後對比之下，並未翻起任何風浪。

論外貌，平一凡實在太過寡淡，分明氣質悠然，卻令人過眼即忘，自然便被貴人們遺忘在側。畢竟，若無可供比較的家世，至少得有天才，最最末等也該有張絕代風華的面龐。

這幾點上，平一凡與吳幸子都是沒有的，於是乎儘管鴿友會的氣氛正熱烈，他們倒各自擁有一方清淨。

吳幸子說不出自己為啥對平一凡上了心，明明昨夜還夢見了關山盡，兩人在睡夢中纏綿，沾了遺精的褲子還塞在衣箱裡，必須找機會將東西給扔了才行。

似乎察覺到他的目光，平一凡抬起臉，緩緩地移動視線，很快便與吳幸子四目相接，露出有些訝異的表情眨眨眼後，勾起一抹暖活的淺笑。

吳幸子下意識揉揉胸，胸口撲通撲通地響，也不知那頭鹿是不是都要撞暈頭了。

平一凡朝染翠、白公子看去，最後目光落在黑兒身上，鐵塔似的男人在吳幸子沒有注意的狀況下微微一抖，停下手中的筷子，黝黑的臉龐似乎更黑了些。

「主子。」躊躇片刻，黑兒起身喚了吳幸子一聲。

吳幸子咬著筷子，塞了一塊紅燒肉進嘴裡，兩頰鼓得像偷食的老鼠，傻楞楞地看著黑兒。

「難得來蓮鄉居，不走走看看？」其實根本不必要，蓮鄉居的造景在竹亭中都能看到，真的

走到沒有蓮池的地方反而無味，沒有人氣又隱蔽，也是染翠貼心選了這麼個地方，方便看上眼的人不可告人一下。

吳幸子連忙嚥下嘴裡的紅燒肉，連連點頭，「應該應該……染翠……」

白公子不知何時已經離開，染翠端著一杯酒啜著，看來喝得有些多了，雙頰飛紅豔似牡丹，似笑非笑地瞅著黑兒。

「吳先生想四處走走自然是好的，黑參將就不用了吧，陪在下喝點酒？」

「蒙大掌櫃不嫌棄，黑兒一介粗人，怕醉酒唐突了。」黑兒必須得貼身護衛吳幸子，自然是拒絕的。

「我不怕你唐突啊。」染翠低低笑了，抬起手對黑兒招了招，寬大的袖口往下滑，露出一截骨肉勻稱、細膩雪白的小臂，在夏日豔陽下白花花的看得人眼熱。

吳幸子看染翠明顯已經有些醉態，雖說身邊有幾個夥計，但大夥兒進進出出地忙碌著，恐怕無暇看照，他也不想在黑兒眼皮子下對平一凡搭話，權衡了一會兒，帶著愧疚不大自然地對黑兒道：「要不，你就陪陪染翠吧，蓮鄉居這麼點大，都是鯤鵬社的人，也不會出事。」

黑兒還想說什麼，突然繃緊了肩頸，儘管一瞬即逝，吳幸子還是看出有些不對，正想問呢，黑兒便道：「一切聽憑主子的交代，黑兒便陪大掌櫃喝幾杯，主子您……盡量別離蓮池太遠。」

「這是這是。」吳幸子連連點頭，他原本也只想去平一凡所在的涼亭跟他說說話罷了，畢竟這才頭一回見面，太過孟浪的事情他也做不出來啊！

目送吳幸子喜孜孜地朝平一凡走去，黑兒鬱悶地嘆口氣，轉頭拿走染翠手上的酒杯，將殘酒一口乾掉，「別喝了，你還病著呢。」

「唷，你這頭黃鼠狼也懂得拜年了。」染翠哼笑，側身往欄杆上一伏，瞅著吳幸子單薄瘦弱的身影樂得彷彿要開花似的，心口就鬱悶。

「哼，看你以後怎麼對吳先生交代。」

為了確保清幽，竹亭與竹亭之間的距離並不短，看著就在不遠處，實則九彎十八拐，曲徑造得巧妙，雖無頂蓋但綠樹濃蔭，染著蓮香的清風送爽，行走間不會令人感到燥熱難耐。

平一凡所在的竹亭中有另外三位公子，適才染翠都一一介紹過了，皆是寒門士子，在京城這樣權貴遍地走的地兒，仍能不亢不卑，憑自身的能力成為京官，在京城中占有一席之地，可見其手腕及實力。

也巧了，這三位公子都曾在鯤鵬榜上待過幾天，卻不知染翠怎能如此清楚，吳幸子這下才猛然感到一股羞臊。

越走越近，吳幸子的心也越提越高，他畢竟是個拘謹害羞的人，當年顏文心也好，後來的安生乃至於關山盡，他幾乎都沒想過要主動示好，只敢偷偷在心裡欣賞，也不知道這會兒怎麼鼓起的勇氣。

亭子裡還有他人呢，該怎麼開口才不唐突不失禮呢？吳幸子捏著袖口，雙腿打著擺子，額上都是汗水，躊躇著要不要走進去。

卻沒想到竹亭中的三人很有眼色，見他踏入亭子裡，拱拱手招呼了聲，便都藉口離開了。

興許也有看對眼的人了吧？吳幸子鬆了一口氣，臉上也掛起笑容，踩著略顯虛浮的腳步，走到平一凡身前，彎身行了個大禮，「平公子您好。」

「有禮了……」平一凡連忙起身還禮，神色有些疑惑。

這也難怪，他與吳幸子不過一面之緣，根本也連對方姓甚名誰都不知道，正在回想《鯤鵬誌》上的畫像，好把人給對上。

然而，吳幸子壓根不在《鯤鵬誌》上。應當說，自從關山盡在他身上標了記號後，除了吳幸子自己手上的那本《鯤鵬誌》，其餘《鯤鵬誌》上關於他的畫像及背景全都是假的，方便他飛鴿交友蒐集鯤鵬圖而已。

染翠一開始斷然拒絕如此不合規矩之事，可惜胳膊擰不過大腿，老闆夫夫勢力雖大，到底無法與手握兵權的關山盡硬著來，再說老闆也沒理由不賣人情給關山盡，尚在掙扎的只有染翠，很快便淪陷了。

這件事吳幸子卻是不知道的。

他只以為自己沒有上京城區的《鯤鵬誌》，可依然在南疆那兒掛了名，畢竟未來還是要回老家的，對此他自然沒有異議。

「平公子，在下並不在京城區的《鯤鵬誌》上。今日是受大掌櫃邀請，才腆著臉共襄盛舉。」聽了吳幸子的解釋，平一凡悟了，浮出溫和親切的淺笑點點頭，「原來如此，那平某就不客氣請教您的名諱了？」

「在下姓吳，吳幸子，清城縣人士，年已不惑，以前在清城縣衙當師爺，之後應當還是回清城縣當師爺。家中無老無小孑然一身，雖無恆產但卻有一塊看好的長眠之地，那是很好的地，躺兩個人也挺寬敞的。」吳幸子竹筒倒豆子似地把自己掏了個底朝天，他看來清醒羞怯，實則先前那杯酒的酒勁上來，腦子早就不清楚了。

他也不知道自己怎麼就這麼喜歡平一凡，彷彿當年在桃花林中看到顏文心那樣，整顆心義無反顧地撲上去，拉都拉不回來，滿腦子都是眼前這個人，關山盡都不知被塞去哪個角落生灰了。

「長眠之地？」平一凡愣住，溫潤如水的眸底猛地閃過一絲陰鷙，「聽吳師爺的意思，您心悅於平某？」這還算說得委婉，吳幸子適才那一段話，直接問平一凡要不要死同穴了。

這何止是心悅，說情根深種也無人懷疑，誰能相信吳幸子與平一凡這才頭一回見面，說過的話不到五句呢。

「是，我心悅於你……」吳幸子傻傻地盯著平一凡的臉點頭，他要是再清醒點，恐怕會為自己的大膽臊死，沒緩上兩三個月肯定都沒臉見平一凡。

「為何心悅於平某？平某與吳師爺萍水相逢，話都沒能說上幾句，如此盛情平某難……」平一凡推拒的話還沒能說完，吳幸子猛地靠近了兩步，兩人氣息交纏不分彼此，男子被他帶了些酒香的氣味一衝，舌頭瞬間就不靈巧了。

吳幸子又貼近兩步，抖動著鼻尖嗅聞平一凡的氣味。

「你身上……真香。」是讓他很熟悉的白檀混了橙花的香氣，清冷又雍容。

平一凡面露窘迫，似乎想退開，又怕傷了吳幸子的心，躊躇片刻，眼看他都要鑽進自己懷裡了，才不得不伸手阻攔。

「嗯？」吳幸子眨眨眼，發現自己無法再更靠近平一凡，先是動動自己的手，接著動動自己的腳，滿臉困惑地看著自個兒行動自如的四肢，想不透怎麼就沒辦法再近一步了？

「你喝了酒？」平一凡看他傻乎乎的樣子，心不免軟了，扶著他在蒲團上落坐，腦袋靠在自己肩上，手指動了動，最終緊捏成拳放在膝頭。

「一杯不算喝。」被熟悉的氣味包圍，吳幸子顯然樂得很，用力地吸了口氣，憋了憋才小心翼翼地往外吐，然後又吸了一大口。

平一凡看他的模樣確實並不像醉了，行為卻怎麼也算不上正常。目光落在案上的酒杯，有些頭痛地用拇指按了按太陽穴。

鴿友會上的酒肯定是好酒，松醪春的陳釀，入口溫潤柔和，酒香凜冽迷人，喝起來順口，後勁不算大，但要放倒吳幸子倒也挺富裕。

吳幸子怎麼看平一凡怎麼喜歡，靠在他肩上沒有片刻，又開始不安分了。就見一個瘦弱笨拙的老傢伙自以為不動聲色地挪啊挪的，從自己的蒲團上挪進平一凡的懷裡，蠢兮兮的臉擠在男子厚實的胸膛上，鼻尖都壓歪了，醜得見不了人，平一凡先是噗哧笑了，但很快便斂去春風般的淺笑，冷冷地低頭瞅懷裡瞇起眼、很是滿足的老東西。

他掐了掐吳幸子壓歪的鼻頭，又捏了捏那張笑容蕩漾的老臉，懷裡的人任他施為，非但不掙扎還連手都纏上來，緊緊抱著他精瘦的腰不放。

菟絲纏大樹恐怕都沒他纏得牢，平一凡又狠不下心把人推開，陰惻惻地沉著臉不知想什麼。吳幸子倒好，在平一凡懷裡找到個舒服的位置，直接就睡過去了。

聽見老傢伙沉穩的呼吸聲，平一凡忍不住又用力掐了他臉頰一下，直把人掐出紅痕才鬆手。皺著眉頭掙扎了一會兒，最終還是將人摟進懷裡，換了個不擠臉的姿勢，免得壓歪了鼻子不好睡。

剛剛走出竹亭的三人也回來了，其中一人朝平一凡問：「主子，要帶吳先生回去嗎？」

「回去哪兒？」懷裡的人因為喝了酒暖呼呼的，盛夏時分像個小火爐，很快懷中都是汗水，吳幸子額上鼻尖也都冒出汗滴，分明是熱得很，卻還是要往他懷裡鑽。

輕嘖，平一凡摸出汗巾細細替他抹去汗水，那溫柔仔細的模樣，三個下屬都沒見過，簡直要化成繞指柔了。

把人拋下。

面面相覷了一會兒，其中一個才硬著頭皮又問：「這……主子打算將吳先生帶回府嗎？」

「不。」平一凡想也不想便拒絕，懷裡的人這沒心沒肺的樣子看得他心頭竄火，偏又捨不得把人拋下。

「告訴染翠，我這就送吳幸子回去，以後別讓他喝酒。」

「是。」一人領命而去。

吳幸子睡得挺好，還咂吧咂吧嘴彷彿正在吃什麼山珍海味。平一凡握著拳頭忍了忍，終究沒有趁機偷吻，而是小心翼翼地把人抱起來，離開了蓮鄉居。

他們從後門離開，沒撞上花鳥市集裡的人潮，加上平一凡樣貌普通，懷裡又抱著個男人，看熱鬧的小姑娘們便沒上前攪擾，只有幾個湊在一起紅著小臉蛋瞅著他們低聲說話，不時發出令人毛骨悚然的嬌笑聲。

上了馬車，平一凡又替吳幸子抹了一次臉上的汗，他本想順道將吳幸子的外袍褪下，免得悶過頭了不舒服，可吳幸子就是緊緊纏抱著他，根本拉不開人，一逕往平一凡懷裡鑽。

平一凡沒辦法，只得繼續摟著他，不時拍一拍，就怕老東西魘住了睡不好，緩不過酒勁，醒來後恐怕會頭痛。

來到染翠的宅邸時，黑兒已經等在門口。

他一見平一凡撩開車簾，便立刻上前打算接過吳幸子。

「不用，請黑參將替在下指個路就好。」平一凡隔開黑兒的手，揚揚下顎。

這副作態，黑兒神情也頗是窘迫，偷偷在心裡嘆口氣，便依言將人領進去。

等安置好吳幸子，平一凡也沒久留，離開前對黑兒低聲交代：「告訴吳幸子，平某兩日後會再來拜訪，若他真有心結交，到時候不妨一起出遊。」

「請先生放心，黑兒會轉告主子。」黑兒拱拱手應下，平一凡心情看來卻沒因此變好，冷哼了聲才放下車簾離去。

直到馬車再也看不見了，黑兒才抬起頭，抹去額上聚集的冷汗。

「怎麼？瞧你畏縮的，平一凡會吃人不成。」一雙雪白玉臂攀上黑兒的頸子，酒氣混著蓮香噴在他耳側，霎時就紅透了。

「你明知道怎麼回事。」黑兒無奈，拉下頸子上的手將人摟住。

「哼！你這頭狗子，什麼香的臭的、好的壞的，主子給了你，你就能吞下肚，也不怕吃壞肚子。」染翠厭煩地拍打腰上的鐵臂，語氣冷漠：「鬆手，拉拉扯扯像什麼樣子？」

「我帶你回房，你喝醉了。」

黑兒嘆息，今日哪裡是鴿友會，根本是鴻門宴。

「我喝醉了自己能不知道？」染翠冷笑，因為酒氣上湧，他一張臉蛋豔似牡丹，沒了早前清冷的模樣，簡直像吸人精氣的妖魔，眼眸一睞能把男人的心從胸口勾出來。

「好吧，你沒醉，但也喝多了，回房歇歇？」

「不成，鴿友會還沒結束，我得回去鎮著場子。」搖頭拒絕，染翠確實算不上醉，他要不是擔心吳幸子，本也不該這時候就離開蓮鄉居跟著黑兒回來。

「喝個醒酒湯再回去？」瞅著染翠靡麗的醉態，黑兒不大樂意這樣把人放回去。

「你讓廚房煮了醒酒湯，再給我送去吧。」染翠似笑非笑地睞他一眼，伸手攬住男人頸子，「喏，麻煩黑參將送染翠回蓮鄉居了。」

適才，是黑兒抱著他用輕功趕回來，這會兒當然要如法炮製，再用輕功送他回去才是。

黑兒拿染翠是全無辦法的，嘆口氣將人抱起，提氣竄上房頂。

滿月身為關山盡的副將，總是忙得焦頭爛額，就連好不容易回京述職，也沒能回自個兒家，依然住進護國公府的老地方。

這日，難得偷得浮生半日閒，滿月將窗戶一扇扇都推開，庭院中綠樹濃蔭，還有不少低矮的小樹叢，滿眼都是舒爽的清脆。

儘管夏日毒辣，午後依然涼風陣陣，伴隨著院中蟬聲唧唧。

滿月弄來一點冰鎮的青果酒，他翻開大半年前讀了幾頁的話本，嘴裡咬著辣肉條，一頭栽進狀元郎大戰長公主，最後抱得太子歸的故事。

正看到狀元郎指著長公主的鼻子質問：「都說長公主溫婉賢淑，不口出惡語、不打探陰私，雖是女人家，卻可比堂堂七尺男兒郎，誰知！竟只是傳聞過譽，如今一看，不得不讓人心生懷疑，此等善名莫非是長公主自行散布的？小小女子，竟如此歪肚爛腸，我堂堂狀元郎，怎麼可能娶妳這等毒婦！」

滿月「噗」一聲笑得打跌，這書裡的狀元郎還真姓狀名元郎。

也不知長公主會怎麼回應這囂張跋扈的狀元郎呢？滿月抹著笑出來的眼淚，喝了一口青果酒，又撕了塊辣肉條嚼著，迫不及待往下翻……

房門突然碰地一聲被踹開，滿月嚇得險些從榻上滾下地，就見房門猛一下撞在牆面上，又狠狠彈回去後再被踹了一腳，吱喀鬆脫了一個卡榫，搖搖欲墜地晃啊晃。

他扔下手中的肉條，跳起身瞅著一進自己房中就扯去臉上平凡溫潤人皮面具的關山盡，那張俊美得近乎妖豔的面龐上怒氣騰騰，還沒等滿月開口詢問，抬腳就把眼前的桌子給踹塌了。

「這是、這是……」雖說滿月是借住在護國公府，可房裡的家具可都是他自個兒掏錢買的，也不是護國公府苛待，他只是比較喜歡親手布置住所罷了。

這被踹塌的桌子，可是上等黃花梨製成，小心翼翼用了這麼些年，就算他不在京城也派人養著，觸手溫潤、光滑如玉，他這會兒心都在滴血了。

「他竟然邀人合葬！」關山盡將手中的人皮面具狠狠砸在地上，目光陰鷙似乎伸腳就要踩，總算勉強忍住了，用腳尖挑起面具拋進滿月手中，像頭受傷的猛虎在這盈尺之地打轉，腳步重得幾乎踩碎地上鋪的石板。

「吳先生？」滿月接過面具後連忙收進箱子裡，這一張面具值不少錢，再說工匠難找，製作完這塊面皮後又不知雲遊何方去了，為了接下來的會面，滿月只得妥貼地將東西收藏好，免得被關山盡給遷怒了。

「還能有其他人嗎？」關山盡怒不可遏地瞪著滿月，「你說，那塊墳地他當寶貝一樣護著，心心念念就是要長眠該處，為了配得上那塊寶地，他還存錢要買柳州的棺材！他為什麼不邀我合葬？別說柳州的棺材了，就是天上的星星我都能摘下來當他的陪葬！」

「這才見第一面不是嗎？」滿月也是大為意外，吳幸子什麼性子他很清楚，羞臊靦腆，就算看到喜歡的東西也不敢輕易出手，怎麼轉性了？

「哼！他一看到平一凡就跟螞蟻看見蜜糖似的，一雙賊眼直往平一凡身上溜，還真當沒人發現他的心思嗎？平一凡哪裡好了？嗯？」關山盡說著又氣憤難平地踹了地上半攤的黃花梨桌一腳，徹底把還勉強留有形狀的桌子踹成一地木渣渣。

滿月心一抽，實在怕死關山盡又拿他其他家具開刀，這位大將軍一氣起來總是拆東西，怎麼如此敗家！

「這不，平一凡的臉還是你命人特意做的，吳先生會喜歡上壓根不令人意外啊。」說著，滿月把關山盡按進椅子裡，將青果酒塞進他手中，期盼著能消消火氣。

可惜，他低估了吳幸子點起的燎原火，關山盡直接以口就瓶，咕嘟咕嘟將整瓶酒喝個精光，空酒瓶扔回給滿月沉聲道：「是啊，這老傢伙不敢喜歡上我，卻敢喜歡上與我有五六分像的臉，也就是弄得醜了些，他的心倒是安了啊！這麼個醜東西，有什麼臉跟個醜八怪在一起？也不怕傷了路人的眼！操他娘的！」

連粗話都爆出口了，可見關山盡被吳幸子氣成什麼樣子。

「平一凡都幹了啥？吳先生那鵪鶉性子，再喜歡也不可能主動送上門，你要是沒撩他，他就是向天借了一百個膽子也沒勇氣邀平一凡合葬吧？」

「哼，平一凡不過吹了曲笛子。匠氣濃重，毫無靈氣，也就他那種俗人喜歡了。」關山盡惡毒地撇撇唇。

只能說男人吃起醋來也毫無理性可言，平一凡分明就是關山盡假扮的，只不過更受吳幸子青睞，扯了人皮面具後就可勁地詆毀，說到底罵的不都是自個兒嗎？

「吳先生本就喜歡曲樂，再說了，你吹起笛子來確實丰神俊秀，他上心了不也理所當然？」滿月不得不拍拍主子馬屁，雖說他心裡也知道這大抵沒什麼用。

果然，關山盡暴怒地瞪他，「吹笛的不是我，是平一凡！吳幸子看上的不是我，是平一凡！他要是再那麼盯著平一凡看，我改天就挖了他雙眼！」

有種你倒是挖啊！滿月在心裡咆哮。

關山盡現在說得再狠戾，一見到吳幸子都成了紙老虎，瞪著他有什麼屁用，倒是去瞪自己嘴裡罵的老鵪鶉啊！

不得不說，關山盡對吳幸子是極為了解的，恐怕連吳幸子自個兒都沒這般懂自己。平一凡有才華，但並非拔尖的人物；外貌親切，卻很平凡不惹眼；氣質溫潤，淺淡如水，最重要的是，這一樣樣都像是關山盡褪了色之後的模樣，吳幸子以為自己喜歡的是平一凡，實則心裡掛念的還是關山盡，不知不覺就被褪色的關山盡給吸引了，進而瞬間傾心。

一切都在關山盡的預料之中，從鯤鵬圖開始就是，滿月都不願意回想那令人欲哭無淚的日子，關山盡拿著自己的鯤鵬圖闖進他屋子裡，交代他照著描繪，但要「略施粉黛，紅妝素裹」……滿月整個人都懵了，這兩個詞是用在鯤鵬上的嗎？怎麼聽怎麼古怪啊！

再說了，他完全不想知道關山盡的鯤鵬生得什麼模樣！唉呀，他的狗眼……嗚呼哀哉。勉力畫好鯤鵬圖，關山盡還要求上色……上什麼色？粉色嗎？滿月鬱悶透了，乾脆就上了個三月桃花嫩生生的顏色，哪知道關山盡倒是很滿意，將圖與平一凡的畫像一塊兒交給染翠，這才有了這場鴿友會上的邂逅。

所謂搬石頭砸了自己的腳，莫過如是。

「既然你看不慣吳先生喜歡平一凡，那以後就別讓平一凡出現了。吳先生也不是執著的人，很快就會忘記這個突如其來的心動，回去他多姿多采的鯤鵬榜中了。」

滿月趁機逮到一個路過的小廝，交代他多拿些青果酒來，關山盡也不知要氣多久，正是喝酒澆愁的時候。

「我約了他兩日後踏青。」關山盡沉默幾息後，悶悶開口。

滿月真的想跪他了，「我的大將軍啊！我的好哥哥啊！這大熱天的踏什麼青？你皮粗肉厚不怕曬，吳先生禁不起吧！」

關山盡聞言狠狠一瞪滿月，「你倒是懂得心疼人，嗯？」

這可真是無端中矢。滿月連連搖頭，雙手一攤，「我心疼的向來只有主子啊！您想想，吳先生要是身子不暢快，矖病了，心疼的人是誰呢？反正不是我，我心疼的是那個心疼他的人。」

關山盡咋舌，伸手擰了滿月肥嫩的下巴一把，「巧言令色。」

這應當算揭過了，滿月在心裡偷偷喘口氣，正色勸道：「海望哥哥啊，我知道你心裡放不下吳先生，要以平一凡的身分繼續疼他寵他，可你也別忘了，吳先生要是真喜歡上平一凡，到時你怎麼解釋？」

怎麼解釋？關山盡心裡也煩這件事，本以為用平一凡的身分頂多能和吳幸子成為鴿友，依照吳幸子的性子，短時間內不會這麼快喜歡上另一個男人，就算平一凡處處都好，關山盡好歹也有一席之地吧？

孰料，他壓根想錯了。

吳幸子這人性子軟中帶剛毅，下定決心的事就會貫徹始終，斷沒有三心二意、一步三回首的道理。他說要對關山盡死心，那就是真的要死心了。

就算心裡一時還放不下，不小心就做了春夢抵死纏綿，對於本心還是很把持得住，輕易無法動搖。

在這種時候，出現了平一凡這樣的人，他如何不喜歡上？

這個男子有他欣賞的一切，卻又那般不慍不火，簡直是上天特別替他打造的良人啊！加上酒力一催，吳幸子自然大著膽子上前求愛了。

關山盡懂得吳幸子的喜好，卻摸不透他的心思，活該把自己給坑了。

滿月自然看得透透的，但他能說什麼？關山盡在感情上能做到這種地步，已經是前所未見，但施錯力，最終都是竹籃打水一場空。

他想勸關山盡，可是話到嘴邊，還是嚥下了。

這苦果關山盡得自己嚐嚐才行，畢竟想討媳婦的人是關大將軍不是他滿副將，若都讓他籌謀了，天理何在？

「對了，你的終身大事，盯著的人還真不少。」索性轉開話題，他們回京城不是為了情情愛愛，還有大事要籌畫呢。

「上鉤了？」關山盡哼笑，足尖踏了踏地面，「今天鴿友會上，我聽了白紹常彈的〈天梯建木〉，可憐他一片赤誠之心啊。」

「我也收到他的帖子，邀您過去聽琴。」滿月走到桌案邊翻了翻，拿回了一封請帖遞到關山盡手中。

頂級的澄心堂紙，滑如春冰密如璽，上頭的簪花小楷秀中帶傲骨，透出一股宜人的清涼。

「倒是有心了。」關山盡笑笑，將請貼收入懷中，「我又怎能讓白公子失望呢？你說，老師是不是也喜歡聽他彈琴？」

「你說他喜歡，他就喜歡。」滿月沒心沒肺地笑答。

「說得不錯。」關山盡冷冷地勾起唇角，瞇起眼陷入沉思。

京城近郊有一座崇虛觀，大夏皇族信仰佛道兩教，許多祭祀、觀廟、風俗都是混雜的，然而清雲觀卻是非常正統的道觀，在大夏時屬罕見，信者眾多，同時深受皇家信任，負責每年皇帝祭天科儀。

崇虛觀座落之處為清雲峰，離京城約半天車程。清雲峰並不特別險要，山勢起伏和緩，沿途風景秀麗，既有嶙峋山石之處，也有百花齊綻之所，地形多變令人目不暇給，隨著山勢漸升，鄰近崇虛觀時會有個陡升處，得徒步攀爬九百九十九階石梯，方可到達觀門。

當然，皇家與貴族女眷爬不了這近一千階石梯，後山另闢有一條私徑可供車馬行走，直入崇虛觀。

平一凡便是約了吳幸子上清雲峰踏青，中午還能到崇虛觀蹭頓齋飯。

這倒不是平一凡小氣，連頓飯都要到觀裡蹭食，而是崇虛觀的齋飯名氣挺大，雖說都是簡單的素齋，也並沒有什麼花巧的烹調方式，但單一個素三鮮蒸餃，就讓無數信眾心心念念不已，初一、十五食素時，不少貴太太喜歡請家裡人上崇虛觀買素三鮮蒸餃回家用，吃都吃不膩，況且平日裡道士們都有自己的日課得修，素齋只能上崇虛觀吃，也就只賣初一、十五兩回，更令人趨之若鶩。

吳幸子對名山風景興趣並不大，他整個心都掛在身邊的男子身上。

想起早晨剛醒，倆丫頭就急匆匆替他梳洗打扮，也不知道哪裡來的錢買了一套質料輕軟又合身的儒衫，儘管是黯淡的深灰色，但袖口、領口、衣襬的針眼都細緻整齊，看得出手工精湛。

知道他不喜歡太過顯眼的穿著，衣袍上並無任何圖樣或裝飾，就是衣料本身彷彿流轉著微光，往吳幸子身上一套，饒是他自認山野匹夫，也不得不承認看起來平添一股溫潤瀟灑的氣息。

他這輩子還沒穿過這麼好的衣服，霎時間手腳都不大會動了，僵硬地坐在銅鏡前讓薄荷替他梳頭，半天才勉強憋出一句：「這、這衣服哪裡來的？」

「嗯？主子不喜歡嗎？」薄荷癟癟嘴，開口就勸：「主子，這京城裡畢竟不比咱們馬面城，不穿得好些，都要被人給看低了。主子你這麼好的人，薄荷可不能讓你受氣。」

平日裡吳幸子身邊陪著染翠，就算有人心裡詫異，甚至看不起這靦腆羞澀的樸素男子，也不會在面上露出一點半點。可今天，吳幸子是與平一凡約了踏青，那平一凡看起來也不是個多有頭臉的人，薄荷、桂花真有些不放心主子，深怕主子被京城這些「大人物」給小瞧了。

吳幸子自然聽出來了，不禁露出苦笑。

小姑娘們平日裡話本看多了，才子佳人故事中往往出現地位高貴卻目空一切、態度嚴酷之人添亂，卻哪裡知道京城這樣的地方住的都是人精，地位越高越懂得掩飾自己，表現出來的便越是謙遜有禮，就算對方一時間落魄，你能保證他落魄一輩子嗎？

再說了，高門大戶也不是沒被寒門士子鬥倒過，官場上多條手臂總比多個敵人好。

更何況，當今聖上治下極嚴，政治一片清明，並沒有那家高門特別顯眼，頂多就是護國公世子、鎮南大將軍關山盡較為我行我素一些。

想起關山盡，吳幸子心頭微微一震，卻很快壓抑下來。

他現在最期待的還是等會兒與平一凡的踏青。打從被送回家那天起，吳幸子總不自覺地想起平一凡的面容、姿態，特別是那雙持笛的手，翠綠與玉白相映，晃得他眼花，腦子也花了。

他喝了酒就不記得事，黑兒與染翠隱隱晦晦地提了幾句他如何對平一凡示愛，把吳幸子羞得兩天不敢見人，也不知道為啥沒嚇退平一凡，反倒還主動相邀……莫非，平一凡也對他有意思？

哎呀！吳幸子老臉一紅，不敢再往鏡子裡看自己的臉。雖說人靠衣裝，但也沒可能將平凡的相貌妝點成龍章鳳姿。

察覺主子紅了臉，薄荷偷偷對妹妹吐了吐舌頭，似乎鬆了一口氣的模樣，吳幸子自然是全無所覺的。

平一凡來得比約好的時辰要早了一刻鐘，吳幸子還沒吃飽，嘴裡含著半碗粥，鼓著臉頰對來通報的黑兒眨眼。

顧不得嗆著，吳幸子連忙將粥吞進肚子裡，聲音微啞道：「平、平公子來了？快請他進來！」

「是。」黑兒正想轉身，吳幸子忽又將他喚住：「平公子用過飯了嗎？」

「這……」黑兒遲疑片刻，他心裡知道平一凡臉皮底下的關山盡，肯定是在來的路上隨便用一顆饅頭打發，要不是約好兩日後踏青，又為了讓平一凡符合吳幸子的喜愛，早兩天前關山盡就會頂著平一凡的臉來撩人了，哪裡會等到今天？就是多一刻鐘都等不了。

「還這麼早，應當是沒吃……你請平公子一塊兒用飯吧，薄荷再拿一副碗筷來。」吳幸子整個人彷彿染了光，雙眼亮得讓黑兒心底大呼要糟，可臉上依然波瀾不興，沉默地離開去請人。

「主子，要不要多炒幾個菜啊？」桂花貼心地問。

「也好也好。」

看桌上被自己吃得幾乎只餘菜湯的碗碟，吳幸子不禁窘迫了。其實菜都被他吃得差不多，就剩兩顆大包子和半碗蛋羹，他怎麼腦子一抽就請人用飯了？殘羹剩菜哪裡好意思！

薄荷、桂花倆丫頭對吳幸子的心思也算是摸得頗為透徹，薄荷立即前往廚房炒菜，桂花則俐落地將桌上吃剩的菜盤都收下，乍一看倒像吳幸子還沒開始用飯似的。

平一凡出現時，吳幸子正在抹嘴，他怕蛋羹撤下後浪費了，一口氣將半碗蛋羹吃完，這會兒胃裡進了空氣，在見到平一凡溫和親切的臉龐後，控制不住地嗝出一口長氣。

霎時天地靜默，平一凡唇邊隱隱帶著笑瞅他，卻沒說什麼，吳幸子則從頭頂紅到腳底，恨不得挖坑把自己埋了。

「你、咳咳……」然而身為主人，吳幸子也只能硬著頭皮起身迎客，「平公子，快請坐、快請坐，您還沒用飯吧？我請丫頭們準備了，一塊兒用？」

「吳先生也尚未用飯？」

「已經……」吃過了。險險閉上嘴，吳幸子搔搔鼻尖，對平一凡露出一個自以為毫無破綻的笑容，「尚未，正準備吃……平公子來得正巧、正巧。」

「那，平某就觍著臉蹭頓飯了。」平一凡拱拱手，很自然地在吳幸子身邊坐下。

老傢伙先是一愣，接著緊張地繃緊身子，不停地揉著袖口，腦子裡亂得跟燒糊的粥似的，吶吶張著口卻迸不出一個字來，額上都冒出冷汗。

平一凡倒是很隨遇而安，靜靜地歪著腦袋打量他，目光柔和隱約帶笑，把本就心思混亂的吳幸子，看得更加手足無措，心頭卻也浮上絲絲的甜味。

所幸，薄荷手腳俐落，沒一會兒就端著三道菜和一盤饅頭回來。吳幸子本就是個食量大的，這一驚一乍後又莫名有些餓了，接下來一頓早飯倒進行得很順利。

吃飽後，平一凡便帶著吳幸子坐上自己的馬車，沿途上介紹些京城風物。他聲音宛如春風宜人，聽得吳幸子耳中搔癢

聽得津津有味，恨不得永遠不要到清雲峰，就這樣長長久久也是很好的。

突然，馬車猛地顛簸了下，吳幸子一時沒坐穩摔進平一凡懷裡，連忙掙扎著要退開，男人卻輕輕地將他摟住，安撫地拍了拍。

「傷著沒有？」

耳際吹過滾燙的氣息，吳幸子耳尖微紅，羞澀地搖搖頭，貪戀地偷偷深吸一口平一凡身上的氣味。

白檀混了橙花，無比熟悉，吳幸子瞇起眼，裝作不經意地用鼻尖蹭了蹭平一凡胸口。

這笨拙掩飾的模樣，哪裡躲得過平一凡的眼？男子眸中露出無奈又寵溺的笑意，但很快又被

一絲陰鷙蓋過，幾變後恢復平一凡如水般的溫柔。

又拍了拍吳幸子的背，平一凡撩起窗上的簾子，外頭立刻有人靠上來低聲道：「主子，前面是顏大人的家眷。」

「顏大人？」平一凡的聲音有些訝異，吳幸子也不禁好奇地抬起頭。

平一凡又問：「你說的是顏文心顏大人？」

顏文心？纖瘦身軀猛地一顫，引起平一凡的注意。

「怎麼了？」

「沒、沒什麼……」吳幸子立刻垂下臉，澀聲問道：「不如咱們今天就別去清雲峰了？」

「為何不去？」平一凡倒像沒察覺任何不對勁，「我問過染翠大掌櫃，吳先生對崇虛觀齋菜慕名已久，既然都來到此處，當真不上去吃？」語尾綴著隱隱笑意，傳入吳幸子耳中他手腳都有些發麻。

「確實、確實……」他不自覺點頭贊成，心存僥倖地想，也許此顏文心不是當年那個送他香囊的顏文心，畢竟這也不是什麼多特別的名字，顏文心也不見得當了京官。

這純粹自欺欺人，顏文心當初娶的可是前戶部尚書的嫡女，如此有力的岳家，顏文心又怎能不在這二十多年裡在京官中站穩腳步？

「我們離千雲梯也不遠了，不如就在此下車，直接走上去？」平一凡詢問，吳幸子自然不會拒絕，心理糾結了片刻，最終還是拜倒在心悅的人袍腳下。

「就這樣吧。」他點頭同意。

然而，過不了半刻鐘，吳幸子就後悔了。

他們剛下馬車時，吳幸子不經意朝前方幾輛車看過去，大概是要上崇虛觀參禮，馬車並沒有

裝飾得特別華貴，周圍幾匹俊馬上是衣著細緻的男子，各個年紀都不大，有兩三個甚至尚未及冠，應當是家中小輩，特意騎馬替長輩護持。

其中一個眉宇如畫，肌膚細膩宛如凝脂，一雙杏眸顧盼生姿，竟是個做男裝打扮的少女。她面目溫婉細緻，卻有一股勃勃英氣，姿態飛揚地催馬跑前跑後，以閨閣女子來說，有那麼點太過肆意張揚。

吳幸子忍不住又看了眼少女，清城縣那樣的不毛之地，未曾有過如此特立獨行的女子，就是馬面城中足以頂起半邊天的女人，也與眼前的少女全然不同，京城中果然臥虎藏龍啊。

「軒兒，過來。」

低柔卻暗藏威儀的聲音，從最前方的那輛車中傳出，也隨風傳入吳幸子耳中。

他如遭雷擊，瞪著眼朝著聲音來處看去。

第九章 落花時節又逢君

吳幸子揉揉鼻頭，又忍不住看著平一凡。這溫溫柔柔的小眼神彷彿有鉤子似的，在平一凡心頭刮搔，他不禁又嘆口氣，「吳幸子。」

「噯？」

「別這樣瞅著我。」

看得他幾乎控制不住，想把人摟進懷中好生搓揉一番。

馬車的簾子掀起，露出一張臉，是位中年清俊的男子，幾縷美髯更添一股威儀。

『你的字是？』俊雅清瘦的男子溫聲詢問。

『啊，我沒有字，下里巴人不講究這些……』十八歲的吳幸子垂著腦袋，耳尖也不知是羞紅還是窘迫而泛紅。

『那我替你取個字吧？』

『欸……這怎麼、怎麼好意思？』

『嗯……不如就叫長安吧。尊君既替你取名幸子，自是希望你平平安安長長久久地過一生，是不是？』男子抿唇一笑，瞧向吳幸子的眸底滿是柔情。

『長安……』吳幸子紅著臉點點頭，但卻有些遲疑：『多謝你替我著想，可這個字恐怕也用不大上。』

鄉下地方，他現在又是師爺，除了親近的長輩會叫他的名字，其他人應當都直呼師爺了。說起來他也並沒有親近到會用字叫他的平輩友人，甚至連呼喚他名字的長輩大概也只剩柳大娘與柳大叔了。

『無妨，我想這麼叫你。』男子說著，輕輕撩起他落在頰側的髮絲，掛在耳後，『長安……長長久久，永世安寧。』

「吳先生？」熟悉的悅耳輕喚連同呼吸落在耳際，吳幸子抖了抖，從過去的回憶中抽身，目帶茫然地側頭看了眼平一凡。

「嗳……」

「吳先生認識顏大人？」平一凡似乎有些困惑。

吳幸子聞言立即搖搖頭，「不不不，我一個下里巴人，哪裡認識京城裡的大人呢？」

他不知道自己臉上的表情有多惶然，不自覺地用指甲摳著掌心，這一切平一凡看在眼底卻沒有點破。

「吳先生客氣了。」索性順著他，平一凡牽起他的手，「顏大人是吏部尚書，深受陛下寵信，在京城裡頗有點勢力，大人們多少都得看他的臉面，咱們還是別不慎衝撞了他們，繞道而行吧。」

「欸，你說得是、說得是。」吳幸子深以為然，他現在一部分的心還在想著當年的顏文心，可大半的心思都移到被緊握的手上。

平一凡的手生得極為好看，手掌寬厚、指骨勻稱、色白如玉，無論細看粗看，都像是頂尖玉匠人精心雕琢而成，雖有幾個厚繭，仍不減吳幸子的癡迷。與看起來不同，平一凡的手很粗糙，不像讀書人的手，倒像是……軍人的手，溫暖乾燥有力，兜著他的手幾乎整個包住了。

被心儀男子示愛的吳幸子整個人暈暈乎乎，走路像是在飄，臉上燦爛的笑容壓都壓不下來，顏文心帶來的衝擊也被暫時拋在腦後。

平一凡對清雲峰還是很熟悉的，顏文心的車隊顯然是打算從後山的私徑入觀，他們往一旁的山徑繞兩步，很快就能到達千雲梯。現在還不是讓顏文心見到吳幸子的時候，今天會碰上純粹是個意外。

雖然面上不顯，平一凡心裡卻很是煩躁，握著吳幸子的手更緊了些，彷彿怕身邊的人一不留神就跑了。

那頭，顏文心正在教訓自己的小女兒，他與元配夫人鶼鰈情深，連個通房丫頭都沒有收過，兩人生了兩男兩女，湊了一雙好字。

長女幾年前已經出嫁，小女兒現年十三歲，從小被寵得無法無天，驕矜張揚全無閨閣女子該有的溫婉內斂，整天穿著男裝在京城中撒野，與族裡兄弟們好得能勾肩搭背上酒館，著實令顏文心頭痛。

這些年雖請了幾個女先生、婆子來教導女兒，可夫人把孩子護得跟眼珠子似的，三個年紀大的兒女都各自婚嫁了，膝下就剩小女兒承歡，只要沒惹上大事，夫人便不許顏文心教訓女兒。好吧，教訓是不教訓了，偶爾敲打敲打還是必要的。

被爹叫住，顏采君嘛著小嘴拖拖拉拉策馬來到父親跟前，「爹——」

「毛毛躁躁像什麼樣，今日讓妳騎馬是護持家中長輩，妳再如此肆意，就進車子裡來。」顏文心蹙眉斥責。

「哎唷，爹，我知道了，女兒乖點就是了。」顏采君吐吐舌，她人雖張揚肆意，卻不是傻子，從不會踩著父親的底線。

反正適才也玩夠了，便安分待在父母車邊。

「後頭是誰的車？」顏文心叫女兒來卻也不只為一番敲打，他撩起車簾時注意到後頭一輛樸素的馬車，看不出來屬於誰家，不由得上了心。

「嗯？」顏采君回頭看了眼，聳肩，「不認識，也沒聽他們說起，肯定是普通人家，要是京官或世家，還能不來同爹問幾句好嗎？」

「噓！小女兒不許妄口舌，派人去查查後頭的車是哪家的。」說罷放下簾子，蹙眉陷入沉思。

顏采君見父親看重此事，自然不敢怠慢，對不遠處的大表哥招招手，兄妹兩人嘀咕了幾句，年輕男子便策馬往後過去。

可惜卻撲了個空，除了車伕之外，他沒能見到主人家。而車伕的嘴倒是挺嚴，問了幾句都被四兩撥千金地應付過去，最後只探問到了車主是個土生土長的京城人士，家住哪裡、姓什名誰都問不出來，大表公子儘管心裡鬱悶，可對方老老實實地在誰都能走的路上駕車，也沒有衝撞顏

家，最後只能不了了之。

顏文心知道後，默然不語。

話說平一凡與吳幸子兩人離開馬車後，便順著不遠處的山中小徑漫步。

夏日時分又接近正午，日頭有些毒辣，沒走上幾步吳幸子就熱紅了臉，汗水一滴滴往下滾落，儘管如此他也不覺得苦。

北方的熱與南方的熱不同，對吳幸子來說並不難適應。再說了，身邊還有平一凡陪著，即便是刀山火海，他也願意走一輩子哪！

「要是累了就對我說，咱們回去坐車也無妨。」平一凡瞅著他熱紅的臉，有些心疼地拿出汗巾替他擦汗。

「不累不累。」吳幸子連連搖頭，偷偷地將平一凡的手握緊了些，「多走些路，也好等會兒多吃點齋飯。」

平一凡聞言不禁笑了，點點他的鼻頭，「好吧，既然你想多吃點，我便捨命陪君子了。千雲梯有九百九十九階，你量力而為，真的不行了千萬別勉強，我能背你，嗯？」

語尾的嗯像小貓爪子，在吳幸子心尖上扒撓，他連忙捂著發燙的耳尖，羞澀地點點頭。

千雲梯確實不好走，不只是長，而且陡峭，加上夏日炎炎，走到六百多階的時候，吳幸子終於還是受不住停下來喘氣，汗水都糊在眼睫毛上了，平一凡立刻替他抹臉。

「我背你？」這並不是頭一次詢問，可吳幸子看著平一凡翩翩佳公子的模樣，搖頭。

「不了，你也挺累的不是嗎？咱們慢慢走也就是了。」問話的要是闞山盡，吳幸子想自己應該就點頭了。

平一凡微皺眉，索性不再問，乾脆俐落地將人打橫抱起來，「你要我這樣抱著你上去，還是自己趴我背上？」

吳幸子嚇得險些尖叫，這麼陡的石階他往下看去立即頭暈目眩，平一凡如此作為他真以為兩人會往後摔下去。

「你你你……」吳幸子不敢掙扎，緊緊抓著平一凡的肩膀，嘴唇都嚇白了。

「嗯？」平一凡唇邊隱隱帶笑，刻意把人顛了顛，吳幸子悶哼一聲，緊閉雙眼全然不敢隨便亂看。

「別怕啊，我練過幾日武的，下盤可穩了。」

「是、是麼……」吳幸子勉強睜開半隻眼，喘了幾口大氣，身子還是控制不住地發抖。他現在半點都不熱了，手腳全都發涼，「我、我還是趴你背上吧！」明白平一凡沒打算讓自己拒絕，接下來這幾百階雲梯，他只能靠平一凡背上去了。

「乖了。」平一凡小心翼翼將吳幸子放下，又點點他鼻頭，寵溺道：「既然你心悅於我，便無須如此生分。」

這可不是生分的問題啊！吳幸子有口難言，他總不好告訴平一凡，自己是怕對方太過勉強，最後兩人同時摔下千雲梯嗎？要是闞山盡的話……吳幸子連忙壓下腦子裡蹦出來的那個人，既然已經心悅平一凡，又何苦想著故人？

吳幸子看著平一凡對自己蹲下身，淺色儒袍下的背脊繃起來，比想像中要寬厚許多，他小心翼翼地趴上去，一隻手便捧住他的臀部，輕輕拍了拍。吳幸子羞得滿臉通紅，沒想到平一凡竟如

此大膽。

不過，適才平一凡那句「乖了」怎麼如此熟悉？疑惑在心中一閃而逝。

平一凡的腳步倒是比吳幸子料想得要穩得多了，不一會兒吳幸子也放鬆身子，把臉貼在男人肩上，被行走時平緩的震動及徐徐吹來的涼風，弄得昏昏欲睡，不知不覺真閉上了眼。

噯，平一凡真香啊。

被熟悉的冷香包圍，吳幸子不由得緊了緊攀在平一凡肩上的手，眼前的男子真是千好萬好，上天怎會如此眷顧自己呢？來京城一趟總算是有些收穫，即使數月之後他依然要回清城縣，心裡也不認為平一凡會願意為自己離開京城，但已經足夠了。

即使背了一個人，平一凡的腳步仍如履平地一般，很快就走完千雲梯來到觀門前，他聽出背上的人已經睡過去，悠長平穩的呼吸聲吹在耳邊，直癢到心底。

隨侍在側的屬下走上前，低聲問：「主子，是不是要間客舍讓吳先生休息？」

「嗯，去吧。」平一凡點點頭，突然又叫住準備離開的屬下：「也讓廚房留幾份齋菜下來，吳先生醒來後好吃。」

「屬下明白，請主子放心。」

不多時，負責招待信徒的道長便隨著下屬迎上來，很快安排好清幽的客舍，也承諾會替兩位客人留菜，這才離開。

崇虛觀的客舍修築得很清雅，竹製的家具錯落有致地放在屋內，睡榻並不是床而是通鋪，能打坐也能躺人，夏天時鋪著蓆子，躺上去便能感受到絲絲宜人的涼爽。

平一凡小心翼翼地將背上的人放下，吳幸子微微扭動幾下，似乎要醒過來了，所幸最後並沒有真的吵醒他，依然閉著眼睡得安穩。

替他拉好薄被，平一凡坐在通鋪邊緣凝視他許久，終於還是垂下頭，在老傢伙唇上蜻蜓點水地吻了一口。

「海望……」低柔得幾乎聽不見的聲音，在平一凡耳中仍如灌耳驚雷。

他連忙退開，仔細觀察吳幸子是不是真睡熟了，只見老傢伙抿了下唇，唇角浮現滿足的笑容，臉頰在被子上蹭了蹭，似乎睡得更熟了。

「唉，你這老東西……」

吳幸子一睡就睡到過午才醒，平一凡便讓人將齋菜端來一起用。

崇虛觀的齋菜果然名不虛傳，三菜一湯還有一籠素三鮮餃子。炒菜的油是菜籽油，味道清爽且不厚重，一道爆炒茄子、一道豆腐丸子、一道炒豆芽，湯是荷葉湯，也不知用什麼熬的高湯，腴而爽口，更沒有草臭味，吞進肚子後留下一股荷花的清香。

吳幸子早餓得慌，就見他低頭猛扒飯，挾菜的手一刻未停。做得好的素菜吃完後不會殘留滿嘴油耗味，只覺得舒暢愉悅，有飽腹感卻不會撐得難受，吳幸子原本食量就大，這會兒更是敞開肚子吃。

平一凡沒有他的好胃口，但看眼前的人吃得香甜，也不由得多吃了一碗飯。最後盤子裡連菜湯都沒剩，全讓吳幸子拌飯吃了。

「要不要替你揉揉肚子？」平一凡笑看滿面紅光，懶洋洋攤在竹蓆上的老傢伙，手已經湊上前貼心地揉了幾下。

「多謝多謝……」吳幸子半瞇著眼，耳尖因為這親暱的舉動而微微泛紅，倒並沒有阻止平一凡的動作。

光揉肚子自然不足以消食，平一凡便提議帶他在道觀中走動一圈。這個時候多數道士與參禮信眾都躲在屋中休息，日頭正烈曬在肌膚上火辣辣地疼，吳幸子卻絲毫不以為意，興沖沖地隨平一凡四處走走看看，把道觀走了個遍。

崇虛觀占地遼闊，扣除某些廂房、道場不能靠近，也用了將近一個時辰才走完。

回到客舍後，桌子上已經備好冰鎮過的酸梅湯，一碗下肚便從頭頂涼到腳底，吳幸子抖了抖，大呼過癮。

「我們回京城吧。」平一凡喝酸梅湯也是斯斯文文的，用了一刻鐘才喝完，取出帕子抹嘴，吳幸子被眼前的男色給迷得五迷三道，不管平一凡說啥他都笑著點頭。

離開時，平一凡沒再帶他走千雲梯，而是讓馬車直接從後山私徑上來，等在後門外。走出觀門前，有個小道童提著食籃跑上前，脆聲道：「這是我師父的一點心意，請居士收下。」

「麻煩小道長了，也請小道長替在下向尊師表達謝意。」吳幸子誠惶誠恐地接下食籃，平一凡立刻將他扶上車，自己卻沒有跟著上車，而是轉頭與小道童說了幾句話。吳幸子在車裡聽不清外頭說了什麼，只是好奇地猜測食籃中究竟有好東西。

待平一凡上車的時候，吳幸子已經嗅出裡頭是素三鮮餃子，車子走到半途平一凡就讓吳幸子打開食籃都給吃了。但吳幸子想，這樣的好東西應當帶回去給薄荷、桂花、黑兒嚐嚐鮮，便忍著沒吃。

畢竟崇虛觀的素三鮮餃子聲名在外，平時想吃都吃不到呢，也不知平一凡用了什麼辦法，竟能說動崇虛觀給勻了一份帶走。

聽他問起，平一凡勾了勾唇角，「不是我的臉面，是顏文心顏大人的臉大。」說著嘆口氣，「顏大人也不知有什麼打算，平某一介白衣，吳先生更非京城人士，這好示得令人有些膽顫心驚啊。」

聽到顏文心的名字，吳幸子低下頭模糊地應了兩聲，自然沒見到平一凡眼中閃過的鬱悶。

回到京城時，已經是華燈初上，平一凡將吳幸子送回染翠的宅子，先下車後把人扶出來，一路送到門邊，頗有些依依不捨的意味。

「吳先生，不知七日後您是否願意與平某一塊兒去聽琴呢？」直到吳幸子踩進大門，平一凡才下定決心問出口。

「聽琴？」吳幸子雙眼一亮，連連點頭，「自然願意啊，不知平公子打算帶吳某聽哪位琴人的琴呢？」

「青竹胡同的白公子。」

聽見回答，吳幸子不禁哎呀一聲，人又鮮活了幾分：「白公子的琴！哎呀，吳某一定赴約、一定赴約！」那日蓮鄉居鴿友會上，白公子一曲〈天梯建木〉聽得吳幸子如癡如醉，本以為再沒有第二次幸運了，天上竟就掉下這等好事。

「不過，我聽說白公子不輕易彈琴。」

與白公子琴藝相當的，便是他的脾氣了。倒不是說白紹常的脾氣不好、為人驕矜云云，他一個琴人，從小浸淫在琴譜之中，為人是有些清高沒錯，但也並非不食人間煙火。即便現在他已被喻為大夏琴人祭酒，也仍會在普遍認為三教九流的地方彈琴，他不介意聽琴的人什麼身分地位，但他只彈琴給知音者聽。

傳言道，當朝鎮國公世子想請白紹常過府替自己彈琴一曲，這個鎮國公與護國公堪稱大夏兩柄利刃、兩尊戰神，雖然稍被護國公府壓過一頭，但一跺腳京城也得震三震。

鎮國公世子比起護國公世子闞山盡，除了紈絝之外沒其他好形容的，人倒是也不壞頗有分寸，偏偏有個縱慾聲色的短處，對六藝也修習不精，他請白紹常去彈琴，任誰也猜得到琴不是重點，彈琴的人才是。

白紹常又怎會不明白呢？當下便嚴詞拒絕。這一拒絕可就惹禍上身，鎮國公世子含著金湯匙出生，白紹常再如何有名氣，其父甚至有皇帝御賜的「第一琴人」匾額，只彈琴給皇上聽，但白家畢竟是平頭百姓，沒錢沒權只有一身技藝，卻有膽子下鎮國公府臉面，這還能忍嗎？

自然是忍不了。鎮國公世子原本沒那麼執著於一個琴人，眼下可起了勢在必得的執拗。一開始還好聲好氣地帶禮物去請，送禮的管家兩次被拒之門外後，世子氣得心肝疼，一輩子沒見過這麼不知好歹的人，他長在世家大族，從小要星星就不給月亮，平輩間除了闞山盡誰敢不給他面子，還有誰曾這樣甩臉色給他？邪火一衝，世子竟直接在大街上把白紹常給拉走。

要說這白紹常也是個脾氣硬的，被押到鎮國公府後，他既不害怕也不妥協，琴那是絕對不可能彈的，不過世子本就沒真心想聽他彈琴，就是想玩玩這高山雪蓮般的佳公子。誰知最後還是沒得手，灰溜溜又把白紹常給送回家了。

這中間發生什麼事，百姓多有猜測，最多人贊同的一個說法是，白紹常眼看自己要被鎮國公世子玷汙，直接抽出防身用的匕首抵著脖子要自盡。世子這人是紈絝了點，但手上從來沒沾人命，當下也被嚇醒了，不敢再對白紹常亂來，摸摸鼻子把人放走。

從那次之後，白紹常便幾乎不在外頭彈琴，也閉門謝客許久。

染翠先前也說了，上回鴿友會是運氣好，才請動了白公子，吳幸子本也沒料到他竟願意在聚會上彈琴。

平一凡自是清楚白紹常在京城裡那些大小傳言，不禁一笑，「白公子被鎮國公世子強擄走之後，確實閉門謝客一段時間。這兩年來，每旬會發出三張請帖，邀請知音者聽琴。京城這麼好些富貴人物，誰不想得一張請帖呢？」

「那他怎麼會請你呢？」吳幸子把話問出口才驚覺太過失禮，耳尖一紅吶吶地解釋：「我知道你是好人，也是知音人，我不是……」

平一凡倒不介意，笑吟吟地擰了把他的鼻頭，「這是虧得那日鴿友會的牽線，在下吹了一曲笛音，雖說雕蟲小技難上檯面，可沒想到卻入了白公子的耳，竟送了在下一張請帖。」

「噯，你笛子吹得可好了，我喜歡聽你吹笛。」吳幸子也不知道自己面對平一凡時，怎麼就這麼大膽到有些孟浪，不管平一凡做啥自己都喜歡，恨不得連心都掏出來給他看。

「承蒙你不嫌棄。」平一凡勾了勾吳幸子小指。

雖然只是個小動作，可就連以前關山盡都沒這樣親暱過，吳幸子輕顫了下，本想縮回手，最後卻鬼使神差地回勾了一下。

「七日後巳時一刻我來接你。」看看時間也晚了，中午雖然吃得較遲些，但素菜容易餓，平一凡不想耽擱吳幸子的晚膳，便欲告辭。

吳幸子心下不捨，不由得又開口問：「就是，我沒收到白公子的邀請，擅自隨你出席是不是太失禮了？」

「這倒不用擔心，白公子的請帖除了在下之外，還能另帶一名親友同往。白公子以前也是挺喜歡交樂友的，要不是受鎮國公世子的驚嚇，要聽他的琴其實並不難。」

平一凡拍拍他的手背，接著捏了捏掌側，「進去吧，這個時辰你該用飯了，薄荷、桂花肯定等著你，不好讓小姑娘們餓肚子，你說是不是？」

「欸，這是這是……」吳幸子連連點頭，人卻沒動。他的手被裹在平一凡掌中，粗糙乾燥又

溫暖，僅管因天氣熱，起了一層薄汗，他仍捨不得鬆開。

平一凡輕笑著又捏捏他的手，「七日而已，眨眼就到了。」就算只算睡覺，也得眨上七回才等得到。吳幸子悶悶點頭，鬆開了與平一凡交握的手，目送男子坐著馬車離去。

唉，這都怎麼回事啊！明明處了一整天，這才分別便又掛念上了。

在門邊站了好一會兒，吳幸子才一步三回首地關上大門，回自己借住的院落。

「唷，回來了？」屋子裡，染翠一身絳色薄紗，內搭象牙色雲紋直綴，側躺在貴妃椅上，手中拿著帳本在看。燭光下他纖長的睫毛根根分明，在下眼皮灑落一層青影。

吳幸子對染翠這懶洋洋的模樣見怪不怪，他們現在的交情可不是一般二般，染翠以前還會盡量端個大掌櫃該有的模樣，最近只要在家裡，他便像沒骨頭似地能躺絕對不坐著，便是在吳幸子借住的客房裡，也擺了專用的貴妃椅方便他靠。

「欸。」吳幸子點點頭，將手上的食籃遞給丫頭們，「這是崇虛觀的素三鮮餃子，妳們和大掌櫃、黑兒分著吃吧。」

「崇虛觀的素三鮮餃子？」染翠顯然吃了一驚，用帳本擋著半張臉似笑非笑道：「平公子還真神通廣大，今日既非初一也非十五，竟能從崇虛觀摳出一籠餃子。」

要知道，崇虛觀最尊貴的信徒便是當今聖上了，他們是誰的臉面也不賣的，也沒誰敢在他們面前刷臉，那不是擺明不敬天子嗎？得要活得多不耐煩才敢這麼造次。

「不，不是平公子。」吳幸子的笑容有些苦，他在桌邊坐下倒了杯茶喝，潤過嗓子才道：「是顏大人送的。」

「顏大人？」染翠挑眉，不動聲色地往黑兒瞥了眼。

沉默地站在房中一隅的男子微微搖頭，表示這並非主子刻意為之。

染翠便繼續追問：「你今兒遇上顏文心了？」

一聽見那個名字，吳幸子的神情便灰暗幾分，這些日子來越顯挺直的背脊，又佝僂了起來，縮成小小的一團，彷彿又變回那個還沒開始收集《鯤鵬誌》，數著日子要自戕的清城縣吳師爺。

見了他的模樣，染翠收起帳本，從貴妃椅移到他身邊，安撫地拍了拍他的肩。

顏文心與吳幸子那一段情，不久前吳幸子親自說給他知道了。染翠多精明的一個人，更見多了情情愛愛，自然明白這顏文心在吳幸子心上占著什麼樣的位置。那是一道表面看起來好了，扒開來都是膿血的傷口，若是沒從根本將這些腐肉挖走，傷是永遠好不了的。

這也是為啥染翠後來願意配合關山盡胡來，雖然這大將軍在情愛上傻得比不上三歲稚童，卻很是雷厲風行，獨占欲強得讓人招架不住，肯定能將吳幸子心中的傷挖得一乾二淨，任誰也無法再往他心裡塞進半點影子。

偏偏這位鎮南大將軍也不知腦子那兒抽的風，硬要喬裝成平一凡接近吳幸子，但想到揭密之後關山盡會吃多大的苦頭，染翠就在心裡偷樂，命鯤鵬社上上下下鼎力相助。

拍拍吳幸子垮下的肩，染翠安慰道：「至少平一凡陪著你不是嗎？這餃子他沒勸你吃了？」

「嗳，勸了，可我想這是好東西啊，應當帶回來給大夥兒嚐鮮。」

提到平一凡與食物，吳幸子臉上的陰霾便驅散不少，他老臉微紅壓低聲對染翠道：「平一凡約我七日後去聽白公子彈琴呢，你說我該穿什麼好呢？先前參加鴿友會那套衣裳如何？嗳，對了，那套不便宜吧，我得把錢給你才是。」

「不用，那套是我穿不下的衣服，你喜歡就收著吧，否則也是壓在我衣箱底餵蟲而已。」

實則，那套衣服是關山盡派人送的，選料作工都是京城首屈一指，可染翠又怎麼會對吳幸子

說呢？連暗示都沒打算暗示一下的，他就喜歡坑關山盡。

「這多不好意思？再怎麼說也是你的東西……」吳幸子不安地蹙著眉，在心裡盤算自己那瘦巴巴的小錢袋子能動用多少。

「真不用了，咱們是朋友，你收朋友的禮物還得花錢自己買下來嗎？」染翠大方地揮手要他別介意，接著露出一抹不懷好意的淺笑，「不過，要是你真的介意，就幫我一個忙吧。」

「當然好，你說你說。」

「先欠著，等哪天我想到要你幫什麼忙了，你記得搭把手就是。」染翠一雙狐狸眼笑得如彎月一般，不遠處的黑兒猛地打個寒顫。

青竹胡同所在之處較為偏僻，附近是老城區，許多作坊老店都聚集在附近幾條巷子裡，並不是什麼清幽的地方。

住在胡同裡的多半是蔑匠，巷子窄而長僅容兩臺推車錯肩，馬車要進去是不可能的，能把巷子堵死，還妨礙蔑匠們工作。老城區的屋子多半是狹長形狀，大門窄小就算全開，裡頭看起來也是幽洞洞的，家家戶戶並連，窗子只能開在屋子尾端。

所以蔑匠們都是臨著大門做事，甚至乾脆坐在門外工作。

白家為何在這樣的地方安身立命，未曾想過要搬往更寬敞清幽的地方，雖多有猜測但總沒定論。要去白家拜訪的客人，得在巷子口下車，一路步行過去，約略走上兩刻鐘直到胡同底，左手邊就是白府。

比起胡同裡其他屋子，白府寬敞許多，約略是六七間窄屋子的大小，左右及前方空出了小而精緻的院子，一簇簇竹叢錯落林立，門邊迎客的並非老松，而是一棵老桂樹，秋季時滿樹桂花，整個青竹胡同都飄散著桂花香。

端的是一副結廬在人境，而無車馬喧的寧靜淡泊。

打自鎮國公世子強擄白紹常之後，兩年來除了每旬一回的琴會之外，白家謝絕除至交外的所有客人。吳幸子不禁感嘆自己走了大運，竟然能這麼巧趕上這人人期盼的機會。

平一凡提過，今日白公子邀請了三位客人，另外兩位是誰他並不清楚，白紹常為人清高，不一定邀請名門世家，反倒更可能邀請樂坊、教坊的樂師甚至南風館的清倌。

兩人去到白府時，另外兩位客人尚未到達，離約好的時間也還有兩刻鐘。白府的管家是個年輕男子，未至而立之年，樣貌老實溫吞，一雙眼卻內蘊精明，恭恭敬敬地將人請到花廳奉茶，雖多看了吳幸子兩眼，倒並沒對他多加詢問，很快便退下好讓兩人不感拘束。

吳幸子啜了口茶，一雙眼四下打量這不大不小的花廳，擺設布置都很樸素雅致，因為與鄰家隔得並不遠，隱隱約約仍能聽見街坊勞作時的談笑聲，混在風聲與蟬鳴中，非但不顯吵雜，反倒令人莫名安心。

平一凡今日比之前次見面時要沉默許多，垂眸啜飲茶水的姿態宛如畫作。吳幸子不住偷看他，最後瞅著他纖長的睫毛發怔。

「怎麼？」被看得心頭滾燙，平一凡嘆了口氣，放下手中茶杯後，側頭睨他，「這樣盯著我看，不膩嗎？」

被平一凡含笑又無奈的眼神一瞥，吳幸子縮起肩，害臊地別開臉，「噯，我們是不是來得太早了？」

平一凡好笑地盯著他，倒沒窮追猛打，「不早，要是再晚些怕會在外頭遇上另外兩位客人。」

「也是啊……」這句話聽起來是不是有些意味深長？吳幸子揉揉鼻頭，又忍不住看著平一凡。這溫溫柔柔的小眼神彷彿有鉤子似的，一下一下在平一凡心頭刮搔，他不禁又嘆口氣，「吳幸子。」

「嗄？」

「別這樣瞅著我。」

看得他幾乎控制不住，想揭開自己的身分，把人摟進懷中好生搓揉一番。但眼下可不是好時機，他要等的人就要到了，絕對不能前功盡棄，只能強自壓下心頭被撩起的火熱。

「啊？」吳幸子眨眨眼，似乎也驚覺自己的眼神太過失禮，耳尖微微泛紅，「我就是、我就是……有些緊張。」這話倒是不假，白府雖然布置得樸素清幽，但到底是陌生的地方，吳師爺免不了有些怕生。

平一凡心裡也清楚，稍稍掙扎了片刻，便握起吳幸子的手捏了捏，「別緊張，白公子又不會吃了你，嗯？」

手掌熱呼呼的，沒一會兒就冒出汗來，吳幸子還是捨不得鬆手，緊緊地反握平一凡。兩人沒再多說話，靜靜地你一口、我一口將茶點分完，白管家也恰好來請他們前往琴樓。

琴樓在白府靠後的一片竹林中，約有三層樓高，頂樓沒有圍牆，夏日懸掛竹簾，薄而清透的竹簾被風吹得微微擺動，日光透過其上的圖案落在竹編的地面，組合成一幅聽琴圖，細細碎碎的光芒恍若沙金。

白公子已經坐在琴架前，見到兩人時淺淺浮出一抹微笑，起身拱手相迎，招呼道：「平先生、吳先生。」

兩人連忙拱手還禮。

白紹常不是個健談之人，甚至可以說有些拙於口舌，是以也並不與兩人多加客套，示意身邊小廝將人領到下首的蒲團邊上。

平一凡剛打算扶吳幸子坐下，第二位客人也來了，同樣是兩個男子，其中一人身穿玄袍、高大俊美，一雙妖媚的桃花眼恰恰與吳幸子對上，兩人頓時都愣了。

「關、關……關山盡……」語尾被吳幸子吞進肚子裡，他不敢置信地抬手揉了揉眼，似乎怕自己看錯，一雙眼都快瞪得滾出眼眶了。關山盡怎麼也會……他猛地往關山盡身旁看去，果不其然是魯先生雪白的身影，心口彷彿被利刃狠戳一刀，細瘦的身子狠狠抖了下。

一日不見，如隔三秋，他們不知不覺間，已經相隔萬年。而這萬年之間，魯澤之卻長伴關山盡左右，哪裡還有他什麼事呢？大概連一抹殘影都稱不上了。即使如此，吳幸子依然別不開眼，他仔仔細細地看關山盡的眉、關山盡的眼、關山盡的唇和……心痛過後，浮上心頭的卻是迷惘。眼前的關山盡似乎有哪兒不同了，他說不上來，只覺得眼前的人喪失了讓他親近的想法，老是勾動他心神的那把小鉤子，似乎不復存在。

關山盡顯然也沒料到竟會遇上吳幸子，回過神後，首先便往攬著老東西細腰的平一凡看去，接著劍眉微蹙，面露不豫之色。

相比下，魯先生卻神色如常，甚至友善地對吳幸子笑了笑，「吳先生別來無恙。」

「啊……託福託福，吃得好、睡得好、腿腳也好……」吳幸子才回完，腳下就猛地一個踉蹌，險些摔在蒲團上。這也難怪，在瞧見關山盡之前，他已經彎了腰腿打算坐下，見到人後就保持著那不上不下的姿勢，若不是平一凡貼心扶著他，肯定是要出大醜的。

「噢，是嗎？」魯先生也算與吳幸子交手過幾回，早知道眼前的老傢伙不能以常人衡量，收

到這麼個回答也不算意外。他現在被關山盡專寵著，護得跟眼珠子似的，護國公府裡裡外外、上上下下，誰見到他不低眉順眼地奉承？就是護國公與夫人雖仍沒能放下對他的成見，但苦於拗不過關山盡的堅持，也只能以禮待之，別說日子過得有多舒坦了。

他緊了緊關山盡的手臂，同時朝平一凡睞去。年輕的男人外表平凡，水流打磨般的溫柔，從衣著看來頂多小康之家，與吳幸子倒挺般配。臉上的笑意，更加誠懇溫柔了幾分，「這位是吳先生的契弟？」

契弟？吳幸子瞠大眼，老臉瞬間脹得通紅，頭搖得像波浪鼓似的，結巴道：「不不不！這這這！欸，這……」見他慌得連話都說不清楚，平一凡不動聲色地乜了魯澤之一眼，用食指按住吳幸子的唇。

「噓，我們什麼關係，你知我知就好，嗯？」說著用粗糙的指腹揉了揉吳幸子唇珠，小心翼翼地扶著人坐下，一個字都懶得施捨給他人，當然也無人見到他唇上一閃而過的冷笑。

「老師，學生扶你。」那頭關山盡也根本沒分神在吳幸子與平一凡身上，慇懃地扶著魯澤之在指給他們的蒲團落坐。

來回看了關山盡及吳幸子幾眼，魯澤之淺淺一笑，恢復往常的清雅驕矜。他現在已經不將吳幸子看在眼裡，這樣一個醜陋的老東西，懂得知難而退也不枉費活了四十年，沒將年紀活到狗身上。而現在讓他更有威脅感的……眼神隱晦地落在端坐琴桌前的男子身上。

最後一個客人則並未另帶親友，他的模樣也是眼熟的，仔細一看赫然是顏文心。

吳幸子再次瞪大眼，簡直沒法兒相信自己看到了什麼。今日黃曆上，是不是寫著他不宜外出啊？不但關山盡在，連顏文心也出現了！他惶然地轉開眼，又忍不住往顏文心偷看。

先前在崇虛觀外，他們離得有些遠，看得也不真切。這回在小小的琴樓中，他們的位置幾乎是面對面，夏日照射下，顏文心的眉目清晰，雖然鬢髮已經灰白，又被長髯遮擋了半張臉，但眉眼與當年的模樣很快地重合在一起，彷彿未曾變過，依然如暖風宜人，骨子裡那般清高冷冽，彷彿桃花花仙。

注意到吳幸子赤裸裸的視線，顏文心彷彿不覺得被冒犯了，反倒親切地朝他頷首示意，一雙溫潤內蘊凌厲的眸帶笑彎了彎。

吳幸子有些狼狽地躲開，指尖一片冰冷。他明白，即使他一眼認出顏文心，顏文心卻早已不記得他是誰了……也可能，他真的老得太多了，畢竟二十來年未見了不是嗎？

那頭，白紹常身為主人，雖然也將幾位客人間的暗潮看在眼底，卻似乎並不在意，神色平淡地替眾人介紹了幾句，便垂頭撫琴。

琴音悠揚悅耳恍若仙音，又如珠玉落銀盤、百鳥和鳴。琴聲本帶有一絲金屬殺伐的冷肅，但從白紹常指尖流瀉而出後，則顯得馥郁芬芳，春風似的宜人，若人如琴聲，可以想見外表冷淡甚至有些不近人情的白紹常，實則是個外冷內熱，溫潤如水的男子。

只可惜，這麼好的琴、這麼難得的機會，除了白紹常自己，他的幾位客人，心思恐怕都不在琴聲上。

平一凡冷眼旁觀吳幸子的動搖，他看著老傢伙先是不斷偷眼往關山盡看，最後留在臉上的神色很微妙，說不清是鬆了一口氣還是隱隱有些遺憾，但很快便被顏文心給吸引了。

要說吳幸子偷看關山盡還懂得稍加掩飾，他看顏文心的方式就有些太過唐突，恐怕連老東西自己沒有發現。

顏文心倒好，就算吳幸子的目光如何赤裸裸，他置若罔聞，除了開始的招呼之外，倒像全心全意關注白紹常的琴，神情姿態恰到好處，若不是平一凡特意留了點心在他身上，恐怕都不會察

覺對方正不動聲色地打量自己。

哼，老狐狸。

至於關山盡明顯就心不在焉，他低著頭似乎在把玩魯澤之的手，看在吳幸子眼中溫情體貼，平一凡與顏文心卻早已看穿鎮南大將軍的心不在焉，還有些心事重重的模樣。

也不知是否眾人心事太雜，影響了白紹常心境的清明，琴音漸漸有些紊亂，最後錚的一聲，斷了一根弦。

白紹常眉心微蹙，指尖上霎時沁出殷紅血珠，也稍稍染紅了一小塊琴弦。

「白公子小心。」顏文心率先做出反應，雖說只是口頭上的詢問，一旁的小廝已經拿了藥上前替自家公子處理傷口，白紹常半垂首搖了搖，「是秋嘯失禮了。」

「哪裡的話，恐怕是我們這些聽琴的人妨礙了您的琴心清明吧。」顏文心說著，朝周圍眾人看了一圈。吳幸子一與他的視線對上，就面紅耳赤地低下腦袋，臉上滿是懊悔。

平一凡捏捏他的手，接著歉然道：「顏大人所言甚是，都說白公子彈琴最重靈臺清明、心無旁騖，今日一見果然如此，在下實在羞愧。」

「……平公子言重了。」白紹常抿了抿唇，臉色略顯蒼白。他指尖傷得有些重，要繼續彈琴怕也彈不出該有的意境，索性將琴推開起身施禮，「今日秋嘯未能盡地主之誼，實在過意不去，待指上傷癒，還請諸位賞臉再讓秋嘯招待一回。」

「白公子多禮了。」

眾人紛紛客氣幾句，一場琴會就這樣莫名結束，又莫名收到了下一回的邀請。

白公子率先告罪離開琴樓，倒是沒有逐客的意思，而是交代白管家招待客人，幾樣茶點端上來後，又來了數個小童，都還未滿十歲的童子們手上各自拿著一樣樂器，有笛子、琵琶、塤，還有拿著一張箏的孩子。

就見白管家親自收起白公子的琴，身邊兩個俐落的小廝將放琴臺的臺子收拾好，幾個孩子在各自的位置上坐下，逐一開始各自的演奏。

雖說白家父子善琴，但其他樂器也多有所習，特別是白公子在器樂一道上才氣縱橫、生而知之，哪種樂器都信手拈來，雖說比不上琴道的透徹，卻也不比名匠來得差。

他收了幾個童子，之所以不說徒弟蓋因白公子乃琴人，收徒自然是要教琴的，但截至今日白公子雖教童子們一人一樣樂器，讓他們在白家的宴會上演奏，卻未曾教過任何一人琴藝。

眼前奏樂的童子，便是白公子教的。

雖說童子們年齡尚小，指力氣力仍有不足，但畢竟是從小調教，樂音皆已非泛泛，隨著夏日涼風，眼前景物開闊，說不出的悅耳，恍若天降甘霖，令人倍感神清氣爽。

吳幸子聽了一會兒，又忍不住朝關山盡偷看。

先前見到顏文心太過震驚，一時收不回心神，平一凡能夠理解。這會兒見吳幸子嘴裡嚼著自己才餵過去的點心，一雙賊眼就直往關山盡身上瞄，不禁鎖起眉心，狠狠瞪了「關山盡」一眼。

那頭，正對魯澤之擺出款款深情模樣的「關山盡」猛地一僵，渾身寒毛直豎，沒一會兒背心都冒出冷汗。心下叫苦不迭，面上還得若無其事地朝平一凡似笑非笑地一睨，神態很是輕蔑，但熟知他性情的人卻明白，他對眼前相貌平庸的男子，有些忌憚。

這一切自然分毫不差地落入顏文心眼中，他半垂著眼，八風不動似地獨自品茶，心裡卻已經多有思量。

「嗯……他是不是病了？」吳幸子輕聲喃語。

平一凡聽進耳中，溫潤的眸底閃過一抹戾氣，「誰病了？」

「啊……」吳幸子這才發覺自己不小心將心裡話說出口，連忙捂著嘴神色尷尬。

平一凡輕嘆，輕輕扒下他的手，拉到唇邊親了親。

「噯，別這樣……旁邊都是人……」吳幸子老臉刷地紅透了，關山盡瞬間被塞到腦後，差點都想不起來這是誰。

「嗯？不喜歡？」平一凡傾身將人摟進懷裡，又在他掌心吻了兩下，那模樣蔫壞蔫壞的。

喜歡倒是很喜歡，可臉皮薄啊。就是以前和關山盡在一塊兒的時候，親熱都是躲著人的，頂多就染翠、黑兒和兩個丫頭見過，可沒這麼大大剌剌。吳幸子試了幾回抽不回手，索性把腦袋藏起來裝死。

平一凡要的就是這樣，叫這老東西別再看那什麼關山盡、顏文心了。

所幸關山盡也並未久留，魯澤之喝了茶，用了塊點心後，露出疲憊的神情，驕寵著他的年輕男人自然並未漏看，貼在他耳畔低語幾句後，便起身告辭。

當然，身為鎮南大將軍，又是護國公世子，關山盡自是沒有理會平一凡與吳幸子兩個平頭百姓，派頭擺得十足，連同與吏部尚書顏文心的客套都顯得敷衍，一刻也不想久待。

離去前，魯澤之又朝吳幸子看了眼，勾起一抹清麗的淺笑，笑容彷彿有千言萬語，簡單匯做一句話大抵便是「喪家犬」。

也不知吳幸子看懂了沒有，老傢伙還愣愣地看著關山盡。可平一凡與顏文心可都沒漏看。

平一凡垂下眼遮去眸底的厭惡，手上溫柔地將吳幸子的手掌攤開，一根手指、一根手指地捏了一圈後，十指交纏。

而顏文心則不動聲色，藉著光影的遮掩，將吳幸子從頭到腳打量一番，末了用茶杯擋住唇邊的淺笑。

既然闕山盡走了，平一凡也沒心思繼續待在此處，他今日帶吳幸子來，本只是一點小小的試探，又知道老傢伙喜歡聽琴，才收下白紹常的請帖，否則他又何必大費周章這一遭？

可眼前的點心還沒吃完，白府的點心倒是一絕，並非多麼精緻的吃食，不過就是幾塊蒸糕，玫瑰味兒的、松子仁的、裹了一層糖霜的，蒸糕本身口感細緻綿密，外鬆內軟，奶與麵的香氣十足，既不被玫瑰松子等奪了味兒，又不至於壓過一頭格格不入。

蒸糕上裹的糖霜顯然是貢糖，晶瑩剔透宛如細碎的水晶，定然是皇上賜給白家的，光這一道點心，也足以窺見白府待客的用心。吳幸子本就喜歡吃，也不愛浪費，不住打量闕山盡與魯澤之案上留下的點心，那心痛的模樣平一凡看得好笑，索性勾著他的下顎轉向自己，笑道：「都說秀色可餐，平某的顏色難道比不過幾塊蒸糕嗎？」

語氣聽似調侃，裡頭的醋味濃得能燻死房玄齡的夫人。

哪兒能這麼比呢！吳幸子被男色一迷，頓時就忘了那幾塊無緣的蒸糕，乖巧地張口接受平一凡餵來的點心。

見兩人神態親暱，顏文心拈了拈長鬚開口：「小後生挺面生的，是哪裡人？」

吳幸子當然不認為自己會是「小後生」，可突然聽見顏文心搭話，嘴裡的蒸糕便有些味如嚼蠟。儘管多了一分拘謹與高高在上的氣勢，仍是二十年前那溫潤宛如春風的清朗聲音。

而不得不承接下「小後生」稱呼的平一凡心裡頗感不悅，面上卻分毫不顯，將茶水塞進吳幸子手中後，才抬頭對顏文心拱手，「小人是土生土長的京城人士，只是一介白衣至今未有功名，顏大人自然看了面生。」

「小後生看來豐神朗俊，怎麼會沒有功名在身呢？」顏文心自己便是寒門出生，自然懂得寒門士子的心裡，但凡男人就想搏得翻身的一天，一生庸庸碌碌者有之，可庸碌之輩又哪有眼前這

個年輕人的坦然自若？又怎能在面對朝中大員時還能如此不亢不卑？將話回得滴水不漏，又不忘漏著縫引人探究，非世家大族可教養不出來。

「小人不學無術，對聖人教誨感受不深，倒是在商道一途略有所獲，不過是蠅營狗苟之輩，哪來的臉面在顏大人面前混臉熟呢？」

顏文心聞言哈哈一笑，「小後生謙遜了，大夏朝並不以商賈為賤，都說行行出狀元，老夫看你倒非池中之物啊。」見平一凡又要開口客氣，顏文心擺擺手，「欸，老夫還算有識人之能，小後生不必說那些虛的。你說你是京城人士，不知長在何方啊？」

「城南連堂曲徑那一帶，顏大人身分高貴，恐怕不大清楚城南的事吧。」既然顏文心這麼說了，平一凡便也收起誠惶誠恐的低姿態，語中帶點輕諷。

「城南啊……」顏文心一拈長鬚笑了笑，「要說清楚，當然沒有小後生的透徹，可要是比起其他朝中官員，老夫還算稱得上熟悉。」

「哦，顏大人倒是胸懷天下。」平一凡回以一笑。

然而，他顯然並不打算接顏文心的話茬，輕輕挑開後低頭問吳幸子：「餓了嗎？是時候該用午飯了，白府應當會留我們用飯，或是你要去吃點有趣的？」

吳幸子剛吞完點心與茶水，正是開胃的時候。他揉了揉肚皮，「我們別太打擾白公子了，染翠說前些日子街上新開了一家烤鴨店呢，我倒是挺想嚐嚐的。」

「成，趁白管家還沒來請，我們趕快告辭。」說著，俐落起身，接著扶起吳幸子，調笑了句：「反正鎮南大將軍也不在了，過去的人過去的事，又何必時時掛念？」

「嗳……」心思被直接挑破，吳幸子不免羞赧，正想開口安撫平一凡幾句，一個念頭卻突然閃過腦海。平一凡這句話醋味十足，放在任何時候，吳幸子恐怕都是羞澀地偷樂，畢竟兩情相悅才會掛念嘛。

但，這語氣裡的醋味為何而來？平一凡是單純不喜他盯著其他男人看，還是知道他先前與關山盡曾有露水之緣？

要說前者，他看關山盡的時間，還沒偷看顏文心多呢。但，平一凡對顏文心卻沒有醋意，雖然給了幾個軟釘子，但更像是厭煩被人探問，更不想與朝中大員有更多交集所致。

不不不，吳幸子下意識搖搖頭，他一定是想多了、想岔了……他與關山盡那一段姻緣，頂多就是馬面城流傳過幾天、清城縣流傳過幾天，最後被樂府搶親這事給壓過了，斷沒有傳回京城的道理，他也不相信關山盡在心悅魯先生的時候，會放任其他曖昧流言當人茶餘飯後的樂子，恐怕京城中也沒誰敢傳鎮南大將軍的私密之事，除非關山盡刻意為之。

但他在京城也待了好一段時日，染翠又是個消息靈通的，如果傳言傳到他身上了，必定會透出口風。那麼，平一凡這段話的意思……

「怎麼了？瞧你傻的。」

平一凡擰了下他的鼻頭，一手摟著他的腰，橙花混合白檀的冷香縈繞。

「沒……就是餓了……」吳幸子勉強扯出一抹笑，看似羞澀地垂下腦袋。

平一凡又捏捏他腰間軟肉，嘆道：「你啊，怎麼就吃不胖呢？」

語畢，也不同顏文心道別，逕自將人帶離琴樓。

顏文心也並不介意被冷待，不久後白管家帶來白公子的邀請，他欣然接受。

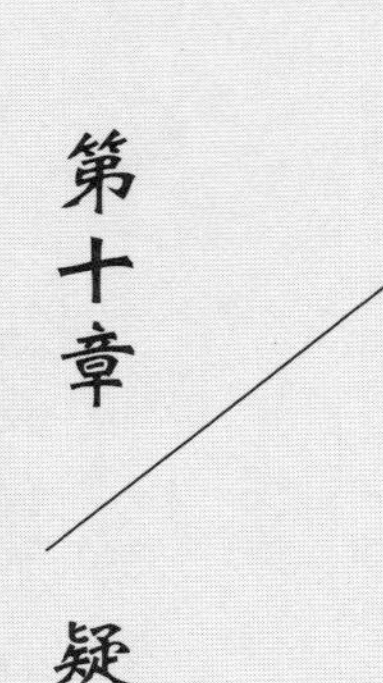

第十章 疑竇叢生

知人知面不知心啊……吳幸子不禁又想起平一凡。
不過三面之緣，為何就心悅了？
他喜歡的究竟是平一凡，還是關山盡的影子？
染翠道：「不過，話說回來，人有時候會做傻事，
感情放得越深，人就會越傻，
情深情淺有時候看的就是願意裝傻到何種地步了。」
裝傻嗎……吳幸子替自己斟了杯茶，
悶悶地灌進嘴裡。

當了半輩子的師爺，吳幸子絕不是個不諳世事的讀書人，雖說清城縣是小地方，然而只要有人，就有複雜的關係，縣太爺每六年一換，前前後後他跟過了四位，恐怕找遍整個大夏，沒有誰比他更清楚清城縣的大小事。

一位師爺，並非正式的官府編制，通常是縣太爺自己請來精於庶務的先生，要是沒了師爺，縣太爺做事也會綁手綁腳，可以說師爺實權不小。

吳幸子能平平安安成為清城縣中鐵打的師爺，足見他並非是個腦袋不清楚的，正相反，他比外表看起來要精明幹練許多，只是性格柔軟，平時彷彿一鍋燒不滾的水，溫溫吞吞、羞澀害臊，似乎誰都能欺他一頭。

午飯吳幸子吃得心不在焉，新開張的烤鴨店手藝的確不凡，幾日來門庭若市，飯點時一位難求，也不知平一凡怎麼能要到臨窗最好的位置，自己沒吃多少，一門心思都用在投餵吳幸子。麵餅鬆軟、麵醬甜鹹適中，鴨皮脆爽不膩，依照吳幸子的胃口吃完整隻鴨都不成問題，他也確實掃光了大半的菜，原本平一凡還約他遊湖散心，吳幸子卻拒絕了，推說身子不舒服，在平一凡的擔憂下返家，連道別都有些敷衍。

他坐在屋子裡發愣，細細回想與平一凡相見後的每個細節。

說到底，他對平一凡的心動來得太快，即便是當年的顏文心，他一開始也只是當美人看，雖在心上留下難以消磨的影子，可也花了幾個月才終於真正動心。

平一凡卻不是，與年輕男子初會之時，他心裡分明還惦念著關山盡，就算移情別戀好了，總需要時間吧？誰能猜到他乍見平一凡，就全然不受控制地想要親近，本以為自己喜歡上的是平一凡有才情卻不奪目、溫潤如春風般的氣質，讓他像飛蛾撲火，連細想的時間都沒有，就義無反顧撲過去。

至今，他們也就見過三面對吧？一是在鴿友會上，一是數日前的崇虛觀之行，最後便是今日了……所謂心悅於人，有這麼快？

平一凡身上的氣味與關山盡一模一樣；平一凡的手，細想來也與關山盡別無二致，乾燥、溫暖、粗糙，看起來恍若玉石雕就，看得人心頭發癢又無比喜歡；還有那些小動作，關山盡也喜歡擰他的鼻子捏他的手，力道與表情上的寵溺，一點點扒開來，都熟悉得令他心驚……所以，他喜歡上平一凡，是因為這個看來不惹眼的男子，與關山盡相似嗎？

不……吳幸子捂著臉發出自嘲的苦笑，他也許一開始就認出平一凡臉皮下究竟是誰，那熟悉的冷香，怎麼忘得了？

笑著笑著，嘴裡嚐到一絲鹹澀，吳幸子用手抹了抹臉，才發現竟已滿面淚水。

他怔怔地盯著自己沾染水氣的掌心，不久前平一凡還那般親暱地揉捏他的指頭，與他十指交纏，讓他有種回不回清城縣其實也不急，京城是個好地方，若他們再多相處一段時日，說不定真會走上結契的路。

他孤單大半輩子，總算有個想過一輩子的人了。

房門被敲了敲，吳幸子急忙抹掉臉上的痕跡回頭，染翠似笑非笑地站在門邊問：「我能進去嗎？聽丫頭們說，你今日回來早了，心頭似乎也有些不舒坦。」

「進來吧……」吳幸子點點頭，回應的聲音略顯沙啞，染翠細細將他從頭到腳打量一番，目光最後停在泛紅的眼眶上，輕輕嘆口氣。

「我帶了松子糖來，一塊兒吃？」染翠在他身邊落坐，面從廣袖中掏出個鼓囊囊的手巾，攤開來甜香撲鼻，一顆顆糖塊晶瑩剔透，說不出的誘人。

然而，吳幸子卻沒動，他還沒能緩過來，盯著含著糖的染翠半晌，才輕聲開口：「染翠，真有平一凡這個人嗎？」

「嗯？」染翠挑眉，略有些含糊不清地回答：「怎麼突然這麼問？他有什麼不對勁嗎？」

「這……」吳幸子揉了揉鼻子，最近好不容易挺起的腰背，又佝僂起來，彷彿一株蔫掉的草。

他心裡已經有猜測，就差實證而已。偏偏，這實證最是難找。

畢竟今日琴會上，「關山盡」偕同魯先生出席，平一凡從頭到尾都待在他身邊，要是他們是同一個人，那究竟平一凡是假的？還是關山盡是假的？不管怎麼想，都大費周折，有什麼理由得這麼做？

可若平一凡是真的，關山盡也是真的，那天底下又怎麼有如此相似的兩人？而平一凡又為何知道關山盡的私密之事？

吳幸子以為自己想通透了，可細想之後又彷彿把自己繞進迷霧之中。

「不以朋友，光以鯤鵬社大掌櫃的身分，我也能同你保證，平一凡確有其人。」染翠將一顆松子糖塞進吳幸子嘴裡，他雖不清楚琴會上發生了什麼，關山盡這傻傢伙又出了什麼紕漏，可既然吳幸子已經起疑，他也飛快思索究竟要把話說到什麼地步。

「真有其人……」吳幸子咬著松子糖瞅著染翠，心情非但沒能安下來，反倒更難收拾。

「是啊，京城有個平一凡，家住城南連堂曲徑，今年二十有五，開了間南北雜貨舖子。」

說著，染翠掏出《鯤鵬誌》，熟門熟路地翻到平一凡的那一頁，指著上頭的男子道：「他也是鯤鵬社的老客人了，剛及弱冠的時候便找來鯤鵬社，人品也算是可以，會費一期也沒欠交，雖說貧民出生，不過並非賤籍，祖上是出過進士的，可惜家道中落。他沒走讀書求取功名的路子，店鋪還算開得有聲有色。」

鯤鵬也是極好的。吳幸子偷偷在心中補了句，隨後盯著《鯤鵬誌》發怔。裡頭，平一凡的畫像有些模糊，與其他會員生動細緻的畫像略有落差，彷彿在遮掩什麼。

他小心翼翼地伸手撫了撫畫中平一凡的眉眼，卻說不透究竟與本人像了幾分。

「我今天見著海望了。」

「哦？」染脆把手肘靠在桌上，用手掌托著下顎，一雙明媚大眼隱隱透著點幸災樂禍，「他也收到白公子的邀請了？這可有意思了。」

「有意思？」吳幸子面露迷惘，他今日壓根沒心情聽琴，也沒怎麼關注白公子，只記得後來白公子彈斷了一根弦。

「魯澤之也在吧？」染翠笑吟吟地問，不等吳幸子回答又自顧自道：「肯定是在的，雖說護國公府的私密事傳不出宅門，不過老闆有門道，我也聽見了些許風聲。說是護國公世子非魯澤之不娶，可惜護國公及國公夫人不肯鬆口，說是嫌棄魯澤之心思不正，為人師者一日為師，終身為父，這可是亂倫哪。」染翠說著說著便笑得險些岔氣，連忙倒了杯茶水啜兩口順氣。

「可海望喜歡，一定不會讓魯先生委屈的。」回想今日見面時，關山盡對魯先生的疼寵，吳幸子便有些苦澀。

也是，關山盡必然是真的，否則如何能表現出那般驕寵與憐惜？魯先生也與關山盡在一起多年了，沒道理認不出身邊人的真假。即便心裡還有些懷疑，吳幸子也暫時認為自己是多想了。自己並非關山盡心尖上的人，他又何須如此費盡心思靠近自己？

這一想，心緒也平穩不少，胃口也好多了，便拈了幾顆松子糖吃。

「姑且不論魯澤之認不認為自己受委屈，他要煩心的事還不只這一樁呢。」染翠撇撇唇又道：「國公夫人畢竟是母親，斷沒有放任兒子自毀前程的道理。他們能接受未來的媳婦兒是個男子，年紀家世都無所謂，可人品一定要好，不能給夫家搭把手無妨，至少不能扯後腿。在她看來，魯澤之扯的可不止後腿，再怎麼說，魯澤之都與國公夫人是同鄉呢，他是什麼樣的人，夫人心裡門兒清。」

「不是說，護國公與國公夫人挺滿意魯先生嗎？在魯先生之前，沒有哪個夫子管得住、教得了海望不是？」這還是關山盡親口說的，吳幸子打那時候就明白，魯先生對關山盡是特別的，不單單只是個夫子。

「十歲的孩子，與二十七歲的男子是不同的。」染翠頗有深意地笑答：「關山盡喜歡乾淨的人，最好也不要太聰明，他自己就聰明太過，枕邊人要又是個聰明人，他早早就膩了。但也不是說，他喜歡傻子。」

被染翠瞅著，吳幸子突然有些坐立難安，索性低下頭吃東西，也不接話。

染翠沒想逼他，爽快地續道：「國公夫人看上了白公子。」

噗一聲，吳幸子把嘴裡咬碎的糖渣子與茶水一起噴出來，也虧染翠身手矯健，這才避免被噴了滿頭滿臉的狼狽，而吳幸子那頭被嗆得直咳，眼淚鼻涕都往外流，好不容易緩過氣來，他胡亂用衣袖抹了抹臉，瞠著泛紅的眼不敢置信：「國公夫人打算撮合白公子與海望嗎？」

「嗯哼。」染翠乾脆往自己的貴妃椅一靠，慵懶地擺擺手，「我是覺得挺般配，瞧瞧白公子的模樣，陌上人如玉、公子世無雙啊！比起魯澤之，要更出淤泥而不染、濯清漣而不妖，像個真正的謫仙不染塵俗，魯澤之最多只能算做妖。」

「可是……海望他……」不可能輕易心動吧！畢竟是戀慕多年的人，他心裡也覺得兩人歷經千帆，總是最般配的。

「知人知面不知心。」染翠笑道。

知人知面不知心啊……吳幸子不禁又想起平一凡。

不過三面之緣，為何就心悅了？他喜歡的究竟是平一凡，還是關山盡的影子？又怎麼會如此恰巧讓他們遇上了？

「不過，話說回來，人有時候會做傻事，感情放得越深，人就會越傻，情深情淺有時候看的就是願意裝傻到何種地步了。」

裝傻嗎……吳幸子替自己斟了杯茶，悶悶地灌進嘴裡。

關山盡將魯澤之送回小院後，並沒有多加溫存，連午飯都沒一起用，藉口有公務得處理，轉身便離開了，寬慰的言詞都顯得敷衍。

精緻的院落中，服侍的小廝丫鬟竟有十來人，在廉潔持家的護國公府，算是獨一份兒，就是國公夫人院落也統共才四個人服侍。

然而護國公府治下極嚴，原本就是軍旅世家，每代護國公都得上戰場拚殺自己的前程，又沒有人多口雜的後院鶯燕，就連一個膽敢茶餘飯後嚼舌根的人都沒有，偌大的院子安靜得彷彿只剩下魯澤之一人。

他做不來怨婦的表情，心裡卻不免苦澀。關山盡確實是寵著他，也給了他承諾，然而陪伴在他身邊的時間並不多，近來也越顯敷衍，甚至於兩人間最親密的動作，不過是幾個無關痛癢的擁抱，連個親吻也無。

在面對吳幸子的時候，他尚且能強壓下心裡的鬱悶，為了臉面，擺也要擺出個姿態來，眼下回到國公府，內心無法排解的惆悵再也無法掩飾。

他知道自己身分很尷尬，國公夫人對他更不假辭色，他能倚靠的只有關山盡。

而如今不過短短數月，關山盡對他的親熱寵溺，卻已然疏淡許多。他無意間聽說，國公夫人有意撮合關山盡與白紹常，今日的琴會恐怕並不單純是聽琴，也是白紹常的回應吧。

他端坐椅上，手中緊緊捏著喝了一半的茶，整個掌心都泛紅了。

不行，他不能讓自己陷入絕境，白紹常的樣貌氣質，確實是關山盡會心動的模樣，他也明白自己比不上白紹常，假如真撮合成了，轉眼就會被拋下。畢竟，護國公一脈忠貞地貫徹一世一雙人，斷沒有第三人插足其中的道理。

一咬牙，魯澤之心裡已有計量。他喚來自己從馬面城帶回來的小廝，在華舒被驅逐之後最受他信任也跟著他最久的人。

「你替我傳話給顏大人，就說那件事我會考慮，讓他給我一些保證。」

聽見要傳話給顏大人，小廝略有遲疑：「主子，顏大人和大將軍不和，這……要是被大將軍知道了，恐怕於您不利。」

顏文心與關山盡在朝堂上的針鋒相對，一般百姓雖然沒聽見風聲，京城裡有點臉面的官員、商賈等世族，可都門兒清。打從鎮南大將軍回京述職後，顏文心就沒少在明面上暗面下給關山盡添堵，雖然有護國公在朝堂上護著，關山盡暫時沒被捋了差事，但目前也被晾著當閒人。

都說功高鎮主，也難怪關山盡長年拒不回京。

這種時候，萬一後院還失火，別說關山盡會有多心悶了。

小廝的疑問，魯澤之淡淡撇了撇唇，「別讓大將軍知道便是了，我這也是替他打探顏大人的消息，畢竟他都找上我了，定然打算對大將軍不利，何不將計就計？不過事成前別讓大將軍掛念，待我拿到顏大人的承諾，下套逮了他，再讓大將軍舒舒心就好。」事實上，他的試探中有多少私心，也就自己明白。

「主子果然高，小奴見識畢竟不夠，想得不夠通徹。主子對大將軍的心意，國公夫人總有一天能明白的，那什麼白公子、黑公子，哪裡比得上您一片指甲蓋兒。」

聽了小廝的拍馬，魯澤之心裡頗是受用，淺淺勾起一抹笑擺擺手，「快去吧，記得千萬小心，別讓你我之外的人知曉。顏大人給的承諾，務必讓他白紙黑字寫下，明白嗎？」

「小的明白，請主子放心。」畢竟是關山盡放在魯澤之身邊服侍的，小廝動作俐落謹慎，離開護國公府時，還真沒人發現有什麼不對勁。

話說關山盡離開魯澤之的小院後，便直接往書房去了。門一推開，裡頭已經有人等著了，聽見他的腳步聲便從手上的話本抬起頭，笑吟吟地招呼：「唷，大將軍您回來啦，琴聽得可好？」

赫然是滿月。他一身輕便短衫，脫了鞋子半倚半靠在窗邊軟榻上，窗子是打開的，就著習習涼風看話本，喝冰鎮果酒配肉條，頗為愜意。

「別叫我大將軍……」這位「關山盡」鬱悶地哼了哼，聲音不若先前恍若玉石相擊般的悅耳，低沉了許多還有些沙啞，大馬金刀在軟榻對面的椅子上碰地落坐。

「你裝得倒是挺像啊。」滿月嘖嘖讚嘆，斟了杯果酒扔過去，「關山盡」穩穩接住，沒灑出一滴，用未曾有過的愁眉苦臉樣一口灌了酒，長長地舒了口氣。

「怎麼？扮演大將軍不舒坦嗎？」

瞪了滿月一眼，「關山盡」伸手在臉上擺弄了幾下，揭下一張人皮面具，底下是張年輕粗曠的男子面皮，仔細一看才發現，竟是沒了大鬍子的大鬍子方何，關山盡身邊四個親衛兵之一，古銅色的面皮上隱隱有幾個紅斑點，他難受地伸手去撓，威風凜凜的長相硬生生憋出可笑的蠢樣，滿月不客氣地哈哈大笑。

「滿月，你啊……唉……有藥嗎？」方何忍了又忍才沒將臉撓成花貓，他也真是倒了血楣，看起來皮粗肉厚五大三粗的漢子，偏生臉皮與易容用的樹脂不對付，戴久了就會起疹子，不抹藥還會腫起來，半天就能腫成豬頭，可就是這樣他還是抓到了䦟，不得不戴上人皮面具假扮關山盡，對魯澤之濃情蜜意。

關山盡身邊的四個親衛兵身形身高都與他相差不多，乍看之下很能唬人，只要不脫衣上床，偶爾連國公夫人也會不小心錯眼，若有需要四人便會假扮為關山盡行事，扣除得對魯澤之體貼關懷疼寵之外，方何算是駕輕就熟。

「喏，拿去。」滿月從懷裡翻出個扁盒子扔給方何，忍不住又調侃：「看不出來你臉皮薄得跟大姑娘似的，過來給小爺摸摸吧。」

「去你的。」方何白他眼，仔仔細細在臉上抹藥。

滿月也不再鬧他，神色一變，正經地問：「今日琴會如何？」

「主子恨不得拿刀劈了我。」方何垮下肩大大嘆口氣：「我恐怕漏了些馬腳，就怕被顏文心看出端倪。」

「顏文心肯定看出端倪了，不過你用不著擔心，大將軍心裡有數，本也不認為你應付得了那頭老狐狸。你只要記得，俗話說聰明反被聰明誤，怕的不是露馬腳，而是露出來後這雙馬腳看起來像什麼。」滿月撕了肉條往嘴裡塞，含糊不清地笑笑。

方何一介武人，雖然不是傻子，卻也玩不來這些彎彎繞繞的詭計，滿月說什麼便是什麼。

「倒是魯澤之真看不出他身邊的大將軍，是假的嗎？」這點他反而更好奇。都說魯澤之對鎮南大將軍深情不悔，甘負罵名，他心裡彆扭著呢。

「魯澤之是不敢認出來。」滿月嘲諷地撇撇嘴，「這些個年，主子把他豢養起來，就算是金子做的籠子，依然是籠子，在籠子裡待久了，再多雄心壯志也得折在肚子裡。再說了，魯澤之本就奔著當金絲雀去的，他以前還有點骨氣，還懂些手段，早都被主子養廢了。離開這座牢籠，他活不下去，他又何嘗想離開籠子呢？恨不得永生永世被養著，無愁無憂好吃好穿，有人寵著、有人疼著，再多不堪也比不上安穩的日子。」

「你是說，魯澤之就算心裡懷疑我是假的，也會裝做不知道？只要他依然留在這座牢籠，愛意都只是藉口而已？」方何流露出被噁心的表情，呸了好幾聲，心底更是鬱悶透了。

「這也是大將軍造的孽。」滿月聳肩不忘提醒：「但你可千萬要兜穩了，魯澤之有沒有發現影響不大，他總歸會告訴自己你是真的大將軍。可，萬一遇上吳先生，就不是這麼回事，發現不對勁，他定然會逮機會問問。」

方何神情略有畏懼地抖了抖，琴會上他並非沒有注意到吳幸子的眼神，確實比起懷念或情深，更像是探究……

「主子要對付顏文心就對付顏文心，何必這麼大費周章呢？」這當然只是隨意抱怨，方何再莽撞也知道，顏文心這種一品大員，朝中勢力盤根錯節，為人又狡詐多謀，想不動聲色一口氣連根拔起，自然不能率性行事。

「護國公一系世代純臣，這次敢動顏文心，自是上頭交代下來的，哪能不謹慎行事步步為營？再說，顏文心這老狐狸，確實不好對付，主子也沒幾天好日子過了。」滿月用手上的話本指指天，暗示得不可謂不明顯，方何縮起高大的身子，忍不住又搔搔臉上的紅點。

「大將軍沒回來？」

「戲要做全，這些日子大將軍暫時住在平一凡那兒，你可要多多擔待了。」滿月不無同情地隔空做出個拍肩安撫的動作，然後噗一聲又笑出來。實在是方何抹了藥後疹子散開，成了一塊塊紅斑，配上那張粗獷剛毅的面龐，何止一個滑稽說得透。

方何也無法，只能頂著一張紅透的黑臉低聲與滿月商討下一步該如何進行。

一輛馬車停在位於烏衣巷的吏部尚書宅邸前，車夫跳下車用力敲敲門，確定裡頭有人跑上前的腳步聲，才回頭將主子從車中扶出。

開門的是個十三、四歲的少年，一張尖尖的瓜子臉，瓊鼻朱唇、眉宇如畫，在見到車上下來的中年儒服男子後，頑皮地吐吐舌尖，退了半步似乎想躲，卻早已被看清楚。

「胡鬧。」男子，也正是宅邸的主人，當朝吏部尚書顏文心，不悅地皺起眉，幾步上前朝少年頭頂敲了敲，「年紀不小了，別淨穿著男裝，妳母親寵壞妳了。」

「欸，爹，男裝方便行動嘛！我還沒及笄，以後我會乖乖的。」少年正是酷愛女扮男裝的顏采君，她本想偷看一眼來訪的客人是誰，沒想到卻被父親逮得正著。

「妳這時候不應該在繡房嗎？」顏文心瞪著女兒頗感無奈。小女兒性格與他相似，大膽且靈活，該服軟就服軟，該得寸進尺也不會客氣，若是男子多好。

他的兩個兒子性格穩重柔和，似其夫人，雖未來應能在為官一途上走得順遂，卻很難有大出息，更沒什麼野心，大抵就是靠著家門餘蔭平順一生吧。

「繡房太無聊了，我弄崩了繡架，娘就把我趕出來了。」顏采君大眼溜轉，顏文心還能不知道女兒是存心的嗎？

「回去同妳母親道歉，要是真淨不下心刺繡，就去書齋讀書，明日考妳背書。」顏文心擺擺手趕女兒走，就算大夏男女之防再如何低，他們高門大戶的小姐也沒有輕易拋頭露面，在外頭撒野的道理。

「背哪本書啊？」小姑娘唉叫一聲卻不敢忤逆父親，小嘴噘得三丈高，鼓著臉頰往書齋走。

「慢著。」顏文心卻突然又叫住她，顏采君雙眼一亮，討好地蹭回父親身邊。

他搖搖頭忍不住又敲了敲女兒眉心，「妳去叫懷秀到我書齋。明日的書要是沒背好，就罰妳把家裡的藏書都抄一回，什麼時候抄完，什麼時候才能出家門。」

「噯！」顏采君氣憤地唉叫聲。

「快去。」顏文心推了下女兒肩膀，轉身健步如飛地返回自己的書齋。

顏采君自然不敢延誤父親的交代，連忙去叫懷秀了。

一刻鐘後，顏文心書齋的門被輕輕叩了叩，他端坐在桌案前，看著桌上的幾封書信，沉聲道：「懷秀嗎？進來。」

書齋門被推開，是名年輕男子，身穿素面湖綠直綴，身姿宛如青竹，他恭敬地喚了聲：「義父。」這才走入書齋，將門牢牢實實關上，步履有些不順地走到顏文心身邊，又彎身行了個大禮，「不知義父喚懷秀來，有什麼吩咐？」

年輕男子是顏文心的螟蛉子，五歲之前是個小乞丐，原本跟著個老乞婆過日子，誰知沒多久老乞婆死了，剩他一個小孩子挨餓受凍，眼看就要被凍死的時候，被恰好經過的顏文心注意到。顏夫人那時候已經生了嫡長子，肚子裡正懷著次子，顏文心看孩子可憐索性撿回家中，本是當作家僕教養。然而三四歲時顏文心發覺此子伶俐聰明還有野心，自己兩個兒子都是溫吞的，他尋思著該養個能保住顏家的利刃，索性把懷秀給認做養子，取名顏懷秀。

而今，顏懷秀已經是顏文心心腹，但凡不能臺面上運作的事務，都由顏懷秀經手。

「坐。」顏文心對義子溫和地笑了笑，指指一旁的凳子，「這幾封書信裡寫的東西，都查過了嗎？」

顏懷秀並沒有坐下，恭恭敬敬半彎著身回答：「是的，懷秀一一調查過，裡頭寫的東西都是事實。」

「喔。」顏文心點點頭，又重複了一回：「坐。」

這回，顏懷秀才在凳子上落坐，半垂著腦袋沒有直視義父，一副謙恭順從的模樣。

顏文心看著義子黑烏烏的腦門，及其下半遮的飽滿前額，肌膚有象牙般的色澤，與露出一截的玉白後頸相輝映，莫名有種難述的風情。

「你辦事，義父自然是放心的。」顏文心伸手輕拍顏懷秀的肩膀，「對義父無須如此拘束，你小時候可不是這個模樣，越大倒越疏遠了，是義父太嚴厲嗎？」

「並不是，義父對懷秀很好！」顏懷秀聞言，急忙抬起腦袋，臉上都是急躁，彷彿深怕義父會不相信似地眼底盛滿孺慕之情，「只是，懷秀畢竟是義父的從僕，哪裡能……」

「欸，別這麼說，你對顏家的付出，義父心裡最是清楚，就是你那兩個兄弟，也沒有你的能耐。義父要不是有你這個左膀右臂，在朝中地位又如何能這般穩固呢？你要將自己看高一些。」顏文心又拍了拍義子的肩膀。

「多謝義父誇讚。」顏懷秀不禁起身，又朝義父行了個禮，才被按回凳子上安坐。

「今日，義父在白公子的琴會上，見到那位平一凡了。」客套得差不多，顏文心直奔主題，

手指在桌案上的書信上敲了敲，「平一凡這個人，身分倒是規規矩矩，沒什麼招人眼的地方。」

信上所寫的，正是平一凡的身分背景，從出身一直追溯到四代前的先祖，全都青青白白，根源詳細。

「是，平一凡的身分很乾淨。」

顏懷秀回道：「他四代前的高祖是個進士，也算是書香門第，但在京中人脈不顯，便被派往南疆的小縣城當地方官，政績普通，直到致仕之年才回京落戶，祖父那一輩家道中落，勉強有個舉人的功名支撐，在承天府當個小書記餬口。父親那輩連個秀才也考不上，淪落到城南連堂曲徑寫風月小說賺潤筆費，老年才得子，便是平一凡了。」

「嗯，這些都寫在信上了。」顏文心點點頭，肯定義子的仔細。

平一凡出生時，父親已經年近知命，母親小了父親約二十歲，原本是個乞丐，似乎有些瘋病，傻傻的也不大認人，卻有張秀麗的面孔，便被平父給帶回家，半哄半騙地成了親，隔了將近十年才生了平一凡，恐怕也是平父擔心平母流落街頭時，身子不乾淨的緣故。

是以，平一凡懂事後沒多久，平父就因病過世，那年平一凡才剛剛十三。

母親是個靠不住的，半大孩子只能靠自己支撐家裡，讀書顯然不切實際，索性找了個南北雜貨的鋪子當夥計，年至弱冠也有了自己的鋪子，目前也稱得上京城有些名氣的店鋪。

不過，一個平頭百姓的生平，哪裡能讓顏文心這個吏部尚書，又是皇上眼前的紅人上心呢？

他更關注的自是另外一件事。

「你說，平一凡年紀輕輕就有這般成就，靠的是什麼？」

顏懷秀看了義父一眼，遲疑地開口：「義父是問懷秀話嗎？」

「自然是。」顏文心捋了捋長髯，笑吟吟地凝視義子。

「懷秀確認過了，現在這個平一凡，並不是當初連堂曲徑出來的那個平一凡。平一凡十六歲那年，跟著一個商隊到南疆去，原本打算替店主尋些稀奇玩意兒，可後來失了音信，直到十九歲那年才又回到京城，也不與過去的熟人相見，將母親接走後就自行開了鋪子，沒人知道他開店的錢從哪裡來，一直到前些日子鴿友會，平一凡才再次露了臉。」懷秀說著，從懷裡拿出兩張畫像攤在顏文心面前。

左邊那張，是個十五、六歲的少年，圓圓的臉、圓圓的眼，相貌清秀看起來很是討喜。而右邊那張，則是顏文心不久前才剛瞧見過的，現在的平一凡的臉。平凡、溫潤，宛如春風，一雙眼看似寡淡，但形狀倒是生得挺好，讓人看了就親切。

是一雙桃花眼。

顏文心伸手敲了敲左邊的畫像，接著敲了敲右邊的畫像。雖說人不同年紀，相貌會有不同，但十六歲到二十五歲基本相貌不會改變太大，頂多是五官長開了，變得成熟些，不至於連眼睛的形狀都變了。

十六歲的平一凡是圓眼睛，看來很伶俐活潑；二十五歲的平一凡是桃花眼，柔和穩重。

「南蠻原來也有聰明人。」顏文心將兩幅畫折起來，小心翼翼地收藏起來，心底對那群蠻夷倒也看高了些許。

現在的平一凡其實是前南蠻王的一個私生子，多年前頂替了平一凡的身分，扎根在京城裡，一方面打聽大夏情報，一方面替南蠻累積錢財。

因平一凡開的是南北雜貨鋪子，手下有商隊也並不令人懷疑，偶爾鼓搗出新奇玩意兒，也能藉口是淘來的，這些年生意做得挺大，糧草壓根不是問題，要不是有關山盡駐守南疆，保不定要被南蠻吞掉多大的地方。

但也正因為關山盡的緣故，南蠻就算手中有金山銀山，也絲毫無用武之地。要知道，鎮南大將軍是個難嗑的骨頭，軟硬都不吃，手段雷霆霹靂一般，邊防守得跟鐵桶似的，先前樂崇樺好不容易鑽出個小縫隙，轉眼就被收拾了，這會兒樂家男丁可能都還沒到達西北呢，也不知道有幾個能活著抵達，又有幾個人能活超過一年。

與樂崇樺合作的，眼下看來便是顏文心了。

他眼饞南疆利益已久，要知道鹽與鐵都是由官府控管的，利益不可謂不大，而南疆既產鹽也產鐵，偏偏被關山盡挾制得死死的，南蠻王心裡也是各種鬱氣難紓，可惜擰不過關山盡這條大腿，只能望寶山而興嘆。

「馬面城的事他也收到消息了？」提起數月之前的失敗，顏文心不禁斂眉。與樂家、南蠻合作一事，他隱在幕後操作，就算接頭人被關山盡一窩端了，大概也查不到他身上。

但花了幾年才打通的路子，轉眼就被封禁，顏文心難免有些焦躁，這也是他刻意在朝堂上給關山盡使絆子的原因。但為了不打草驚蛇，顏文心也不敢太過咄咄逼人。

關山盡這人張揚任性，彷彿一匹脫韁的烈馬難以駕馭，皇上對這年輕人也是睜隻眼閉隻眼，任由他在南疆當土皇帝也毫不介懷。這次終於返京述職，竟連虎符也沒有收回的意思，眼看是打算讓關山盡再回去南疆鎮守。

顏文心不敢小看這個後生小輩，心裡也明白要攏絡這個小後生是不可能的。關山盡根本不缺什麼，身為鎮南大將軍又是護國公世子，深受皇帝信任，權也好財也好都不缺，還握有大夏三分之一兵力，顏文心根本沒有下手的餘地。

要說從私德上著手，無非婚嫁與處事。

然而，護國公一系在大夏本就是以不二妻、不納妾聞名，後院清清如水，關山盡六七年前甚至還毫不隱瞞地表達自己有龍陽之好，並不打算娶妻生子。以一個手握重權的世族來說，誰能比關山盡更令皇上安心？

緣此之故，就是關山盡稍稍有些跋扈，皇上也能任由他。而關山盡跋扈歸跋扈，底線卻是踩得極好，他對君心的把握不可謂不精確，未曾捋了龍鬚、觸龍逆鱗，有些傻傢伙只看到關山盡任性自我、瀟灑放縱，卻看不透他的圓滑處世，手段高明之處。

對顏文心來說，關山盡可說是全大夏最難對付的敵人，偏偏他不能不想辦法除掉這顆攔路石。若要與南蠻私相授受，就非得把關山盡的勢力從南疆一口氣拔乾淨才成。

懷秀也是個明白人，他看出義父心中不豫，沉吟了一會兒才回答：「馬面城的事，平一凡應當是知道的。藉由樂家之事，南蠻也被砍了一條手臂。」

「他們現在也正慌張吧。有派人與平一凡接頭嗎？」顏文心冷笑，在他看來，這事兒之所以黃了，全是南蠻的責任。樂家確實是馬面城第一商賈，但與人合作怎能找這樣顯眼的目標？更不提，樂大德對子女的管教毫無章法，京城尚無人敢掠關山盡的鋒芒，樂家女兒倒是夠蠢的。

「關山盡回京時，將南蠻與大夏的所有傳遞消息的路徑都給封了，他在南蠻王身邊安插了釘子，翻弄起來這幾個月南蠻不大平靜，也無心與平一凡接頭。」懷秀垂著腦袋，神情很是自責。他派去南疆的人一個不落都被抓了，若不是斷尾夠迅速，恐怕還會被順藤摸瓜給逮著了，但這也讓他付出大代價，幾年的經營打了水漂，還倒賠了一筆錢財下去。

南蠻的消息還是他輾轉透過其他勢力才打聽到的，卻也無力查明究竟關山盡在南蠻王身邊放的釘子是誰，接下來又打算做些什麼。

顏文心自然也不認為關山盡會就這麼算了。

「果然是個狠辣的。」顏文心敲敲桌面，語氣掩不住躁鬱。不過，關山盡手段雖老辣，他也

不是吃素的，誰能笑到最後，現在還很難說。

「既然平一凡的身分沒有問題，你先前與南蠻那邊交易的時候拿到的信物，還留著嗎？」

「回義父，信物懷秀收藏著，除了我自己無人能找得到。」

「嗯，你拿著信物，去找平一凡吧。」

南蠻那邊暫且動不了，正是他們能操作的好時機。若是直接將平一凡攏絡住，無疑是掐住南蠻的咽喉，到時候將南疆換上他的人後，也不怕南蠻翻天了。

「是，懷秀這就去。」顏懷秀拱拱手立刻退下，這次定要將義父交代的事情給辦好才成。

等懷秀遠去，顏文心又將那兩張平一凡的畫像給攤開來細看，特別是長大後的平一凡，那眼眉鼻口總讓他心裡有些不安，隱隱地似乎像某個人，卻又說不上來像誰。

書齋門此時又被叩了叩，傳來管家的聲音：「大人，魯先生派人求見。」

魯澤之派人來？顏文心一愣，接著撚鬚笑道：「快請。」

不多時，管家便帶著魯澤之身邊的小廝進書齋，那小廝看來精明伶俐，行完禮後也不抬起腦袋，開口道：「我家主人派小的來告訴顏大人，先前您所說的那件事，主子前思後想決定允了。但，主子希望您能給個承諾，最好白紙黑字寫下來。」

「喔，他允諾了？我倒沒想到會是這麼個答案。」顏文心挑眉。他見過魯澤之幾次，對那個白衣翩翩，姿態端麗的男子印象不深，確實魯澤之相貌挺好，卻讓人記憶不深，回想起來總是模糊的，也不知關山盡怎麼喜歡上這樣的男子。

顏文心的這個回答，讓小廝莫名一個激靈，忍不住抬頭瞥了顏文心一眼，又連忙垂下頭裝做沒事人一般。

「他想要什麼承諾？」顏文心也不介意小廝的舉動，唇邊帶著懶懶的笑問道。

「主子的意思是，端看顏大人的誠意如何了。」這句話回得靈巧，彷彿啥也沒說，實則暗示得極為明顯。

照理說以魯澤之現在的身分有什麼需要顏文心幫忙的？站在他身邊的男人，可是鎮南大將軍關山盡啊！

「我的誠意嗎？」顏文心哈哈一笑，捋了捋長鬍，「魯先生倒是含蓄。」言下之意，是嫌棄魯澤之彆扭小家子氣，也不禁更好奇，這樣的一個人，怎麼就入了關山盡的眼？

「顏大人，我家主子還在等您的消息。」

「你這下人倒是心急，魯先生會教啊，瞧你這忠心耿耿的模樣，罷！誠意自然是要給的，不過顏某人也有兩件事想請教，你要是能回答出來，你主子要的誠意我雙手奉上。」顏文心用毫不掩飾的鄙夷眼神看著小廝，透過奴僕可以窺見主人的品行，這魯澤之頗耐人尋味。

「小的知無不言。」

「我姑且假定，你是明白我與你主子之間的協議是什麼。」就見小廝輕輕顫抖了下，很不安地動了動身子。

顏文心心下了然，接著問：「那麼，魯先生為何要應允我呢？他身邊可是護國公世子啊，要什麼得不到呢？」

這問題讓小廝一時無言以對，腦袋垂得幾乎要折在胸前。

「其二，魯先生難道不擔心，若事情洩漏了，關山盡難到還能繼續寵著他不成？」語畢，顏文心在桌案上用力一敲，小廝隨著猛地一顫，往後退了兩步，依然無法回話。

「怎麼？舌頭被吞了？還是本官說話你不屑回答？」

「不，小的、小的就是吃了熊心豹子膽也不敢不回話……」說著，小廝連連抹汗，呼吸都沉重幾分。顏文心也不催促他，好整以暇地端起茶啜了口，拿起一本詩集隨意翻看。

半晌，小廝彷彿緩過氣了，才有些結結巴巴地回道：「回顏大人話，我家主子都明白，但、但……世事無法盡如人意，我家主子也需要一些幫忙，雖說背靠大樹好乘涼，可只吊死在一棵樹上，難免有時得經受風吹日曬。」

「這話糙理不糙，魯先生倒把你教得挺好。」顏文心哈哈一笑，斂起先前咄咄逼人的氣勢。「既然魯先生信任顏某人，那我也不能讓魯先生失望才是。」說著，顏文心也乾脆磨墨提筆，在紙上寫了點什麼後吹乾折起。

「這個帶回去交給你主子，就說是顏某人的誠意。魯先生最想要的是哪棵樹，顏某人心裡自是明白的。既然他幫了我，我也能替他保住那片樹蔭。」

小廝恭恭敬敬上前接下紙條，仔細收進懷裡，「小的代替我家主人，謝謝顏大人了。」

「無須客氣，顏某人也多謝魯先生的幫助了。」顏文心對小廝笑笑，隨即交代管家：「送他出去。」

小廝也不敢多待，誠惶誠恐地跟在管家身後走了，臨走前顏文心還瞧見他用力按了按收著紙條的地方。

書齋內又重歸靜謐，顏文心一口口啜著皇上賞的貢茶，垂著眸若有所思。

雨下了幾日，每下一場，便更冷上幾分，京城的夏日即將結束，秋風隨著雨水緩緩吹起。

不知不覺，吳幸子在京城也待了兩個多月，與平一凡更是經常結伴出遊，將京城左近的名勝走了個遍。

今日，難得平一凡沒約他外出，吳幸子放縱自己偷了半日懶，近午才從床上起身，披了一件稍厚的外袍臨窗而坐，支著下顎賞雨。

午飯很快就端上了，四樣小菜兩葷兩素，還有一海碗青菜豆腐湯，佈好了菜，薄荷招呼道：「主子，快來吃飯，您早飯沒用，肯定餓得慌了。」

吳幸子聞言應了聲好，人卻沒動，整個人是少見的慵懶，端著一杯茶抿著，原本冒著白煙的茶水都涼了還沒喝完半杯。

桂花等了等沒見到人上桌，走到他身邊催道：「主子，今天有新出市的蓮藕，姊姊做了炸藕盒，您聞聞香不香？」

「挺香的，薄荷的手藝又好了。」吳幸子笑著讚美，這才從椅子上起身。

「可不是嘛，主子近日都與平公子在外用飯，京城裡大廚多，我們不精進手藝，可怎麼對得起主子？」薄荷捂著嘴笑答，話語裡的調侃讓吳幸子羞澀地揉了揉鼻尖。

「小丫頭，一塊兒吃吧。」他輕啐了聲，心裡卻有些過意不去。自從遇見平一凡後，他確實忽略了家裡兩個丫頭。平一凡喜歡帶著他四處遊玩，熟悉了之後經常一早將他帶出門，直到戌時才送他回來。

適才他久違地注意到院子，才發現倆小丫頭竟闢了一小塊菜畦，立起架子種起茄子來。

薄荷、桂花當然不會真的上桌與主子一塊兒用飯，站在一旁偶爾替吳幸子佈菜，嘰嘰喳喳地陪主子聊天說地，把京城裡大大小小的流言都說了個遍。

「主子，您知道有個叫做顏文心的官兒嗎？」薄荷一說起顏文心，小臉就脹紅了，唇邊的笑容一收，氣鼓鼓地噘起嘴。

「顏文心？」吳幸子一怔，險些將筷子上的炸藕盒給掉了，「不就是當朝吏部尚書嗎？」

「對哪，就是他！」桂花的語調也憤怒起來，眉心皺得緊緊的，「這個顏文心也不知道怎麼看咱們大將軍不順眼，哼！要不是有大將軍在南疆駐守，京城這些官還能安心過日子嗎？」出身馬面城，薄荷、桂花對關山盡那是當天神一樣敬愛的，要是有誰說關山盡一句不好，倆丫頭當場就能擼袖子跩了人打。

「他做了什麼？」雖說住在京城裡，但整天整天與平一凡在一塊兒，吳幸子對京城裡的大小時事說真的兩眼一抹黑，啥也不知道。

也不知存心或無意，平一凡在白紹常的琴會之後一次也沒再提起關山盡與顏文心，甚至連京城裡的事都提得很少，最多是帶他吃些特色菜時介紹幾句，他倒是知道城北近郊有個土窖子，裡頭用溫泉水種菜，這樣寒冬時節京城依然能吃到盛夏蔬果。

「哎呀，說起來就氣人啊！那個顏文心，竟然連參了大將軍幾本，說大將軍對皇上有二心，才會留在南疆五年拒不回京，呸！」

關山盡之所以留在南疆數年不回京述職，除了他對京城中的權力鬥爭興致缺缺之外，最要緊的其實是南蠻私下並不平靜，表面上看來對大夏俯首稱臣，事實上正憋著氣打算找到機會就蹦躂一番，要是沒有關山盡鎮著，馬面城保不定連安生日子都過不了。

然而大夏律白底黑字明定，若無戰事，則守將每兩年得回京城述職，關山盡直接就抗命兩次，皇上雖沒有催促也並未責罰，但畢竟是個把柄，這不，顏文心在朝中操作起來，聯合言官及同黨的大臣——其中還包括了兵部尚書——連續參了幾十本，護國公府畢竟世代純臣，從不與朝內大臣結黨結派，自然顯得人單勢薄，前幾日關山盡終於被捋了差事，已經不再是鎮南大將軍，皇上甚至要他禁足在家好生反省，天知道這一禁足會禁多久。

曾經風頭無兩的鎮南大將軍、護國公世子，一眨眼落入塵埃。

「海望不回馬面城了嗎？」聽罷，吳幸子頓時沒了胃口。

「不知道。」薄荷、桂花皺著小臉異口同聲，這些消息她們也是道聽塗說，詳情就不甚了了。但大將軍那麼厲害的人，肯定能化險為夷，再回去馬面城吧！

吳幸子點點頭，放下手中的筷子揉了揉胸口，對滿桌子的菜餚已經完全沒了興趣，怔怔地不知道在想什麼。

半晌，他突然開口對薄荷問：「染翠在家裡嗎？」

「大掌櫃在。」薄荷點頭應了，她先前還送了炸好的藕盒給大掌櫃加菜呢。

「妳們把菜都吃了，不用等我回來用飯，我有事要和大掌櫃商量。」說著吳幸子起身，不等丫頭們回應就匆匆離開。

染翠正在用午飯，他食量普通，桌上的菜色卻挺豐富，同時坐在桌上的還有黑兒，正低著頭替他將魚刺剔掉，那專注的模樣看得染翠止不住笑意。他碗裡已經有兩塊剔好的魚肉，雪白粉嫩澆著碧綠醬汁，令人食指大動，不由得便配著多吃了兩口飯。

吳幸子來的時候，染翠已經吃得半飽。

「吳先生。」見到他，染翠熱情地招呼道：「快請坐，一起吃飯？」說著踢了踢一旁的黑兒，正低頭喝湯的黑兒抹了嘴起身，俐落地替吳幸子佈好碗筷，接著默默將自己的餐具撤下，在房中一角站定。

「我、我喝點湯就好……」吳幸子本想拒絕，可肚子不爭氣地叫嚷起來，他紅著臉捂住肚子，坐下後舀了碗湯先安撫安撫。

染翠吃的菜比起他愛吃的自然精緻許多，湯是翡翠竹笙羹，入口滑膩腴爽，竹笙柔軟帶脆，

配合上魚鮮貝類，暖呼呼地滑進胃裡，頓時就讓吳幸子更加飢腸轆轆。他畢竟是個能吃又愛吃的，早飯沒吃午飯怎麼可能忍得了？僅管心裡還壓著事，卻依然敞開胃把剩下的菜都掃空了。

染翠笑吟吟替他挾菜，也不急著問他來意，怕他沒吃飽又讓人送來兩道菜和一盤饅頭，自個兒掂著糖蓮藕吃著陪他。

等終於吃飽飯，染翠才狀似不經意問道：「今天平公子沒找你出遊？」

平一凡？吳幸子沒料到染翠開口就提，愣神愣神地回道：「他說雨下得太大，怕我著涼了不好，他又有個商隊被大雨阻了道路，需要他過去處理，所以這半個月大概都沒能見面吧。」

說罷，略帶不捨地嘆了口氣。

聞言，染翠用手遮了下嘴，似乎擋住突如其來的乾咳，實則擋的是控制不住的冷笑，險些連白眼都要翻一個了。這藉口也是可以的，也就吳幸子願意相信，這又不是第一天下雨，都下好幾天了，先前還不是帶著人到處去玩？

「那你找我是？」端起茶水潤潤喉，染翠才又問。

吳幸子皺眉沉吟，彷彿不知怎麼開口才好。染翠也不催促他，心知肯定是薄荷、桂花說了什麼與關山盡有關的消息，否則吳幸子能露出這種表情？就不知找過來是為了確認傳言，或者希望他出手幫忙了。

「染翠。」半晌，吳幸子咬咬牙一臉豁出去的神情，「你手邊有沒有那種能讓人說實話的藥？」此言既出，就是向來八風吹不動站在角落的黑兒都震驚了，訝然盯著主子，開口想說些什麼卻被染翠抬手制止。

染翠自然也是大出意外，盯著吳幸子雖顯得侷促不安卻堅定的臉瞧了半天，緩緩開口確認：「你說，讓人說實話的藥嗎？」

「是。」吳幸子點點頭，不住用手掌磨擦膝上的衣物，似乎滿手都是汗水。話音剛落又急匆匆強調：「藥效別太強，我怕對身子不好。就是、就是能心防低一些，願意說些實話就好。」

「藥倒是有的，藥性也不強，服用後兩個時辰內問什麼答什麼，兩個時辰後會睡去。你要是不想他記得，再服另一帖藥搭配，雖然只能問一個時辰話，但睡著醒來後什麼也不會記得。」染翠用指尖揉揉下顎，驀地一笑，「就不知吳先生打算讓誰吃這帖藥了？平一凡嗎？」

吳幸子縮起肩抖了抖，額頭上都冒出薄汗，不住手地搓著鼻尖。

染翠都以為他不打算回話時，卻聽吳幸子壓低聲音含糊地回道：「是平一凡……」

黑兒是學武的，耳目比常人要靈敏許多，自然將吳幸子的回答聽得真真切切，這下就有些急躁了，「吳先生，為何要讓平一凡吃藥？」

染翠來不及阻止他，一臉看傻子的表情給他個白眼。吳幸子原本就懷疑平一凡身分不簡單了，肯定也是多有猜測最後才決定下藥，黑兒這一問不正坐實了吳幸子心裡的懷疑嗎？要是平一凡身分如他自己所言，黑兒又怎麼會分出一星半點的精神關心？

主子傻，部下也傻，這群傻子怎麼守住南疆的？染翠莫名同情起滿月來了，都說作戲要做足，恐怕只有滿月是認認真真地貫徹始終吧。

果然，吳幸子聞言垂下腦袋，放在膝上的手輕輕捏成拳，「我、我打算和平一凡結契，就算不回清城縣，一輩子留在京城過日子也不壞。不過……我想確認平一凡的心意，我怕他……」咬咬牙，吳幸子最終沒把話說完。

黑兒臉色又黑了幾分，他知道吳幸子這生就喜歡過三個男人，前兩個可都不是良人，真虧他還願意給出真心，一時間黑兒也無語了。

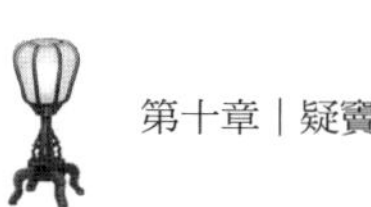

「與平一凡結契啊……」染翠細長的手指輕敲桌面，見吳幸子緊張到露出來的肌膚都慘白冒汗了，便將糖漬蓮藕推過去，招呼道：「吃點，緩緩神。這是我特意從饕餮居買來的，一天只賣兩斤，用料作工都是最好的，你應當會喜歡。」

吳幸子順勢掂起一片糖漬蓮藕含進嘴裡，卻有些食不知味，一雙濕漉漉的眼不時瞄染翠，生怕他不肯答應幫忙。畢竟，下藥這個手段可謂損了些，但他也真是束手無策了才不得不這麼做。

看著他小老鼠似地用門牙一點點蹭糖漬蓮藕，染翠露出一抹笑，「不過，我本以為你來找我，是為了問關山盡的事。倆丫頭應當都與你說過了吧？」

吳幸子腦袋垂得更低，身子也縮了起來，彷彿要躲避黑兒的目光，急促地點點頭，「我、我聽說了……吏部尚書顏大人與言官們參了海望幾十本，這會兒海望被捋了差事，禁足護國公府。」那認認真真的語氣，並沒多少掛念。

見黑兒又想開口，染翠蹙眉橫去一眼，逼得鐵塔似的男子不得不將話吞回肚子裡，臉色又黑了幾分，幾乎能擰出水來。

「薄荷、桂花的消息倒是挺靈通。顏文心不待見關山盡在京官世家中也不是什麼祕密了，當年護國公世子剛從西北回來，身上軍功無數，甚至有『西北一個關將軍，不需天不需地，保我命』之類的歌謠傳回京裡。皇上那時候也晾著關山盡好一陣子，一柄利刃不能不用，可必須要有保險才行，妻子兒女是最好的把柄。」染翠說著就笑了，端起茶潤潤喉，假裝沒看見吳幸子聽得專注的模樣。

「那時候京城世家誰不想和關山盡攀上關係？可不是與護國公攀關係。護國公油鹽不進，在朝堂上踽踽獨行，雖是一介武人，分際把握得極巧妙，但關山盡顯然不是甘願委屈自己的主兒。朝堂上能打仗的年輕人從頭數到尾，也就他一個，皇上但凡想保住大夏江山，就非得重用他不可。顏文心自然也是這麼想的。那年他嫡長女才十三歲吧，也讓人送了畫像給關山盡看相，私下自也多有運作，他是吏部尚書，掌握大夏官員命脈，若是再有個手握重兵的棋子，整個大夏他都能橫著走了。」

「這是這是……顏文心想得很巧妙啊。」吳幸子已經完全沉迷在故事裡，深表贊同地連連點頭，「後來呢？」

敢情還真當成說書了？染翠噗哧笑出聲，瞥了神色發苦的黑兒一眼，用茶潤潤喉又道：「後來嘛，關山盡心裡就只有一個魯澤之，這你也是知道。這護國公世子千般萬般不好，就只一點還上得了臺面，便是從一而終，認定了人便不輕易改變。於是放出話，此生只願與偉男子白首共度，妻子兒女什麼的，他關某人不想要，就算護國公一脈在他手上斷子絕孫都不要。」

「啊……」吳幸子深深吸了口氣，又輕輕吐了出來，雙眸濕漉漉的，染翠卻也看不透他心裡所想。就見他點點頭輕聲道：「海望是個有擔當的。」

赤裸裸的讚美。染翠忍著沒翻白眼，呸他個有擔當，分明就是傻的。心裡喜歡魯澤之，還能四處拈花惹草，害他折了兩個社員，再看看現在一門心思都掛在誰身上，喜歡誰、沒喜歡誰還不明顯嗎？

「有沒有擔當我不清楚，但他確確實實得罪了顏文心。」染翠撇撇唇，壓低聲音道：「你想，顏文心這人狠心又有手段，怎麼可能因為關山盡不喜歡女子，就放棄呢？他不只有女兒，還有兒子啊，更不說還有個義子呢。」一言盡於此，而吳幸子已經傻了。

這是說，顏文心為了心目中的大業，還打算把兒子推給關山盡嗎？他甚至都不敢算那時候顏文心的兒子幾歲呢！一個才十五、一個才十三吧！關山盡肯定是下不了口的，畢竟他喜歡的人似乎都比較年長啊……

不過論到手段狠辣，關山盡也不輸給顏文心就是了。

染翠腹誹，該說的話也說完了，他沒忘記吳幸子找上來的原因，起身走進內室，半晌後回來，手上捏著兩個紙包，一青一粉都放在桌上。

「喏，青色這包，就是讓人說實話的藥，無色無味隨意下在酒水茶飯裡都可以，服用後只需半刻鐘藥性就上來了，兩個時辰內，絕無任何虛言謊言，兩個時辰後會睡去，醒來就沒事了。你要是不想他記得中藥後的事情，記得混上粉色這包一起用，粉色的藥有些許澀味，下在酒裡是最好的，雖然老實藥的藥效只剩一個時辰，但包管無後顧之憂。」鉅細靡遺地解釋完後，染翠笑吟吟地將藥推向吳幸子。

看著兩包藥，吳幸子掙扎了一會兒，最後還是只拿了青色那包老實藥，手指在粉色藥上盤旋了片刻，又推回給染翠。

「有些事，還是記得的好。」他別有深意，染翠聞言斂起了微笑。

（未完待續）

【特別收錄：平行時空番外】

洞房花燭夜

（一）

吳幸子被關在密室裡也八九日了，他身上只有一件外袍，其他什麼都沒有，只能光裸著裹著外袍。

密室裡點著幾盞油燈，每日都會有人來更換燈蕊、添加燈油，除此之外沒有窗戶，外頭的日夜變換他完全不清楚，餓了就吃、睏了就睡，幾日下來他整個人都恍恍惚惚，不清楚自己究竟在夢境還是現實。

那個男人沒有出現。

吳幸子原本就是個隨遇而安的，他試著回想自己怎麼會落到此種境界，但想起來的只有那個男人眉宇如畫的面龐，一雙多情纏綿的桃花眼，含著笑意及霜雪，就那樣看著他，就足以讓人瘋狂。也不知道遇著的是人是魔？又為什麼將他關在這密室之中呢？

很快他就知道答案了。

睡夢中，吳幸子突然感到身體一陣火熱，他呻吟一聲勉力從睡夢中甦醒，但體內的慾火卻燒得他陷入另一種更深的暈眩當中。

「你、你是誰……」

「醒了？」回答他的聲音悅耳恍若玉石相擊，他顫抖了下終於睜開眼睛。

是那張他回想了許久的臉龐，正半垂首看著他腿間，油燈細碎的光芒落在男子纖長的眼睫上，隨著他的呼吸灑落而下。

「你……唔嗯……」一開口，甜膩的呻吟就脫口而出，吳幸子臉色一紅，連忙伸手摀住自己的嘴，卻擋不住後頭越發甜膩的呻吟。

「騷寶貝。」男子瞇眼一笑，拈著吳幸子雙腿間花蒂的手用力掐了下，把這平凡老男人給掐得喘不過氣得哭出來。

吳性子一雙腿又白又細，人雖然瘦肌理撫摸起來卻很滑膩，他躺在床上雙腿已經被撐開來，左右膝各個被一條黑絲繩子吊起，雙腿大張掙扎不脫，下身的私密之處一覽無遺。

粉色的肉莖、羞澀的嫩菊，以及不該出現在男子身上的嬌花。在原本睪丸該在的位置沒有兩顆圓球，而是在會陰之處盛開一朵千嬌百媚的花朵。

粉嫩的花唇緊緊閉闔，在男子的玩弄下已經略略張開點小口，沾上了幾絲晶瑩的淫水，花唇上方是一顆硬被剝出來的嬌嫩花蒂，也不知道被玩了多久，硬鼓鼓的脹大成紅豆般大小，被拈在男子玉雕般的修長指尖中，輕輕一揉吳幸子就低低哭叫，不斷扭著腰想躲開。

「你、你做什麼……」吳幸子對自己的身體是抱著自卑的，他無法使女人懷孕，缺少雙球的肉莖雖然能硬起，卻無法射精，以致他除了清洗身體外幾乎不怎麼碰自己妖怪般的下體。

男子卻露出滿意甚至帶點癡迷的神采，用手撥了撥濕透的花唇，「玩你。」

這兩個字如同利刃，狠狠扎進吳幸子的胸口，他更努力掙扎起來，然而絲帶綁得緊，男

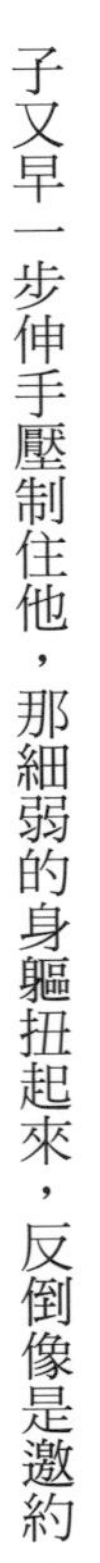

子又早一步伸手壓制住他，那細弱的身軀扭起來，反倒像是邀約。

「你下面都流水了。」男子低笑，用手在花穴外抹了一把，舉起來展示給吳幸子看。

昏黃燈光下，男子掌心上濕淋淋的，他對紅著臉愣神的吳幸子笑笑，將手掌移到自己唇邊，伸出嫣紅的舌尖一寸寸將那些淫汁舔去。

「別……你別這樣……」

吳幸子也不知道是男人舔得太過迷人，還是自己真的也天性淫蕩，很快便感受到自己下身濕了，從花穴裡有什麼溫熱的汁液往外流淌，分量還不少，直往後穴聚集過去。

不不不，這不是真的！吳幸子又羞又迷惘，他從來不知道自己的身體這麼經不起撩撥。

「完全濕透了……真騷。」男子又用手指彈了彈完全挺立在花唇之外的花蒂，那直達骨髓的快感讓吳幸子連抽幾口氣，細細碎碎的呻吟。

「這麼不經玩可不行。」

「求你饒了我吧……求你……」吳幸子嗚嗚咽咽地哭起來，被關了這麼多天，才剛緩過氣來又被男人玩弄身體。被玩也就罷了，讓他無所適從的是自己有了感覺。

「等本將軍肏進去，你再求饒不遲的。」男子溫柔地安撫恍若情話，卻讓吳幸子無法抑制地顫抖。

他用力搖頭，努力想縮起身體躲開玩弄下體的溫熱手掌，然而一切都只是白費力氣，男子的手指戳入了流水潺潺的花穴中，那伴隨疼痛的尖銳快感讓吳幸子尖叫起來，整個人都微微顫抖。

「嗯？聽聞過雙性之人沒有那層薄膜，看來是真的？」男子的手指進得很深，在花穴中翻動混著淫水發出咕啾咕啾的聲音，「抑或是，你已經被人採過了？」這個猜測顯然令男子很不愉快，直接將第二根手指也戳進去，成剪子狀將窄小的花穴撐開來。

「沒有、沒有……嗚嗚嗚……」吳幸子哭得滿臉通紅，無力地扭著細腰，卻不知這個動作把花穴裡的手指吸得更深，層層肉壁討好地不段吸吮男子的手指。

「沒有？沒有你就能騷成這樣，花穴都懂得咬人了？」男子眉宇含笑，手指在花穴中抽插起來，另一隻手則執拗地揉捏撥弄那脹鼓鼓的花蒂肉豆，強烈的快感讓吳幸子不斷淫叫，含不住的口涎從唇角滑下，眼神渙散地盯著密室房頂。

男子太會玩穴，當兩根手指變成四根手指，比一般男子的肉莖都要粗，吳幸子卻沒感受到任何痛苦，反而爽得不住抽搐，花穴流出大量的淫汁，身體深處一種無法被滿足的空虛彷彿蟲子般啃咬，癢得他哭叫不已，臉上都是淚痕，細腰扭得更歡，肉臀一聳一聳的，擺明就是求肏的模樣。

「竟然用手就讓你噴了嗎？」男子語帶讚嘆，他初見吳幸子時原本並沒怎麼放在心上，這老傢伙又瘦又乾，長得也普通，就是一張肉嘟嘟的嘴看起來可口。後來發現他是少見的雙性之人，這才起了興趣。

聽聞雙性之人天性淫蕩，比常人更容易沉溺於性慾之中，天生是供人取樂的身子，又軟又浪身下兩穴都是名器，一但嚐過必定回味無窮，能登極樂仙境。

既然是個如此好的玩物，男子又怎麼會放過呢？如今一試，果然淫蕩。

油燈昏黃的光照下，吳幸子雙腿間的花穴半張半開，被玩得鼓脹起來，正如一朵盛開的嬌花。淫汁的氣味帶些騷甜的香氣，隨著剛才的潮吹，盈了滿室。

他看來也沉醉在快感之中，仰著腦袋呼吸急促，大腿內側的肌肉微微抽搐，生理性的淚水滑落在床褥上，眉峰緊蹙，神情頗為苦悶羞恥，讓人嗜虐之心更勝，恨不得當即玩壞他。

男子抽出被肉壁咬得生疼的手指，又帶出一波騷甜的汁液，滴滴答答在地上流成一窪水灘。「求你放了我……放了我……」吳幸子好不容易才緩過氣求饒，他哭得打嗝，肚子裡有種他陌生卻強烈的搔癢，像有小蟲子在裡頭咬著啃著，又像有一把火在肚子裡燒，一路蔓延像四肢百骸直到腦髓，猛然一陣空虛之情，他完全無力抵抗，既希望男人能繼續揉弄他的肉蒂，又對自己的慾望感到很羞恥。

「當真想我放了你？」男子輕笑，在吳幸子淚眼迷茫中，褪去身上衣褲，露出肌肉嚴實的裸體，以及胯下怒張的粗黑肉莖。

怎麼、怎麼會這麼大？吳幸子瞪大眼，接著開始發抖，不敢想像那幾乎要跟自己的小臂一樣粗、長約一尺[2]，龜頭有雞蛋般大小，分量沉重，莖身上青筋盤繞，猙獰異常。

這、這……吳幸子下意識摸向自己的肚子，身為雙性之人，花徑的長度比一般女性要短些，這件事他是知道的，那麼粗長的肉莖要是戳進去，還能不把他戳穿嗎？

「饒了我吧……求求你饒了我，我受不住的……」他可憐兮兮地哀求，男人卻置若罔聞，反倒壓上來，伸手握住吳幸子的肉臀揉了揉，並往自己身下一帶。

堅硬的龜頭直接戳上被玩得挺脹的肉蒂，上下磨蹭那敏感得發抖的嬌花，偶爾龜頭擦過花穴，會被微微吸一口，酥麻的快感讓男人明媚的面孔上也泛起暈紅，嫵媚的眸子迷醉地瞇起，更用力用肉莖去磨蹭。

吳幸子也痠麻得不行，腦子裡有個聲音叫囂著要他做點什麼，最好能有個粗長滾燙的東西戳進來好好弄弄，但他臉皮薄根本開不了口，控制不住細腰的扭動，下意識迎向男子的肉莖，想將那炙熱的肉棒子給吞進去。

「告訴我，你要什麼？」男子忍得額心冒汗，但他知道自己現在沒馴服身下的人，以後便不能恣意享樂，即便敏感的龜頭被那軟肉啜得舒爽不已，恨不得立刻捅進去感受感受，仍以強悍的意志力往後退了些，聊勝於無地戳弄那幾乎被玩破皮的肉蒂。

「我、我不知道……」吳幸子嗚嗚咽咽地哭，神志渙散，不斷挺著腰迎合男子，卻總是失之交臂，怎麼樣都吞不到那根肉棒，反倒是花蒂被玩弄得太過，爽得發痛，又噴出一大股淫液，把男人的下體噴得濕淋淋的。

吳幸子一向潔身自好，年近四十卻還是個雛兒，平日也幾乎沒看春宮圖，對性事竟然像張白紙般空白，這眼下還真不知道該怎麼辦才好，急得他扭腰擺臀，越哭越是可憐。

「你想要本將軍的肉棒肏進你的花穴裡，解解癢嗎？」將軍俯身在吳幸子鼻尖上啃了一口，語氣纏綿彷彿浸了蜜一般。

「我想你……」吳幸子看著那張美得勾人心魂的臉龐，羞澀地輕語：「替我搔癢……」

「如你所願。」將軍瞇眼一笑，一手握住他的腰，一手扣住他的臀，啪的一聲將粗長的肉棒肏進淫水潺潺的花穴中。

「啊！」吳幸子痛叫，眼淚立刻流出來。將軍實在太粗大，而雙兒的花徑又窄小，他疼

註②一尺：依宋制，約三十公分左右。

得渾身顫抖，下意識縮緊肉壁，男子只操進三分之一就再也進不去了。

「放鬆點……」他皺眉，安撫地揉揉吳幸子的肉臀，俯身在他嘴唇跟臉頰上親了親，「來，喘口氣，鬆開點，我才能替你搔到癢處。」

「我好疼……」從未受過無此溫言軟語，吳幸子忘了自己身上的疼就是眼前人所造成的，軟綿綿地對他撒嬌，「你再輕點好嗎？」

「一開始都是疼的，乖，別咬這麼緊。」

將軍含著他柔軟泛紅的耳垂，同時用手握住吳幸子軟下的肉莖，上下套弄起來，不稍片刻掌中的細腰微微顫了顫，吳幸子也黏黏糊糊地呻吟出聲，花穴也不再咬得那麼緊，顯然是得了樂趣，淫汁也開始往外滴。

男子自然不會放過這大好機會，扣著吳幸子的腰，狠狠往胯下一按，一口氣就肏中花心。

「嗯啊……」吳幸子發出顫抖的尖叫，頭往後一甩，差點就爽得翻白眼。

疼還是很疼的，但被肏中花心的快感，卻把這疼痛變成另一種銷魂蝕骨的愉悅，讓他無所適從。而將軍更是趁勝追擊，三淺一深地肏起穴。一開始還被咬得有些疼，畢竟是剛開苞，饒是雙兒天生適合性愛，那肏熟後柔軟厚實彷彿無數小口吸吮的花徑，也仍是生澀得令人寸步難行。

然而不一會兒，花穴就被肏軟了，沒進一次就洩水，層層疊疊的軟肉討好地吮著男人粗長的肉莖，敏感異常的腰也跟著扭擺，讓男人舒服的越肏越狠也進得更深，冷不防就戳上一塊與花心不同的軟肉。那塊肉極有彈性，緊緊地縮在一起，彷彿在保護些什麼。

而吳幸子的反應更大，身子猛地抽搐幾下，崩潰似地哭叫，伸手就要推開男人，抽抽噎噎地叫著：「要頂開了……不行、不行……」

「頂開？」任由吳幸子推，將軍自然巍峨不動，滾燙的龜頭反倒往軟肉上又頂了下，「沒想到，你連女子的花宮都有。」

「我沒有、我沒有……」吳幸子連連搖頭，他不知道自己是怕呢，還是爽過了頭，身子又抽又顫，碰哪兒都癢，花穴滴滴答答地彷彿有泉眼在裡頭，「那裡不能進、求你別……」

將軍嫣然一笑，吻了吻他頰側，柔聲道：「乖，我進去了。」

語畢將肉棒抽出些許，扣緊吳幸子的細腰，狠狠頂開那道軟肉，直接操進宮口。

吳幸子張著嘴，纖細脆弱的咽喉上仰，彷彿爽痛到極致，超過能承受的範圍，整個人都失神了。將軍也是爽得不行，子宮比花徑要窄小，也因是雙性人的關係，比尋常女子更為嬌小，裡頭是軟厚的肉壁，被肏得毫無抵爭之力，甚至討好地包裹吸吮龜頭，十足彈性的一個肉套子般。

趁吳幸子還沒緩過勁，男子掐著他的細腰就往上頂，粗長的肉棒殺伐四方、橫衝直撞，一會兒不管不顧地將肉棒肏進子宮中擺弄，抽出時宮口扣著他傘狀的肉稜屈意挽留；一會專往花心突刺，戳得吳幸子軟綿綿的肚子上浮起一塊明顯的肉棒痕跡。

這張小嘴也實在騷浪得沒邊了，層層緊緻的軟肉沒一會兒就配合著征伐的抽插吸咬，讓男子爽得欲罷不能，動作更加粗暴起來。

「嗚嗚……太深了、太深了……求你輕點……」好不容易緩過神來，吳幸子哭著求饒，然而他肉穴的迎合及扭擺的腰臀卻是完全相反，恨不得男人再弄得更狠點。

子宮被肏弄的感覺實在太舒服，一開始的疼痛之後，只有無邊無際的爽。痠痠麻麻的火

焰在血管裡燒灼，他早就連自己是誰都忘得差不多了，騷水噗噗地往外噴，不一會兒他連子宮都痙攣起來，在哭叫中噴出一大股水來，達到激烈的高潮。

「你就只有這張嘴不騷了。」將軍被高潮中抽搐的肉穴及宮口咬得差點射出來，連忙停下來緩口氣，俯身叼住吳幸子唇間的腥紅舌尖，狠狠吻了一番，把人吻得幾乎厥過去，整個人像死了似的。

粗長的肉棒深深頂在子宮裡，在肉肚子上戳出一個鼓包，將軍自己忍過射精的關口後，帶點報復地抓著吳幸子的手放在肚子上按按他的龜頭。那種隔著肉摸到另一個男人的肉棒的感覺，吳幸子人都傻掉了，不需要男子教導，下意識就順著那塊突起撫摸。

「你夠騷的！」將軍粗喘一聲，不顧吳幸子還沒從高潮中完全緩過來，肉穴還抽搐著，大開大闔又操起來。

「啊啊啊！」子宮內的軟肉被凶狠地戳刺，痙攣中的肉穴被肏得兵敗如山倒，沒幾下就被操開，吳幸子覺得自己簡直就是個肉套子，敏感地感受男人肉棒上的血管及青筋，專門供男人享樂。騷水一股一股地從宮口流出，隨著啪啪的肉搏溢出早被操得鼓脹外翻的穴口，滴滴答答往下流，似乎全身的水分都變成淫汁，澆灌在男人猙獰的肉棒上，激得男人抓住他的腰一陣狂躁的肏幹。

「不行……我受不了了！」吳幸子突然尖聲哭叫，全身抽搐，汗淋淋地在床上蠕動，伸手想推開男子，卻被反握住手壓在耳邊。

剛才男人進得太深，堅硬的龜頭幾乎頂上子宮最深處的嫩肉，下身粗糙的體毛壓著脹得有黃豆大小的肉蒂磨蹭，幾乎令人神魂俱滅的快感讓吳幸子幾乎渾身發痛，他又害怕又期待，被綁住的雙腿綳得直直的，十個可愛的腳趾都蜷曲了。

這崩潰邊緣的脆弱可人，讓將軍完全失去控制。他瞇著多情嫵媚的眼，眸中滿是瘋狂，手指在吳幸子的細腰上抓出斑斑點點的指印，凶狠地啪啪大幹。

前一波高潮還沒緩過氣，後一波高潮又來了，吳幸子被推著迷失在層層慾望中，一浪高似一浪，幾乎沒有極限般的快感，讓他拱起腰渾身痙攣，眼淚口水糊了滿臉，叫得聲音都嘶啞了依然沒被放過。子宮剛高潮，肉蒂又被磨得高潮，他無力掙扎只能被男人壓著往死裡肏，泄得上氣不接下氣，張著嘴卻發不出任何聲音，眼前陣陣發黑，卻因為過度的快感昏不過去，只能硬捱著。

享受著子宮深處的顫慄跟吸吮，男人的肉棒似乎又大了一圈。

「不要！」吳幸子抽噎著哭叫，他覺得自己快要被撐破，又一大股騷水噴在將軍的龜頭上，接著被狠狠頂到子宮深處，戳在那嬌嫩的軟肉上……這種彷彿被千百張嘴啜吮的快感，讓男人也是頭皮一麻，重重地喘了口氣，精關一鬆大股大股的滾燙精液就沖刷在敏感得碰不得的子宮裡。他射得又多又深，隔著薄薄的肚皮似乎都能感受到那噴射的力道。

吳幸子被射得渾身抽搐，仰著頭翻起白眼，子宮及肉穴顫抖地絞緊男人的肉棒，那種被灌滿的感覺恐怖中又令他滿足，似乎再也離不開男人了……

待男人射完，吳幸子的肚子也彷彿懷胎三月般脹著，男人滿足地揉了揉他的肚子，沒將仍硬著的肉棒退出，就這樣解開雙腿的束縛，把全身無力的人摟進懷裡，這個姿勢讓龜頭又往裡頂了下。

吳幸子可憐兮兮地嗚咽出聲，又抽搐了一會兒才總算平靜下來。

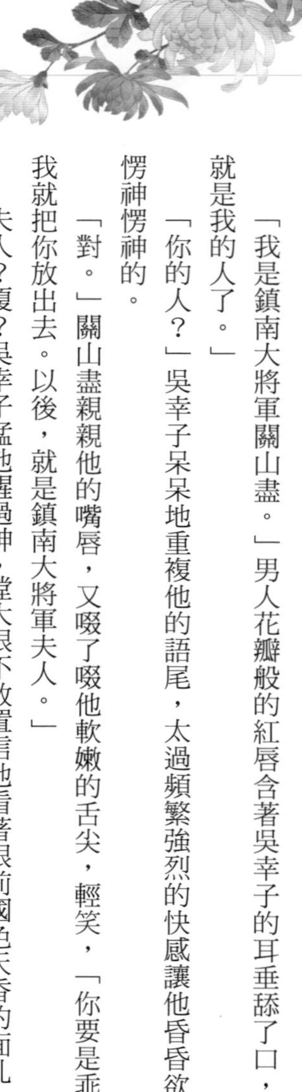

「我是鎮南大將軍關山盡。」男人花瓣般的紅唇含著吳幸子的耳垂舔了口，「以後，你就是我的人了。」

「你的人？」吳幸子呆呆地重複他的語尾，太過頻繁強烈的快感讓他昏昏欲睡，整個人愣神愣神的。

「對。」關山盡親親他的嘴唇，又啜了啜他軟嫩的舌尖，輕笑，「你要是乖乖的不跑，我就把你放出去。以後，就是鎮南大將軍夫人。」

夫人？嗄？吳幸子猛地醒過神，瞠大眼不敢置信地看著眼前國色天香的面孔，見鬼似的。慢著慢著，他被抓來八九天，跟這位鎮南大將軍總共也才見了兩面，連話都不算說上，怎麼就變將軍夫人了？這年頭將軍都這麼選妻嗎？

「我、我還不認識你……」半晌，他愣愣地如此回道。

「沒關係，我們以後可以慢慢認識。」關山盡心卻很大，翹挺的鼻尖蹭蹭吳幸子的鼻子，笑得讓人如沐春風，「我們可以慢慢培養感情。」

可是……「你為什麼看上我？」吳幸子依然糾結，他的觀念裡婚娶不是這麼兒戲的。

「我就喜歡肏你，不好嗎？以後我只肏你一個，這樣有個名分比較方便不是？」關山盡做事向來隨心，他喜歡這個老傢伙的身體，又對娶妻沒有興趣，有個能操又好操的夫人，至少床笫之間沒有不和諧，感情都是可以培養的。

呃……吳幸子眨眨眼，鬼使神差地點頭答應了。

（二）

都說人間有四大喜事：久旱逢甘霖，他鄉遇故知，洞房花燭夜，金榜題名時。

吳幸子今天倒是人逢喜事，要迎接他的洞房花燭夜了。

講來都是辛酸呀。穿著一身大紅新娘服，鳳冠霞帔一樣不少，大清早就被人從床上挖起，在丫頭、嬤嬤的巧手下又是梳頭又是抹胭脂，硬生生把他一個年近四十的老男人，鼓搗成清秀的小家碧玉，他都要認不得鏡子裡的自己了。

接下來就是被簇擁著追著時辰跑，又是迎娶又是拜堂，罩著蓋頭整個人暈頭轉向，最後送入洞房時，他幾乎要累癱……最主要是鳳冠太重，壓得他頸子肩膀都疼。

關山盡也體貼，喜房門一關，小丫頭就上來替他拆鳳冠，說是大將軍交代，別讓夫人太勞累，之後掀蓋頭走個過場就好，這段時間請夫人先吃點喝點好好休息。

必須說，關山盡這個新出籠的夫君，是真能寵人。吳幸子心裡甜滋滋的，又偷偷有些不安。畢竟自己是個雙性人，年紀又大、長得又醜，也不知道關山盡這年輕有為、貌比潘安的將軍是怎麼喜歡他的？會不會膩了他的身子，發現他生不了孩子後，就不要他了？

莫名的，他為自己的臆測心口發悶，看起來就有些厭厭的。

當然，這莫名的鬱悶沒能持續很久，在關山盡回來掀了他蓋頭、喝了合巹酒、俐落地將他剝乾淨後，他心裡只剩下害臊了。

「想什麼？」關山盡嘴角含笑，他似乎喝得有些醉了，多情的桃花眼水霧繚繞，只一眼就能把人迷得忘乎所以，吳幸子壓根抵抗不了，傻傻地搖頭，甚至都沒注意到自己的腿被拉開，羞人的下身完全暴露在男人眼前。

那真是個漂亮的地方，陰莖比一般男子都小，現在還沒硬起大概比拇指長不了多少，秀氣可愛色澤淺淡。其下不是雙丸及囊袋，而是裂開的女性陰部，花唇頂端是顆小小的花蒂，不久前被關山盡硬剝出來，玩大了一圈，在男人熱烈的視線下竟有些脹鼓起來，像顆小紅豆似的，而花穴也開始流水，星星點點地沾濕了花唇。

「真是個騷寶貝。」關山盡用修長的手指撥了下花唇，腥臊帶甜的淫汁流得更歡快了。

「你……輕點……」吳幸子抓過被子擋自己的臉，他臉皮薄，即使身體早就被男人玩熟了，依然羞得跟沒開過苞似的。

男人低笑，捻著他的花唇揉了幾把，將之弄得充血鼓脹，更像一朵盛開的嬌花，淫汁噗噗往外噴，關山盡的手腕都被噴濕了。他眼神一暗，直接將兩根指頭戳進花穴裡，果然那裡頭早就又濕又軟，一吃到東西就咬著不放，肥厚的內壁吸吮著，急不可耐地想將指頭啜得更深些。指頭在溫熱濕穴中旋轉磨蹭，剪得平整的指甲偶或搔刮過敏感的內壁，偶或壓在敏感處揉捏，把吳幸子玩得細腰不住扭動，嗚嗚咽咽地唉叫。

他猶不滿意，空著的手拎著鼓起的花核搓揉，強烈的快感讓吳幸子短促地尖叫出聲，沒多久一股腥甜的汁水就往外噴。

「這樣就到了？」關山盡輕笑著將手指從微微抽搐的花穴中抽出，他的騷寶貝身子敏感，隨便玩弄一下都能騷得噴水，到達高潮，「老是這麼不經玩，等等可怎麼辦？嗯？」

語尾嫵媚纏綿，像把小鉤子勾著吳幸子的心，又癢又期待，他喘著氣偷偷拉下被子露出兩眼，看了關山盡一眼。唉，真是好看啊……

「你……你……」結結巴巴什麼也說不出來，今天洞房花燭夜，沒道理要關山盡住手，而對方也肯定不會住手，恐怕會往死裡操他。一緊張，吳幸子就扭了下腰，還沒完全緩過過來的花穴又噴了一股水。

如此美景，關山盡如何忍耐得住。他俯身在新婚夫人的耳側吻了吻，溫柔道：「今晚，夫君讓你噴濕半張喜床如何？別讓我失望了。」

語落，不待反應過來，他便張口含住那軟軟小小的陰莖，用力一吸，吸得吳幸子高聲尖叫，雙腿在床上亂蹬，哆嗦著雙手也不知是要推拒還是迎合，指尖纏著他烏亮的髮絲。

真不禁撩。關山盡舌頭靈巧，那小小一根肉棒含在嘴裡柔軟又有彈性，帶點尿騷味，前端龜頭還縮在厚厚的包皮下，他便用舌尖挑開包皮，往裡舔了進去。味道有些澀苦，可他也不討厭，一點點用舌頭將那小巧的龜頭翻出來。

這翻出龜頭的舔舐讓吳幸子又爽又痛，長年躲在厚皮下的龜頭粉嫩圓潤，敏感得不行，說不定比花核更碰不得，平時裡關山盡也不大玩他的小肉莖，這還是頭一回翻弄他龜頭。一種期待又害怕的心情讓吳幸子嗚嗚地哭起來，他揪著被褥，扭著細腰，肉臀不斷往上挺，花穴裡更是發了大水，淅淅瀝瀝流得都停不下來。

「啊——」終於龜頭被關山盡給翻出來，接著被用力一吸，吳幸子踢著腿尖叫，快感直衝往腦袋，他渾身發顫雙眼朦朧，人都軟成麵糰。偏偏關山盡還不放棄叼著小肉莖吸啜，在那嫩得可以掐出水也確實被他掐出水的龜頭上又舔又啃，舌尖不住在頂端縫隙上滑動，試探著要往裡頭舔得更深。

「不行……不行……」吳幸子哭著去推他腦袋，卻無濟於事，反而有種幾乎被吃掉似的愉快與恐懼混合。

關山盡也不理會他，往下一含將半個精緻的花唇也含進嘴裡，用力啜了啜，舌尖一下舔

舔小肉莖，一下翻弄紅豆大小的花核，手指也配合著揉揉花唇、捅捅濕透的花穴，直把吳幸子玩痙攣地噴濕了一大塊被褥，連小肉莖都噴水了，盡數被關山盡喝光，還意猶未盡地挑著桃花眼睨他。

連續兩次高潮，吳幸子下身一顫一顫地，關山盡移開嘴後，竟湧上一股空虛，他不自覺地扭著腰，含糊地呻吟：「癢……我癢……嗚嗚……」

那騷浪的媚態，讓男人輕抽一口氣，眼神又暗了幾分，彷彿一頭準備撲向獵物的豹子。他將哼哼唉唉的人拉到自己腿上，自己硬得發燙的肉棒與水潤微顫的花穴嚴絲合縫地貼在一起，往上頂了頂。

「啊——」粗長猙獰的肉棒直接就戳到花心上。

彷彿是剖開一顆多汁的水果般，騷水往外噴，將沒完全戳入的肉莖及胯部都噴得濕淋淋的，混合上男人身上的薰香味，新房中充滿淫靡的氣味。

關山盡俯身吻住吳幸子，舌頭強悍地鑽入他小嘴裡，堵住所有呻吟，勾纏那條甜軟的小舌頭，掃過所有敏感的黏膜，幾乎吻上咽喉，把吳幸子吻得喘不過氣，都翻起白眼，含不住的唾沫從嘴角滑落。

這還不是全部，關山盡扣著他的腰，下身也沒緩下，大開大闔地幹他，次次都蹭過花心，直往子宮口頂去，一次次越頂越用力，沒幾下就把早已被操熟的子宮口給肏開了一個小口，羞羞怯怯地吮著堅硬的龜頭。

吳幸子被幹得只能嗚嗚悶哼，被肏得魂飛魄散，腦子都糊塗了，明明全身都沒了力氣，白細雙腿卻不知不覺盤上關山盡的腰，下意識扭著屁股迎合即將戳進自己子宮裡的肏弄。

「乖了……」闕山盡移開緊貼的唇，豔紅舌尖舔過被自己吻腫的唇，接著舔舔自己的，瞇著眼笑得堪稱豔色無雙，把腦子早就不好使的吳幸子迷得暈頭轉向。

他半吐著舌頭露出一臉傻樣，哼哼地唉著：「夫君……操我……夫君……快點操我……」

「這不正操著嗎？你這貪心的老東西。」男人多情的桃花眼也被慾望給染得通紅，大肉棒被不知饜足的花穴吸吮得都有些痛麻，分明已經被撐成個快要裂開般的圓，依然收縮著吞吐男人的巨物。

扣著老傢伙的腰，闕山盡頂得更深，鼓脹的囊袋打在被淫水沾濕的肉臀邊上，下身粗短的硬毛也磨在那顆鼓脹的小紅豆上，直接就肏進子宮裡。吳幸子抖著身發出承受不住的尖叫，肚皮上浮出一塊隱約可見的肉莖形狀。

「好深……好深……夫君戳進我肚子裡了……」

簡直像戳進某個泉眼，闕山盡只覺得龜頭一熱，馬眼上噴了一大股水，卻因為子宮口被他的大肉棒給堵著流不出去，熱呼呼地全留在子宮裡，濕濕滑滑很是舒服。

吳幸子全身無力地攤在喜床上哆嗦，他又被肏高潮了，超過他能承受的酥麻快感順著血液漫流，每寸肌膚都泛著粉紅，碰都碰不得，一碰就又掀起滔天快感，沒兩下就又高潮了。

他開口想同闕山盡求饒，可嘴張著、吐了半截舌頭，卻一句話也說不出來，只發出短促的呻吟。這被肏壞的模樣讓闕山盡心頭火熱，俯身細細用牙齒啃著那半截舌頭，低柔深情地道：「夫人還沒噴濕半張喜床呢。」

這真是要肏死他啊！心裡既畏懼又期待，吳幸子噘起嘴回應男人的吻，下一刻就被按著大腿根部狠幹，大龜頭一次次戳進子宮裡，肚皮上可見大肉棒如何進進出出。每回肉莖都會

退到只剩龜頭在花穴裡，子宮中被肏出來的淫水就會往外噴，把身上下的喜被噴濕一大塊；接著又全根頂入，戳穿還來不及合上的子宮口，戳上子宮底端的嫩肉，戳得淫水直洩，吳幸子哭著尖叫，渾身痙攣地高潮。

全然不給他任何休息的機會，關山盡面上帶著濃重的情慾神色，甚至都有些猙獰，他皺著眉咬著牙粗重地喘氣，肉莖在不停顫慄的花穴及子宮中彷彿要幾千幾萬張小嘴吸吮，幾次密集的高潮後吳幸子渾身緊繃，連帶著咬得他寸步難行，卻也爽得他頭皮發麻。

操幹的動作越加失控，身下人被肏得忘乎所以、兩眼失神的模樣，恰恰搔到關山盡癢處，他個性天生自我狂傲，直白點就讀了聖賢之書的強盜，書是讀得很好，但性子裡的粗暴凶狠卻沒被磨掉多少稜角，這點全展現在性事上。

於是他喘了口氣，抓著吳幸子的腿扛在肩上，把瘦弱的人下半身抬起來，幾乎只剩下肩膀那一塊還靠在床上，不等將軍夫人喘過氣，便由上而下狠狠肏起來。

這下縮緊的花穴被整個操開，哆哆嗦嗦地啥都咬不住，吳幸子噎了幾息後開始崩潰哭叫，失神的雙眸依然看到自己的肚子如何被操得一鼓一鼓的，那根大肉棒戳得太深了，簡直要把子宮都給戳穿似的。淫汁隨著抽插往外噴濺，大股大股地澆在他自己的臉上、身上及身下的喜床上，腥臊的汁液混著男人的氣味，被關山盡用手指刮進他嘴裡。

「嚐嚐，很甜不是？」

「夫君……饒了我……饒了我……」他嘴裡都是自己的味道，舌頭被翻弄地玩，肏幹的動作也沒停，甚至越來越重，他喃喃哭求卻不知道自己在求什麼，失神地看著自己薄薄肚皮上清晰的肉棒痕跡，身子一繃，抽搐著又高潮了。

這回的高潮不光只是騷水亂噴，目之所及的床褥、枕頭等等全都濕淋淋的，被剝出龜頭的小肉棒抖了抖，也射出了近似透明的稀薄精水，滴滴答答地落在將軍夫人因失神半張的嘴邊，被他下意識地舔進口中都吞掉了。

有些人的騷，那是天生的，從骨子裡騷出來，毫無意識所以更顯得下賤淫蕩。老傢伙就是天生媚骨，他嘴裡啜泣著求饒，那截嫣紅的舌卻將唇上淫汁精水舔進嘴裡，吃得不亦樂乎，看得男人雙眼泛紅，恨不得直接把人肏死在床上。他伸手按了按吳幸子被自己操鼓的小肚子，隔著薄薄的肚皮揉著那被操腫的子宮，內外夾擊。

「啊啊啊——」吳幸子慘叫哀鳴，渾身癲狂地抽搐，他伸手去扳男人的手，卻如蜉蝣撼大樹，反被男人扣著手壓在那鼓起的肚皮上，感受粗硬的大屌是如何在子宮裡抽插。

男人的動作慢了不少，似乎也想緩口氣，但每一次頂入都用了狠勁，囊袋啪啪地打在穴口上，幼嫩窄緊的子宮就是個肉套子，每一寸軟肉都被肏得糜爛紅腫，痙攣著吸吮男人的大屌，再被重重地幹到鬆軟，任憑施為。

眼看吳幸子在高潮中緩不過來，單薄的胸口劇烈起伏，出氣多進氣少，整個人都傻了，失神的眼眸也不知看往哪裡，臉上都是淚水，蠢得要命。男人這時空出一隻手搓捻那剛射完可憐兮兮縮成一團的小肉棒，似乎要榨出裡頭最後的幾滴精水。

「夫人，用女穴尿過嗎？」這溫柔的詢問，是半點也沒被吳幸子聽進耳中。

他腦子現在就是鍋煮糊的粥，高潮接二連三地逼迫他，總以為要達到頂點，卻不想後頭還有個更強烈的快感直撲上來，讓他恨不得就這樣死了，又偏偏捨不得。

「夫人？」與纏綿的輕喚不同，握著吳幸子肉莖的手使勁一扯，硬生生喚回將軍夫人的神智，痛得他皺起臉輕唉，茫然又可憐地看著對自己笑得如沐春風的丈夫。

「夫、夫君……」他羞羞怯怯地應了聲，小肉莖還一抽一抽地疼，臉上不自覺就露出討好的表情。

「乖了。」男人俯身親親他，還塞在他子宮裡的大屌也往前頂了頂。吳幸子倒抽了口氣，下意識抽搐了下，把那粗硬的肉棒緊緊裹著，男人也舒服地喟歎聲，險些沒忍住壓著他大腿狠操。可喜床還沒噴得足夠濕，男人也沒打算現在就放過自家夫人。

他拍拍吳幸子白嫩嫩的肉臀，用帶繭粗糙的掌心搓揉縮成一團的小肉莖，笑吟吟地再問一次：「夫人，你用女穴尿過嗎？」

「女穴……」吳幸子愣了愣，遲了一會兒才聽懂了男人的問題，雙頰頓時滾燙起來，慌亂地直搖頭。

在遇到男人之前他的女穴就是個擺設跟見不得人的小祕密，向來沒什麼用處的。男人不但肏熟了他的女穴，這會兒竟還想讓他……讓他……不不不！

他哀求地盯著男人，羞恥過後恐懼浮上心頭。男人的手段他是清楚的，平日裡寵著他、順著他，體貼又溫柔，可一旦上了床，就是頭凶殘的野獸，任憑他哭喊求饒都是沒用的，無論多羞恥、多異想天開的姿勢，男人只要想做了，必定會做到滿意才會罷休。女穴的尿口這四十年來就是個擺設，甚至他都懷疑到底有沒有這東西……也許沒有！那……

一眼看穿他的僥倖心理，大將軍淺淺一笑，抽開髮帶細細地捆住小肉莖，絲滑如流水的黑髮散下，尾稍輕搔吳幸子敏感泛紅的肌膚，把人弄得又顫抖了起來，細細弱弱地呻吟。

「今日，就請夫人用女穴尿給為夫瞧瞧，權充新婚賀禮。」男人說著，粗糙的指腹就揉上了尿口的位置。

那地方極為隱密，藏在花核下方，花穴上方的狹窄部位，細細的平時也幾乎看不清楚，吳幸子連觸碰自己女穴的機會都不多，頂多每日用水洗洗而已，甚至都搞不清楚這從沒用過的小孔究竟在什麼地方。

而男人這一揉，卻彷彿揉出了火，那處敏感得嚇人，又不若花核跟花穴口那麼強烈，絲絲麻麻癢卻有種隔靴搔癢的不滿足感。吳幸子下意識挺起腰，想讓男人碰自己更敏感的地方，偏偏男人伸手一按，將他壓回床上，固執地搓揉他的尿孔，將那處玩得彷彿萬蟻啃嚙，有種要脹又悶、難以言述的感覺在四肢百骸間流竄，吳幸子雙腿猛蹬，掙扎地嗚咽不休，很快他就明白那是尿意，臉色霎紅霎白，不住開口求饒。

被玩尿也不是頭一回了，事實上，大將軍每回肏他都非將他肏尿不可，但用肉莖尿跟用女穴尿是全然不同的！吳幸子實在害怕自己這詭異的身子，他不想連這最後的底線都保不住。然而，他幾次伸手想去解小肉棒上的髮帶，都被揮開手，男人玩弄女穴尿孔的力道也會增加一些，眼看他就要忍不住尿意，又掙不脫男人的壓制，甚至還惡意地在自己下腹壓了壓，花穴噗地噴出淫水，似乎濺了些在尿孔上，被男人慢條斯理地抹開，濕淋淋地有種自己真尿了的感覺。

「夫君……夫君……饒了我……求你饒了我……」吳幸子哭得打嗝，拚命要扳開男人的手，卻在此時男人的指甲朝被玩得鼓起來的尿孔中一摳，就見吳幸子猛地僵直片刻，接著發出崩潰的哭喊，淅淅瀝瀝地從女穴尿了。

一開始只是涓涓細流，帶著腥羶的氣味滑過女穴再往下流淌在被褥上，接著水流大了些

混著不知何時高潮噴出的淫汁一起飛濺，瞬間就尿濕一大片床褥。

而吳幸子是完全失了神，兩眼空洞地盯著床頂，不時一抽一顫著。沉浸在使人瘋狂的歡愉中，吳幸子似乎被玩壞了，完全無法停下抽搐，細白的四肢攤在床上不時收縮一下，裹著男人大屌的子宮也隨著痙攣不已，幾乎把男人直接夾射出來。

男人爽快地悶哼，更讓他滿足的是身下的人幾乎被自己玩廢的靡靡淫態，不復見平日裡的羞澀及拘謹，身心全被他給占滿，無論是歡愉或是痛苦都屬於他，吳幸子的一切，都打上他的氣味跟烙印！

心頭滿溢著難以言述的激情，他說不清這是什麼心情，也許是吳幸子的宮腔吸得他太舒服，且喜床也確確實實地被噴濕了大半張。

他扶起老傢伙的細腰，同時俯身吸吮吳幸子紅腫的唇瓣，大肉棒往前進得更深，重重抵著宮腔深處又頂了一下，幾乎是半死的人發出粗喘，又猛地抽搐了下，本能地想要逃走，卻被扣著腰往下摁，不管不顧地猛烈操幹。

男人彷彿不知疲憊為何物，抓著新婚燕爾的夫人往死裡幹，粗硬炙熱的大屌越幹越硬，碩大的龜頭猛烈又極富技巧的研磨搗弄敏感的宮腔，莖身則宛如烙鐵般肆虐花穴內壁，彷彿把吳幸子的下身都肏成他肉棒的形狀，穴口糜爛紅腫，淫汁被拍打成白沫，順著會陰往下流向還未被玩弄過的後穴。

子宮被肏得不斷吹水，一股一股澆淋在男人龜頭上，燙得男人低吼，動作越發狂暴，直把花徑跟子宮幹得失去收縮能力，哆哆嗦嗦地任由他進出。

吳幸子不斷高潮，神智被幹得迷茫後又因為過度強烈的快感清醒，接著再度被肏失神，如此周而復始，他半閉著雙眸，手指無力地在扣著自己腰的鐵臂上搔刮，無言地求饒。

水都快被幹乾了，更不提他之後又肏尿了一次，連哭都哭不出眼淚，像頭野獸般乾嚎，卻都不知道自己究竟喊了些什麼，他只知道自己快被夫君操死了，洞房花燭夜都要出人命了啊！總算肏得失去理智的男人終於低吼一聲，狠狠肏進被幹腫的宮腔中，抵著最深處那塊軟肉，射出一大股精水，把吳幸子燙得又痙攣了好一陣子，徹底暈死過去。

男人射了許久，把吳幸子的肚子都射鼓起來，才小心翼翼地退出去，接著用一根角先生塞進被肏得合不攏的花穴中，堵住滿肚子的精液。

摟著人喘了一會兒，男人下床翻出乾淨的衣物裹住吳幸子，才喚來僕役整理滿屋子狼藉，順便命人去燒熱水。

僕役們動作迅速安靜，也不敢眼神亂飛偷瞄一眼如珍似寶摟著夫人的大將軍。即使如此，他們還是很明顯地感受到大將軍心情極好，沒了平時那種冷酷彷彿帶著殺戮的氣息。

而男人心情確實好，他揉著吳幸子微鼓的小肚子，裡頭都是自己射進去的東西，他一搓揉夫人就會微微顫抖，眉心輕輕蹙著悶哼，那小模樣讓他愛得不行，忍不住低頭親了好幾下。

聽說雙兒不易有孕，男人原本也不在意這種事。可這些日子相處下來，他不禁有些期待兩人的孩子，最好要有他的聰穎早慧，與夫人的溫柔靦腆，能是個女兒最好不過了。

「放心，在懷上前，為夫每天都會灌滿你的，我的夫人。」他貼在夫人耳邊，溫柔纏綿地輕笑。

（完）

故事劇情及角色設定祕辛，黑蛋白真情介紹精采看點

Q4：妳都如何設計故事橋段？寫這部作品時有沒有遇到什麼困難？

A：以前我曾在噗浪分享過我如何寫文，基本上我會先設定好主角，然後思考他們的互動，接著看腦海裡會出現什麼畫面，這些畫面吸不吸引我？能不能吸引讀者？萌不萌？如果我判斷這些畫面是可以使用的，我才會開始打劇情大綱。

雖然我前面講得好像很虛幻、很玄妙，但其實並不是這麼一回事。

我是個非常愛狗血劇情的人，我腦子裡有很多如果你看到一定會以為我被瓊瑤奶奶附身的各種妄想，我覺得狗血劇情超棒！狗血劇情是這個世界的真理！大家都熱愛狗血劇情！只是看作者會不會把狗血劇情寫得很雷而已。因為我最愛看的文，其實是各種打臉快穿文，或是打臉重生文，就是蘇爽到底、打臉啪啪啪，所以遇到雷文無數，我真的踩雷都踩出心得了。

我先不要提我個人的喜好，大家有興趣的話，可以隨時上噗浪勾搭我，跟我閒聊踩雷跟蘇爽文心得唷！

那麼言歸正傳，世界觀的設定就像前面我有提到的，我會完善好才動手寫。《飛鴿》這篇文的背景主要是參考宋、明兩代的架空古代，所以在官制、服飾、飲食上我都有查過資料，盡量不偏離史實太遠或出現奇怪的狀況。有時候為了劇情需要或是為了我安排劇情方便，會有一些改動或調整，但是盡量不會偏離太多啦。

一般來說，我寫作前會買一些工具書回家參考，所以家裡堆滿了超多的書，我老媽被我氣個半死，家裡被我塞到爆炸這樣。

曾經我想寫一本關於縣太爺跟件作間不得不說的故事，還特別買了《洗冤錄》跟好幾本刑事解剖或是刑事案件的書回家參考，但是其中有一本出現沒有打碼的屍體照片，把我嚇到後來那篇故事始終沒法寫出來，雖然內心還是滿想寫的，但是那本參考書我再也不敢打開了。

嗯，這就是我寫作前如何做功課的部分。

有些作家寫書習慣一開始就把完整的大綱打好，比如說會發生哪些事件？該如何編排事件的高低潮？要如何推進劇情等等諸如此類。

我以前，也就是我最開始的時候也是這樣寫文的，我在大學時代甚至會寫出每章的大綱，每一章要發生什麼事件都是事先安排好的。

可是後來越寫越多，手感越寫越好之後，我發現這種方式對我來說變得很礙手礙腳，會被

大綱束縛住，沒辦法自由書寫，角色跟故事就容易變得很僵硬也不大吸引人，有點像打遊戲為了過任務去蒐集篇章或成就的感覺，照著目標往前走其實很無聊。寫大綱這種做法也並不是說不好，它可能適合很多人，但顯然不適合我。

現在我用的方式，就像剛剛說的，會在腦中決定有哪些必定要出現的關鍵劇情，比如《飛鴿》這本書，幸子跟關山盡的第一次見面、跟第一次啪啪，都是寫作前已經決定好的，魯澤之的存在也是一開始就已設定好的，基本上來說，所有跟魯澤之有關的劇情，差不多都是開頭就已擬訂好，畢竟這本書一開始打算寫一個有白月光的男人後來遇到真愛的故事，在這個主線之下，幸子跟關山盡要如何相愛？會遇到哪些特殊狀況？我就會在書寫的過程中見機行事。

可是我所謂的見機行事並不是沒有大綱、無頭蒼蠅的狀態。一般來說，我是屬於寫作中每隔一段時間就擬定一次新大綱這樣的做法，這篇新的大綱也不是一口氣擬到結局，這樣就失去意義了，一開始只決定接下來一兩件關鍵劇情跟細節處理。所以連載中我經常會休息幾天，那就是因為我前面的劇情已經快寫完，必須要開始擬一段新大綱的關係。

當然這種習慣也會有幾個缺點，最嚴重的就是我結局卡超久。

這是如果有在追連載的小夥伴會發現，我越到故事後半，越容易消失不更新。因為我那時候正在梳理整個劇情，並且沙盤推演各式各樣的後續是否合理，因為我真的非常厭惡也非常害怕自己爛尾，所以越到結局，我越寫不出來。

很多時候我會在腦中不斷翻案，像《飛鴿》的結局我其實重寫了七八遍，這還是有動手寫的次數，更多時候直接腦內刪除了，導致我最後明明只剩三五回左右的量，我卻拖了兩三個月才完成。

不過，所幸我有花這些工夫磨稿子，所以我可以自信地告訴大家，《飛鴿》絕對不會是一本虎頭蛇尾甚至爛尾的故事，該交代的事情、該交代的人物，我都交代清楚了，絕對不會去臉譜或圖像化他們，或是輕易把他們解決掉或敷衍掉，雖然卡得超級痛苦，甚至我覺得最後應該很多讀者都已經不想理我了，但至少我最終呈現給大家的是一個完整、不會令人失望的故事，這點自信我還是有的。

Q5：書裡妳最喜歡的角色是誰？覺得最難寫的角色又是誰？

A：哈哈，這是我最喜歡的話題之一，如何設定角色。

一般來說，我喜歡強大漂亮的攻，個性上可能都會有些缺陷。受的話我喜歡平凡但堅強的受，或者跟攻一樣強大漂亮的受。不論怎麼改變角色的外貌或性格，很多作者都會有一個非常標誌性的特色，我認為這也是我在寫作上的一個特色——勢必有一個角色，或甚至兩個角色，都不能免俗地帶有神經質到非常固執的性格。

我想那是因為我本身就是這樣的人，我會在認為很重要的原則上堅持到頭破血流也不退縮，這反應在感情上時，就會轉化為一種偏執跟潔癖，只是每個人在呈現這種偏執跟潔癖的方式不一樣。

以《飛鴿》來說，幸子一開始的個性是非常軟和的，他很畏縮沒有自信，不喜歡跟人爭執，他更習慣把自己超脫於外，有種解離在人世間的感覺。但隨著故事進行，我想大家開始閱讀這個故事後，隨著幸子往前走，就會慢慢發現，人絕對不是只有一個面向，但也不是非常戲劇化地為了劇情而強硬轉變他的性格，或讓他突然出現出人意料的個性。

我覺得我們都被生活環境所塑造，也去塑造這個環境，我相信大家在看故事的時候應該會很有感覺。

也不獨獨幸子，我所有的角色大概都是這種模式，我不喜歡由劇情去形塑角色，我希望是由角色來形塑劇情。

我最喜歡的角色肯定就是幸子啦！畢竟他是我寫過最合理的角色，也是最完整的一個角色。他讓我這篇故事得以完成，可以說正因為有他的存在，這篇故事的價值跟吸引人的特色才有辦法彰顯，否則我相信這篇故事會失色許多。

但是，幸子並不是這篇故事最難寫的角色。真的要我選一個最難的人，大概是魯澤之吧。

不過其實我本來想選顏文心，因為顏文心智商太高完全碾壓我，說真的，到後期他差點就要獲得最後的勝利了，一點也不誇張的說，我真的絞盡腦汁、想盡辦法才終於鬥垮他。

可是為什麼最後我選擇了魯澤之？其實是這樣的，魯澤之是個非常好懂的人，我相信大家看了書之後，一定都會有同樣的想法。他自私自利、又自信自卑，他比《飛鴿》裡任何一個角色都要貼近現實中的人，因此他的完成度若不夠，就會顯得虛假且臉譜化。可是如果在這時候我不小心用力過猛，他又會變成一朵可憐無辜的白蓮花，或者反過來成為一個莫名其妙、奸邪狡詐的角色。無論是哪一種結果，那都不會是魯澤之，因為魯澤之是平凡人，他太過平凡，平凡到我們每個人其實都一定會遇到像他這樣的人，要如何讓大家厭惡他的同時，卻又有些同情他。同情他的時候，又覺得他很討厭，這真是一個大挑戰。

至於我成功了嗎？歡迎大家看完《飛鴿》之後跟我討論，我其實真的還滿期待的。

Q6：最後請用一句話介紹《飛鴿交友須謹慎》這部作品。

A：一句話啊……那我就簡潔有力地做介紹！

《飛鴿》是一本古代男人們交友的風情畫，我們每個人都可能不經意間心動，動心起念就改變了一生。就像吳幸子，他原本想自殺，最後卻收穫了超出想像的果實。這是一個從肉體開始的故事，但最後卻走進了心裡。

希望能帶給大家美好的閱讀體驗，所以還等什麼呢？來買一本吧！

（完）

i 小說 002

飛鴿交友須謹慎2

國家圖書館出版品預行編目（CIP）資料

飛鴿交友須謹慎2 / 黑蛋白著. -- 初版. -- 臺北市：
愛呦文創出版, 2018.12
冊；　公分. --（i 小說；002）
ISBN 978-986-97031-2-3（第2冊：平裝）

857.7　　107017532

愛呦文創

作　　者　黑蛋白
封面繪圖　Leila
責任編輯　高章敏
文字校對　劉綺文
行銷企劃　羅婷婷

發 行 人　高章敏
出　　版　愛呦文創有限公司
地　　址　10691台北市忠孝東路四段59號10-2樓
電　　話　（886）2-25287229
郵電信箱　iyao.kaoyu@gmail.com
愛呦粉絲團　https://www.facebook.com/iyao.book

總 經 銷　聯合發行股份有限公司
電　　話　（886）2-29178022
地　　址　231新北市新店區寶橋路235巷6弄6號2樓

美術設計　廖婉禎
內頁排版　洸譜創意設計股份有限公司
印　　刷　沐春行銷創意有限公司
初版一刷　2018年12月
初版七刷　2023年2月
定　　價　280元
I S B N　978-986-97031-2-3